À PROPOS DE L'AUTEUR

Lynsay Sands est une auteure d'origine canadienne qui, depuis qu'elle a commencé à écrire en 1997, comptabilise plus de trente parutions à son actif. Elle exploite de très nombreux genres tels que le roman historique, le contemporain et le paranormal. Sa verve et sa grande maîtrise de l'humour sont régulièrement récompensées par le *USA Today* et le *New York Times*, et ses best sellers figurent en tête de classement des librairies américaines Waldenbooks et Barnes & Noble.

Sous la protection du Highlander

Collection : VICTORIA

Titre original :
SURRENDER TO THE HIGHLANDER

Ce livre est publié avec l'aimable autorisation de HarperCollins Publishers, LLC, New York, U.S.A.

HARPERCOLLINS FRANCE
83-85, boulevard Vincent-Auriol, 75646 PARIS CEDEX 13
Service Lectrices — Tél. : 01 45 82 47 47

www.harlequin.fr

ISBN 978-2-2804-1807-2 — ISSN 2493-013X

LYNSAY SANDS

Sous la protection du Highlander

Traduit de l'anglais (États-Unis) par
Léa Tozzi

Victoria

HARLEQUIN

Prologue

— Mais tu es devenu fou, ou quoi ? Il n'est pas question qu'on pousse jusqu'aux terres des Drummond. Il faudrait partir vers le sud. Et nous, on va le nord !

Niels avait fixé son beau-frère un long moment avant d'exploser.

À côté de lui, Geordie jeta un regard noir au mari de leur sœur, histoire de faire bonne mesure.

— Il a raison ! Si on s'est arrêtés ici, c'est uniquement pour déposer Rory et pour voir notre sœur.

— Je sais, grommela Greer en tournant la tête, comme s'il s'attendait à ce que son épouse fasse irruption d'un moment à l'autre.

Entouré de ses trois frères, Niels Buchanan était assis à la table qui trônait au milieu de la grande pièce à l'étage. Il tourna la tête à son tour, mais il n'y avait personne en vue. Il reporta son attention sur Greer. À en juger par son air, ce dernier n'avait pas l'intention de renoncer.

— Je sais que ça risque de rallonger votre voyage et, si ça ne tenait qu'à moi, je me dispenserais de vous demander ce service. Mais Saidh est vraiment inquiète pour son amie Edith Drummond. Il y a quatre semaines, elle a reçu une lettre de sa part, et ça n'avait pas l'air d'aller fort. Depuis, plus rien. Saidh n'a pas eu de réponse à ses trois derniers messages, et cela la préoccupe.

— Dans ce cas, envoie un messager, bon sang ! le coupa Niels. Es-tu sourd ? Les Drummond vivent au sud, à un jour de route de nos terres. Et tu voudrais qu'on fasse demi-tour, puis qu'on revienne jusqu'ici avant de nous rendre chez les McKay comme prévu ?

— Ça nous rajouterait au moins sept jours de route, intervint Geordie, la mine fermée.

— Sept jours ? Dans le meilleur des cas ! commenta Alick en grimaçant. On avance lentement à cause de la charrette. Niels a raison. Tu ferais mieux d'envoyer un messager.

Sans cacher son agacement, Greer répliqua aussitôt :

— Vous m'écoutez quand je parle ? Edith n'a pas répondu aux trois messages que nous lui avons adressés. J'ai déjà envoyé un messager, mais on ne l'a même pas laissé entrer dans le château ! Il a été obligé de laisser la lettre à la porte, et on ne lui a pas demandé de transmettre une quelconque réponse. Saidh est prête à se rendre là-bas pour s'assurer qu'Edith va bien.

— Et alors ? Ce ne serait pas la première fois que notre sœur prend la route. Qu'est-ce que…

— Elle est enceinte, bon sang !

Greer avait presque rugi. Comme si Niels et ses frères avaient oublié ce petit détail.

— Évidemment qu'elle est enceinte mais, par Dieu, elle a encore cinq mois devant elle avant d'accoucher. Pourquoi faudrait-il la couver et l'empêcher de bouger le petit doigt uniquement parce qu'elle… Bon sang !

Niels n'alla même pas au bout de sa phrase. Saidh venait d'apparaître en haut de l'escalier et commença à descendre les marches, cahin-caha. Il n'en croyait pas ses yeux. On aurait dit que sa chère petite sœur avait avalé un veau… Voire deux. Elle qui était si menue, en temps normal ! Combien d'enfants y avait-il dans ce ventre rebondi ? Trois, peut-être. Pourvu qu'elle ne tombe pas dans cet escalier raide !

De toute évidence, il n'était pas le seul à s'en inquiéter, car Greer MacDonnell bondit de son siège pour se précipiter auprès de sa femme. Les yeux écarquillés, sans un mot, ils le regardèrent tous grimper les marches quatre à quatre et prendre Saidh dans ses bras avant de la porter jusqu'en bas.

— Pourquoi n'as-tu pas envoyé ta servante me prévenir que tu étais prête à descendre ? gronda-t-il en approchant de la table.

— Je ne suis ni une enfant ni une infirme, rétorqua-t-elle du tac au tac. Je suis parfaitement capable de marcher toute seule.

— Peut-être, mais c'est plus fort que moi.

Greer la déposa sur la chaise à côté de la sienne avec une délicatesse qui tranchait avec le ton de sa voix.

— Chaque fois que tu descends cet escalier, j'ai peur que tu bascules et que tu roules comme une…

Devant la mine furibonde de son épouse, Greer s'interrompit et esquissa une grimace en guise d'excuse.

— Je m'inquiète, c'est tout, finit-il par avouer d'un air piteux.

Là-dessus, il ajouta doucement :

— Je vais prévenir notre cuisinière que tu nous as rejoints pour te restaurer.

— Merci, mon cher mari, murmura-t-elle avec un sourire.

Greer se pencha pour lui déposer un baiser sur le front puis sortit. Saidh regarda son mari traverser la pièce. La tendresse et la gratitude se lisaient sur son visage. Pourtant, lorsqu'elle se tourna vers ses frères, toute cette douceur semblait s'être évanouie. Devant leur air ébahi, elle fit la moue et lança :

— Eh bien ? Vous n'êtes pas contents de me voir ?

Pour toute réponse, Niels haussa les sourcils et laissa ses yeux courir sur ce ventre de géante.

— Si. Nous sommes un peu surpris par ce qu'on voit, c'est tout.

— Tu as l'air à deux doigts d'éclater, argua Alick avec un certain étonnement. Tu es bien enceinte de quatre mois ?

— Oui, murmura-t-elle.

D'une main, elle caressa son ventre proéminent.

— Je me demande si je ne porte pas deux enfants.

— Ou six ! lança Geordie.

Saidh lui envoya aussitôt un grand coup de pied pour la peine. Niels se retint d'éclater de rire et se tourna vers Rory en haussant un sourcil.

— Est-ce normal qu'elle ait déjà un ventre pareil ?

Les lèvres plissées, Rory s'approcha d'elle et lui attrapa le coude pour qu'elle se lève.

— Et si tu remontais à l'étage quelques instants ?

— Quoi ?

La mine fermée, elle secoua la tête et libéra son bras.

— Non, je viens de descendre. En plus, j'ai faim et...

— Il faut que je t'examine, répliqua fermement Rory. Tu n'auras qu'à manger après.

Mais tout aussi fermement, leur sœur lâcha :

— Non, d'abord je mange, et ensuite tu m'examines.

— Oh ! si tu veux, je peux le faire, là, maintenant, devant tout le monde, lança-t-il joyeusement.

Mais cela ne détendit pas spécialement l'atmosphère. Les yeux plissés, elle posa la main sur son *sgian-dubh*, le petit couteau qu'elle portait à la ceinture.

— Essaie un peu, et je découpe en rondelles.

Les yeux levés au plafond, il poussa un long soupir avant de répondre calmement :

— Tu ne devrais pas avoir un ventre aussi rond, ma belle. Ça peut être dangereux. J'ai besoin d'écouter ton cœur et m'assurer qu'il bat normalement. J'aimerais aussi…

— Tout va bien, le coupa-t-elle.

En le voyant prêt à répliquer, elle s'empressa d'ajouter :

— Mais je te propose quelque chose.

— Quoi ?

Niels nota l'inquiétude qui se peignit brusquement sur le visage de son frère. Une inquiétude qu'il partageait, à vrai dire. Qu'allait dire leur sœur ?

— Accompagne-moi jusque chez Edith et je te laisserai m'ausculter, demanda-t-elle d'une voix ferme.

Rory se rembrunit.

— Saidh, tu ne comptes tout de même pas monter sur un cheval dans cet état. Tu…

— Très bien. Alors je n'ai pas besoin qu'on m'examine.

D'un geste de la main, elle coupa court aux conseils de Rory et se tourna face à la table.

Niels baissa la tête pour cacher son amusement. Mais, après avoir poussé un juron, Rory soupira :

— Soit. Si tu me laisses faire, je verrai ce que je peux faire pour ton amie Edith. Alors maintenant… ai-je le droit de m'assurer que tout va bien ?

À ces mots, Saidh sembla se détendre et esquissa

même un petit sourire. Mais, l'instant d'après, elle grimaça et dit :

— D'accord. Accorde-moi juste une minute de répit. Descendre ces quelques marches m'a éreintée.

On aurait dit que cet aveu lui faisait honte — ce qui était certainement le cas. Saidh n'était pas du genre à avouer ses faiblesses.

— Je vais t'aider à remonter.

Elle écarquilla les yeux en entendant la proposition de Rory et partit dans un grand éclat de rire. Mais cela ne dura pas, car elle observa leur frère avec un certain étonnement :

— Tu n'es plus un petit gringalet. Tu as même pris du muscle, on dirait !

Niels ne put s'empêcher de sourire.

— Exact. Il s'entraîne avec nous depuis la fois où on a escorté Dougall et Murine à Carmichael.

— Pourquoi ?

— Nos frères ont lourdement insisté pour me convaincre que ce n'est pas tout de savoir guérir les blessures des autres, expliqua Rory avec une grimace. Il vaudrait mieux pour moi que j'apprenne d'abord à me défendre. Au moins, en restant en vie, je pourrai continuer à me rendre utile.

Avec un sourire en coin, il ajouta :

— Après tout ce que vous avez traversé, toi, ton mari et Dougall, je me suis dit qu'ils avaient peut-être raison.

— Oui, admit-elle d'un air grave. C'est vrai.

Rory haussa un sourcil.

— Ça veut dire que tu vas me laisser te porter ?

Tout en réprimant un soupir, elle secoua la tête avant de se lever.

— Non, mais tu peux me tenir le bras. Cela m'évitera de perdre l'équilibre et de tomber dans l'escalier.

Rory se contenta de hocher la tête et s'exécuta.

Niels les regarda s'éloigner, sans lâcher des yeux le ventre proéminent de Saidh. Comment ne pas être inquiet ?

— Ce n'est pas normal qu'elle ait pris autant de poids, murmura Geordie d'un air préoccupé.

— Non, pas au bout de quatre mois, en tout cas.

— On imagine sans peine ce que ça veut dire, conclut Alick d'un air sombre.

Devant leurs mines étonnées, il leva les yeux au plafond et se contenta de dire :

— Il faut partir pour les terres des Drummond, et vite. Pas question de laisser Saidh faire tout ce trajet dans cet état. Descendre ces quelques marches l'a essoufflée et elle ne semblait pas très rassurée. Sans compter que Greer a dû la porter presque jusqu'en bas.

Niels poussa un long soupir mais acquiesça. S'il n'y avait pas d'autre solution…

— On n'aura qu'à faire un détour après notre passage chez les McKay et…

— On ne peut pas perdre autant de temps.

Ce commentaire péremptoire lui fit lever la tête. Tiens, leur beau-frère venait de les rejoindre.

— Nous avons une livraison à assurer, Greer. Les McKay attendent ces rouleaux de tissu pour la fin de la semaine. On ne peut pas…

— Six de mes hommes s'en chargeront à votre place. Dépêchons-nous de partir pour les terres du clan Drummond avant que Saidh n'insiste pour y aller en personne.

Les lèvres serrées, Niels écouta cette proposition puis répliqua :

— Pas six hommes. Douze.

Cette requête laissa Greer pour le moins circonspect.

— Douze ? Vous étiez censés vous en charger seuls, tous les trois, pourtant.

— Oui, mais ce sont des tissus précieux, et un Buchanan vaut quatre de tes gaillards. Si tu les accompagnes toi-même, on se contentera d'une escorte de huit hommes.

Greer soupira. Savoir qu'il se battait aussi bien que ses beaux-frères sembla l'amadouer. Et il acquiesça :

— Très bien. Douze de mes hommes escorteront ces rouleaux de tissu jusque sur les terres des McKay.

Niels eut un sourire. Il venait de troquer deux longues semaines de route jusque chez les McKay contre un bref passage sur le territoire du clan Drummond, tout près de chez eux. La vie avait du bon quand le ciel vous faisait ce genre de cadeaux !

Chapitre 1

— Ouvrez ces fichues portes et laissez-nous voir Lady Edith, bon sang ! Sinon, nous allons y mettre le feu et les réduire en pièces !

Niels secoua la tête en entendant la menace proférée par Alick. Car ce n'était que des mots, rien de plus. Allaient-ils vraiment incendier les portes du château des Drummond et forcer le passage ? Non, évidemment. Ils n'étaient que quatre, le combat était perdu d'avance. Enfin, cela aurait été amusant d'essayer.

Allons, ils n'étaient pas là pour partir en guerre contre le clan Drummond ! Leur seule mission, c'était de s'enquérir de l'état de santé de Lady Edith puis de rassurer leur sœur. Pour autant, Saidh allait-elle s'en satisfaire ou insister pour faire le trajet jusqu'ici malgré tout et voir son amie en personne ? Impossible à dire, malheureusement. Lorsqu'ils avaient accepté de se rendre sur place, elle avait insisté pour les accompagner. Rory l'avait alors prévenue que ce voyage était risqué pour les enfants qu'elle portait, ce qui l'avait convaincue de renoncer. Enfin, Greer avait également menacé de l'attacher au lit et de la laisser là, sous bonne garde, jusqu'à la naissance des bébés… De quoi lui passer l'envie de s'approcher d'un cheval.

Niels secoua à nouveau la tête. *Les bébés…* Et si sa sœur attendait plus d'un enfant, en effet ? Rory misait sur des jumeaux, mais Alick et Geordie étaient persuadés qu'il y en aurait plus. Ils s'attendaient à une véritable tripotée de petits MacDonnell — trois d'après l'un, quatre d'après l'autre. Foutaises ! Une femme ne pouvait pas mettre au monde autant d'enfants en même temps. Avoir des jumeaux était déjà fort rare, alors trois ou quatre bébés… Oh ! il avait entendu des vieilles parler d'une femme qui en avait eu trois en même temps. Mais c'était il y a une éternité, ou dans des contrées lointaines. Non, ce n'était sûrement qu'une histoire à dormir debout. Quoique… Vu la taille du ventre de Saidh, on ne pouvait jurer de rien !

Sans perdre son calme, Niels leva les yeux vers les hommes postés dans la tour qui surmontait les portes et leur cria :

— Nous souhaitons voir votre maîtresse, c'est tout. Lady Saidh MacDonnell, notre sœur, s'inquiète pour elle. Si vous refusez d'ouvrir ces portes, demandez à votre maîtresse de venir jusqu'ici. Nous pourrons dire à notre sœur que son amie va bien.

Les soldats qui se trouvaient sur la muraille se regardèrent, puis l'un d'entre eux répondit :

— Est-ce notre maîtresse qui vous intéresse ou Lady Edith ?

Niels fronça les sourcils :

— Lady Edith n'est pas la maîtresse de ce château ? Sa mère n'est-elle pas décédée ?

— Si, répondit le garde, mais Laird[1] Brodie, le frère cadet de Lady Edith, s'est marié. C'est donc son épouse, Lady Victoria, qui est la maîtresse du château. Et nous avons pour ordre de ne pas ouvrir ces portes avant leur retour.

Niels fronça les sourcils. Il n'avait pas entendu parler de ce mariage ! Et puis pourquoi la femme du cadet de la famille avait-elle eu le droit de devenir la maîtresse des lieux ? Voilà qui était surprenant. En toute logique, c'était l'épouse de l'aîné du clan — la future Lady Drummond, donc — qui méritait cette place. Pas celle du benjamin !

Qu'importe. Cette histoire ne le concernait pas. Il rangea donc cette information dans un coin de sa tête et dit :

— Eh bien, c'est Lady Edith qui nous intéresse. Notre sœur a envoyé trois messages, sans jamais recevoir de réponse. C'est elle qui nous a priés de faire le déplacement.

Il marqua une pause avant d'ajouter :

— L'hospitalité écossaise étant ce qu'elle est, nous osons croire que des nobles ne seront pas éconduits de la sorte.

En haut de la tour, les hommes se lancèrent dans une discussion animée. Certains semblaient penser qu'on pouvait ouvrir les portes. Et, sans surprise, les autres n'étaient pas de cet avis. Niels attendit patiemment que la question soit tranchée. Mais, au bout d'un moment, il répéta :

— Nous n'avons pas besoin d'entrer pour que notre

1. « Laird » est l'équivalent écossais de « Lord », le titre porté par le seigneur du château. Suivi du prénom, cela peut aussi marquer le respect envers un autre membre de la famille de ce dernier.

sœur soit satisfaite. Laissez Lady Edith venir jusqu'ici et nous assurer qu'elle va bien. Après quoi, nous repartirons.

Le garde qui avait pris la parole répondit :

— Ce n'est pas possible.

Et c'est là qu'il avoua, la mine fermée :

— Elle est trop faible pour venir jusqu'aux portes.

Rory en profita pour lancer d'un ton inquiet :

— Elle est malade ?

— Très malade, même.

Le soldat semblait préoccupé.

— Sa vie ne tient plus qu'à un fil. Dans peu de temps, elle ira rejoindre son père et ses deux frères aînés. Dommage, car c'était une sacrée guerrière. Elle avait la poigne pour diriger notre clan !

Niels eut du mal à en croire ses oreilles. Ronald Drummond et ses deux fils aînés étaient morts ? Voilà pourquoi la femme du dernier né de la fratrie était considérée comme la maîtresse de ce château…

Sentant que Rory s'agitait sur la selle de son cheval, juste à côté de lui, il tourna la tête et lança :

— Lady Edith va mal, nous avons bien compris. Mais notre sœur sera furieuse si nous repartons sans en savoir plus.

Avec un hochement de tête, Niels leva la tête pour renchérir :

— Nous partirons si elle trépasse ou si elle recouvre la santé, pas avant.

— Dans ce cas, nous vous informerons de son décès, répondit le soldat.

Rory marmonna quelque chose tout bas.

Sans se démonter, Niels répondit :

— Et si vous nous laissiez entrer ? Mon frère ici

présent est le meilleur guérisseur d'Écosse. Il est peut-être en mesure de sauver Lady Edith.

Un profond silence s'installa. L'instant d'après, les soldats se lancèrent dans un nouveau conciliabule à voix basse.

Niels tâcha de prendre son mal en patience. Mais ce n'était guère évident. Alors qu'il venait de se faire cette réflexion, il entendit Alick grogner derrière lui :

— On se moque de nous ! Un Écossais n'a pas le droit de laisser ses alliés attendre devant sa porte comme des mendiants et de leur refuser d'entrer.

— En tout cas, pas s'il compte les garder de son côté, acquiesça Geordie.

— Geordie et Alick ont raison, Niels. C'est à n'y rien comprendre, maugréa Rory. Je pourrais être au chevet de cette jeune femme s'ils voulaient bien…

Niels leva la main pour le faire taire et leva la tête.

— Arrêtez vos messes basses, là-haut, dit-il d'une voix forte, et réfléchissez un peu ! Mon frère peut aider cette damoiselle. Vous vous moquez de ce qui pourrait vous arriver, c'est ça ? Que va dire le frère de Lady Edith, votre maître, quand je lui apprendrai que vous l'avez laissée mourir ? Comptez sur moi pour tout lui raconter. Alors maintenant, ouvrez ces satanées portes, bandes de demeurés, ou je vais escalader cette muraille, vous couper la gorge et abattre ces portes moi-m…

Niels laissa sa phrase en suspens. Les lourds battants commencèrent à s'ouvrir. L'air dubitatif, il murmura :

— Hum. On dirait qu'ils ont fini par céder.

— Je me demande bien pourquoi, s'interrogea Rory avec une grimace.

— Mon charme naturel, sans doute.

Niels fit avancer son cheval jusqu'aux portes sans laisser aux hommes postés sur la muraille le temps de changer d'avis.

— Oh ! c'est certain. Le charme des Buchanan opère chaque fois ! s'exclama Geordie en s'engageant à son tour sur le pont au-dessus des douves.

Rory se porta à leur hauteur et leur lança d'un ton réprobateur :

— Mes frères, si c'est ce genre de charme dont vous faites étalage à chacun de vos voyages, je comprends mieux pourquoi vous avez toujours des plaies à soigner.

— Non, ça n'a rien à voir. C'est par compassion que nous revenons toujours avec une ou deux blessures.

— Par compassion ?

Le plus sérieusement du monde, Niels répondit :

— Oui, il faut bien que nos adversaires nous fassent quelques égratignures. Pas question de les battre à plate couture, ils seraient tellement dépités !

— Et puis tu es là, ajouta Geordie.

— Moi ? Qu'ai-je à voir dans tout ça ?

— Tu as besoin d'exercer tes talents de guérisseur, non ? On ne se contente pas d'aider nos ennemis à garder un semblant d'honneur. On tient à te donner quelque chose à faire, histoire que tu te sentes important. Mais on attend toujours que tu nous remercies…

— Que je vous remercie ?

Niels vit son frère écarquiller les yeux. Rory n'y comprenait plus rien.

— Vous n'êtes pas sérieux, quand même ?

— Bien sûr que non ! s'esclaffa-t-il. Mais, pendant une seconde, tu y as cru, pas vrai ?

Rory resta muet et les foudroya du regard tous les deux. Alick en profita pour lancer joyeusement :

— Tu vois tout ce que tu rates en restant au château, le nez plongé dans tes vieux livres poussiéreux et dans tes plantes médicinales ? Ça ne te donne pas envie de voyager avec nous ?

Il pressa sa monture pour rattraper Geordie alors qu'ils traversaient la basse-cour du château.

Rory lui jeta un œil dédaigneux :

— Effectivement, c'est si agréable d'avaler la poussière soulevée par le cheval devant moi, de dormir dans le froid et de supporter toutes vos moqueries. Je regrette tellement d'avoir manqué tout ça jusque-là !

— Il y a des jours où je me demande si tu n'as pas été adopté, petit frère, lâcha tristement Geordie.

Niels s'empressa de répondre :

— Non, rassure-toi. On dirait plutôt que Dieu s'est amusé à tout mélanger quand il a créé Saidh et Rory.

— Il voulait peut-être que Saidh soit un garçon et que Rory soit une fille, tu penses ? suggéra son frère avec un grand sourire. On s'est déjà posé la question, au cours de nos pérégrinations.

— C'est vrai ! confirma Alick.

— Quoi ? s'étrangla Rory.

Alors qu'ils approchaient des marches menant à la porte du donjon des Drummond, Alick poursuivit :

— Réfléchis un peu. Tu aimes rester au château, bien au chaud, alors que Saidh aime courir les routes, se battre et dégainer son épée si un homme ose poser les yeux sur elle. Comme si elle voulait être notre frère, et pas notre sœur.

Tout en grimpant les marches, Niels guetta discrètement la réaction de Rory. En voyant le visage de leur frère se décomposer, il partit dans un grand éclat de rire, imité par Geordie et Alick.

— C'est ça, riez, tous les trois, maugréa Rory. Je m'en souviendrai la prochaine fois que vous aurez une blessure à soigner.

Sans cesser de glousser, Niels haussa les épaules et descendit de sa monture. Si Rory souhaitait se venger, libre à lui. Au moins, ils se seraient bien amusés à ses dépens !

— Vous allez sauver Lady Edith ?

En entendant cette question, Niels se retourna et tomba sur un petit garçon aux cheveux blonds et au regard innocent. À ses côtés se tenait un chien au pelage roux presque aussi grand que lui. Ce n'était pas tous les jours qu'on croisait un animal aussi gros.

— Hein, dites ! insista le petit.

— Nous allons faire de notre mieux, répondit-il.

— Ma grand-mère pense que personne ne peut la sauver, lâcha tristement l'enfant.

— C'est vrai ?

Le garçonnet hocha la tête :

— Oui. Elle ira bientôt rejoindre Laird Drummond et ses fils. C'est juste une question de temps.

Niels fronça les sourcils et répondit :

— Ce serait peut-être arrivé si nous n'étions pas venus, mais tu vois cet homme, là ?

Il désigna Rory qui était descendu de sa monture et se dirigeait vers eux.

— Voici mon frère Rory, c'est le meilleur guérisseur de toute l'Écosse. Si quelqu'un peut aider Lady Edith à recouvrer la santé, c'est bien lui.

L'enfant le regarda d'un air solennel puis hocha la tête.

— J'espère, milord. Parce que je serais très triste qu'elle meure. Elle est si gentille. Ce n'est pas comme la femme de Laird Brodie, Lady Victoria. Si elle avait dirigé le château, elle ne nous aurait jamais permis de nous installer ici.

Que répondre à ça ? Le temps de se ressaisir, Niels demanda :

— Comment t'appelles-tu, mon petit ?

— Ronson, milord.

— Et ta famille n'est pas d'ici ?

— Non. On vient du sud. Mais quand ma mère est morte, notre ancien seigneur nous a jetés dehors. Avec ma grand-mère, nous avons fait un long trajet avant de nous trouver un toit, parce que personne ne voulait de nous. Grand-mère est trop vieille et, moi, je suis trop jeune, qu'ils disaient. Mais Lady Edith nous a accueillis, elle a donné un travail à ma grand-mère. Et elle m'en a donné un à moi aussi, précisa-t-il fièrement.

— Ah oui, et qu'est-ce que tu fais ? demanda-t-il.

Même s'il devinait la réponse…

— Je m'occupe de Laddie, expliqua le garçon.

Le torse bombé, il posa un bras malingre sur l'immense animal.

— Je dois lui donner à manger, le promener et le brosser. Lady Edith n'a pas le temps de s'en charger avec tout ce qu'elle a à faire au château. C'est une mission importante.

— Oui, très importante, dit Niels en souriant. Elle a de la chance que tu sois là.

— Oui. Mais je risque de perdre mon travail dans peu de temps.

— Pourquoi ça ? intervint Rory.

Ronson hésita, la mine sombre, avant d'expliquer :

— Même si Lady Edith survit, elle devra quitter le château. C'est ce que disent les servantes. D'après elles, Lady Victoria va l'envoyer dans un couvent à la première occasion. Si c'est le cas, on devra partir.

Il fit une grimace avant de demander :

— C'est vrai, à votre avis ? Lady Victoria va obliger Lady Edith à partir ?

— Aucune idée, mon petit, avoua Niels. Mais chaque chose en son temps. Commençons par soigner Lady Edith, il sera toujours temps de s'occuper des autres problèmes après. Pas vrai ?

— Oui, admit l'enfant en caressant le chien derrière les oreilles. Lady Edith aime beaucoup Laddie. Peut-être qu'elle irait mieux si elle le voyait. Elle est très attachée à lui.

Niels se retint de sourire.

— On verra ça plus tard. Pour l'heure, laissons mon frère l'examiner et voir ce qu'il peut faire. D'accord ?

— D'accord, répondit l'enfant à contrecœur. Tiens, voilà Tormod et Cawley.

En jetant un œil derrière son épaule, Niels aperçut deux hommes d'un certain âge qui marchaient dans leur direction. L'un était grand et maigre, et il boitait, alors que l'autre était petit et trapu.

— Et de qui s'agit-il ? s'enquit Rory.

— Les lieutenants de notre ancien seigneur. Maintenant, ils sont au service de Laird Brodie. Le grand, c'est Tormod… et il ne m'aime pas.

Rory tâcha de se montrer rassurant :

— Je suis sûr que ce n'est pas vrai.

— Si, c'est vrai, insista Ronson. Il a demandé à Lady Edith de nous mettre dehors. « Parce qu'il faut se dispenser des bouches inutiles. »

Niels poussa un soupir. Il imaginait bien ce Tormod dire une chose pareille. Et devant le garçon et sa grand-mère, en prime. Malheureusement.

— Je ferais mieux de ramener Laddie au donjon et de le brosser.

Niels hocha la tête et regarda Ronson emmener le grand chien avant d'observer les deux lieutenants. Ils étaient en grande conversation. Était-ce à cause d'eux que la discussion avait été si animée, tout à l'heure, en haut de la muraille ? Si c'était le cas, la question n'était toujours pas réglée, même s'ils les avaient laissés entrer.

Au moment où les deux hommes arrivaient près d'eux, le dénommé Tormod intima à son compagnon de se taire. Puis il se tourna vers eux et lâcha :

— Quelqu'un va s'occuper de vos chevaux. Suivez-moi, je vais vous conduire auprès de Lady Edith.

Niels plissa les yeux devant cet accueil assez peu chaleureux mais se contenta de demander :

— Est-ce vous qui dirigez le château en l'absence de Laird Drummond ?

— Oui. Hélas, avoua-t-il avec une grimace. Mon nom est Tormod, et c'est à moi qu'on demandera des comptes pour vous avoir laissés entrer. Lui, c'est Cawley, et il est tranquille, il n'aura pas à se justifier. Pourtant, c'est bien parce qu'il a insisté lourdement que vous êtes là.

— On a eu raison de prendre cette décision, et tu le sais, répondit l'intéressé avec véhémence. S'ils sont capables de sauver la pauvre Edith…

— C'est bon, c'est bon, le coupa son acolyte. Ils ont eu le droit d'entrer, non ? Brodie va me le faire payer.

Niels haussa un sourcil. Pourquoi parlait-il du maître des lieux de façon aussi peu respectueuse ? Et pourquoi serait-il puni parce qu'il leur avait ouvert les portes ?

— Votre chef n'aura pas à se plaindre quand Rory aura sauvé la vie de sa sœur, fit remarquer Alick en s'approchant.

Niels en profita pour faire les présentations.

— Lui, c'est mon frère Alick. Et voici Geordie et Rory. Moi, je m'appelle Niels.

Tormod se contenta de hocher la tête et répondit :

— Oui, s'il la sauve. Malheureusement, ce ne sera pas le cas, j'en ai peur.

L'air sombre, il tourna les talons et s'engagea dans l'escalier.

— Pourquoi ? De quoi souffre-t-elle ? demanda Rory avec intérêt.

— Si je le savais ! Personne n'en sait rien. C'est arrivé du jour au lendemain. Ça a frappé Laird Drummond puis ses deux fils aînés, Roderick et Hamish, tous en même temps. Notre ancien seigneur est mort le soir même. Mais sa santé était déjà déclinante. Ses deux fils étaient de solides gaillards, ils sont partis trois, quatre jours plus tard. Lady Edith les a veillés.

Visiblement, il semblait le regretter. Niels comprit pourquoi aussitôt après.

— Je lui ai déconseillé de le faire, ajouta le lieutenant. J'étais certain qu'elle attraperait le même mal. Elle aurait dû laisser les serviteurs s'occuper d'eux. Mais non, elle voulait s'en charger. La suite a montré que j'avais raison.

Juste après l'enterrement de son deuxième frère, elle est tombée malade.

— Mais Brodie et son épouse, comment vont-ils ?

Niels nota la façon dont Tormod plissa les lèvres.

— Quand la servante de Lady Edith est tombée malade à son tour, Brodie a paniqué. Il a eu peur que le clan tout entier soit touché, lui et sa femme y compris. Alors ils ont décidé de partir pour des cieux plus cléments, pour quelque temps.

Tormod marqua une pause devant la porte, jeta un œil derrière lui, puis poussa un battant en ajoutant d'un ton acerbe :

— Il n'a pas perdu de temps, c'est le moins qu'on puisse dire. Il a pris quelques affaires, sa femme, une suivante, une petite escorte de six hommes et il est parti sans traîner. Comme si l'enfer était à leurs trousses !

— En vous laissant le soin de gérer la situation, conclut Niels en franchissant la porte que le soldat leur tenait.

— C'est bien ça ! confirma ce dernier, la mine fermée, en claquant la porte derrière eux.

— Lady Edith est donc malade depuis plus de quatre semaines ? demanda Rory tandis qu'ils traversaient la grande salle noire de monde.

C'était ce que leur avait dit Saidh. Ils furent donc surpris de voir le soldat faire non de la tête.

— Depuis un peu plus de trois semaines seulement, corrigea-t-il.

— Mais notre sœur nous a expliqué que la dernière lettre envoyée par Lady Edith remontait au mois dernier. Et sa santé avait déjà commencé à décliner.

Tormod balaya cette remarque d'un geste.

— Une semaine avant que son état ne se dégrade à

nouveau, Lady Edith avait eu des maux d'estomac. Mais elle allait déjà mieux quand elle est retombée malade, il y a trois semaines.

— Je vois. Et comment se fait-il que ses frères aient été emportés en quelques jours, alors qu'elle est toujours en vie ?

— C'est une guerrière, vous savez. Elle aurait su diriger le clan. Mieux que l'incapable qui lui sert de frère. Dire que Brodie se porte comme un charme et qu'il est en lieu sûr, quelque part loin d'ici, alors qu'elle s'affaiblit de jour en jour !

Il se frotta la nuque tandis qu'ils arrivaient en haut des marches.

— C'est prodigieux qu'elle ait résisté aussi longtemps. Mais la fin est proche.

— De quoi souffre-t-elle, exactement ? s'enquit Rory.

— Son père et ses frères avaient des maux de tête, ils ne se sentaient pas dans leur assiette, ils respiraient difficilement et ils avaient des hallucinations. Visiblement, c'est peu ou prou la même chose avec Lady Edith, sauf qu'elle a également des nausées. Elle a du mal à avaler quoi que ce soit et elle perd des forces de jour en jour.

Sans un mot, ils suivirent Tormod jusqu'à la deuxième porte du couloir. L'homme s'arrêta pour les observer avant de fixer Rory.

— C'est vous, le guérisseur ?

— Oui, répondit-il fièrement.

— Alors entrez. Vous, attendez ici.

Niels se borna à hocher la tête. Pourquoi entrer dans la chambre d'une malade, de toute manière ? À vrai dire, il aurait préféré attendre autour de la grande table du rez-de-chaussée, face à un peu de bière ou d'hydromel, pour bien faire. Mais ce n'était pas possible. Alors autant se montrer patient et écouter les conclusions de Rory.

Quand le lieutenant poussa doucement le battant, Niels jeta un œil à l'intérieur, par pure curiosité. Une silhouette était allongée sur le lit. À l'autre bout de la pièce, une femme aux cheveux gris, maigre et voûtée par les ans, versait le contenu d'une fiole dans une grande coupe en métal. De l'hydromel, manifestement. Là-dessus, elle reboucha le flacon, qu'elle posa sur la table, puis se tourna avec la mixture préparée pour la femme alitée.

— Allons, c'est l'heure de votre médicament, chuchota la vieillarde avec une pointe d'accent anglais.

Et elle s'assit au bord du matelas.

Niels se concentra alors sur la femme alitée. Elle n'avait pas réagi à ce qu'on venait de lui dire. Elle restait allongée, immobile et muette. Son visage était d'une pâleur effrayante et sa peau aussi blanche que le givre en hiver. Une couleur qui tranchait avec la masse de cheveux blond roux qui lui encadraient le visage, pareils à un feu de bruyère. Rory passa devant lui pour entrer dans la pièce.

— Que lui donnez-vous ? demanda-t-il en approchant du lit.

La vieille servante sursauta et leva des yeux surpris.

— Eh bien, vous m'avez fait une de ces frayeurs ! dit-elle en plaquant une main contre sa poitrine.

Puis elle fronça légèrement les sourcils et tourna la tête vers Tormod, toujours posté à l'entrée de la pièce. Elle s'aperçut qu'il n'était pas seul, ce qui acheva de la troubler.

— Qui sont ces gens ? Pourquoi voulez-vous les laisser

entrer dans la chambre de Lady Edith, alors qu'elle est si malade ?

— Ces hommes sont du clan Buchanan, expliqua le soldat.

Il adressa un signe de tête approbateur à Rory quand celui-ci retira le breuvage des mains de la vieille et le porta à ses narines.

— C'est un guérisseur. Il pense être en mesure d'aider Lady Edith.

— Dieu soit loué ! soupira la servante en se levant. Je vais peut-être pouvoir me reposer. Veiller nuit et jour sur Lady Edith m'a épuisée et…

Elle n'alla pas plus loin. Les yeux écarquillés, la bouche grande ouverte, elle se mit à agiter les bras tout autour d'elle, comme si elle cherchait quelque chose à agripper. Avant de s'écrouler par terre.

Niels pénétra dans la pièce en la voyant chanceler et attrapa la vieille femme dans ses bras juste à temps pour la soutenir. En voyant son teint pâle, il tourna la tête vers Tormod. Il le vit reculer de la porte, l'air effrayé, et se placer derrière Alick et Geordie.

— Pouvons-nous installer la servante dans une autre pièce ? demanda-t-il tandis que Rory se précipitait pour l'examiner.

Celui-ci entrouvrit les paupières de la vieille afin de scruter ses yeux, puis attrapa sa main pour se pencher sur ses ongles.

Niels observa la scène en silence. Que cherchait son frère, au juste ? À cet instant, on aurait dit que Rory imitait les gestes de Dougall, quand ce dernier voulait s'assurer qu'un cheval allait bien.

— Non, c'est là que nous gardons les malades, répondit

le guerrier d'un ton sans réplique. Maintenant qu'elle est infectée, elle restera ici.

— Alors allongeons-la à côté de Lady Edith, maugréa Rory en lâchant la main de la domestique.

Avec un hochement de tête, Niels porta la vieillarde jusqu'au lit et l'installa à côté de sa maîtresse. Tout en se redressant, il jeta un œil en direction d'Edith Drummond. La chevelure flamboyante de la jeune femme, étalée sur l'oreiller, attira son regard. Elle avait peut-être l'air à l'article de la mort, mais cette masse de cheveux roux sortait de l'ordinaire ! Dans le même temps, Rory examina lui aussi Lady Edith.

— Sais-tu de quoi elle souffre ? demanda Niels tandis que son frère soulevait les paupières de la jeune malade.

Elle avait les pupilles dilatées. L'iris était si noir qu'il effaçait presque le vert clair de ses yeux, ne laissant que ce mince cercle d'une couleur magnifique. Qu'est-ce que cela signifiait au juste ?

Rory ne répondit pas tout de suite. Il prit le temps de regarder à l'intérieur de sa bouche, puis observa les ongles de sa main fine, qu'il reposa délicatement, avant de se tourner pour attraper le breuvage que la vieille servante comptait donner à sa maîtresse. La mâchoire serrée, il reposa la coupe en métal et lâcha :

— Elle n'est pas malade. On l'a empoisonnée.

— Quoi ?

Tormod voulut pénétrer à son tour dans la pièce, mais sembla hésiter :

— Vous en êtes certain ? lança-t-il depuis le pas de la porte. Et Effie ?

— On l'a empoisonnée elle aussi.

Rory paraissait sûr de son fait. Il marcha jusqu'à la

table pour inspecter le contenu du flacon dont s'était servie la domestique.

— Elle a dû ingérer du poison, elle aussi.

— Le poison est-il dans ce flacon qu'elle a mélangé au reste du breuvage ? demanda Niels.

— Aucune idée, admit son frère en revenant près du lit. Il y a beaucoup d'herbes là-dedans. Impossible d'affirmer si c'est dans ce flacon qu'on l'a versé.

— Mais tu es sûr que c'est du poison ?

— Oui, affirma Rory sans sourciller. Tous les signes sont là.

Niels regarda à nouveau cette jeune femme si pâle…

— Saidh a eu raison de nous demander de venir, alors. A-t-elle des chances de survivre ?

En levant les yeux, il fut surpris de tomber sur Tormod — qui avait fini par entrer dans la pièce, maintenant qu'il ne courait plus aucun danger. Le soldat se posta tout près d'eux.

— Espérons-le, soupira Rory. Si elle est assez forte pour combattre les effets de ce qu'elle a déjà avalé. Et si elle n'ingère pas davantage de poison.

— Vous ne pensez tout de même pas que Laird Drummond et ses fils ont été empoisonnés ? demanda Tormod en fronçant les sourcils.

— Ils avaient bien les mêmes symptômes, non ?

— Oui, mais ils ne vomissaient pas leurs tripes, contrairement à cette pauvre enfant. Ils sont peut-être tombés malades, rien de plus.

Rory secoua la tête.

— Ces nausées ne sont pas le signe d'un empoisonnement. Mais il y a de grandes chances pour qu'ils aient subi le même sort que Lady Edith. La seule différence, c'est que, pour une quelconque raison, elle était sujette à ces vomissements au même moment. Comme elle était incapable de garder quoi que ce soit dans son estomac, le poison n'a pas pu pleinement faire son effet et la tuer. C'est sûrement ce qui lui a sauvé la vie. Elle s'est simplement affaiblie.

— Bon sang, souffla Tormod. Quelqu'un avait donc l'intention de tuer notre seigneur et ses héritiers ?

— On dirait bien, oui, marmonna Rory en observant d'un œil inquiet les deux femmes allongées sur le lit.

— Et maintenant, que faisons-nous ? demanda calmement Niels.

Son frère resta muet une seconde avant de répondre :

— Je ne peux pas faire grand-chose si j'ignore de quel poison il s'agit.

— Et si vous leur donniez quelque chose ? intervint le lieutenant. Un fortifiant, par exemple ?

— Pas question de leur donner quoi que ce soit avant de savoir ce qui les a empoisonnées. La moindre erreur pourrait les tuer. Tout ce que nous pouvons faire, c'est leur donner à boire, rester à leur chevet, et voir ce qui se passe.

À ces mots, Tormod se dirigea vers la porte.

— Je vais ordonner à l'une des servantes de prendre un peu de bouillon et…

— Surtout pas !

Devant l'air étonné du vieux lieutenant, Rory expliqua :

— Il y aurait un risque qu'on empoisonne leur nourriture. Elles n'y survivraient pas.

Niels haussa un sourcil.

— Même la servante ? Elle va forcément s'en sortir, non ? Après tout, Lady Edith est malade depuis des semaines. Si je ne m'abuse, c'est la première fois que les effets du poison se font sentir chez cette vieille femme.

Tormod répondit aussitôt :

— Effectivement. C'est la première fois que je vois Effie se sentir mal depuis qu'elle veille sur cette pauvre enfant.

— Oui, mais Effie est âgée, et elle n'a pas eu la chance de vomir le poison, contrairement à la sœur de votre chef. Si elle a ingéré une dose importante…

Il observa furtivement la vieille femme, l'air soucieux, avant de conclure :

— … elle risque de mourir aussi rapidement que Laird Drummond.

— Ce qui la met hors de cause.

— Sans doute.

Avec un soupir, Niels se tourna vers son frère :

— Dis-nous de quoi tu as besoin pour les soigner et nous te l'apporterons.

— De l'eau fraîche tirée du puits et de quoi préparer nous-même un bouillon.

Rory se tourna alors vers Geordie :

— Mon frère, va chercher le lièvre que tu as attrapé ce matin, ainsi que quelques légumes.

— Je m'en occupe, répondit-il avec un hochement de tête.

— Et moi, je me charge de l'eau, renchérit Alick en s'éloignant à son tour.

— Veille à ce que l'eau du puits soit bien fraîche. Et ne laisse personne s'approcher de toi quand tu reviendras ici, ordonna Rory.

Alick acquiesça et sortit de la pièce en compagnie de Geordie. La seconde d'après, Niels demanda :

— Que puis-je faire ?

— Il nous faudrait aussi de l'hydromel ou du cidre. Mais je veux qu'on le tire d'un tonneau neuf, personne ne doit y avoir touché.

— Venez avec moi, je vais vous procurer tout cela, dit brusquement Tormod en quittant la chambre.

Ils traversèrent le couloir sans desserrer les dents. Une fois au niveau de l'escalier, le soldat murmura :

— J'ai du mal à y croire. Quelqu'un a assassiné notre chef et ses fils !

Niels poussa un grognement, les sourcils froncés. Il ne s'attendait pas à être confronté à un tel problème au moment où il avait accepté de venir ici. Que faire ? Il ne pouvait pas abandonner Rory sur place et le laisser tenter de sauver la vie de Lady Edith, pas avec un assassin qui rôdait dans le château en empoisonnant tous ses occupants ! Il ne pouvait pas non plus repartir pour le château du clan MacDonnell avec la jeune femme. Certes, Saidh et Rory veilleraient sur elle mais, tôt ou tard, elle reviendrait ici… et elle serait à nouveau à la merci de l'assassin !

Avec ses frères, Niels avait grandi avec la conviction qu'ils devaient protéger les faibles et les nécessiteux dès que c'était possible. Telle était leur mission. Et Edith était réellement en danger. En laissant Greer s'occuper de sa cargaison, il pourrait essayer d'y voir plus clair dans cette sombre histoire. Et protéger cette jeune femme de nouvelles tentatives de meurtre.

Les mâchoires serrées, il songea à tout ce que lui avait raconté Tormod pendant qu'ils grimpaient l'escalier.

— Votre chef et ses deux fils ont été les premiers à tomber malades, c'est bien ça ?

— Oui.
— Mais l'état de santé d'Edith s'est dégradé après ces trois décès ?
— Exact.
— Elle n'a donc pas été empoisonnée en même temps que son père et ses frères. Mais juste après, conclut-il d'un ton pensif.
— Comme les servantes.
— Je vois…, dit Niels.
Tormod lança aussitôt :
— À quoi pensez-vous ?
— Si elle et ses servantes avaient été empoisonnées en même temps que votre ancien chef et ses deux aînés, j'aurais demandé à Brodie de s'expliquer. Car il aurait été le seul à profiter de la mort de ses frères et de son père.
Le vieux soldat hocha la tête, puis finit par admettre :
— C'est vrai, je me suis dit que ces trois décès étaient une aubaine pour lui. Autrement, il n'aurait jamais eu la moindre chance de devenir le chef du clan.
Niels acquiesça, avant de secouer la tête :
— Car il aurait été le seul à profiter de la mort de ses frères et de son père. Seulement, à quoi bon empoisonner Edith ? Elle est la benjamine de la fratrie, n'est-ce pas ?
— Exact. Brodie ne tirerait aucun avantage si elle venait à mourir, expliqua le guerrier.
Malgré tout, il ajouta :
— Mais ce serait un bon moyen de se débarrasser d'elle. La jeune épouse de Brodie n'apprécie guère Lady Edith.
Tiens donc ! Voilà qui était intéressant…
— Ah non ?
— Non. Avant cette sombre histoire, elles étaient plutôt distantes mais, lorsque notre vieux chef est mort et que

les deux aînés étaient près de le rejoindre, Brodie a pris la tête du château, le temps que ses frères se remettent… ou trépassent à leur tour. Lady Victoria s'est prise pour la maîtresse des lieux, elle a tenté d'imposer sa volonté aux serviteurs — en vain. Depuis la mort de sa mère, Lady Edith dirigeait le personnel. C'était toujours vers elle que les serviteurs se tournaient. Dès que Lady Victoria a commencé à leur donner des ordres, ils sont allés voir Lady Edith pour savoir s'ils devaient obéir. Cela a rendu la femme de Brodie furieuse.

Intéressant. Pour autant, Niels secoua la tête :

— Brodie aurait pu facilement l'envoyer dans un couvent pour ne plus l'avoir dans les pattes, si son épouse l'avait souhaité. Par ailleurs, cela n'explique pas l'empoisonnement des servantes.

— Non, convint Tormod en se grattant le front. D'ailleurs, la vieille Effie est au service de Lady Victoria, qui l'adore. Elle ne voudrait jamais la tuer !

— Lady Victoria est partie sans sa servante ? s'étonna-t-il.

Sa sœur Saidh aurait pu prendre une telle décision, mais la plupart des dames qu'il connaissait ne partaient jamais en voyage sans une suivante pour les aider à s'habiller, entre autres.

— Non. Elle en a pris une autre, plus jeune. Effie a été la gouvernante de Lady Victoria, puis elle est devenue sa servante attitrée quelques années plus tard. Mais, puisqu'elle n'est plus toute jeune, elle se fait aider par cette autre fille, Nessa. C'est elle qui était du voyage. Effie est restée au château. Lady Victoria avait peur que le trajet soit trop fatigant pour elle, surtout après ce qui venait d'arriver.

Après un instant de réflexion, Niels demanda :

— Et où est la servante de Lady Edith ? Est-elle morte ?

— Moibeal ? Non, elle est tombée malade elle aussi, mais elle est tirée d'affaire, répondit Tormod. Elle aide aux cuisines, à l'heure qu'il est. Elle avait envie de veiller sur sa maîtresse mais, quand sa santé s'est dégradée, Lady Edith a préféré qu'on l'éloigne. Elle ne voulait pas que la petite retombe malade. Elle ne se doutait pas qu'on les avait empoisonnées toutes les deux, cela va sans dire.

Voilà qui tombait sous le sens.

— Vous savez, poursuivit le vieux soldat, j'ai comme l'impression que c'est un tonneau de vin qui a été empoisonné. Et c'est peut-être un hasard si Lady Edith a été touchée. L'assassin visait surtout notre chef et ses fils.

Intéressant. Pour autant, Niels fit remarquer :

— Je doute que les servantes aient bu de ce vin. Chez les Buchanan, c'est un breuvage réservé aux membres de notre famille. Le personnel et la garnison boivent de la bière, du cidre ou de l'eau.

Cet argument sembla convaincre Tormod.

— C'est la même chose ici. Elles ne devraient pas boire de ce vin — mais rien ne dit qu'elles ne l'ont pas fait quand même.

Niels écouta cette réponse en silence. Il était peut-être temps de dire deux mots à cette servante.

Chapitre 2

Un grondement terrible réveilla Edith. Tout en clignant les yeux, elle jeta des regards inquiets tout autour d'elle. Puis brusquement, sur sa droite, le son retentit à nouveau. Elle resta bouche bée. Un homme était affalé dans le fauteuil à côté de son lit. Et le grondement qui l'avait tirée de son sommeil n'était en fait qu'un ronflement sonore, digne d'une bête sauvage. Seigneur, elle n'avait jamais rien entendu de tel !

Edith l'observa. Mais qui était cet inconnu, et que faisait-il dans sa chambre ? Au même moment, elle s'aperçut qu'une femme était allongée sur le matelas, tout près d'elle. Edith la fixa d'un air à la fois perdu et soucieux. C'était la servante de Victoria, Effie. Eh bien, pour une surprise, c'était une surprise ! Elle semblait au plus mal. Ce qui ajouta à sa stupeur. La vieillarde était d'une pâleur effrayante, sa peau fine et ridée était d'un blanc cireux et pas un de ses muscles ne bougeait. On avait même l'impression qu'elle ne respirait plus… Un doute affreux la saisit. Elle n'était pas morte, tout de même ? Mais très vite, elle remarqua que la poitrine de la servante s'élevait et s'abaissait doucement, et difficilement.

Soulagée, Edith poussa un long soupir puis scruta à

nouveau la pièce. En temps normal, sa chambre était propre et ordonnée mais, pour l'heure, tout était sens dessus dessous. Un gobelet était posé en travers de la table de chevet, à côté de deux bols vides. De l'autre côté du lit, on apercevait également un gobelet et un bol sur sa table de chevet, ainsi qu'une miche de pain. À l'autre bout de la pièce, un tonneau trônait sur la table, entouré d'autres récipients et d'épluchures de légumes. Et, de toute évidence, il y avait également une peau de lièvre, fraîchement dépecée.

Qui avait semé une telle pagaille dans cette pièce pendant qu'elle dormait ? Le regard d'Edith tomba alors sur le sol. Quatre sacs étaient alignés le long du mur, et remplis pêle-mêle de vêtements, de légumes et d'armes. Les nattes en roseau qu'on posait par terre avaient été écrasées et éjectées sur le côté, ce qui avait créé comme des chemins qui circulaient entre la porte, le lit et la cheminée. Au-dessus des flammes, quelque chose bouillait dans un chaudron.

Edith était perdue. À quoi rimait ce capharnaüm ? Et puis il y avait cet homme à côté d'elle. Il faisait un sacré boucan pour un ange gardien…

Ce n'était peut-être qu'un garde, après tout ?

Cette idée acheva de la troubler. Elle avait été malade un long moment. Le désordre qui régnait dans cette pièce suffisait à le prouver. Que s'était-il passé au château pendant que la maladie avait plongé son esprit dans les ténèbres ? Un autre clan avait-il eut vent de la mort de son père et de ses deux frères ? Quelqu'un avait-il décidé de profiter de la situation pour attaquer le château ?

Cette perspective la fit frémir. D'autant qu'elle se sentait encore trop faible pour opposer une résistance. Certes, elle adorait son frère Brodie, mais c'était un enfant gâté, et il n'avait pas une âme de soldat. Il ne servirait à rien dans une situation pareille.

Tout en se mordant la lèvre, Edith jeta un regard inquiet à l'homme avachi dans le fauteuil à côté de son lit. Il était immense, avec des épaules larges et un visage jeune. Pas laid du tout, loin de là. Mais c'était surtout un parfait inconnu. Il ne faisait pas partie du clan. Elle regarda à nouveau Effie et lui donna un petit coup de coude. Pourvu que la vieille femme se réveille et lui raconte de quoi il retournait. Que s'était-il passé pendant qu'elle avait été malade ? Voyant que le premier coup n'avait rien donné, elle retenta sa chance, en frappant un peu plus fort. Sans succès.

Autant laisser cette pauvre femme se reposer. Edith voulut alors s'asseoir. Enfin, elle essaya, du moins. Pour être honnête, le simple fait de se redresser lui demanda déjà un gros effort. Elle était aussi faible qu'un nourrisson. Elle dut se tourner sur le côté, glisser les pieds hors du lit et les laisser pendre, puis prendre appui sur le matelas pour parvenir enfin à s'asseoir.

Il n'y avait pourtant rien de bien compliqué, mais cela suffit à l'essouffler et à la faire suer à grosses gouttes. Chancelante, Edith s'agrippa au bord du lit et fixa la porte d'un air déterminé. La chambre n'était pas bien grande. Il fallait faire environ six pas avant d'atteindre la porte. Mais, après l'effort qu'elle avait dû fournir pour se lever, cette courte distance lui paraissait atrocement longue.

Certes, réveiller l'homme qui ronflait dans le fauteuil aurait été beaucoup plus simple. Malheureusement, ce n'était guère possible. Après tout, rien ne prouvait qu'il était animé de bonnes intentions ! Non, si elle voulait découvrir ce qui se tramait ici — et savoir si elle était en sécurité —, elle devait rejoindre le couloir discrètement et jeter un œil dans les parages. De préférence sans réveiller le garde.

Forte de cette décision, Edith prit une grande inspiration et mobilisa toutes ses forces pour se lever, en prenant appui sur ses mains et sur ses pieds. L'espace d'un instant, elle parvint à se dresser et à tenir sur ses jambes. Victoire ! Hélas, elle s'écroula aussitôt, le nez sur une natte. Au même moment, la porte de la chambre s'ouvrit.

— Bon sang, Alick, tu étais censé la surveiller ! Laddie, non !

Edith entrouvrit un œil, qu'elle referma aussitôt en apercevant une langue immense se tendre vers elle. La seconde d'après, le chien lui lécha le visage, du menton jusqu'au front. Le nez plissé, elle entendit quelqu'un traverser la pièce à toute vitesse. Les ronflements avaient brusquement cessé. Juste après, une autre voix d'homme bafouilla :

— Hein, quoi ? Hé, mais où est-elle passée ?

— Tais-toi donc, crétin !

Edith sentit qu'on s'agenouillait près d'elle. Par bonheur, Laddie cessa de manifester son affection débordante et elle put ouvrir les yeux. Un homme traînait le chien vers la porte en le tirant par son collier.

— Ronson ! cria-t-il à tue-tête.

— Mais comment a-t-elle fait pour sortir du lit, Niels ? lança l'autre — celui qui avait passé son temps à ronfler.

— À ton avis ?

La seconde d'après, elle entendit le premier homme — qui semblait s'appeler Niels, donc — répéter :

— Ronson ! Ah, te voilà. Fais sortir ce chien, et vite.

— Désolé, milord.

Le jeune garçon entra dans la pièce et se hâta d'attraper le collier de Laddie.

— Il m'a échappé en un rien de temps. C'est un malin. Mais Lady Edith lui manque et… Attendez, pourquoi Lady Edith est-elle par terre ? Qu'est-ce que…

— Fais sortir ce chien, j'ai dit !

— Oui, milord, répondit le petit en tirant Laddie vers la porte.

Elle s'aperçut qu'il la regardait avec un grand sourire.

— Ça me fait plaisir de savoir que vous êtes réveillée, milady. Vraiment. Je reviendrai avec Laddie quand vous serez rétablie.

Ronson eut à peine le temps de terminer sa phrase que le dénommé Niels refermait brusquement la porte derrière lui.

Edith entendit ce dernier marmonner quelque chose dans sa barbe et le regarda traverser la pièce à grandes enjambées. Il avait l'air passablement agacé. Il s'agenouilla ensuite à côté d'elle et la souleva de la natte sur laquelle elle avait atterri. Les brins de paille étaient sales et commençaient à moisir. Il était grand temps de les changer. Il faudrait qu'elle demande à ses servantes de balayer ces saletés.

— Désolé, grogna-t-il. Ce chien a tendance à me suivre comme mon ombre. Mais, d'habitude, il s'arrête dans le couloir quand je viens ici.

— Oui, dès que Niels sort de cette chambre, Laddie le suit partout, confirma l'autre — qui s'appelait donc Alick. Et Ronson n'est jamais loin. Ils ont l'air de s'être tous deux pris d'affection pour lui.

Les lèvres plissées, il secoua la tête et ajouta :

— Ce qui est quand même assez étonnant !

Pour toute réponse, Niels murmura quelque chose qu'elle ne parvint pas à entendre.

Edith regarda les deux hommes tour à tour. Que dire ? Étaient-ils animés de bonnes intentions ? Finalement, elle se contenta de hocher légèrement la tête. Étonnamment, cela suffit à faire sourire l'homme qui la portait. Elle battit des paupières sous le coup de la surprise, et le visage maussade qu'elle avait face à elle s'illumina aussitôt. Cet homme avait un sourire absolument magnifique, qui lui illumina les traits et fit pétiller ses beaux yeux bleus. Impossible de ne pas sourire en retour. Elle laissa son regard glisser sur ces pommettes hautes, ce nez droit, ces lèvres charnues et ces longs cheveux en bataille qui les encadraient. Il était vraiment très séduisant.

— Je suis Niels Buchanan, dit-il.

À ces mots, Edith cessa de l'observer sous toutes les coutures. Leurs regards se croisèrent. Buchanan. Ce nom ne lui était pas inconnu !

— Comme Saidh…

Voilà tout ce qu'elle arriva à articuler. Elle avait la bouche sèche comme de la paille. Heureusement, il comprit ce qu'elle souhaitait dire.

— Oui, je suis un de ses frères, répondit-il en la reposant sur le lit.

Après l'avoir installée, il ajouta :

— Et vous êtes Edith Drummond, l'une des meilleures amies de ma sœur.

— Oui, dit-elle dans un souffle pendant qu'il remontait les draps et les fourrures sur elle.

Le sourire d'Edith s'élargit doucement. Dieu soit loué,

le château n'avait pas été pris d'assaut. Mieux : des amis étaient venus leur rendre visite.

— Est-ce que Saidh…

— Non, elle n'est pas là, termina-t-il d'un ton presque contrit. Sa grossesse était trop avancée pour qu'elle se lance dans un tel voyage. Elle nous a donc envoyés à sa place.

Edith écarquilla les yeux.

— Sa grossesse ?

— Oui, elle est enceinte, répondit l'autre homme.

Elle l'avait complétement oublié, celui-là ! Niels l'avait appelé Alick. C'était le benjamin des frères Buchanan, elle s'en souvenait, à présent. Elle le regarda poursuivre, tout sourires :

— Et nous pensons qu'elle attend plus d'un enfant. Elle n'en est qu'à son quatrième mois de grossesse, et elle a déjà un ventre bien rebondi. Greer ne la laisse même pas descendre ou monter un escalier, de peur qu'elle perde l'équilibre et qu'elle dévale les marches comme une balle.

Edith n'en croyait pas ses oreilles. Saidh n'était pas du genre à se ménager. Qu'on puisse l'empêcher de monter à cheval, passe encore. Mais de là à ce qu'elle soit incapable de descendre un escalier ! Cette situation ne devait guère la réjouir. Et surtout, pourquoi Saidh n'avait-elle pas parlé de cet enfant dans sa dernière lettre ? Ou du moins, la dernière lettre qu'elle avait lue… Son amie lui en avait peut-être envoyé d'autres depuis qu'elle était tombée malade.

— Alick, va dire à Rory qu'elle s'est réveillée, ordonna Niels en se dirigeant vers la table sur laquelle était posé le tonneau.

— D'accord.

Le jeune homme fit le tour du lit en la gratifiant d'un sourire rassurant.

— Notre frère Rory est guérisseur, le meilleur des alentours. C'est lui qui s'est aperçu que vous n'étiez pas malade mais qu'on vous avait empoisonnée. Et il vous a remise d'aplomb en un rien de temps.

Le temps de lui adresser un dernier signe de tête, Alick Buchanan sortit en trombe. Edith resta pétrifiée par ce qu'elle venait d'entendre. On l'avait empoisonnée ?

— Quel crétin, celui-là.

Elle reporta son attention sur Niels. Il venait de verser de l'hydromel dans l'un des gobelets. La mâchoire serrée, il secoua la tête et se rapprocha du lit.

— Pardonnez mon frère. Il a souvent la délicatesse d'un taureau.

— On m'a empoisonnée ? répéta-t-elle d'une voix rauque.

Niels poussa un juron, s'assit au bord du lit et glissa un bras autour d'elle pour l'aider à se relever.

— Oui, vous avez bien entendu. Mais buvez ça, vous parlerez plus tard. Autrement, vous risquez de vous affaiblir, dit-il en portant le gobelet jusqu'à sa bouche.

Edith hésita. Cette histoire de poison la taraudait. Mais elle s'exécuta et but une petite gorgée. Quand le breuvage froid lui envahit la bouche, elle eut envie d'en boire davantage, mais on ne lui laissa pas la possibilité de le faire. Elle avait à peine avalé une demi-gorgée quand il abaissa le gobelet.

— Doucement. Votre estomac ne pouvait rien avaler la dernière fois que vous avez repris conscience. Ne brûlons pas les étapes.

À ces mots, Edith écarquilla les yeux.

— Je me suis déjà réveillée ?

— Oui. Mais vous aviez l'esprit embrumé et vous étiez très faible. On vous a fait boire un peu d'hydromel, mais vous avez tout recraché sur moi, avant de sombrer une fois de plus. Je préférerais que cela ne se reproduise pas.

Edith se mordit la lèvre et baissa la tête. Quelle honte...

— Ne soyez pas gênée, s'empressa-t-il d'ajouter.

Il n'empêche : elle le sentait contrarié.

— Avec mes quatre jeunes frères, cette mésaventure m'est souvent arrivée. La grande différence, c'est qu'ils n'avaient pas été empoisonnés. Ils avaient un peu trop bu, voilà tout. Au moins, vous avez une bonne excuse.

Seigneur, oui, cet empoisonnement !

— Mon père et mes frères ont été empoisonnés, eux aussi ? demanda-t-elle en levant la tête.

Niels eut une grimace et lui tendit le gobelet.

— Reprenez une gorgée. Cette fois, prenez votre temps avant de l'avaler. Vous êtes aussi sèche qu'un os.

Elle s'exécuta, mais aussitôt après elle demanda :

— Eh bien ? On les a empoisonnés ?

— Oui. Rory n'est sûr de rien, bien entendu, mais il le pense, oui. Ils avaient les mêmes symptômes. Hormis ces... Euh... Ces problèmes gastriques, répondit-il avec tact. D'après mon frère, c'est ce qui vous a sauvée. Comme vous ne pouviez rien garder dans votre estomac, ce qui restait n'était pas assez puissant pour vous tuer. Votre père et vos frères n'ont pas pu y échapper.

Edith baissa la tête. Quelle horreur... La peine et la colère se partageaient son cœur. Voir son père et deux de ses frères emportés par la maladie avait été très dur. Et maintenant, on lui apprenait qu'ils avaient été assassinés...

— Et Brodie ? lança-t-elle.

— Il va bien, visiblement, répondit-il. Mais quand votre servante Moibeal est tombée malade, il a eu peur d'être le prochain sur la liste. Il est donc parti pour des cieux plus cléments en compagnie de sa femme.

Edith ne fit aucun commentaire. Maintenant qu'il en parlait, elle se souvenait du départ de Brodie — qui l'avait passablement mise en colère, sur le moment. Fuir le château et ses habitants alors qu'une période de troubles risquait de commencer ? Voilà qui n'était pas digne d'un seigneur ! Manifestement, Niels semblait révolté par ce comportement, lui aussi. Mais elle se contenta de demander :

— Et Moibeal ? Est-ce qu'elle…

— Votre servante va bien, dit-il d'un ton rassurant. Et elle a hâte de vous retrouver. Rory a donné l'ordre de ne laisser entrer personne, mais je serais surpris qu'elle ne désobéisse pas pour venir vous voir dès qu'elle saura que vous êtes réveillée.

Elle haussa un sourcil.

— Pourquoi lui a-t-on interdit de…

Elle s'interrompit car la porte venait de s'ouvrir. Alick était de retour avec un autre homme. Ils se ressemblaient, tous les trois, avec ces mêmes cheveux bruns et ces beaux yeux bleus. Cependant, Niels était plus vieux que les deux autres, c'était une évidence. Il était aussi plus grand, plus large d'épaules, et bien plus musclé. Oh ! ses frères n'étaient pas des gringalets, loin de là, mais leur aîné avait l'air d'un guerrier habitué à manier l'épée. Alick, lui, avait encore une allure d'adolescent. Quant à Rory, il avait l'air… d'un savant plus que d'un soldat, tout simplement.

— Content de vous savoir réveillée, Lady Edith, lança celui-ci en approchant du lit. Comment vous sentez-vous ?

— J'ai soif, avoua-t-elle.

— Je ne lui ai donné que deux petites gorgées d'hydromel pour contrôler l'état de son estomac, expliqua Niels.

Rory semblait prêt à prendre le relais de son frère. Dommage. Pourquoi était-elle si déçue qu'il s'en aille ? Elle le connaissait à peine ! Quoi qu'il en soit, elle était vraiment déçue. Et cela devait se voir, car Rory haussa légèrement un sourcil et tourna la tête vers son frère avec un petit sourire.

Par bonheur, il ne fit aucun commentaire. Ce qui l'aurait rendue rouge de honte. À la place, il se contenta de demander :

— Et comment va votre estomac après ces deux gorgées ?

— Bien, merci, murmura-t-elle.

— Dans ce cas, Niels pourra vous redonner à boire dans une minute, dit-il en se penchant pour scruter ses yeux.

Edith s'immobilisa, malgré son envie de détourner le regard. Autant prendre son mal en patience…

— Tout va bien de ce côté-ci, murmura-t-il.

Qu'est-ce que cela signifiait ? Quoi qu'il en soit, elle fut soulagée de tourner la tête quand il se rassit. Son regard tomba sur la servante allongée à côté d'elle, sur le lit.

— Et Effie ? Est-ce qu'elle a…

— Elle aussi a ingéré du poison, manifestement, termina Rory. J'ignore où on l'avait versé mais, comme Moibeal, elle n'en a pas consommé en trop grande quantité… autrement, elle serait morte à l'heure qu'il est. Un rien aurait pu la faire passer de vie à trépas, vieille et fragile comme elle est.

— Vous ne savez donc pas comment on nous a empoisonnés ? demanda-t-elle à grand-peine.

Elle avait mal à la gorge, tant elle était sèche, et ces quelques gorgées d'hydromel n'avaient pas suffi à l'apaiser.

— Niels, redonne-lui à boire, indiqua Rory en faisant le tour du lit pour examiner Effie.

Edith fronça les sourcils. Il avait délibérément esquivé sa question. Mais, lorsque Niels s'installa près d'elle et qu'il glissa un bras autour de sa taille pour qu'elle s'asseye confortablement, elle oublia tout. Cet homme sentait comme une forêt au printemps... Elle avait toujours aimé cette odeur. Comment résister à l'envie de se pencher vers le creux de son cou et de prendre une grande inspiration ? Quand il s'immobilisa, elle prit conscience de ce qu'elle venait de faire et détourna vivement la tête. Elle devait être rouge comme une pivoine, mais il se borna à esquisser un sourire et lui tendit le gobelet d'hydromel.

— Merci, murmura-t-elle avant d'avaler une gorgée, puis une autre, sans aller trop vite.

Rory en profita pour expliquer :

— Moibeal dit qu'elle avait bu quelques gorgées d'un vin auquel vous n'aviez pas touché. C'est là qu'elle est tombée malade.

Il avait soulevé les paupières d'Effie et scrutait ses yeux en silence.

— Oui, confirma-t-elle. Je lui avais permis de le faire. Je ne pouvais plus rien avaler après avoir autant vomi. Elle m'a donc donné du cidre et je l'ai laissée boire mon vin.

— D'après ce qu'elle nous a raconté, elle n'a pas bu grand-chose. Est-ce exact ? s'enquit-il en se redressant pour l'interroger du regard.

— Oui. Elle n'a avalé qu'une ou deux gorgées tout au plus. Elle n'en voulait pas vraiment.

Edith remarqua que sa voix était plus audible. Ce breuvage lui apaisait la gorge.

— Et Effie ? demanda Niels. A-t-elle bu de ce vin ?

— Je...

Elle jeta un œil en direction de la vieillarde, avant de hausser les épaules d'un air contrit.

— Je n'en sais rien, reprit-elle. Peut-être que oui. Je n'ai pas vraiment souvenir de la semaine après laquelle je suis retombée malade. Au début, rien ne passait, mais je me sentais mieux après ces vomissements. Mais ça revenait sans cesse. Au bout du compte, j'ai refusé le vin et le bouillon que Moibeal m'apportait.

Les yeux plissés, elle murmura :

— Quand j'ai arrêté d'y toucher, j'ai pu avaler une pomme et du pain. Là, j'ai commencé à me sentir mieux. Alors j'ai voulu reprendre des forces. J'ai mangé du ragoût... mais ça ne m'a pas réussi. J'étais épuisée, inquiète, je voulais simplement dormir.

— Vous vous êtes affaiblie à force de ne pas vous alimenter correctement, dit Rory d'un ton solennel.

— Peut-être, admit-elle en regardant la servante allongée à ses côtés. Je me rappelle vaguement qu'Effie avait essayé de me nourrir. J'avais besoin de remonter la pente, mais chaque fois que j'avalais quelque chose...

Ce souvenir la fit grimacer.

— Avez-vous pris du vin en mangeant ce ragoût ? s'enquit Niels.

Edith secoua la tête.

— Franchement, je crois que je n'en boirai plus jamais

après tout ce qui m'est arrivé. En tout cas, cette nuit-là, je n'avais rien bu.

— Conclusion : le poison a été versé dans le vin *et* dans le ragoût, dit-il d'un ton lugubre.

— Vraiment ? insista-t-elle d'une voix mal assurée.

— Oui, confirma-t-il sans cacher sa colère. Deux gorgées de votre vin ont suffi à empoisonner Moibeal, mais vous êtes retombée malade après avoir mangé du ragoût. C'est le signe qu'il y avait aussi du poison.

— Je comprends.

Tout était clair, à présent ! Elle remarqua alors le regard sombre qu'échangèrent les deux frères.

Edith les observa, l'esprit toujours un peu embrumé. Qu'est-ce que cela signifiait ? Devant son étonnement, Rory expliqua :

— Nous pensions que votre vin avait été empoisonné dans le but de tuer votre père et vos frères, et que vous en aviez bu par accident. Mais si ce ragoût a été empoisonné lui aussi…

Il semblait faire ce constat à contrecœur.

— Personne d'autre n'est tombé malade après avoir mangé du ragoût, cette nuit-là, dit-elle dans un murmure. Ce qui veut dire…

Edith écarquilla les yeux. Après avoir assassiné son père et ses frères, quelqu'un avait délibérément tenté de lui faire subir le même sort. La voilà, la vérité. Mais enfin, pourquoi voulait-on sa mort ? Elle n'était pas si importante !

— Il n'empêche, ajouta Niels en se tournant vers son frère. Les servantes ont été empoisonnées par accident parce que quelqu'un tentait d'éliminer Lady Edith.

— Oui, acquiesça celui-ci. Si Effie se rétablit, elle

nous dira certainement qu'elle avait mangé ou bu quelque chose qui était destiné à Lady Edith.

Niels hocha la tête et se tourna vers la table où étaient posés la peau de lapin, le tonneau et les légumes.

— Le contenu du flacon versé dans le breuvage par la servante n'était donc pas du poison.

— Non, sans doute pas, acquiesça son frère. Cette dernière ne s'est quand même pas empoisonnée volontairement !

— Un petit flacon bleu ? lança Edith.

Elle ne l'avait pas remarqué sur la table, vu sa petite taille. Et puis avec tous ces gobelets posés pêle-mêle, il était difficile de distinguer quoi que ce soit.

— Oui. Effie finissait de verser son contenu dans ce qu'elle comptait vous donner à boire quand nous sommes entrés.

— Victoria le lui avait remis avant de partir. Elle disait que cela m'aiderait à me fortifier et à combattre la maladie, souffla-t-elle. C'était dégoûtant. L'odeur a suffi à me faire vomir le soir où Effie me l'a donné.

— Ah oui ? murmura Rory avec un certain intérêt.

— Ce n'était sûrement pas du poison, répondit-elle doucement. Victoria ne me porte pas dans son cœur, mais elle n'est pas stupide. Pourquoi aurait-elle remis à Effie un liquide empoisonné, comme ça, devant tout le monde ?

— Non… C'est évident, murmura Niels.

Pourtant, il ne paraissait pas convaincu. Son frère non plus.

— Tenez, reprenez un peu d'hydromel.

Edith hésita, mais finit par obéir. Ce que Victoria avait donné à sa vieille servante ne pouvait pas être du poison, impossible ! Cela aurait permis de remonter jusqu'à elle. Et cette fille était loin d'être bête. Lorsqu'elle avait rejoint le clan Drummond, après avoir épousé Brodie, elle avait eu l'air tout sucre tout miel. Mais, quand tout le monde était tombé malade, son ambition s'était révélée au grand jour. Victoria voulait régner sur ce château, et elle avait été furieuse de constater que les domestiques ne lui obéissaient pas. Dès lors, elle avait montré son vrai visage, en piquant une colère qui avait fait grand bruit. Même Brodie était resté bouche bée devant le comportement de son épouse. Pourtant, il était connu pour son tempérament irascible.

À vrai dire, Edith avait presque été heureuse que sa santé se dégrade après le décès de son deuxième frère, Hamish. Cela lui avait évité de voir cette femme s'emparer de la place dont elle rêvait tant. Victoria se moquait bien de se comporter de manière gentille et agréable pour emporter l'adhésion de celles et ceux qu'elle dirigeait. Elle s'était certainement montrée méprisante et désagréable pour aboyer ses ordres et demander qu'on lui obéisse sans sourciller.

Pour sa part, Edith n'aurait pas supporté ce spectacle navrant. Cela dit, elle n'avait guère plus envie d'y assister quand son frère et sa belle-sœur rentreraient. Et si elle rendait visite à Saidh ? Ce serait une bonne façon de réfléchir à la suite. Pas de doute : ses jours au château étaient comptés. Victoria voudrait se débarrasser d'elle au plus vite — en l'envoyant dans un couvent, par exemple. Il n'y avait rien à attendre de sa belle-sœur, songea Edith. Si elle tenait à éviter cela, elle avait tout intérêt à se rendre sans tarder chez Saidh et leurs deux autres grandes amies, Murine et Jo. En unissant leurs forces, elles trouveraient peut-être une solution. Inutile de se leurrer, c'était son seul espoir. Et encore, il était bien maigre.

Après avoir avalé une gorgée d'hydromel, Edith demanda :

— Sait-on quand Brodie et Victoria comptent revenir ?

— Non, répondit Niels avec un signe de tête. J'ai posé la question à Tormod ce matin. Personne n'a de nouvelles. D'après lui, ils n'en donneront pas. Brodie aurait tendance à aller et venir sans se soucier de tenir les autres au courant de ses déplacements.

— C'est vrai, hélas, soupira-t-elle. Brodie peut se montrer… impulsif. Nous avons appris qu'il s'était marié quand il a débarqué ici en compagnie de Victoria. Il semblerait qu'il ait fait sa connaissance à la Cour. Il est tombé fou amoureux, et ils se sont mariés le mois suivant.

— Et les parents de votre belle-sœur étaient d'accord ? s'enquit-il sans cacher sa surprise.

— C'est la première question que j'ai posée, avoua-t-elle d'un ton moqueur.

— Et qu'a-t-il répondu ? insista Rory.

— Qu'ils n'y voyaient aucun inconvénient, répondit-elle avec une grimace.

— Et vous y croyez ?

— Non. Mon père n'y croyait pas, lui non plus. Il a envoyé un message à un de ses amis à la Cour. Celui-ci lui a appris la vérité.

La voyant hésiter, Niels la pressa gentiment :

— C'est-à-dire ?

— Victoria était promise à un autre homme lorsqu'elle a rencontré Brodie. Mon frère l'a séduite en lui racontant qu'il était l'héritier du laird de Drummond.

À ces mots, les trois frères Buchanan semblèrent se raidir, mais elle poursuivit :

— Les parents de Victoria ont découvert le pot aux roses, et son père a eu une explication en tête à tête avec Brodie. Il savait que mon frère était en troisième position dans l'ordre de succession. Par ailleurs, il comptait marier sa fille à quelqu'un d'autre. Brodie avait donc intérêt à s'effacer. Mais ils n'ont sans doute pas pris la peine d'informer Victoria que mon frère lui avait menti. Car, d'après l'ami de mon père, Brodie et elle sont partis sans demander leur reste. Il semblerait qu'ils aient quitté la Cour en cachette pour revenir ici. Ils se seraient arrêtés dans une auberge en cours de route pour se dire oui devant témoins.

— Dans ce cas, ils ne sont pas vraiment mariés au regard de la loi ? demanda Alick en fronçant les sourcils.

— Oh que si, répondit Niels sans la moindre hésitation.

C'est Rory qui lui expliqua pourquoi :

— Contrairement à ce qu'on pense souvent, chaque partie doit simplement donner son consentement pour se marier. Il n'est même pas nécessaire d'avoir des témoins, même si cela peut servir en cas de contestation.

— Alors pourquoi y a-t-il toujours un prêtre pour nous infliger ses sermons interminables ? Pourquoi publier les bans et…

— Dans l'absolu, ce n'est pas nécessaire. Mais beaucoup de gens y tiennent.

Alick semblait se demander pourquoi. Mais il hocha la tête, l'air sceptique.

Un long silence s'installa, puis Niels finit par dire :

— Il a donc prétendu qu'il serait le maître de ce château.

— Et désormais, c'est le cas, conclut Rory, la mine fermée.

Edith soupira. Les trois hommes risquaient de se faire des idées…

— Écoutez, je sais que les apparences sont contre Brodie. Certes, c'est un gamin égoïste, gâté pourri et tout sauf fiable… Mais il n'aurait jamais fait de mal à notre père. C'est lui qui l'a choyé plus que de raison. Il lui a toujours lâché la bride.

— Et vous pensez qu'il le respectait ?

— Comment ça ?

Niels précisa aussitôt sa pensée :

— Pensez-vous que votre frère respectait votre père parce qu'il le laissait libre d'agir à sa guise ? Ou avait-il la sensation que votre père se moquait de lui comme d'une guigne ? Cela aurait expliqué pourquoi ce dernier se dispensait de lui apprendre la discipline et ce qu'un homme doit faire pour survivre dans ce monde…

Edith fronça les sourcils. Elle avait souvent estimé que l'indulgence dont leur père faisait preuve à l'égard de Brodie était dommageable, car ce n'était pas un service à lui rendre. Mais elle n'avait jamais pensé que son frère pourrait partager ce sentiment.

— Votre frère a eu de la chance, avec Victoria, ajouta-t-il doucement. S'il avait fait la même chose avec notre sœur, et si nous l'avions rattrapé avant qu'ils échangent leurs vœux, il aurait passé un mauvais quart d'heure.

— Oui, et nous lui aurions coupé ses bijoux de famille, dit froidement Rory.

Edith écarquilla les yeux en entendant cette terrible menace.

— Vraiment ? bredouilla-t-elle.

— Oui. Pour commencer ! confirma Alick avec un sourire. C'est ce que nous comptions faire à MacDonnell quand il nous a informés que notre chère Saidh s'était donnée à lui et qu'il avait l'intention de l'épouser.

L'air bougon, il ajouta :

— Je me demande encore pourquoi nous n'avons pas mis notre menace à exécution.

— Parce que MacDonnell est un seigneur au vrai sens du terme, et il n'a jamais menti à Saidh, expliqua froidement Rory.

— Sans compter qu'elle n'était pas promise à un autre, renchérit Niels. Et que MacDonnell était un excellent parti.

Edith en profita pour faire remarquer :

— Et elle était amoureuse de lui.

— Non, répliqua aussitôt Niels.

Devant son air surpris, il expliqua :

— Je vous assure. Elle était séduite et attirée par lui, mais elle ne l'aimait pas encore. C'est elle qui nous l'a dit, les yeux dans les yeux.

— Vraiment ? s'exclama-t-elle d'une voix étranglée.

— Oui, confirma Rory sans masquer son amusement. Mais, pour être honnête, je crois qu'elle était déjà à moitié amoureuse de lui quand ils se sont mariés. Et désormais, elle n'a d'yeux que pour son homme.

— Le problème n'est pas là, ajouta doucement Niels. Si MacDonnell avait été un menteur égoïste, promis à ne jamais monter sur un trône et incapable d'assurer la subsistance de sa femme et celle de leurs futurs enfants, nous l'aurions tué de nos mains plutôt que de les laisser se marier… Quand bien même elle aurait été amoureuse de lui.

— Quoi ? s'écria Edith en reculant.

Niels se rembrunit en la voyant s'écarter, mais demanda :

— D'après vous, les parents de Victoria n'ont-ils vraiment pas dit à leur fille que Brodie lui avait menti ? Et si oui, était-ce parce qu'elle s'était déjà enfuie avec lui ?

Elle fut bien forcée d'admettre que non.

— Comment pouvez-vous en être si sûre ? insista-t-il.

Edith poussa un soupir navré, puis avoua :

— Parce qu'elle a semblé tomber des nues lorsqu'ils ont débarqué ici et que Brodie lui a présenté nos frères aînés.

— Mais encore ?

Edith le regarda en silence. Et si ces hommes connaissaient déjà la vérité ? Peut-être avaient-ils recueilli quelques confidences depuis leur arrivée. Avec un peu de chance, ils étaient là depuis un certain temps. Et ils avaient appris bien des choses…

— Elle s'est évanouie, souffla-t-elle.

Elle revoyait encore Victoria pâlir et s'écrouler. Brodie avait bien prétexté que sa femme était épuisée, après ce long voyage. Il l'avait prise dans ses bras et l'avait portée jusqu'à leur chambre. Mais, dix minutes plus tard, ils avaient tous entendu des cris résonner dans la pièce. Victoria s'était de toute évidence réveillée…

Personne ne réagit à sa réponse. Les trois hommes la regardèrent, la mine grave.

— Depuis combien de temps êtes-vous ici ? s'enquit-elle.

— Environ une semaine, répondit Rory.

— Une semaine ? Mais… Qu'avez-vous fait pendant tout ce temps ? balbutia-t-elle en les observant tour à tour.

— Nous nous sommes relayés pour monter la garde dans votre chambre, nous avons chassé du gibier et préparé du bouillon pour vous alimenter pendant que vous étiez inconsciente, avec l'espoir que vous retrouviez suffisamment de forces pour vous réveiller, répondit gentiment le jeune guérisseur.

Edith les regarda, tout en réfléchissant longuement. Brodie avait fui le donjon et le mal qui y rôdait. Et pendant ce temps, ces trois hommes qui ne la connaissaient même pas vivaient ici depuis des jours. Ils n'avaient pas seulement pris soin d'elle : ils étaient partis à la chasse pour elle et ils l'avaient nourrie.

— Pourquoi ?

Elle laissa échapper ce mot presque malgré elle. L'espace d'une minute, il flotta dans l'air, bêtement. Puis Niels la déplaça délicatement afin qu'elle regarde dans sa direction, et il se contenta de dire :

— Parce que vous aviez besoin de notre aide.

Était-elle encore épuisée et vidée par la maladie ? Était-ce le décès de son père et de ses frères qu'elle n'avait pas eu la possibilité de pleurer ? Toujours est-il qu'elle se sentit au bord des larmes. Juste au moment où elle commençait à s'effondrer entre les bras de Niels, la porte de la chambre s'ouvrit brusquement. Un autre homme entra dans la pièce — un grand brun qui ressemblait lui aussi à Niels — avec deux oiseaux morts qu'il tenait par les pattes.

— J'ai eu deux beaux faisans, cette fois, Rory. Si tu te contentes du premier pour préparer le bouillon, je pourrai demander à la cuisinière de passer l'autre à la broche et...

Soudain, il s'arrêta et écarquilla les yeux en constatant qu'Edith était à moitié levée et blottie entre les bras de Niels.

— Oh ! vous êtes réveillée ? Mais c'est formidable ! Enchanté, je suis Geordie Buchanan !

Chapitre 3

Edith ouvrit grand les yeux et regarda par la fenêtre. Un sourire s'esquissa sur ses lèvres quand elle vit la lumière du soleil percer à travers les volets. Le matin était enfin levé, elle allait pouvoir sortir ! Rory et Niels le lui avaient promis.

Elle avait repris conscience trois jours auparavant. Hélas, ils avaient insisté pour qu'elle garde la chambre. Elle n'avait le droit que de faire l'aller-retour entre son lit et une chaise. D'habitude, l'un d'eux restait tout près, au cas où ses jambes viendraient à faiblir.

Pour être honnête, la première fois où elle s'était levée avait été une vraie épreuve. Il suffisait de voir l'effort surhumain qu'elle avait fourni pour sortir du lit toute seule. Elle n'avait pas été plus assurée le lendemain, quand elle avait essayé de se passer de l'aide de ses anges gardiens. Elle avait fait trois pas… avant de basculer en avant.

Fort heureusement, Niels l'avait rattrapée évitant qu'elle ne tombe par terre. Dès lors, ils avaient insisté pour qu'elle ne se lève pas sans l'aide de l'un d'entre eux. Interdiction pour elle de sortir avant d'avoir repris des forces ! Elle avait bien essayé de négocier, mais comment s'opposer à quatre Buchanan armés d'une volonté de fer ? Honnêtement, ils étaient encore plus têtus que leur sœur Saidh. Théoriquement, ils n'avaient aucun droit de la contraindre de la sorte — ce qui ne semblait pas les déranger, loin de là. Mais ils avaient vu qu'elle n'était pas prête à se laisser faire ! Pour la convaincre de ne pas tenter le diable, ils lui avaient donc promis qu'elle pourrait sortir aujourd'hui. Et personne ne pourrait la retenir.

Edith s'assit sur le matelas et jeta un œil autour d'elle. Elle était seule dans le lit, enfin ! Après deux nuits à côté d'Effie, elle avait insisté pour qu'on installe la vieille servante dans l'ancienne chambre de Brodie, dans la pièce attenante. Oh ! elle ne voyait aucun inconvénient à partager le matelas. Mais voir ce visage pâle et inerte lui avait donné l'impression de dormir à côté d'un cadavre. La peur avait commencé à l'envahir, et elle n'avait pas lâché Effie du regard pour s'assurer qu'elle respirait encore.

Après quoi, elle avait eu envie de nettoyer le champ de bataille qu'était devenue cette pièce. Elle avait donné une chambre aux Buchanan. À sa demande, Rory avait pris celle de Hamish, attenante à l'ancienne chambre de Brodie, pour qu'il veille sur Effie plus facilement. Ensuite, elle avait proposé à Niels de s'installer dans l'ancienne chambre de Roderick, juste à côté. Ce qui laissait deux pièces réservées aux invités, de l'autre côté du couloir, pour Alick et Geordie.

Depuis, l'un et l'autre avaient plié bagage et pris le chemin des terres des MacDonnell. De toute évidence, ils avaient attendu qu'elle aille un peu mieux pour donner de ses nouvelles à Saidh. À leurs yeux, le fait qu'elle leur demande de tout nettoyer dans la pièce était un signe : elle remontait la pente, et il n'était plus question de se reposer sur eux. Les deux frères étaient donc partis pour informer leur sœur de ce qui s'était passé ici. Mais ils reviendraient pour mettre un nom sur l'assassin qui avait déjà fait trois victimes.

Edith grimaça à cette idée. Ils avaient longuement abordé le sujet depuis qu'elle avait repris conscience. Mais, à vrai dire, personne ne savait comment procéder pour percer ce mystère. Pour leur part, ils soupçonnaient quelqu'un de verser le liquide mortel dans le vin, ce qui était l'hypothèse la plus plausible. Du fait de son estomac fragile, elle avait évité d'en boire. Mais n'importe qui aurait pu verser du poison dans le tonneau ou dans les pichets pendant qu'on les portait jusqu'à la table… Même chose pour le ragoût qu'elle avait mangé pendant qu'elle veillait Moibeal. Qui lui avait apporté son assiette, ce soir-là ? Elle ne s'en souvenait même pas. Au reste, c'était sans importance : ce n'était pas forcément cette personne qui l'avait empoisonnée.

Franchement, elle doutait qu'on démasque l'individu qui s'en était pris aux membres de sa famille. Les quatre frères Buchanan n'étaient pas plus avancés. Niels avait même suggéré à Geordie et Alick de demander conseil à Saidh et Greer.

Edith écarta le drap et les fourrures puis posa les pieds par terre. Elle aperçut Niels, Ronson et Laddie, couchés à même le sol, à côté de la porte. Le trio se servait du tartan de Niels comme d'une couverture. Manifestement, le chien s'était pelotonné tout contre le guerrier et Ronson s'était lové contre l'animal. Ce spectacle la fit sourire.

Niels n'avait pas caché son agacement au cours de ces trois derniers jours. Il la foudroyait régulièrement du regard en insistant pour qu'elle ne fasse pas telle chose ou telle autre. Mais, lorsque Ronson avait été autorisé à lui rendre visite en compagnie de Laddie, elle avait vu ce guerrier du clan Buchanan sous un tout autre jour. Oh ! il n'avait pas cessé de grogner et de bougonner, mais il avait été d'une gentillesse et d'une patience infinie avec le petit. Et cela faisait plaisir à voir. Ronson manquait de repères, et il semblait prendre Niels pour modèle. Quant à Laddie, il s'était visiblement pris d'affection pour lui : il s'empressait d'obéir à ses ordres et se gardait bien de faire des bêtises. Du jamais vu.

Cette visite avait été une vraie bouffée d'air frais. Ronson avait parlé avec entrain, en lui racontant tout ce qui s'était passé depuis qu'elle était tombée malade. Rien d'important, mais c'était quand même amusant d'entendre le petit le relater. Elle avait apprécié de voir Laddie grimper sur le lit — même lorsque l'animal lui avait léché le visage comme un fou. Ces bêtes avaient le don de vous apaiser. Et elle en avait bien besoin après les événements des semaines précédentes.

Elle observa le trio étendu un peu plus loin et secoua doucement la tête. Pourquoi Ronson et Laddie avaient-ils passé toute la nuit ici ? Certes, Niels avait insisté pour qu'on la surveille, et il avait tenu à dormir par terre, près de la porte. Mais, dans son souvenir, Ronson et Laddie s'étaient endormis pelotonnés au pied du lit. Pendant ce temps, elle avait discuté calmement avec Niels, assis dans un fauteuil près d'elle. Elle avait dû s'assoupir, car elle ne se souvenait pas de les avoir vus s'installer à même le sol.

Si elle avait eu un tant soit peu de talent, elle aurait peint cette scène pour ne jamais l'oublier… À peine descendue du lit, elle s'immobilisa quand Laddie leva aussitôt la tête. Elle lui fit signe de ne pas bouger. L'animal s'exécuta, mais l'observa attentivement tandis qu'elle se dirigeait vers le coffre au pied du lit pour y prendre de quoi s'habiller. Elle attrapa la première robe qui lui tomba sous la main et la passa par-dessus sa chemise. Elle aurait aimé en changer, mais comment faire, avec Niels et Ronson dans la pièce ? Porter cette chemise légère la mettait mal à l'aise, même si le guerrier l'avait déjà vue dans cette tenue.

Une fois habillée, Edith se brossa les cheveux à la hâte, se lava le visage et les mains dans la bassine sur la table puis se dirigea vers la porte sans faire de bruit. D'un geste, elle ordonna à Laddie de ne pas bouger. Malheureusement, c'était trop lui demander. Dès qu'elle posa la main sur la poignée, le chien se leva et fonça vers elle — en emportant le tartan au passage. Ronson se réveilla aussitôt, mais elle ne s'en inquiéta guère, car elle avait le regard braqué sur Niels, qui avait maintenant le visage couvert par son propre tartan, arraché par l'animal. Et surtout, il était torse nu.

Très vite, Ronson se releva en frottant ses yeux ensommeillés et elle parvint à détourner le regard. Elle ne s'attendait pas à se retrouver face à un tel spectacle — d'autant plus qu'il s'agissait du frère de Saidh ! Quoi qu'il en soit, elle sortit dans le couloir, avec Laddie et Ronson sur les talons.

— Est-ce qu'on ne…

Edith fit signe à l'enfant de se taire, referma soigneusement la porte puis remonta le couloir. À hauteur de l'escalier, elle s'arrêta pour lui demander, les yeux dans les yeux :

— Ta grand-mère est-elle au courant que tu as passé la nuit ici, ou est-elle en train de se ronger les sangs parce qu'elle ne sait pas où tu es ?

— Je lui ai dit, répondit-il.

Un peu trop rapidement, car il bégaya :

— Laird Niels a voulu que je descende pour lui demander si elle était d'accord. Et je l'ai fait.

— Et donc ? Tu avais sa permission, ou pas ?

Avec une grimace, l'enfant soupira avant d'admettre :

— Je lui ai posé la question à travers la porte de la garde-robe. Comme elle n'a pas dit non, je suis remonté.

Edith eut un petit geste d'humeur.

— Si ça se trouve, elle ne t'a même pas entendu. Tu sais qu'elle est un peu dure d'oreille, Ronson. Pourquoi est-ce que tu n'as pas attendu qu'elle sorte pour lui poser la question ?

— Parce qu'elle passe des heures là-dedans ! gémit-il.

— J'ai bien peur qu'avec l'âge, on passe tous un peu plus de temps dans les lieux d'aisance, répondit-elle.

— Alors je m'arrangerai pour ne pas devenir vieux, milady !

Edith ne put s'empêcher de sourire devant tant de candeur. Mais une question lui trottait dans la tête :

— Que comptais-tu dire au moment où nous sommes sortis de la chambre ?

— Qu'on aurait peut-être dû réveiller Laird Niels pour qu'il vous protège de l'assassin. Il faut le pendre par les tripes, cet enfant de salaud qui a empoisonné votre père et vos frères !

Elle eut du mal à cacher son étonnement devant ce cri du cœur. Elle n'avait jamais entendu Ronson parler de cette façon. Qui lui avait appris ces expressions ? Oh ! il ne fallait pas chercher bien loin : les Buchanan avaient un vocabulaire particulièrement fleuri. Et leur sœur n'avait pas la langue dans sa poche, elle non plus…

— Euh… Oui, je ne risque pas d'être attaquée par… euh… cet individu.

Edith marqua une pause et s'engouffra dans l'escalier.

— Je ne cours aucun risque dans la salle à manger, tu ne crois pas ?

— Mais il faut que Laddie sorte, sinon il va arroser la pièce comme un vieux qui ne se retient plus, protesta l'enfant.

Seigneur… Il suffisait de passer bien peu de temps avec ces quatre gaillards pour apprendre beaucoup de choses, apparemment.

— Bref, il faut que je le sorte, poursuivit le petit tout en la suivant dans l'escalier. Et vous serez toute seule. Ce n'est pas possible, milady. L'assassin va peut-être s'en prendre à vous !

— Je… Oh !

Sous le coup de la surprise, Edith poussa un cri. On venait de l'arracher du sol comme un fétu de paille. Tournant la tête, elle tomba nez à nez avec… Niels, qui descendit les dernières marches en la tenant dans ses bras.

— Je peux marcher toute seule, milord, protesta-t-elle.

— Oui, mais vous êtes trop lente. Vous bloquez l'escalier, répliqua-t-il avec un haussement d'épaules. Et vous n'auriez pas dû quitter cette chambre sans moi.

— C'est ce que je venais de lui dire, milord, affirma Ronson. Il faut qu'on la protège de l'ordure qui a tué son père et ses frères.

— Ah, je croyais que l'assassin était un « enfant de salaud », fit-elle sèchement remarquer tout en jetant un œil à Niels.

Quand celui-ci se contenta de sourire, elle murmura sans cacher sa colère :

— Sa grand-mère va me tuer quand elle entendra les horreurs que vous lui avez apprises.

Niels haussa un sourcil et marqua une pause au niveau de la dernière marche. Puis il se tourna pour dire à Ronson :

— Un homme ne doit pas dire ce genre de choses devant une dame.

L'enfant sembla désarçonné.

— Mais ça vous arrive de le faire !

Niels fut bien obligé d'acquiescer. Le temps de faire quelques pas, il souffla à l'oreille d'Edith :

— J'aurai essayé, milady. Mais il a raison : mes frères et moi, nous avons tendance à jurer comme des charretiers.

— Hélas, c'est la même chose pour Saidh. Disons que vous avez pris de mauvaises habitudes.

Niels poussa un grognement — qu'elle prit pour un oui — et l'installa sur l'un des bancs qui entouraient la grande table du hall, déjà bien rempli. Il jeta un œil alentour et ordonna au jeune garçon :

— Fais sortir Laddie. Il en a grand besoin.

— Oui, milord.

Ronson appela le chien qui se rapprochait dangereusement du pied de la table. Par bonheur, l'animal obéit aussitôt et le suivit.

Niels les regarda s'éloigner puis s'assit sur le banc à son tour.

— Il vous apprécie beaucoup, dit-elle doucement.

— Manifestement. Et je l'aime bien, moi aussi. C'est un brave garçon. C'était gentil à vous de les accueillir, lui et sa grand-mère, souffla-t-il tout bas pour que nul ne puisse l'entendre.

Edith haussa les épaules :

— À vous entendre, je leur ai fait la charité. Ce n'est pas le cas. Il y avait du travail pour lui et pour elle.

— Oui. Un travail très dur. Ronson s'occupe de votre chien, dit-il d'un ton amusé. Rassurez-moi : ces deux-là ne passent pas la journée à vous suivre aux quatre coins du château ?

— Comment savez-vous que…

Elle n'alla pas au bout de sa phrase. Il venait de la démasquer !

— Parce qu'ils m'ont suivi comme une ombre chaque fois que j'ai quitté votre chambre, expliqua-il simplement. Ce gamin ne vous lâche pas d'une semelle. Chaque fois que je lui ai posé une question sur vous, il avait la réponse.

Edith se raidit et lui jeta un œil soupçonneux :

— Quel genre de questions ?

Le grand sourire qui illumina le visage de Niels ne la calma pas. Au même moment, elle entendit une voix résonner derrière elle :

— Ah, milady, vous n'imaginez pas à quel point je suis heureux de vous savoir rétablie !

Elle se retourna et aperçut deux silhouettes familières. Cawley prit place à côté d'elle.

— Je savais qu'ils pourraient vous sauver, dit-il en lui pressant la main. Dieu soit loué, Tormod m'a écouté et il a accepté de les laisser entrer pour vous soigner. Autrement, vous ne seriez plus de ce monde, c'est sûr.

— Bon sang, Cawley, grogna l'intéressé en s'asseyant à son tour. J'obéissais aux ordres. Le gamin a dit que le guérisseur était en mesure de sauver Lady Edith, et j'ai fait ouvrir les portes, même si je risquais de sérieux ennuis. Ose prétendre le contraire !

— Oh ! des ennuis, la belle affaire ! répondit l'autre

d'un air méprisant. L'important, c'est qu'elle soit en vie et en bonne santé, non ?

— Je me demande pourquoi je ne t'inflige pas une bonne correction moi-même. Ça te remettrait les idées en place…

— Hé, mais qu'est-ce qui te prend ?

— Rassure-toi, je ne le ferai pas, et tu le sais très bien, soupira Tormod. Est-ce que tu as parlé au cuistot, comme prévu ?

— Bien sûr. Il ne se rappelle pas qui a apporté le ragoût qui a rendu Lady Edith malade, répondit Cawley à contrecœur.

Cette réponse ne sembla pas plaire au vieux guerrier.

— Et donc ? C'est tout ? Depuis des semaines, je me démène pour organiser l'entraînement des hommes et diriger les serviteurs. Je t'ai demandé de faire une chose, une seule — interroger le cuistot et les servantes qui travaillent avec lui pour trouver des indices. Et c'est tout ce que tu as trouvé ?

— Eh bien, euh… J'ai essayé.

— Non. Pas assez à mon goût, grogna Tormod. Si nous ne parvenons pas à mettre un nom sur la personne qui a empoisonné Lady Edith, elle sera toujours en danger. Retourne aux cuisines, espèce de tire-au-flanc, et surveille ce qui est servi, veille à ce que personne ne verse de poison dans un plat. Et pose des questions tant que tu es là-bas. Tâche d'apprendre des choses.

Cawley s'empressa de s'exécuter.

— Dis aussi au cuistot qu'il a intérêt à apporter lui-même ce qu'il compte donner à Lady Edith. Et qu'il ne lâche pas l'assiette des yeux une seconde. Car, si on l'empoisonne à nouveau, je vous pendrai tous les deux en haut des murailles du château, et je laisserai les corbeaux dépecer vos carcasses.

Les yeux écarquillés, Cawley fit un dernier hochement de tête et partit en trombe pour les cuisines. Tormod le regarda s'éloigner puis se tourna vers eux en bougonnant :

— Voilà, nous ne l'aurons plus dans les pattes pendant un jour ou deux.

— Très bien, murmura Edith.

Niels semblait effaré. En le voyant hésiter, Tormod expliqua :

— Cawley est… particulier.

— Particulier ?

— Oui, acquiesça-t-elle. Il a tendance à… Euh…

— À raconter des histoires, termina le lieutenant. Beaucoup d'histoires. Il vient de prétendre qu'il vous avait laissés entrer mais, au retour de Brodie, il lui dira le plus sincèrement du monde — et devant Edith — qu'il avait tenté de me mettre en garde car je désobéissais aux ordres en vous ouvrant.

Niels la regarda et elle hocha la tête d'un air grave.

— C'est vrai, il a toujours été ainsi.

— Alors où est la vérité ? demanda-t-il à Tormod. A-t-il insisté pour que vous nous fassiez entrer ou que vous nous laissiez dehors ?

— Les deux, répondit le soldat d'un ton maussade. Tout le problème est là. Il ne ment jamais vraiment, il… À votre arrivée, il a affirmé qu'il valait mieux vous laisser dehors, car Lady Victoria avait interdit d'ouvrir les portes du château à des étrangers. Et, quand il a su que votre frère était en mesure de la soigner, il a insisté pour que vous puissiez entrer. Mais il a suffi que j'accepte pour qu'il me reproche cette décision.

Niels avait l'air perplexe.

— Comment se fait-il qu'il ait un poste aussi important ?

— C'est le demi-frère de mon père, expliqua Edith. Il tenait à prendre soin de lui.

— Son demi-frère ?

Edith fut soulagée que Tormod réponde à sa place :

— C'est une triste histoire. Du temps de son règne, le grand-père d'Edith avait banni Cawley et sa mère quand ce dernier n'était qu'un enfant. Mais le père d'Edith l'a appris et, quand il est devenu le chef du clan, il a voulu réparer les erreurs de son père. Il a retrouvé Cawley, il l'a fait venir ici et il a fait de lui son lieutenant. Laird Drummond nous a fait comprendre que ce n'était qu'un titre honorifique. Si Cawley est particulier, c'est qu'il n'a pas toute sa tête.

— Mon grand-père ne s'est pas contenté de les bannir, lui et sa mère, poursuivit-elle. Dans sa jeunesse, Cawley a découvert qui était son géniteur. Il a été le trouver pour lui dire qu'il savait. J'ignore ce qu'il avait en tête. Peut-être avoir un père, tout simplement. Ce n'était qu'un enfant, il avait l'âge de Ronson, à l'époque, mais mon grand-père est entré dans une rage folle. Il lui a fait passer un sale quart d'heure… et il les a chassés du clan, lui et sa mère. La pauvre femme a fait de son mieux, mais pendant qu'il soignait ses blessures, quelque chose s'est brisé dans son esprit.

Elle haussa les épaules, l'air fataliste.

— Mon père leur donnait de quoi manger et de l'argent pour les aider à survivre, mais il n'a pas pu faire davantage avant la mort de son père.

— Je vois.

— Le problème, c'est que Cawley aime être au centre

de l'attention, expliqua Tormod. S'il n'a pas de quoi s'occuper, il se mêlera de tout et il sèmera la zizanie.

— Vous tâchez donc de l'occuper, résuma Niels d'un ton compréhensif.

— Oui, aux cuisines, la plupart du temps, dit le lieutenant avec un sourire triste. Car ce qu'il aime le plus au monde, c'est manger. Dès qu'il sera entré dans les cuisines, il oubliera tout ce que je lui ai dit et il ne pensera qu'à se bâfrer.

— C'est sans doute parce que sa mère et lui n'ont presque jamais mangé à leur faim, pendant de longues années, dit doucement Edith. Maintenant, il se goinfre, de peur qu'il n'y ait plus rien à manger demain.

— C'est ça, confirma le vieux soldat. Heureusement, notre cuistot a bon cœur, il l'installe dans un coin et il passe son temps à remplir son assiette, sans se soucier de ses bavardages.

— Il n'était donc pas sérieux quand il a dit qu'il veillerait à ce que le cuistot prépare le repas de Lady Edith et l'apporte lui-même ?

— Oh si. Mais ça n'a pas d'importance, car j'ai moi-même donné mes directives au cuistot hier soir, et je les lui ai répétées ce matin.

Cette réponse sembla rassurer Niels, qui esquissa même un sourire. Puis il se tourna vers Edith.

— Est-ce à cause de votre oncle Cawley que vous avez accueilli Ronson et sa grand-mère ?

— Non, dit-elle sans cacher son étonnement. Je les ai accueillis parce qu'ils n'avaient nulle part où aller. Tout le monde a le droit d'avoir un toit au-dessus de la tête.

*
* *

Niels regarda la jeune femme. Avait-elle conscience de tout ce que ces mots signifiaient ? Elle avait donné à l'enfant et à sa grand-mère un endroit où ils pourraient faire leur vie, où ils pourraient se sentir chez eux. Elle leur avait offert ce qu'elle ne pourrait jamais avoir. Les jours qu'elle passait ici étaient comptés, on le lui avait dit. Elle allait perdre le seul lieu qu'elle avait connu, mais aussi le reste de sa famille, les hommes et les femmes auprès de qui elle avait grandi et dont elle était si proche. Elle allait même perdre ce satané cabot. Le couvent où on comptait l'envoyer n'accepterait jamais qu'elle soit accompagnée de Laddie !

Cette perspective le navrait. Quelle injustice ! Edith était quelqu'un de bien, une femme de valeur. Elle méritait mieux.

— Milady.

Niels jeta un œil derrière lui, imité par Edith. Un petit homme maigrelet se tenait derrière elle, avec un plateau en métal recouvert de pâtisseries.

— J'ai préparé vos gâteaux favoris, avec des cerises confites.

— Oh ! c'est merveilleux, répondit-elle tout sourires. Merci, Jaimie.

— Tout le plaisir est pour moi, dit-il en rougissant. Nous sommes tous très heureux de vous savoir tirée d'affaire, milady. Soyez sans crainte, je n'ai pas lâché ces gâteaux des yeux, du début à la fin. Je suis même resté devant le four pour les regarder cuire. Personne ne s'en est approché. Vous pouvez les déguster, vous ne courez aucun risque.

— Merci, Jaimie, répéta-t-elle.

Quand l'homme se pencha pour déposer le plateau sur

la table devant elle, elle lui posa la main sur la joue, en signe de gratitude. Le cuistot rougit, il ne savait plus où se mettre. Après avoir hoché la tête à plusieurs reprises, il recula puis regagna précipitamment les cuisines, aussi rouge que les cerises de ses gâteaux.

Niels observa le plateau et attrapa la main d'Edith qui voulait prendre une pâtisserie.

— Je devrais peut-être en goûter un avant, au cas où ils seraient empoisonnés.

— Vous n'avez pas entendu Jaimie ? s'étonna-t-elle en battant des paupières. Il a surveillé la cuisson, du début à la fin. Je ne cours aucun risque.

— Mais si c'était lui qui avait empoisonné le vin et le ragoût ? fit-il remarquer.

— Quoi ? Il ne ferait jamais…

Laissant sa phrase en suspens, elle adressa à Niels un regard perçant :

— Vous rêvez de manger mes gâteaux à la cerise, milord.

— Pas du tout, je…

Il tenta de protester, mais s'interrompit quand elle attrapa un gâteau pour le lui offrir.

— Alors goûtez-les. Ils sont vraiment excellents.

Niels accepta sans se faire prier. Il en avait l'eau à la bouche. Il mordit dedans avant même qu'elle puisse tendre le plateau au vieux lieutenant.

— Vous aussi, Tormod. Je ne peux pas manger ça toute seule.

— Ah, vous êtes bien aimable, Lady Edith. Vous avez un cœur en or, laissez-moi vous le dire, s'exclama celui-ci en attrapant un gâteau.

Niels vit Edith sourire devant ce compliment, mais il

avait bien du mal à rester impassible. Car le gâteau dans lequel il venait de mordre était un délice ! Seigneur, si le cuisinier qui officiait au château des Buchanan avait été aussi talentueux, ses frères et lui n'auraient pas passé leur temps à courir les routes pour faire fortune. Ils auraient plutôt occupé leurs journées à s'empiffrer, comme Cawley — et ils auraient été ravis de s'en contenter, eux aussi.

— Il y a des gâteaux ?

C'était la voix de Ronson. Il se précipita vers la table, talonné par Laddie.

— Oui, aux cerises, répondit Edith en lui tendant le plateau. Prends-en deux et installe-toi à côté de Niels pour les manger. Mais attention, ne les partage pas avec Laddie, ça le rendrait malade, tu le sais.

— Je sais, dit l'enfant en attrapant la pâtisserie. Merci, milady.

Le temps de grimper sur le banc, il se mit à grignoter cette petite merveille au bon goût de cerise.

— Eh bien ?

La bouche pleine, Niels leva un sourcil inquisiteur en entendant la question d'Edith.

— Y a-t-il du poison ? demanda-t-elle sèchement.

Tout en mâchant, il fit non de la tête. Avec un soupir agacé, la jeune femme attrapa trois autres gâteaux qu'elle posa devant lui.

— Allez-y, régalez-vous.

À cet instant, il n'eut plus aucun doute : Edith Drummond était l'une des femmes les plus exceptionnelles qu'il ait jamais rencontrées.

— Bien, que comptez-vous faire aujourd'hui ? s'enquit Tormod.

Cette question s'adressait à Edith mais, quand elle

ouvrit la bouche, Niels s'empressa d'avaler sa bouchée et déclara d'un ton ferme :

— Prendre du repos.

— Quoi ? s'écria-t-elle en se tournant vers lui. Pas question que je reste au lit. Je viens à peine de me lever !

— Allez-y doucement. Vous avez été malade plusieurs semaines. Il faut que vous…

— Je n'étais pas malade, j'ai été empoisonnée, lui rappela-t-elle d'un air sombre. Et je suis rétablie à présent.

— Pas d'imprudence, vous êtes toujours affaiblie, rétorqua-t-il.

— C'est vrai, admit-elle. Mais ce n'est pas en restant au fond de mon lit que je reprendrai des forces. Par ailleurs, il y a beaucoup à faire.

— C'est absurde.

— Oh ! vraiment ? fit-elle d'un ton outré. Vous n'avez pas remarqué l'odeur pestilentielle de la natte sur laquelle vous avez dormi la nuit dernière ? Elle vous colle à la peau, et c'est la même chose pour Ronson et Laddie.

Les sourcils froncés, Niels sentit ses vêtements et grimaça. Il avait remarqué cette odeur atroce au moment de s'allonger, la veille et, au fil des heures, il avait fini par s'y habituer. Mais Edith avait raison, cette puanteur semblait l'avoir imprégné et l'empêchait de savourer son gâteau.

— Comment se débarrasser de cette odeur ?

— Je dois demander aux femmes d'enlever les vieilles nattes pour les brûler. Il faudra ensuite que les enfants descendent au bord de la rivière pour ramasser des roseaux. Là-dessus, les femmes devront tresser de nouvelles nattes que nous installerons par terre. Il ne restera plus qu'à les parsemer de fleurs séchées pour qu'elles sentent bon.

Niels resta muet un instant. Il connaissait Edith depuis peu de temps, mais il commençait à cerner son caractère : elle comptait bien aider les femmes du château à retirer les vieilles nattes puis à les brûler. C'est également elle qui emmènerait les enfants à la rivière pour la cueillette des roseaux. Là encore, elle les aiderait dans cette mission, aussi épuisante soit-elle. Elle semblait diriger ces lieux en donnant l'exemple. Pas en se contentant de se tenir à l'écart pour aboyer des ordres. Certes, elle était désormais rétablie, mais elle avait passé une bonne partie du mois précédent alitée. Elle se fatiguerait en un rien de temps.

Quoi qu'il en soit, arriverait-il à la faire renoncer à son projet insensé ? À vrai dire, ce n'était pas son intention. Tout bien réfléchi, cette odeur de moisi qui imprégnait sa chemise et son tartan était insupportable. Un petit tour du côté du loch ne serait pas inutile pour se débarrasser de cette puanteur. Mais cela ne servirait à rien s'il devait à nouveau dormir sur ces vieux tapis. Comme il ne comptait pas laisser Edith sans surveillance, c'était forcément là-dessus qu'il passerait la nuit. Alors autant qu'on change ces fameuses nattes.

— Très bien. Voilà ce que je vous propose : chargez votre servante Moibeal de nettoyer votre chambre et accompagnez les enfants jusqu'à la rivière pour ramasser ces roseaux.

Bien entendu, Edith voulut protester, alors il ajouta :

— Cela nous permettra d'en finir plus tôt. Et, à mon avis, c'est nécessaire. J'avais la jambe raide, ce matin.

— Votre jambe ? répéta-t-elle. Quel est le rapport avec votre jambe ?

— J'ai une vieille blessure. En général, elle se réveille avant un orage.

C'était la vérité, même s'il avait certainement eu mal à cause du sol froid et dur sur lequel il avait dormi. Et pas parce que le temps avait changé.

— Autant faire revenir les enfants au donjon avant que la tempête éclate. Sans quoi, vous aurez un château rempli de gamins malades sur les bras.

— Je vois, acquiesça-t-elle.

— Je vais veiller à ce qu'on ramasse les vieilles nattes et qu'on les brûle, intervint Tormod. Mes hommes viendront en renfort. Comme ça, Moibeal et d'autres servantes vous aideront à ramasser des roseaux et à surveiller les enfants. Ils seront sûrement nombreux.

— Oh ! ce n'est pas nécessaire, répondit-elle aussitôt. Je peux m'occuper d'eux.

— Oui, mais s'il se met à pleuvoir, les petits devront se dépêcher, et vous savez à quel point ils aiment s'amuser en chemin. Avec Moibeal et les autres, les choses ne traîneront pas trop. D'ailleurs, je pense que vous devriez prendre toutes les servantes avec vous et laisser mes hommes nettoyer votre chambre. Ce sera fait en un rien de temps, tout sera prêt avant l'orage. Pour elles, ce sera comme une journée de liberté, ça leur changera les idées. Après ces semaines d'angoisses et de larmes, cela fera du bien à tout le monde.

— Bonne idée, Tormod, dit Niels avec un hochement de tête approbateur.

Le vieux soldat lui venait en aide. Tant mieux.

— Laddie et moi, on vient avec vous, milady, clama Ronson.

Niels eut un sourire en constatant que le garçon avait du jus de cerise jusque sur le front.

Le petit lécha les morceaux de fruit sur sa main et ajouta :

— N'ayez crainte, avec Laddie, nous vous protégerons de la raclure de pot de chambre qui vous a empoisonnée.

— Seigneur, faites que Bessie n'ait pas entendu une chose pareille ! souffla la jeune femme.

— Qui est Bessie ? demanda Niels d'un ton curieux.

— La grand-mère de Ronson, expliqua Tormod.

Tiens, et s'il rendait une petite visite à la femme qui avait élevé ce garçon si attachant ?

— Elle est dans les parages ?

— Oui. Elle fait des travaux d'aiguille près du feu. Ne regardez pas ! s'écria-t-elle quand il se tourna pour jeter un œil par-dessus son épaule. Est-ce qu'elle nous observe ?

— Non. Elle a l'air de dormir, dit-il en lorgnant la vieillarde assise sur une chaise près de la cheminée.

Elle avait les cheveux relevés en un chignon serré sur le sommet du crâne. Ses vêtements étaient rapiécés, mais propres. Elle semblait avoir les yeux clos, les mains posées sur une jupe qu'elle était en train de raccommoder.

— Dieu soit loué, murmura-t-elle. Viens, Ronson, allons chercher Moibeal et les autres servantes. Ensuite, nous rassemblerons les enfants et nous sortirons aussi vite que possible.

Une fois Edith et le garçon partis, Tormod demanda d'un air méfiant :

— Vous ne comptez pas la laisser ramasser les roseaux elle-même ?

Niels fit non de la tête :

— Non, je vais m'en occuper. Et je vais apporter des fourrures pour qu'elle puisse s'asseoir dessus, ainsi que des gâteaux et mon cheval. Elle n'en a pas encore conscience, mais il ne lui faudra pas une heure avant d'être épuisée.

— Attention, c'est une vraie tête de mule ! Elle n'admettra jamais qu'elle est fatiguée. Elle travaillera jusqu'au bout de ses forces et elle s'obligera à redoubler d'efforts plutôt que d'admettre sa défaite.

— Oui. C'est bien ce qui me semblait. Elle me rappelle beaucoup ma sœur, de ce point de vue.

— Vous avez un plan ? s'enquit le lieutenant avec intérêt.

— Tout à fait, et je compte me servir de Ronson.

Le vieil homme sourit et acquiesça :

— Ça fonctionnera. Elle s'inquiète énormément pour lui, comme s'il était son propre fils.

— Ah oui, pourquoi ?

— Lady Edith a toujours eu bon cœur… Trop, parfois. Certains en profitent, soupira-t-il. Penser à ce qui lui arrivera quand Brodie reviendra me fend le cœur. Elle risque fort de partir pour un couvent dans l'heure qui suivra son retour. Elle mérite mieux.

— Oui, murmura Niels.

Il aurait aimé faire quelque chose pour elle.

— Bon, je ferais mieux d'expliquer à mes hommes ce qui les attend aujourd'hui, dit alors Tormod en se levant.

— Cela va-t-il les déranger ?

— Sans doute pas. Oh ! ils vont se plaindre de faire un travail de femme quand ils cueilleront les roseaux mais, dès qu'il sera temps de brûler les vieux tapis, ils sortiront des tonneaux de bière et ils boiront joyeusement autour du feu.

Niels esquissa un sourire. C'est ce qu'ils auraient fait, ses frères et lui. Après avoir souhaité une bonne journée au lieutenant, il se leva et monta à l'étage pour s'équiper en prévision de cette sortie.

Chapitre 4

— Vous devriez peut-être vous reposer, milady.

Edith accueillit la proposition de Moibeal avec un sourire, mais elle se contenta de faire non de la tête.

— Tout va bien.

— Oui, mais vous avez été terriblement malade pendant des semaines, dit la servante d'un ton inquiet. Ne faites pas d'efforts inutiles, vous risqueriez une rechute.

— On m'a empoisonnée, je n'étais pas malade, Moibeal, fit-elle remarquer en se penchant pour donner un coup de serpe à la base d'une touffe de roseaux.

Tout en retenant un grognement, elle ajouta les longues tiges au bouquet coincé sous son bras — et eut un mouvement de surprise. Quelqu'un venait de lui prendre le tas entier ! Elle allait dire merci quand elle tomba nez à nez avec Niels.

— Je peux me débrouiller seule, milord, vous…

— Ronson est épuisé, la coupa-t-il. Il a mal dormi la nuit dernière et il est plus jeune que la plupart de ces enfants. Il a besoin de faire une pause.

Edith jeta un œil alentour et aperçut le petit. Il s'activait un peu plus loin sur la berge, pâle comme un linge. On le sentait à bout de forces.

— Oui, souffla-t-elle. Je vais lui dire de s'arrêter et de se reposer.

— Je l'ai déjà fait, dit-il avec un haussement d'épaules. Mais il continuera de travailler tant que vous ne vous serez pas vous-même arrêtée.

— Vraiment ? s'étonna-t-elle en fronçant les sourcils.

— Oui. Voilà pourquoi j'espérais vous convaincre de faire une petite pause. Le temps qu'il s'arrête lui aussi, s'empressa-t-il d'ajouter. J'ai apporté quelques gâteaux aux cerises et des fourrures pour que nous puissions nous asseoir. Je les ai déjà étendues, nous n'avons qu'à en profiter pour grignoter quelque chose ! Je suis sûr que Ronson s'endormira comme une souche dès qu'il aura le ventre plein. Comme ça, vous pourrez reprendre le travail à votre guise.

Des gâteaux aux cerises ? Voilà qui était alléchant… En plus, son corps avait bien besoin de repos. Niels avait vu juste. Elle s'était fatiguée plus vite que prévu, mais elle avait tenu le choc. Pas question d'abandonner.

Elle observa les autres enfants et les servantes en train d'œuvrer le long de la berge, au milieu des roseaux. Puis elle leva les yeux vers le ciel au-dessus de sa tête. Il était aussi bleu que les yeux de Niels. Visiblement, le temps n'était pas à l'orage, ils avaient largement le temps d'accomplir leur mission. Elle regarda ensuite les charrettes qu'ils avaient descendues jusqu'ici. L'une était pleine, l'autre commençait à se remplir.

— Moibeal, demande à Sorcha de ramener la charrette pleine jusqu'au château pour que les vieilles servantes qui ne nous ont pas accompagnés commencent à tisser les nattes. Que Bryce vienne avec elle.

C'était le plus âgé des enfants.

— Dis-leur aussi de prendre une pomme et répartissez-vous les autres. Tout le monde a le droit de s'asseoir et de se reposer quelques minutes.

— Bien, milady.

Moibeal eut un sourire plein de reconnaissance — mais qui s'adressait à Niels, pas à elle. Comme s'il avait fait un miracle en la persuadant de s'arrêter.

L'air maussade, Edith se retourna et manqua de trébucher quand elle voulut s'éloigner du rivage. La boue la retenait et elle était trop faible pour garder l'équilibre. Si Niels ne l'avait pas attrapée de justesse par le bras, elle aurait basculé. Le temps de marmonner un « Merci », elle se laissa conduire vers les arbres, près desquels il avait étendu les fourrures.

— Ronson ! cria-t-il une fois qu'elle fut installée. Amène Laddie et viens t'asseoir un moment.

— Oui, milord.

Edith grimaça. Pauvre garçon, on le sentait soulagé. Elle se mordit la lèvre en le voyant lutter pour s'extraire de la boue qui bordait la rivière et déposer sa brassée de roseaux avant de les rejoindre. Il traîna les pieds jusqu'à ce que le gros chien se place à côté de lui. Le bras autour du cou de l'animal, Ronson se pencha vers lui et parvint tant bien que mal à caler son pas sur celui de Laddie. Mais, dès qu'il arriva à leur hauteur, il lâcha le chien et s'écroula à côté d'eux.

— Je déteste ramasser ces saloperies de roseaux, souffla l'enfant en s'étendant de tout son long sur les fourrures.

Edith soupira. Elle était trop fatiguée pour le rappeler à l'ordre. Pour être honnête, Niels et ses frères étaient au château depuis seulement dix jours. De toute évidence, ils avaient passé le plus clair de leur temps dans sa chambre.

Mais cela avait suffi pour que le petit apprenne à parler comme un soldat. La seule différence, c'était que les soldats essayaient de ne pas trop jurer devant les femmes. Ou du moins pas devant elle.

— Retire tes pieds sales de cette fourrure, petit gars. Et veille à ce que Laddie ne grimpe pas dessus. À force d'essayer d'attraper des poissons dans la rivière, il est trempé, dit gentiment Niels en fouillant dans le sac qu'il avait apporté.

— Tout de suite, milord.

Ronson s'écarta en veillant à ne pas salir les fourrures, avant de tapoter l'herbe à côté de ses pieds.

— Allez, Laddie, couché.

Le gros chien approcha pour renifler la main du petit, avec l'espoir de trouver une petite récompense. Mais, comme il n'y avait rien, il souffla, puis s'ébroua vigoureusement. Ce qui fit voler de l'eau partout.

Surpris, Ronson poussa un cri, la tête plongée entre ses mains pour se protéger. Edith ferma les yeux pour s'abriter de la nuée de gouttes d'eau qui giclaient vers elle. Elle était trop heureuse pour s'écarter. Le soleil lui caressait doucement le visage. Il brillait tellement qu'elle avait l'impression de se tenir face à un grand rideau rouge.

— Un gâteau ?

Edith ouvrit les yeux. Niels lui tendait une pâtisserie et un gobelet.

— Merci, murmura-t-elle en attrapant ce qu'on lui proposait.

Elle renifla le liquide contenu dans le gobelet. Une chance, c'était du cidre.

— Je n'ai pas apporté de vin car vous nous aviez dit

que cette boisson ne vous plaisait guère, souffla-t-il en donnant un gâteau à Ronson.

Il en prit également un pour lui.

— Merci, dit-elle.

C'était vraiment gentil à lui. Elle but une gorgée du breuvage sucré avant de lui rendre le gobelet. Elle mordit ensuite dans le gâteau et savoura le bon goût de cerise qui lui envahit la bouche. Jaimie était le meilleur pâtissier du monde. Elle avala le premier gâteau, mais dégusta plus lentement le deuxième, à moitié distraite par Niels qui pelait une pomme. La peau du fruit formait comme une grande bande qui pendait au bout de son couteau. Le petit Ronson regardait ce spectacle d'un air admiratif.

— Comment vous faites ça, milord ?

— Il suffit de tourner autour de la pomme, expliqua-t-il en s'arrêtant pour attraper un autre fruit qu'il lui tendit. Sors ton *sgian-dubh*, je vais te montrer.

— Ronson n'a pas de *sgian-dubh*, fit posément remarquer Edith.

Niels fronça les sourcils et lui tendit le sien :

— Prends le mien. Je vais me servir de ma dague.

Le garçon attrapa le petit couteau au manche noir avec un mélange d'émerveillement et de déférence.

— Fais attention à ne pas te couper, le mit en garde Niels tout en sortant la dague qu'il glissa sous la peau de la pomme qu'il avait en partie pelée. Maintenant, pars du haut, près de la tige, et fais le tour, sans appuyer trop fort pour ne pas perdre la pulpe du fruit. Mais si la peau est trop fine, elle va se casser.

Edith observa la scène sans mot dire tandis qu'il donnait ses directives. C'était incroyable de le voir encourager le petit avec tant de gentillesse.

Une fois allongée sur le côté pour mieux apprécier le spectacle, elle sourit en voyant Ronson tirer la langue sur le côté, tant il était concentré sur sa tâche. On aurait dit qu'il tenait à tout prix à réussir, comme si sa vie en dépendait. Puis elle se tourna vers Laddie qui venait subitement de se lever et de partir en trombe. Le chien se rua jusqu'à la rivière pour rejoindre le reste du groupe. Ils avaient mangé leurs pommes et s'étaient remis au travail. Elle se tourna vers Niels et le jeune garçon. Celui-ci pelait encore le haut du fruit, lentement et délicatement, pour former cette longue bande.

Elle attendit qu'il ait fini de manger sa pomme pour lui conseiller de retourner travailler avec les autres. Pour sa part, elle allait fermer les yeux une minute et profiter du soleil qui chauffait sa peau rafraîchie par la brise.

Ce fut le grincement des roues de la charrette qui la réveilla. Edith battit des paupières et tomba sur les fourrures devant ses yeux, puis leva la tête et regarda autour d'elle. Impossible ! Elle devait rêver : les servantes et les enfants quittaient la clairière, derrière la charrette remplie de roseaux. Oh non, ils avaient fini le travail pendant qu'elle dormait. Seigneur, combien de temps s'était-elle assoupie ?

Elle leva les yeux au ciel. Le soleil était encore haut. Il devait être près de midi. Avec un soupir, Edith s'assit et observa à nouveau la petite troupe. Au même moment, Moibeal jeta un œil derrière elle et s'aperçut qu'elle était réveillée. La servante sourit et la salua d'un geste, avant de se tourner vers les enfants qu'elle conduisait.

Un jappement excité retentit du côté de la rivière. Niels, Ronson et Laddie étaient là. Le chien bondissait partout sur la berge comme un fou. On aurait dit qu'il essayait d'attraper ce que Niels et le petit jetaient… Au bout d'un moment, elle s'aperçut qu'ils faisaient des ricochets sur les eaux calmes de la rivière. Cela lui fit esquisser un sourire. Elle et ses frères faisaient la même chose, dans leur enfance. C'était le seul endroit où le courant n'était pas trop fort. Une fois de plus, la gentillesse dont Niels faisait preuve envers Ronson faisait plaisir à voir.

Là-dessus, elle regarda autour d'elle. Toutes les traces de leur en-cas avaient disparu, il ne restait plus que les fourrures sur lesquelles elle avait dormi. Le temps de se relever, elle les ramassa et les empila rapidement, avant de descendre au bord du cours d'eau pour se joindre à Niels et à Ramon. Tout sourires, elle caressa Laddie qui s'était rué à ses côtés pour l'accueillir.

— Laddie ! grogna Niels quand le chien essaya de sauter sur elle.

L'animal obéit dans la seconde et se laissa caresser bien sagement.

— Comment vous sentez-vous ? demanda doucement Niels quand elle approcha, suivie par Laddie.

— Comme si j'avais dormi pendant que tout le monde travaillait, répondit-elle sans cacher son amertume.

— C'est le cas, admit-il. Ce qui signifie que vous êtes prête pour la seconde partie de la journée.

Edith lui jeta un œil soupçonneux.

— Pourquoi ai-je la certitude que vous ne parlez pas du tressage des nattes ?

— Parce que vous êtes une femme d'une intelligence exceptionnelle, dit-il d'un ton solennel avant de se tourner vers Ronson et Laddie, qui se tenaient un peu plus loin sur la berge.

— Allez viens, gamin, il est temps de partir.

— Oui, milord. Ici, Laddie ! lança le petit en courant vers eux.

— Vous ne m'avez toujours pas expliqué où nous allons, dit-elle quand Niels la mena vers son cheval en la tenant par le bras.

— Que comptiez-vous faire après le tressage des nattes ? Rassurez-vous, les femmes s'en débrouilleront en un rien de temps, même sans votre aide.

Alors qu'elle se penchait pour caresser Laddie derrière les oreilles, Niels se plaça à côté d'elle et l'attrapa par le bras pour la soutenir. Mais elle était perdue dans ses pensées. Elle réfléchissait à tout ce qu'elle devrait faire une fois rentrée au château. Il fallait d'abord qu'elle parle du menu des repas des prochains jours avec Jaimie, même s'il semblait s'être parfaitement débrouillé sans elle, ces dernières semaines. Elle devait savoir ce dont il avait besoin : elle se rendrait au village pour faire les commissions. Mais elle pouvait attendre le lendemain ou le surlendemain pour lui poser la question. Le marché se tenait chaque samedi au village, et on n'était que lundi.

De toute évidence, les choses avaient été rondement menées malgré sa maladie. Les servantes étaient bien formées et savaient quoi faire. Par ailleurs, elles avaient pu s'acquitter de leurs tâches quotidiennes sans avoir à être surveillées. Malgré tout, Tormod avait dû veiller au grain. Il avait géré les affaires courantes pendant son absence, cela ne faisait aucun doute. Et tant mieux. Certes, il y avait sûrement d'autres choses à faire, mais il faudrait d'abord qu'elle mène sa petite enquête. Changer ces nattes était la seule mission urgente, car elles sentaient vraiment mauvais.

Cela dit, il était grand temps de donner le bain à Laddie… ainsi qu'à Ronson. Lui fournir un tartan propre ne serait pas inutile non plus. Et c'était la même chose pour Niels, après la nuit qu'il avait passée sur ces tapis moisis. Mais pouvait-elle lui demander d'aller se laver ? Non, évidemment. En revanche, elle-même n'était pas contre un bon bain. Elle en rêvait depuis qu'elle était réveillée, mais elle n'avait pas voulu qu'on lui en prépare un. Pas question qu'elle se délasse dans une baignoire alors que les frères Buchanan avaient visiblement pris racine dans sa chambre. Enfin, surtout Niels. Rory s'était partagé entre la chambre d'Effie et la sienne. Quant à Geordie et Alick, ils étaient partis pour les terres des MacDonnell. Mais Niels avait insisté pour qu'on la protège : il refusait de la laisser seule, même dans sa propre chambre !

— J'aimerais prendre un bain. Ronson et Laddie devraient en faire autant, d'ailleurs, avoua-t-elle tandis qu'il roulait les fourrures pour les attacher à son cheval.

— Voilà qui tombe à pic, dit-il en grimpant sur sa monture.

Edith eut un mouvement de surprise en le voyant se pencher vers elle. Il glissa les bras sous les siens et l'arracha du sol pour l'installer devant lui.

— Pourquoi donc ? demanda-t-elle en prenant place sur le cheval, en amazone.

— Parce que nous nous rendons au loch pour nous baigner, annonça-t-il avant de se retourner et de tendre la main à Ronson. À ton tour, gamin.

Le petit hésita, avant de s'exécuter. Niels le souleva à son tour et le plaça derrière lui.

— Maintenant que nous sommes trois, il n'y a plus

beaucoup de place. Enroule les bras autour de moi, gamin, sinon tu tomberas du cul du cheval.

Edith retint un soupir. Comment empêcher Ronson de jurer comme un charretier si Niels continuait d'employer ce genre de mot devant le petit ? Il risquait fort de se faire gronder par sa grand-mère…

— Parfait. Et maintenant, accroche-toi, ordonna Niels en attrapant les rênes.

— Et si on le mettait devant moi ? proposa-t-elle en se penchant pour jeter un œil au garçon qui était caché par l'imposante silhouette de Niels.

— Tout ira bien, répondit tranquillement ce dernier. Ce ne sera pas long.

Edith hocha la tête, mais cela ne l'empêcha pas de glisser les mains par-derrière autour de la taille de son garde du corps afin d'attraper les bras de Ronson. Au moins, il ne bougerait pas. Bizarrement, cela sembla amuser Niels. Enfin, c'était l'impression qu'elle avait. Elle sentait son haleine qui lui caressait le sommet du crâne, comme s'il riait sous cape.

— Qu'est-ce qu'il y a de si drôle ? demanda-t-elle en levant la tête vers lui.

— Rien, répondit-il avec un haussement d'épaules. Je me disais que vous feriez une mère parfaite, voilà tout.

Edith eut un sourire triste.

— J'aimerais vous croire, mais je ne pourrai jamais en avoir la certitude.

Car elle était destinée au couvent.

À ces mots, il fronça les sourcils et elle reposa la tête contre son torse.

— Ronson, veille à ce que Laddie nous suive, ordonna Niels en pressant son cheval.

Tandis que le petit appelait le chien, Edith ferma les yeux. Autant chasser de son esprit cette perspective qui l'angoissait tellement. Elle avait assez de soucis en ce moment, inutile de penser à tout cela. Pour l'heure, elle devait découvrir qui avait tué son père et ses frères avant d'essayer de l'empoisonner. Si Brodie apprenait qu'un assassin rôdait, il trouverait certainement une excuse ou un prétexte pour ne pas rentrer avant que le coupable soit démasqué. Ce qui signifiait qu'elle devrait rester ici et diriger le château en son absence.

Pas question de laisser ce pauvre Tormod gérer les affaires courantes tout seul. C'était un homme de valeur, il maîtrisait son sujet, mais il n'était plus tout jeune. Il s'était occupé à la fois des soldats et des serviteurs pendant qu'elle était alitée, et cela avait dû être un vrai fardeau pour lui. Malheureusement, Brodie était trop égoïste pour quitter la Cour, où il avait sans doute trouvé refuge. Pire : il était capable de dilapider la fortune du clan Drummond et de les laisser vivre dans la misère, et mourir de faim, sans même s'en soucier. Ce qui la mettait dans une situation précaire. Elle devait à tout prix découvrir qui était derrière ces empoisonnements. De cette façon, tout danger serait écarté et Brodie n'aurait plus d'excuse pour ne pas rentrer. Mais elle serait également obligée de partir avant son retour si elle voulait éviter d'être enfermée dans un couvent pour le restant de ses jours…

À vrai dire, cette journée lui avait offert une belle parenthèse. Changer ces nattes avait été un moyen de fuir brièvement le château et de repousser le moment d'affronter le vrai problème. Certes, elle avait mérité de prendre l'air après avoir été alitée aussi longtemps, mais elle comptait bien s'installer le soir même autour d'une table avec Rory, Niels et Tormod. Il était grand temps de passer à l'action. Elle devait également faire ses bagages en prévision de sa visite chez Saidh. Au moins, elle serait prête à prendre la route si d'aventure cette énigme était rapidement résolue.

Voilà pourquoi elle avait intérêt à s'y atteler sans tarder. Elle avait confié une lettre à Geordie et Alick, et les avait chargés de la remettre à Saidh. Après y avoir exposé sa situation, elle avait fait part de son espoir de lui rendre visite. Elle comptait également séjourner chez deux de leurs amies communes. Avec un peu de chance, cela lui éviterait d'être cloîtrée pour le restant de ses jours. Quoi qu'il en soit, il valait mieux qu'elle prévienne son amie avant de frapper à sa porte en réclamant l'hospitalité.

Hélas, les deux frères risquaient de mettre un certain temps pour chevaucher jusqu'au château des MacDonnell et revenir avec la réponse de Saidh. S'ils n'étaient pas de retour avant que le problème soit résolu, que ferait-elle ? Peut-être troquerait-elle ses beaux atours pour une simple tenue de servante. Elle n'aurait plus qu'à changer de nom et à se trouver une place quelque part. Être femme de chambre ou dame de compagnie la rendrait certainement plus heureuse que de vivre au couvent.

Edith grimaça à cette idée. Inutile de se leurrer : un tel stratagème n'était pas sans risque. Hélas, elle n'avait guère le choix.

— Nous sommes arrivés !

Elle leva la tête et jeta un œil alentour tandis que Niels immobilisait sa monture. Ils venaient d'entrer dans une petite clairière qu'elle connaissait bien. L'endroit se trouvait juste au bord du loch. C'est ici qu'elle se rendait avec Laddie les fois où elle souhaitait nager en toute tranquillité. La plupart des habitants du château allaient un peu plus loin parce qu'il y avait un peu plus d'espace. Mais, ici, les reliefs créaient comme une petite crique, à l'abri des regards.

— Descends, Ronson, dit Niels.

Edith lâcha les bras du garçon tandis que Niels attrapait celui-ci pour le déposer à terre. Laddie se précipita vers lui pour l'accueillir en lui léchant le visage.

Elle n'avait plus qu'à se redresser et à se laisser glisser au sol pour descendre de cheval, mais elle agrippa la jambe de Niels pour se faciliter la tâche. L'instant d'après, elle atterrissait par terre, la main toujours posée sur la cuisse de celui-ci. Il y avait de quoi être fière : elle s'était débrouillée seule, sans qu'il faille la porter comme une enfant… Là, elle s'aperçut d'une chose : Niels était étrangement immobile, l'air impénétrable.

Seigneur, elle n'avait toujours pas lâché sa jambe ! Ce qu'elle fit aussitôt, avant de reculer. Elle contourna alors le cheval pour rejoindre Ronson et Laddie tandis que Niels sautait à bas de sa monture. Le chien approcha pour se faire caresser. Elle lui frotta le museau. Au moins, cela le dissuaderait de sauter sur elle.

— Bon chien, murmura-t-elle.

Tout en faisant courir ses mains sur les flancs de l'énorme bête, elle tourna la tête pour voir ce que faisait Niels. Il avait détaché les fourrures accrochées à sa selle à l'aide d'une corde, ainsi que deux sacs, dont celui qui contenait les gâteaux aux cerises et les pommes. Il marchait maintenant vers le centre de la clairière, talonné par Ronson.

— Que puis-je faire pour vous aider ? demanda-t-elle en leur emboîtant le pas.

— Prenez ça et allez vous baigner dans le loch. Pendant ce temps, je vais nous préparer un petit en-cas en compagnie de Ronson, répondit-il en lui tendant un petit carré de savon qu'il avait sorti de son sac. J'espérais en trouver un parfumé à la lavande, mais celui-ci est au laurier, ça sent très bon.

Edith esquissa un sourire.

— Il n'y a jamais de lavande au château.

— Moi qui croyais que les femmes aimaient ce parfum ! s'étonna-t-il.

— C'est vrai, admit-elle. Et à juste titre.

— Alors pourquoi n'en trouve-t-on pas au château ?

— Parce que mon père l'interdisait.

Cette explication sembla l'amuser.

— Cette fleur le faisait éternuer, peut-être ?

— Non, répondit-elle en secouant la tête. Il détestait ça. Je me souviens qu'un jour, quand j'étais petite, nous avions eu un visiteur qui sentait la lavande. Mon père s'était rembruni, les mâchoires serrées. J'ai voulu savoir pourquoi. Ma mère m'a répondu que cela lui rappelait sa mère et ses sœurs, Ealasaid et Glynis, qui adoraient ce parfum. C'est pour ça qu'il était aussi triste. Elles étaient mortes quand il était jeune. De la suette[1], m'avait-elle dit, je crois. Elles avaient été emportées en peu de temps, toutes les trois. Pour lui, cela avait été un choc.

Tout à coup, Edith s'aperçut qu'elle parlait à tort et à travers. Elle se tut brusquement et attrapa le petit

1. L'épidémie de suette a parfois été comparée à celle de la peste. L'issue fatale était fulgurante et les malades suaient en abondance, d'où son nom.

morceau de savon si précieux qu'il lui tendait. Mais elle resta plantée là, sans bouger. Que faire ? Elle était déjà venue ici avec Ronson pour nager et elle n'avait eu aucun mal à se mettre en chemise devant lui. Sauf que Niels n'était pas un enfant de cinq ans.

— Ronson va s'assurer que je ne regarderai pas, dit-il alors d'un ton apaisant. N'est-ce pas, gamin ?

— Oui, répondit aussitôt celui-ci. Mais pourquoi est-ce que vous ne pouvez pas regarder Lady Edith se baigner ? Moi, je nage avec elle tout le temps.

— Veinard ! souffla Niels.

Mais il se garda bien d'en dire plus.

Au lieu de quoi, il lança :

— Je m'occupe de tout installer. Quand j'en aurai terminé, je resterai le dos tourné. Dès que vous sortirez, vous pourrez vous sécher et vous rhabiller.

Sur ces mots, il sortit un bout de tissu propre et sec ainsi qu'une robe du grand sac qu'il avait apporté. Elle les attrapa et il ajouta :

— Ensuite, vous n'aurez qu'à vous asseoir et manger. Pendant ce temps, avec Ronson, nous donnerons le bain à Laddie et nous en profiterons pour nous laver.

Edith observa la robe. C'était l'une des siennes ! Il l'avait roulée pour ne pas la froisser, mais ça n'avait pas complètement marché.

— Où l'avez-vous…

— Moibeal s'en est chargée pour moi, admit-il avec un sourire. Au début, je pensais la prendre moi-même dans votre coffre, et puis je me suis dit que vous gardiez peut-être des choses que je ne devais pas voir. Alors j'ai cherché votre servante et elle s'en est occupée.

Elle hocha lentement la tête. Moibeal avait choisi sa

plus belle robe, une robe qu'elle n'avait jamais portée, hormis durant les essayages. Elle était dans un ton vert foncé, c'était la préférée de sa servante. D'après elle, cette tenue mettait en valeur ses yeux et ses cheveux, et elle lui allait à ravir. « N'importe quel homme tomberait amoureux de vous, milady. » Pas de doute : si Moibeal avait confié cette robe à Niels, c'était qu'elle le voyait comme un prétendant potentiel. Un aspect auquel Edith n'avait même pas songé jusque-là.

— Allez-y, je vous promets que je ne regarderai pas, insista-t-il gentiment.

Edith déglutit difficilement avant d'accepter. Elle se dirigea vers l'un des arbres au bord de la clairière. La moitié des branches s'étendaient sur l'eau, mais d'autres pendaient au-dessus du sol sec. Elle accrocha sa robe et le morceau de tissu à une branche basse, mais à une hauteur suffisante pour que la tenue propre ne se salisse pas. Puis elle se retourna. Un peu plus loin, Niels et Ronson discutaient calmement tout en déroulant les fourrures.

Le dos tourné, elle posa un instant le bout de savon, le temps de se débarrasser de sa robe, avant de se précipiter vers le bord du lac, vêtue de sa seule chemise. Seigneur, que c'était froid ! Elle dut se mordre la lèvre pour retenir un petit cri. Une fois enfoncée dans l'eau jusqu'à la taille, elle plongea et nagea un instant pour que son corps s'habitue à la température.

L'endroit était magnifique. D'habitude, elle prenait le temps de savourer la tranquillité de cette crique et les eaux fraîches du loch. Mais pas cette fois. Elle se dépêcha de se laver tandis qu'une idée ne cessait de la tarauder : et si Niels devenait son mari ?

Tout bien considéré, cette idée n'était pas si absurde.

Au moins, elle échapperait au couvent, cela ne faisait aucun doute. Quant à Niels… Eh bien, il ne lui déplaisait pas. Il était beau, et il semblait intelligent et compétent. Mais, le plus important, c'était qu'il était très gentil avec Ronson : il faisait preuve de beaucoup de bonté et de patience avec lui. Il ferait un excellent père, c'était une certitude.

Grâce aux lettres de Saidh, elle savait que Niels était devenu le premier lieutenant de leur aîné, Aulay, qui était le chef du clan Buchanan depuis que Dougall était parti avec Murine. Ce qui était assez surprenant : comment pouvait-il se permettre de rester loin de leur château aussi longtemps ? Oh ! la famille Buchanan était nombreuse, quelqu'un l'avait certainement remplacé le temps de son absence. Quoi qu'il en soit, Niels ne serait jamais le maître de son propre château, mais cela n'avait aucune importance. Elle serait déjà très heureuse de vivre dans un petit cottage au village pour y élever ses enfants.

Des enfants… Edith jeta un nouveau regard en direction de Niels. Grâce à sa mère, qui avait été une guérisseuse de talent, elle savait bien des choses sur cette question. Elle l'avait même aidée à mettre au monde des nouveau-nés ! Bref, elle n'ignorait pas la façon dont on faisait les bébés.

Pour autant, elle avait du mal à imaginer comment l'homme « plantait sa petite graine ». C'était peut-être un moment désagréable. Sa mère ne lui avait-elle pas dit que c'était douloureux, la première fois ? Néanmoins, d'après son amie Jo, on pouvait y prendre beaucoup de plaisir. Vraiment ? Tout ceci avait l'air assez étrange…

Edith plongea alors la main sous l'eau, entre ses cuisses, à l'endroit par où l'homme entrait, selon les explications de Jo. Elle se caressa, intriguée, avant de secouer la tête. Non, elle avait du mal à s'imaginer faire cette chose-là avec un homme, fût-il aussi beau que Niels. Mais si c'était indispensable pour avoir des enfants…

Une minute plus tôt, elle se voyait déjà mariée avec lui et en train de porter leur progéniture ! Et puis, rien ne prouvait qu'elle l'intéressait. Elle devrait peut-être se résigner à épouser un vieux baron libidineux à l'haleine pestilentielle, ou quelque chose dans ce goût-là.

Avec un soupir, Edith plongea sous l'eau pour se rincer les cheveux et le corps. Soudain, elle se redressa et jeta un œil du côté des garçons. Niels était assis, appuyé sur ses bras, les jambes étendues devant lui et les chevilles croisées. Et bien sûr, Ronson l'imitait. Un bien joli spectacle. Là-dessus, elle se dépêcha de sortir et attrapa le grand bout de tissu qui pendait sur la branche afin de se sécher.

Au même instant, elle s'aperçut d'une chose. Moibeal avait confié une robe propre à Niels, mais elle ne lui avait pas donné de chemise de rechange ! Que devait-elle faire de sa tunique trempée ? Enfiler sa tenue par-dessus ou s'en passer complètement ? Il n'y avait pas à tergiverser : pas question de s'asseoir avec un vêtement tout mouillé !

Tout en bougonnant, elle jeta un œil par-dessus son épaule. Autant s'assurer qu'on ne la regardait pas. Très vite, elle se débarrassa de sa chemise humide et se glissa dans sa robe neuve, sans même prendre la peine de se sécher. Pour qu'on ne la voie pas nue, forcément ! Faire descendre la robe n'était pas si facile car le tissu soyeux collait à sa peau mouillée. Après avoir lutté quelques instants, elle poussa un soupir agacé. Enfin, elle était parvenue à l'enfiler ! Il ne lui restait plus qu'à se servir du pan de tissu pour se sécher les cheveux du mieux possible.

Là-dessus, un nouveau problème se présenta. Elle n'avait pas de quoi se brosser les cheveux, qui devaient être sacrément emmêlés. Le temps d'accrocher sa serviette à une branche, elle essaya de mettre un peu d'ordre dans cette masse de mèches rousses à l'aide de ses doigts. Ensuite, elle attrapa le savon, sa chemise humide, la robe qu'elle avait portée jusque-là, et se dirigea vers les fourrures où l'attendaient Niels et Ronson.

— À votre tour ! lança-t-elle gaiement en les rejoignant.

Niels se releva aussitôt — et s'immobilisa pour l'observer. Elle le vit écarquiller les yeux et entrouvrir les lèvres. Il était certainement surpris de la voir aussi échevelée ! Avec un soupir, elle se laissa choir par terre et leur fit signe de déguerpir :

— Allez vous baigner, l'eau est bonne.

Ronson partit le premier tout en se débarrassant de ses braies et de sa chemise. Niels le suivit au bout de quelques secondes, le temps de dire :

— Commencez à manger, nous ne serons pas longs.

Il attrapa ensuite des vêtements propres pour Ronson, une chemise délicatement pliée et un tartan pour lui. L'instant d'après, il marchait vers le loch.

Elle le suivit du regard. Très vite, il ne porta plus qu'une chemise qui ne couvrait pas complétement le bas de son corps. Bouche bée, elle suivit les courbes de sa chute de reins avant de se retourner précipitamment. Autant les laisser tranquilles. Ils en avaient fait autant avec elle, non ? Mais c'était dur. Si elle avait pris son bain dans un silence total, ce n'était pas le cas de ces deux-là. Le petit riait et parlait à tout va. Elle l'entendit même crier : Niels venait visiblement de l'asperger. Difficile de résister à l'envie de jeter un œil furtif à ce qui se passait…

Finalement, quand Niels appela Laddie, Edith s'accorda le droit de lancer un regard autour d'elle. Le chien était toujours pelotonné près des fourrures. Il ne les avait pas suivis dans l'eau. Il ouvrit un œil qu'il referma aussitôt. Ah, l'animal, il faisait semblant de ne pas les entendre ! Ce n'était pas surprenant : Laddie détestait les bains. Au mieux, il les supportait avant de se défouler en s'ébrouant dans tous les sens et en se frottant contre tout et n'importe quoi pour se sécher.

— Laddie, gronda Niels d'un ton menaçant.

Après avoir poussé un soupir à fendre l'âme, le chien se leva et avança lentement vers le bord du loch, à contrecœur, la tête et la queue basses. Il y avait vraiment de quoi rire ! Edith résista à l'envie de se retourner pour ne pas perdre une miette de cette petite scène. Alors elle se contenta d'écouter. Si tout se déroulait comme les fois précédentes, Laddie risquait fort de s'arrêter au bord de l'eau. Il faudrait donc le tirer dans le loch, puis le retenir pour qu'il ne s'échappe pas à la première occasion. Mais cela ne l'empêcherait pas d'essayer de grimper sur la personne qui lui donnait le bain, dans l'espoir de sortir de l'eau.

À en juger par les rires de Ronson et par les jurons de Niels, c'était exactement ce que Laddie tentait de faire. À cet instant, elle se décida à jeter un œil derrière elle. Le chien s'était dressé sur ses pattes arrière. Appuyé contre le torse de Niels, il tentait de lui lécher le visage. À force de faire l'anguille pour éviter la langue de l'animal, Niels finit par basculer et plongea à la renverse dans l'eau en entraînant le chien avec lui.

Edith se leva. Pourvu que Laddie ne noie pas Niels sans le vouloir ! Par bonheur, ce dernier se releva aussitôt. De grosses gouttes dégoulinaient sur sa poitrine musclée et il se rapprocha du bord. Il avait de l'eau jusqu'à la taille.

Elle déglutit avec peine et baissa la tête. Mais elle eut juste le temps de laisser ses yeux glisser sur ce corps parfaitement sculpté, comme les gouttes d'eau qui ruisselaient sur lui. Aurait-elle pu seulement se douter qu'il serait aussi beau ? Difficile à dire. En tout cas, il avait un physique à couper le souffle. Oh ! ce n'était pas le premier homme qu'elle voyait à moitié nu. Elle avait tout de même eu trois frères et il y avait des centaines de soldats au château. Mais à cet instant, avec ce soleil qui faisait briller ces gouttes d'eau comme des diamants, personne n'était aussi parfait que Niels Buchanan.

— Ici, Laddie, ordonna-t-il en se tapant la poitrine.

Cette fois, il ne se laisserait pas surprendre. Elle le sentit à la façon dont il se raidit quand le chien se dressa sur ses pattes arrière. En temps normal, celui-ci aurait essayé de lui grimper dessus. Mais Niels l'attrapa et grogna :

— Pas bouger.

Malgré le regard implorant que lui jetait Laddie, il se saisit du savon que tenait Ronson et commença à frictionner le chien. Là, il tourna la tête dans la direction d'Edith, ce qui l'obligea à se retourner précipitamment, une fois de plus. Elle sentit son visage s'empourprer. Voilà ce qui s'appelait être prise sur le fait !

Avec un soupir, elle contempla les victuailles disposées sur les fourrures. Manifestement, Niels ne s'était pas borné à apporter des gâteaux aux cerises. C'était un vrai festin qu'elle avait sous le nez ! Il y avait un poulet rôti entier, du fromage, du pain, des pommes, sans oublier les pâtisseries. Pourtant, même s'il lui avait conseillé de manger sans les attendre, elle décida de patienter le temps qu'ils la rejoignent. Malgré tout, quand son estomac se mit à gronder, elle se dit qu'une pomme l'aiderait à patienter.

Edith venait tout juste de déguster son fruit quand une forme ruisselante fondit sur elle. C'était Laddie qui cherchait à se blottir contre elle ! Avec un petit cri, elle bascula en arrière et essaya de le repousser. La canaille, il voulait se sécher contre sa robe !

— Laddie !

C'était Niels. Le chien s'immobilisa aussitôt puis regagna la rive du loch, ventre à terre. De son côté, elle tourna la tête et resta bouche bée : Niels était à genoux, vêtu de sa seule chemise, en train de plier son tartan au bord de l'eau. Une fois de plus, il la surprit en train de l'espionner. Lorsqu'il lui fit un clin d'œil, elle referma la bouche avant de leur tourner le dos à toute vitesse.

Elle tâcha ensuite de retrouver son trognon de pomme qui avait atterri près des fourrures. Oh non, il était tout sale et couvert de brin d'herbe ! De guerre lasse, elle le reposa près d'elle avec un petit soupir.

Chapitre 5

— Vous n'avez rien mangé.

Edith se retourna et esquissa un sourire en entendant la remarque de Niels. Il venait de la rejoindre, suivi de près par Ronson et Laddie.

— Non, j'ai préféré vous attendre, murmura-t-elle tandis que le petit s'empressait de s'asseoir près d'elle.

Laddie essaya d'en faire autant, mais Niels l'en empêcha d'un « Non ! » qui le figea sur place.

— Assis, ordonna-t-il.

La seconde d'après, Laddie s'installa près des fourrures.

— Bon chien, dit Niels.

Il caressa l'animal au moment de prendre place à son tour.

Edith secoua légèrement la tête. Laddie était une brave bête, mais il n'avait pas l'habitude d'obéir aussi vite et aussi bien. Elle devait répéter un ordre une ou deux fois avant qu'il s'exécute. Mais au moins il l'écoutait — c'était d'ailleurs pour cette raison qu'on le lui avait donné et qu'il n'avait pas rejoint la meute de chiens de chasse de son père et de ses frères, qui n'avaient aucune emprise sur lui.

Et puis il y avait Niels. Celui-ci ramassa le sac dans

lequel il avait rangé toutes ces victuailles. Il en sortit un grand os. Le chien se leva aussitôt et se mit à remuer la queue.

— Assis, dit Niels d'un ton ferme.

Laddie obéit et il reçut enfin son os, qu'il attrapa pour le lâcher par terre juste après. Tout en le tenant entre ses pattes, il se mit à le ronger.

— Bon chien.

— Je comprends mieux pourquoi il vous écoute, murmura-t-elle d'un ton amusé. Vous le corrompez avec des os.

— Non, il est vraiment gentil.

Le temps de jeter un œil aux victuailles qui se trouvaient entre eux, il attrapa le poulet et détacha une cuisse qu'il lui tendit :

— Il y a de l'hydromel dans la flasque, là. Servez-vous.

— Merci, murmura-t-elle.

Pendant qu'ils mangeaient tous les trois dans un silence agréable, Edith se surprit à imaginer qu'ils formaient une famille et qu'ils partageaient un repas après une baignade. Le pique-nique terminé, ils regagneraient le château et…

Elle coupa court à sa rêverie. Le château… Elle n'y resterait pas très longtemps. Niels n'était pas son mari, et il ne le serait sans doute jamais. Et quant à Ronson, il n'était pas son fils. Il ne lui restait guère que Laddie, il n'y avait que lui qui était à elle. Et peut-être plus pour très longtemps si elle finissait au couvent.

— Pourquoi froncez-vous les sourcils ? demanda brusquement Niels.

Edith se força à sourire.

— Je réfléchissais, milord.

— À quoi ?

— Rien d'important, répondit-elle en haussant les épaules.

Autant changer de sujet.

— Alors comme ça, Saidh est heureuse, avec son ventre rebondi. Mais, avec vos frères, vous ne m'avez presque pas parlé de Murine et de Dougall. Tout va bien pour eux ?

— Oh oui, dit-il du bout des lèvres. Ils ont l'air très heureux maintenant que tout est arrangé. Encore que Dougall se plaint d'être toujours sur la route.

— Pourquoi ça ? s'étonna-t-elle.

— Outre Carmichael, ils doivent s'occuper du château du frère de Murine, en Angleterre, sans parler de tous ceux qui y habitent, expliqua-t-il. Elle a hérité de Danvries à sa mort.

Edith haussa un sourcil surpris.

— Elle a donc deux châteaux à administrer ? Elle qui avait peur de ne jamais avoir un toit !

— En effet ! dit-il gaiement. Mais cela les oblige à faire des allers-retours incessants, le temps qu'ils décident quoi faire de Danvries.

— Que vont-ils décider, d'après vous ? s'enquit-elle avec curiosité.

Niels considéra la chose avant de répondre :

— Ils vont certainement le confier à l'un de mes frères. Au moins jusqu'à ce que Dougall ait un fils en âge de reprendre le flambeau.

— Pas vous ? s'étonna-t-elle. Vous êtes le suivant dans la fratrie, non ?

— Exact, mais je sais ce que je veux faire de mon avenir, répondit-il d'un ton solennel. Pour l'heure, j'aide

Aulay au château des Buchanan. Enfin, pas en ce moment, bien sûr. Mais, quand tout sera réglé, je rentrerai et je retrouverai ma position de premier lieutenant.

— C'était gentil à lui de vous laisser prendre de mes nouvelles pour Saidh, répondit-elle doucement. Je devrais lui écrire pour le remercier.

— Ce n'est pas nécessaire. Il ignore que je suis ici.

Avec un petit sourire, il expliqua :

— Dès notre enfance, nous avons su qu'Aulay hériterait du château. Ce qui nous a obligés à suivre notre propre voie. Mais mes parents ne m'ont pas laissé sans le sou. Chacun de nous a reçu des terres et de l'argent, et ils nous ont aidés à décider ce que nous souhaitions faire de notre vie. Pour Dougall, c'était élever des chevaux. Il a toujours adoré ces bêtes, il les connaît bien. Il a toujours été capable de repérer les meilleurs étalons, les meilleures juments, et ainsi de suite.

— Et vous, qu'est-ce qui vous intéresse ? demanda-t-elle avec curiosité.

— Les chiens, répondit-il avec un sourire. Je dresse des chiens de chasse. Je les entraîne aussi.

Voilà qui expliquait pourquoi Laddie lui obéissait autant.

— Mais cela ne rapporte guère, ajouta-t-il. Je dresse et je vends certaines bêtes à ceux qui cherchent de bons chiens de chasse. Mais si je gagne un peu d'argent, c'est grâce aux moutons.

— Aux moutons ?

— Oui. Enfin, grâce à leur laine. J'ai acheté des moutons avec mon argent et j'ai développé mon cheptel au fil des années. La majorité de la laine qu'ils donnent est exportée vers les Flandres, mais j'en garde une partie pour la filer et produire ce que beaucoup considèrent comme le meilleur tissu d'Écosse. Bref, entre la laine et ce tissu, je gagne de jolies sommes.

Il marqua une pause avant de revenir au sujet initial :

— Aulay croit justement que je suis en train de livrer une cargaison entière de ce tissu aux McKay. Nous avons conclu l'affaire avant le départ de Dougall, lorsque je suis devenu le premier lieutenant de mon frère. Il m'a donc fallu honorer ce contrat. Geordie et Alick m'ont accompagné. Si nous avons fait halte en cours de route, c'était uniquement pour voir Saidh et permettre à Rory de l'examiner. Nous étions censés partir pour les terres des McKay juste après.

— Au lieu de quoi, vous voilà ici, dit Edith en fronçant les sourcils. Niels, je ne veux pas perturber vos affaires. Si vous devez livrer ce tissu…

— Non, dit-il pour la rassurer. Greer a ordonné à ses hommes d'escorter le chargement. En échange, nous sommes venus nous enquérir de votre état de santé et en référer à notre sœur.

— Oh ! s'exclama-t-elle. Bien.

La tête baissée, Niels observa Ronson. Le petit venait de se lever pour s'amuser avec Laddie.

— Ils débordent d'énergie, ces deux-là, murmura-t-elle en ramassant les reliefs du repas. Nous devrions rentrer avant que les gens du château s'inquiètent.

— Oui, acquiesça-t-il en attrapant le grand sac.

Il en sortit quelque chose… Une brosse ! Presque malgré elle, Edith se passa une main dans les cheveux.

— Je dois avoir l'air monstrueuse.

— Pas du tout, répliqua-t-il avec un grand sourire.

Mais, si je vous laisse rentrer dans cet état, les gens penseront que nous avons fait davantage que nous baigner.

À ces mots, Edith écarquilla les yeux et se sentit rougir. Elle lui arracha la brosse des mains et s'empressa de la passer dans ses cheveux emmêlés, ce qui lui arracha quelques grimaces.

— Allons, Edith, murmura-t-il en se plaçant derrière elle. Donnez-moi ça ou vous allez finir chauve. Vous avez de trop beaux cheveux pour les malmener. On voit que ce sont vos servantes qui se chargent de vous brosser d'habitude.

Eh bien, elle ne s'attendait pas à un tel compliment ! Elle tourna la tête une seconde puis tâcha de se tenir tranquille tandis qu'il reprenait la brosse pour la passer doucement dans ses cheveux. Au début, elle le laissa faire, sans mot dire, tout en observant Ronson qui jouait avec Laddie. Ils étaient lancés dans une vraie course-poursuite. Le petit courait après le chien avant de repartir dans l'autre sens, talonné par l'animal. Comment ne pas sourire devant ce charmant spectacle ? Malgré tout, elle finit par dire à Niels :

— Ce n'est pas la première fois que vous faites ça.

Il eut un petit rire. Sentir son haleine tout près d'elle la fit frémir de la tête aux pieds.

— Ça se voit, n'est-ce pas ?

— Oui, vous êtes très délicat, dit-elle. C'est grâce à Saidh ?

— Avec neuf enfants et le château à diriger, ma mère nous confiait toutes sortes de menus travaux. En règle générale, j'étais chargé de brosser les cheveux de ma sœur à sa place, les matins. J'ai très vite appris à faire preuve de doigté, bougonna-t-il. Cette chère enfant n'hésitait pas à flanquer un bon coup de pied à la personne qui avait la malchance d'écoper de cette corvée.

— Neuf…, murmura Edith. Le jour où j'ai rencontré Saidh, elle m'a dit qu'elle avait huit frères, mais elle ne m'a donné que sept prénoms. Du coup, j'ai eu l'impression d'avoir mal entendu. Mais vous avez été neuf, n'est-ce pas ?

— Oui, avoua-t-il comme à contrecœur. Ewan est mort sur le champ de bataille, à l'endroit où mon frère Aulay a reçu sa cicatrice. Mais notre famille n'en parle guère.

— Pourquoi ? demanda-t-elle.

La brosse sembla s'immobiliser un instant.

— Parce que nous n'avons jamais pu retrouver son corps et le ramener chez nous, admit-il. Avec Dougall et Conran, nous avons vu Ewan s'écrouler, tué par un coup d'épée, mais après la bataille, son corps est resté introuvable.

— Et s'il n'était pas mort ? dit-elle d'un ton plein d'espoir.

— Il est mort, répondit Niels d'un ton sans réplique. Il a été pourfendu de part en part, Edith. Impossible de survivre à un coup pareil. Impossible.

— Oh…

Elle resta muette. Que dire ? Finalement, elle se contenta de murmurer :

— Je suis navrée.

— Merci, répondit-il d'un ton grave.

Un long silence s'installa. Edith se creusait la tête. Comment alléger un peu l'atmosphère ? Au même moment, Ronson poussa un petit cri qui attira son attention. Le garçon venait d'attraper Laddie et de se hisser sur son dos. Lorsque le chien se jeta par terre et roula sur lui-même pour éjecter l'enfant, elle entendit Niels rire. Voilà qui eut le mérite de la soulager. Elle esquissa un sourire en contemplant cette scène charmante.

— Ronson n'a pas d'amis parmi les autres enfants ? demanda-t-il au bout d'un moment.

Edith se rembrunit.

— Sa grand-mère lui a déconseillé de jouer avec eux, j'en ai peur.

— Pourquoi ?

On sentait de l'incompréhension dans sa voix.

— Bessie dit qu'il n'a pas besoin de se lier d'amitié avec des enfants qu'il ne verra plus d'ici quelque temps.

Le temps de s'éclaircir la voix, elle ajouta :

— Oh ! je ne lui jette pas la pierre, elle a sans doute raison. Dès qu'ils seront de retour, Victoria persuadera Brodie de m'envoyer au couvent. Juste avant de les jeter dehors. La grand-mère du petit s'arrange pour qu'il ne souffre pas trop le moment venu, voilà tout. Comme ça, il ne perdra que le toit sous lequel il vit, et pas tous ses amis.

— Victoria n'aime pas Ronson et sa grand-mère ?

— À vrai dire, Victoria n'aime pas beaucoup les occupants du château, tous autant qu'ils sont. Si elle pouvait remplacer tous les serviteurs, elle le ferait.

— Parce qu'au moment où Brodie a temporairement pris les rênes du domaine c'est à vous qu'ils obéissaient, et pas à elle. C'est bien ça ?

Edith ne put qu'acquiescer.

— Oui. À mon avis, elle va essayer de se débarrasser de toutes mes servantes qui lui ont fait cet affront. Et elle risque bien d'y parvenir. C'est une femme intelligente. Elle trouvera un bon prétexte.

— Désolé, dit-il tout bas.

— Moi aussi, admit-elle. Elles méritent mieux.

— Vous aussi, vous méritez mieux. On voit que vous êtes attachée à ces gens. Leur avenir est incertain et cela vous tourmente.

Edith se tourna et croisa le regard de Niels, avant d'ajouter d'un ton solennel :

— Pour moi, c'est comme s'ils faisaient partie de ma famille. Chacun d'entre eux. J'ai grandi à leurs côtés ici, ils ont pris soin de moi et…

Tête basse, elle soupira :

— J'ai l'impression de les trahir en étant incapable de les protéger.

— Allons, ils savent que vous les aideriez si vous le pouviez, mais vous ne pouvez même pas vous protéger vous-même, fit-il remarquer.

Là-dessus, il fronça les sourcils, l'air contrarié. Elle voulut détourner le regard, mais il ajouta :

— Edith ?

— Oui ?

Niels ouvrit la bouche mais se ravisa. Il se contenta de secouer la tête et de ranger la brosse.

— Vous voilà coiffée.

— Merci, dit-elle doucement mais en lui lançant un regard curieux.

L'espace d'un instant, elle avait senti de la détermination dans son regard. Il comptait ajouter quelque chose, c'était presque certain, mais quoi ? Mystère. Apparemment, il avait changé d'avis.

Avec un haussement d'épaules, elle se mit à genoux et lui prêta main-forte pour ramasser les restes de leur repas. Puis elle l'aida à rouler les fourrures. Elle porta le sac de victuailles et lui, les fourrures ainsi que le grand sac contenant les serviettes mouillées et leurs vêtements sales. Ils marchèrent jusqu'à son cheval. Lorsqu'il accrocha le tout à sa selle, elle tâcha d'en faire autant. Il s'acquitta de sa tâche très vite alors qu'elle était encore en train de batailler. Rien d'étonnant : elle n'était pas assez grande pour attacher le sac au pommeau de la selle ! Voyant qu'elle rencontrait quelques difficultés, il se plaça derrière elle pour l'aider.

Edith resta immobile lorsqu'elle sentit son torse contre elle. Il y avait quelque chose de si intime dans ce geste ! Soudain, elle s'aperçut que Niels ne bougeait pas, lui non plus. Ils restèrent dans cette position un moment, tout en retenant leur souffle, puis il posa les mains sur sa taille. Il l'attrapa si légèrement qu'elle aurait pu s'échapper si elle l'avait souhaité. Sauf que ses pieds n'avaient pas envie de bouger. Alors elle resta là, à attendre. Une éternité sembla s'écouler. Puis il murmura :

— Vos cheveux sont si beaux.

— Merci, souffla-t-elle en déglutissant avec peine.

Là, il dégagea ses cheveux de sa nuque. Quand il se pencha pour la caresser à cet endroit, elle se mordit la lèvre pour retenir un petit cri, avant de s'apercevoir d'une chose : elle se lovait contre lui ! Il enroula les bras autour d'elle, juste sous sa poitrine, et elle les saisit, avant de pencher la tête tandis qu'il lui mordillait doucement l'oreille. Quand il leva la main pour l'attraper par le menton et tourner son visage vers lui, elle se laissa faire docilement, et même volontiers. Les lèvres de Niels se posèrent sur les siennes. Il plongea la langue dans sa bouche, qu'elle ouvrit sous le coup de la surprise, avant de rester immobile. Cette intrusion lui arracha un gémissement, tandis que mille sensations s'éveillaient en elle. Elle était vaguement consciente qu'il lui caressait la gorge, puis la poitrine, mais elle n'y prêta attention qu'au moment où il posa la main sur son sein pour le presser doucement.

Elle poussa un petit cri tandis que son corps réagissait. D'instinct, elle cambra le dos pour tendre sa poitrine et accueillir cette caresse, d'autant que Niels levait l'autre main pour lui attraper l'autre sein. Pourquoi se lovait-elle contre lui de cette façon ? Tout à coup, elle sentit quelque chose de dur contre elle, et il glissa la main dans l'encolure de sa robe pour la toucher, sans le tissu pour séparer leurs corps. Elle cria tandis qu'il pinçait son téton déjà durci.

Elle était si troublée qu'elle ne s'aperçut même pas qu'il lâchait son sein pour glisser la main plus bas, entre ses jambes, à travers sa robe. La seconde d'après, elle se tendait sous ses caresses. C'était bien plus fort qu'au moment où elle s'était touchée, tout à l'heure, par curiosité. Même avec le tissu qui les séparait, ce geste faisait naître en elle une fébrilité qu'elle n'aurait jamais pensé ressentir. Et elle voulait davantage. Mais que voulait-elle, justement ? Tout le problème était là. En tout cas, son corps, lui, semblait le savoir, car il se collait contre les mains de Niels. L'une qui caressait et l'autre qui cherchait quelque chose qu'elle ne comprenait guère.

C'est là qu'un cri perçant les figea sur place.

Au même moment, Niels mit fin à leur baiser en soufflant :

— Ronson.

La seconde d'après, ses mains expertes la lâchèrent et il s'écarta. Elle resta là, incapable de remettre de l'ordre dans ses pensées après ce qui venait de se passer, puis pivota vers la clairière déserte. Niels était parti.

Troublée, elle s'éloigna du cheval de ce dernier d'un pas mal assuré, puis retrouva l'équilibre avant de se diriger vers l'endroit d'où venait le cri de Ronson. En atteignant la lisière de la clairière, elle se fraya un chemin dans les taillis. Où étaient-ils ? Ce qu'ils avaient entendu était un hurlement de panique, de terreur. Une crainte venait d'en chasser une autre. Qu'était-il arrivé au petit ?

— Tout va bien, gamin ? Qu'est-ce… Oh mon Dieu !

Edith entendit les mots de Niels alors qu'elle écartait les branches d'un buisson. Elle faillit heurter Niels et Ronson avant de retrouver l'équilibre. L'enfant était comme pétrifié, avec Laddie à côté de lui, tandis que Niels était à genoux, en train d'examiner quelque chose par terre, devant l'enfant.

— C'est Lonnie, bégaya celui-ci.

En regardant par-dessus l'épaule de Ronson, elle aperçut un homme étendu face contre terre, une flèche plantée dans le dos.

— Qui est-ce ?

Niels s'interrompit une seconde. Il venait de remarquer sa présence.

— L'un des soldats du château, répondit-elle à la place du petit. D'habitude, il est avec les gardes, sur la muraille.

— Oui, mais il est parti avec notre seigneur quand ils ont quitté le château, Lady Victoria et lui, dit Ronson.

— Vraiment ?

Les sourcils froncés, Edith observa le malheureux. Le visage de Lonnie était orienté vers eux, la bouche et les yeux ouverts, et elle dut détourner le regard. Cela faisait longtemps qu'il était mort, de toute évidence. Elle ne le reconnaissait même pas.

— Oui, il ne… ressemble pas à Lonnie, mais j'ai vu Magda lui donner ce mouchoir quand il est parti. Pour qu'il ne l'oublie pas, elle disait.

Effectivement, il y avait un bout de tissu attaché autour du bras du corps sans vie.

— Venez.

Niels se leva brusquement et les ramena au pas de course jusqu'à la clairière.

— Je vous raccompagne au château. Ensuite, je reviendrai avec des hommes et une charrette pour prendre le corps.

— On ne peut pas le laisser ici. On devrait peut-être le prendre avec nous, dit-elle d'un ton inquiet.

— Nous n'avons qu'un seul cheval. En plus, cela fait au moins une semaine qu'il est là. Quelques minutes de plus n'y changeront rien, répliqua-t-il.

— D'accord, murmura-t-elle alors qu'ils approchaient de la monture.

Cette fois, Niels grimpa sur la selle et la souleva pour l'installer devant lui. Puis il attrapa Ronson qui prit place tout contre elle. C'était sûrement moins pratique pour tenir les rênes, mais Niels ne s'en plaignait pas, et elle était contente de tenir le petit. Il était tout tremblotant après cette découverte macabre. Elle referma les bras autour de lui et se lova contre la poitrine de Niels tandis qu'ils faisaient route jusqu'au château.

— Alors ?

Edith leva les yeux de la nourriture qu'elle ne faisait

que pousser sur son tranchoir. Rory venait de les rejoindre autour de la table et répondit à la question de son frère :

— Alors on dirait qu'il a été tué par une flèche.

— Et les autres blessures ?

Elle haussa un sourcil. Quelles autres blessures ? Enfin, elle n'avait que brièvement observé le cadavre. La première fois en se concentrant sur son visage, la seconde, sur le mouchoir.

— Des animaux, répondit posément le jeune guérisseur. Il était déjà mort.

Avec une grimace, Edith reposa le gobelet d'hydromel qu'elle allait boire.

— À quand remonte le décès ? s'enquit Niels au bout d'un moment.

— Au moins une semaine, peut-être plus. Impossible à dire.

— Le pauvre, lâcha Tormod d'un air sombre. On n'a retrouvé ni son cheval, ni ses armes, ni ses bottes. J'imagine que c'est l'œuvre de brigands. Ils ont dû lui tomber dessus alors qu'il rentrait au château. Ce n'est pas la première fois qu'ils nous posent problème.

— Oui, acquiesça-t-elle. Mais, d'après Ronson, Lonnie était parti avec Brodie et Victoria. Pourquoi serait-il rentré seul ?

La mâchoire du vieux lieutenant se contracta.

— Votre frère l'a sûrement envoyé en éclaireur, pour voir s'il ne courait plus aucun danger. Ou peut-être qu'il l'avait chargé d'être ses yeux et ses oreilles ici.

C'était la raison la plus plausible. Edith hocha la tête et fit tourner son gobelet d'hydromel entre ses mains d'un air absent, sans lâcher le breuvage des yeux. Que faire, à présent ? Impossible d'informer Brodie du décès de Lonnie. Elle ne savait même pas où il avait conduit Victoria. Peut-être à la Cour, ou au château d'un de ses amis. Certes, c'était parfois un égoïste pourri gâté, mais il pouvait se montrer charmant quand il le voulait. Il s'était même lié d'amitié avec de nombreux chefs de clan. Avant son mariage avec Victoria, il leur avait souvent rendu visite, tantôt pour chasser, tantôt pour s'adonner à la fauconnerie, ou tout simplement pour boire, jouer ou s'amuser en galante compagnie. Ils pouvaient être n'importe où.

Avec un soupir, elle se redressa et scruta les trois hommes attablés avec elle.

— Nous devons démasquer l'assassin pour que Brodie se décide à revenir. Comme ça, je pourrai partir.

— Partir ? lança Tormod sans cacher son étonnement.

Tête basse, il ajouta dans un murmure :

— Je ne pensais pas que vous accepteriez aussi facilement d'aller au couvent.

— Ce n'est pas mon intention, le rassura-t-elle.

En voyant le vieux soldat relever la tête et lui jeter un regard inquisiteur, elle esquissa un sourire :

— Je ne peux pas forcer mon frère à me garder ici.

Devant la déception de Tormod, elle ajouta :

— Mais je vais peut-être m'éviter de passer le restant de mes jours au fond d'une abbaye. Il me suffirait d'épouser un vieux laird suffisamment bienveillant pour accueillir une femme dont on veut se débarrasser.

— Ce serait un moindre mal, admit-il d'un ton sceptique.

— Oui. Pour cela, je dois m'en aller avant l'arrivée de mon frère. Je resterai aussi longtemps que possible mais, dès que nous serons informés de son retour, je devrai me rendre chez les MacDonnell.

— Chez les MacDonnell ?

C'était Rory qui avait posé cette question.

— J'ai écrit à Saidh pour lui demander si je pouvais lui rendre visite. Vos frères se sont chargés de lui transmettre mon message. Outre Saidh, j'espère que Murine et Jo me rejoindront là-bas et qu'elles m'aideront à prendre une décision. L'une d'elles connaît peut-être un vieux laird à la recherche d'une femme. J'ai une dot rondelette, soyez sans crainte.

— Je vois, murmura Rory avant de jeter un œil à Niels. Vous tenez donc à épouser un seigneur ?

Edith eut un léger sourire :

— Non, je me contenterais largement d'un cottage et d'une demi-douzaine d'enfants. Mais le temps joue contre moi. Si je me marie, ma dot restera à moi. Or si Brodie m'envoyait au couvent, il s'arrangerait pour donner aux sœurs la moitié de cette somme, voire plus. Il me suffit de trouver un vieux laird ou un jeune seigneur désargenté. Je n'ai pas le temps d'amener un homme à tomber amoureux de moi.

Elle évita soigneusement le regard de Niels. Elle sentait encore le goût de ce baiser sur ses lèvres et ses mains sur son corps. Mais à quoi bon se leurrer ? Ce n'était pas pour cela qu'il allait la demander en mariage et la sauver de son triste destin.

Elle en aurait eu envie, pourtant ! Elle souhaitait recevoir d'autres caresses, d'autres baisers. Serait-elle autant attirée par un seigneur suffisamment désespéré pour l'épouser ? Rien n'était moins sûr. Mais elle était tout à fait capable de s'en accommoder.

— Soit…, lâcha alors Tormod en les observant tour à tour. Comment allons-nous démasquer l'assassin ?

Un lourd silence s'installa. Puis Rory finit par dire :

— Aucune idée. Nous ne savons même pas comment l'ancien chef de votre clan et ses deux aînés ont été empoisonnés.

Niels se tourna vers lui, l'air surpris :

— La première dose de poison a bien été versée dans le vin, non ? Puisque Edith n'en a pas bu…

— Oui, mais Brodie et Victoria avaient sûrement pris du vin ce soir-là, fit-il remarquer avant de se tourner vers elle et Tormod. N'est-ce pas ?

— Impossible à dire, répondit celui-ci. C'était il y a des semaines et beaucoup de choses ont eu lieu depuis. Qu'en pensez-vous, Lady Edith ?

Tout en se mordant la lèvre, elle s'adossa à son fauteuil en tâchant de se souvenir de cette fameuse soirée. Effectivement, de longues semaines s'étaient écoulées depuis. Et elle avait été malade un bon moment.

— Si je me souviens bien, c'était le soir de la dispute concernant la dot de Victoria, finit-elle par dire.

— La dot de votre belle-sœur ? s'étonna Niels.

Avec un soupir, Edith acquiesça :

— Visiblement, Brodie pensait que le père de Victoria lui remettrait cette dot après leur mariage.

— Mais il ne l'a pas fait ? s'enquit Rory.

— Non, il a envoyé des servantes et des robes au château, mais la dot était destinée à l'homme qu'elle avait promis d'épouser. C'est ce que stipulait le contrat qui avait été signé. Si elle refusait de devenir sa femme, peu importe la raison, il était censé recevoir la dot, quoi qu'il arrive.

Elle fit la grimace.

— Ce matin-là, les servantes sont arrivées avec le message. Brodie et Victoria ont passé la journée à en parler.

— C'est vrai, confirma sèchement le vieux lieutenant. Il a déchiré la lettre et il la lui a jetée au visage en se plaignant d'avoir été piégé. S'il l'avait prise pour femme, c'était parce qu'elle lui avait fait miroiter cette dot énorme et…

Il s'interrompit, le temps d'esquisser un rictus.

— Lorsqu'il a porté cette accusation, j'ai bien cru qu'elle allait lui fracasser le crâne avec un pichet de bière. Elle n'en croyait pas ses oreilles. Je me souviens encore de ses mots : « C'est moi qu'on a trompée, milord. » Elle était folle de rage. Et lui aussi. Ils ne sont même pas inquiétés qu'on puisse les entendre. Ils ont commencé ici, dans la grande salle. Là-dessus, il l'a suivie jusqu'aux cuisines, puis dans leur chambre. Les serviteurs n'en perdaient pas une miette, je n'ai pas pu les faire travailler, ce jour-là.

— Non, acquiesça Edith. Une fois dans leur chambre, ils se sont écharpés pendant une bonne partie de la nuit. Et puis une servante est venue les prévenir que mon père était gravement malade.

L'air navré, elle ajouta :

— J'ignorais que nos frères étaient dans le même état. Ils s'étaient retirés très tôt, sûrement parce qu'ils commençaient à se sentir mal. C'est le lendemain qu'on m'a informée qu'ils étaient eux aussi alités, quand j'ai voulu leur annoncer que notre père était mort.

— Victoria et Brodie n'ont donc pas bu de vin à table, ce soir-là, conclut Rory.

— Et ils sont passés par les cuisines, nota Niels.

— Mais ils n'étaient pas là quand je suis tombée

malade pour la deuxième fois. Et ce n'était ni à cause du vin, ni à cause du ragoût, rappela-t-elle d'un ton sans réplique.

— Mais c'est ce jour-là qu'ils sont partis, rétorqua Niels. Ils ont dû empoisonner le ragoût d'une manière ou d'une autre avant leur départ. Brodie est la seule personne à qui profite la disparition de votre père et de vos frères.

Sans perdre son calme, Edith répondit :

— Ils sont partis dans la matinée. Moibeal était tombée malade durant la nuit, mais personne ne l'a su avant que je me réveille. Je l'ai trouvée sur sa paillasse, dans ma chambre, elle se tenait le ventre en tenant des propos incohérents. Brodie a eu peur d'une épidémie, il a paniqué et il a pris ses jambes à son cou en emmenant Victoria. Ils n'ont pas pu empoisonner le ragoût qu'on m'a servi plus tard, au moment du souper. Ils étaient loin, déjà. Et personne d'autre n'a été victime de ce ragoût. Autrement, tout le monde serait mort au château.

— Peut-être que Victoria a ordonné à Effie de verser la potion dans votre plat au moment de vous l'apporter. C'est peut-être dans ce flacon que se trouvait le poison, suggéra Rory.

— Effie ne se serait pas empoisonnée volontairement ! répliqua-t-elle.

— Non, mais elle ignorait peut-être que c'était du poison. Avec un peu de chance, votre frère n'était pas au courant des projets de sa femme non plus. Et si Victoria avait agi seule ? Peut-être était-elle déterminée à devenir Lady Drummond, comme le lui avait promis son époux. Et tant pis s'il fallait en venir au meurtre.

Edith hocha lentement la tête. À vrai dire, c'était fort possible. Elle préférait ça à l'idée que Brodie soit derrière ces meurtres. Conclusion : ils étaient face à un problème de taille.

— Nous voilà coincés, dit-elle. Impossible de prouver que Victoria a empoisonné le vin ou le ragoût… Il faudrait donc d'abord démontrer que la potion contenait bien du poison.

Elle les regarda pour obtenir leur assentiment. Hélas, Rory secoua la tête d'un air navré.

— Non. Il y avait trop d'herbes dans cette décoction, nous ne pourrons pas savoir quel poison a été utilisé. Si tant est que ce flacon en ait contenu…

— Il faudrait qu'Effie se réveille et nous dise ce qu'elle a fait avec ce liquide. Sans quoi, Victoria s'en sortira, conclut-elle d'un ton grave.

— Comment va Effie, d'ailleurs ? demanda brusquement Tormod.

— Aucun changement, répondit Rory. Vraiment aucun. La situation aurait dû évoluer, pourtant. Mais elle est dans le même état qu'à notre arrivée ici. Ni plus forte ni plus faible.

— Oui, nous lui faisons avaler du bouillon en permanence, rappela Niels. Cela l'aide à ne pas s'affaiblir davantage.

— Hum, murmura Rory avant de secouer la tête. À ce propos, j'imagine que je dois m'y coller, une fois de plus.

— Maintenant ? s'étonna Tormod. Et notre plan pour attraper l'empoisonneur ?

— Parce que vous avez un plan ? répliqua le jeune guérisseur.

Voyant le vieux guerrier grimacer, il ajouta :

— Lady Edith a raison, j'en ai bien peur. Impossible de prouver que Victoria a tout manigancé. Ou du moins, aucun de nous n'est pour l'instant en mesure de le faire. Je vous propose de profiter de la nuit pour y réfléchir, nous en reparlerons demain matin et nous verrons bien si quelqu'un a une idée.

— Entendu, dit-elle.

Lorsque Tormod maugréa en signe d'assentiment, Rory hocha la tête et fit mine de quitter la table.

Edith tourna la tête vers Niels, mais il regardait le feu de cheminée. Elle s'aperçut alors que Ronson était pelotonné contre Laddie, aux pieds de sa grand-mère, endormi. Autour d'eux, plusieurs femmes fabriquaient des tapis avec les derniers roseaux ramassés dans la journée. Elles en avaient presque terminé.

Pauvre petit ange… Le voir lové contre le gros chien lui arracha un soupir. Dès qu'ils étaient rentrés, Ronson s'était précipité vers sa grand-mère pour trouver du réconfort auprès d'elle. Après la découverte macabre qu'il avait faite, c'était bien normal. Il n'avait pas ouvert la bouche pendant qu'ils rentraient au château. Il n'avait fait que s'accrocher à elle en tremblant comme une feuille. C'était sûrement la première fois qu'il voyait un cadavre. Et ce ne serait pas la dernière. Mais elle espérait au moins que ce serait dans d'autres circonstances. Tomber nez à nez avec un corps sans vie n'était pas anodin. D'autant qu'il connaissait un peu Lonnie. Le jeune soldat avait toujours été très gentil avec lui et sa grand-mère. Tout le monde ne pouvait pas en dire autant.

— Et si vous alliez vous reposer un peu avant le souper ?

Edith croisa brièvement le regard de Niels avant de tourner timidement la tête vers la vieillarde assise près de l'âtre et les autres servantes. Devait-elle leur prêter main-forte ? Non, inutile. De toute évidence, elles avaient juste assez de roseaux pour achever les tapis sur lesquels elles travaillaient.

— Oui, je vais certainement me reposer avant le dîner, décida-t-elle en se levant.

Ronson n'était pas le seul à avoir été secoué par cette sombre histoire. C'était l'occasion rêvée de chasser cette vision macabre de ses pensées.

— Je vous verrai à l'étage. Il vaut mieux que je reste dans les parages, aux aguets, souffla Niels en l'attrapant par le bras.

Elle se figea un instant avant de poursuivre son chemin. Ce n'était qu'un simple contact, mais son cœur battait la chamade. Elle le revit en train de la toucher à un tout autre endroit de son corps. Et puis il y avait ce baiser… Allait-il l'embrasser une fois qu'ils seraient dans sa chambre ? Ou la caresser ? À moins qu'ils ne fassent autre chose…

Elle perdait la tête ! Voilà ce que lui soufflait la voix de la raison. Elle savait ce qu'elle désirait, mais quelle était la bonne décision à prendre ? Et que désirait-elle exactement ? D'autres baisers et d'autres caresses, c'était une certitude. Elle sentait déjà ses seins pointer douloureusement à l'idée qu'il pose les mains sur eux, et qu'il pince ses tétons. Une vague de chaleur envahit aussitôt son entrejambe quand elle l'imagina en train de la caresser comme il l'avait fait dans la clairière.

Edith n'en revenait pas. Comment avaient-ils pu faire une chose pareille alors que Ronson était tout près d'eux ? Fort heureusement, le petit avait disparu dans les fourrés avec Laddie : il n'avait donc rien vu. Cela dit, s'il était revenu sur ses pas et s'il les avait surpris en train de…

— Et voilà.

Cette phrase la ramena subitement à la réalité. Tiens, pendant qu'elle était perdue dans ses pensées, ils avaient eu le temps de grimper l'escalier. Ils se trouvaient à présent devant sa chambre.

— Merci, murmura-t-elle en entrant.

Lorsqu'il referma doucement la porte, elle se tourna avec un sourire nerveux… qui céda la place à la surprise. Elle était seule. Niels ne l'avait pas suivie.

Il ne l'embrasserait peut-être plus jamais finalement…

Chapitre 6

Niels se tourna sur le côté et grimaça quand il se cogna le front contre le mur. Il ouvrit les yeux brusquement avant de s'asseoir. Il s'était endormi pendant son tour de garde. Il était censé veiller sur Edith, mais il avait fini par piquer du nez pendant la nuit. Et, manifestement, il s'était retrouvé affalé par terre sans même s'en apercevoir.

Le temps de secouer la tête pour se réveiller, Niels jeta un œil au couloir qui menait à l'escalier. Il y avait apparemment du monde dans la grande salle au rez-de-chaussée. Quelle heure était-il ? Sans doute assez tôt, car personne n'était sorti des différentes chambres, que ce soit Edith ou ses frères. Si la porte de la jeune femme s'était ouverte, il l'aurait entendu. Quant à ses frères, ils se seraient manifestés en lui donnant un bon coup de pied pour le tirer de son sommeil. Et ils n'auraient pas manqué de se moquer de lui parce qu'il s'était assoupi, c'était sûr et certain.

Au même moment, une silhouette près de l'escalier attira son attention. Rory marchait vers lui, un bol à la main. Tout en étouffant un grognement, Niels se frotta le visage. Autant avoir l'air réveillé. De toute évidence, son frère l'avait vu dans cette posture ridicule. Alors pourquoi ne s'était-il pas arrêté pour le réveiller quand il avait traversé le couloir ?

— Bonjour, frangin, lança Rory d'un ton guilleret.

Niels posa un genou par terre en grognant. Voilà tout ce qu'il était en mesure de répondre.

— Edith va bien ? demanda son frère.

— Oui, grommela-t-il.

— Hum. Comment peux-tu en être aussi sûr alors qu'elle prend son petit déjeuner en bas, avec Geordie et Alick ? demanda Rory d'un ton moqueur.

Niels leva brusquement la tête vers lui.

— Quoi ?

— Oui, voilà une bonne heure qu'elle est debout, comme tout le monde, expliqua-t-il sans cacher son amusement.

— Et tu ne m'as pas réveillé ? lança Niels en se relevant tant bien que mal.

— Edith nous l'a interdit. Lorsque nous sommes sortis, elle marchait vers l'escalier et elle a insisté pour qu'on ne te réveille pas. Tu devais être vraiment épuisé, parce que tu ne t'es même pas réveillé quand elle a trébuché sur toi ! lança Rory d'un ton acerbe.

Bon sang ! Niels se rua vers l'escalier sans se soucier du grand éclat de rire de son frère.

C'était la troisième fois de suite qu'il passait la nuit devant la porte d'Edith. Comment avait-il pu s'endormir ? Quel crétin ! Enfin, c'était peut-être prévisible puisqu'il n'avait pas fermé l'œil une seconde au cours des deux nuits précédentes. Et pour cause : il était hanté par ce baiser qu'il avait échangé avec elle, dans la clairière. Il avait commis une grave erreur. Il l'avait tout de suite compris, mais il avait été incapable de résister à la tentation. Comment l'aurait-il pu ? Dans la lumière du soleil, on aurait dit que les cheveux de la jeune femme étaient un véritable brasier, et elle sentait si bon après son bain dans le loch ! Ils s'étaient frôlés lorsqu'il avait voulu l'aider à attacher le sac à la selle de son cheval. Dès cet instant, il avait perdu la tête.

Edith n'avait rien fait pour arranger les choses. La bouche collée contre la sienne, elle avait répondu passionnément à ses caresses, comme si elle se consumait sous ses mains. Seigneur, ses tétons étaient durs avant même qu'il glisse la main dans l'encolure de sa robe pour les attraper et les pincer. Quant à la façon dont elle avait accompagné son geste lorsqu'il avait glissé sa main libre entre ses jambes... Ce souvenir continuait de mettre tous ses sens en éveil. Sur le moment, il aurait eu envie de se mettre à genoux, de remonter la robe d'Edith et de poser la bouche sur cette intimité brûlante qui n'attendait que lui, il en était sûr. Il l'avait d'ailleurs certainement fait si le cri poussé par Ronson ne les avait pas ramenés à la réalité.

À cette idée, Niels ne put que grimacer. Lorsqu'ils étaient dans la clairière, il avait totalement oublié que le petit était avec eux. Quand ce dernier s'était-il éloigné en compagnie de Laddie ? Qu'avait-il vu juste avant ? Mystère. Dieu soit loué, il n'avait pas baissé le haut de la robe d'Edith pour mieux lui caresser la poitrine...

Avec un soupir, Niels s'arrêta en haut de l'escalier et scruta la grande salle. Où étaient ses frères ? Geordie et Alick étaient revenus de leur mission chez les MacDonnell la veille au soir, alors que le reste du château était allé se coucher. Même s'il était épuisé par leur long trajet, Alick avait proposé de monter la garde à sa place, afin qu'il se repose. Mais Niels avait refusé, avant d'envoyer son jeune frère se coucher. Avec le recul, peut-être aurait-il dû accepter. À part ronfler, il n'avait pas fait grand-chose. Dire qu'il ne s'était même pas réveillé quand Edith avait trébuché à cause de lui ! Si c'était vraiment le cas, n'importe qui aurait pu enjamber son corps, pénétrer dans la chambre et tuer Edith. Cela dit, pourquoi s'inquiéter outre mesure ? Ils avaient la quasi-certitude que Victoria était la responsable des meurtres, et elle était loin à présent. Pourtant, comme ils n'en étaient pas complétement sûrs, il valait mieux se montrer prudent.

Niels passa en revue celles et ceux qui allaient et venaient dans la grande salle. Tout à coup, il s'appuya tranquillement contre la rambarde. Il venait d'apercevoir Edith. Comment ne pas la repérer au premier coup d'œil, avec sa robe vert clair et sa chevelure flamboyante ? Elle discutait avec Tormod, Geordie et Alick. Il sourit en la voyant s'esclaffer. C'était un son mélodieux et cristallin, si agréable à l'oreille. Il aurait aimé l'entendre résonner à nouveau.

— Elle ne comprend pas pourquoi tu te comportes de cette façon avec elle.

Niels tourna la tête. Rory l'avait suivi et se tenait désormais à côté de lui, les yeux braqués sur Edith.

— Comment ça ? rétorqua-t-il.

Il connaissait la réponse, pourtant. Il s'était montré pour le moins désagréable et grognon avec elle depuis l'épisode de la clairière. À table, il s'était également arrangé pour que Tormod ou Ronson s'installe entre eux, de manière à garder ses distances avec elle. Il la surveillait, certes, mais d'assez loin pour ne pas la toucher.

— On dirait qu'elle te dégoûte, répondit tranquillement Rory.

Niels se retint d'éclater de rire. Elle ne le dégoûtait pas, loin de là ! Et tout le problème était là.

— Je crois que tu lui plais, ajouta Rory en voyant qu'il ne réagissait pas.

À ces mots, Niels se raidit, mais resta muet.

— Et, à mon avis, c'est réciproque.

— Bien sûr !

La réponse avait jailli des lèvres de Niels.

— C'est une femme hors du commun, continua-t-il. Jolie, intelligente, drôle, belle, spontanée, charmante, pleine de bonté et belle.

— Tu as dit « belle » deux fois, lança Rory d'un ton moqueur. Quatre si tu comptes « jolie » et « charmante ».

— Ferme ton clapet, gronda-t-il. Tu sais bien qu'il n'y aura jamais rien entre nous.

— Et pourquoi ça ?

— Parce que je suis le troisième de la fratrie, je ne peux rien espérer, comme Brodie Drummond avec Victoria. Sauf que je ne lui mentirais jamais pour la séduire. Elle mérite mieux.

— Tu es le quatrième de la fratrie, en réalité, corrigea Rory.

À ces mots, Niels le foudroya du regard.

— Comment oses-tu parler d'Ewan de cette façon ?

Avant que son frère puisse répondre, il ajouta d'un air lugubre :

— Il est mort, laisse-le en paix.

— Soit. Quoi qu'il en soit, elle ne peut pas mériter mieux que toi. Tu es l'un des hommes les plus exceptionnels que je connaisse.

— Les autres étant nos frères, dit-il avec un ricanement.

— Oui, reconnut Rory sans rougir. Par ailleurs,

l'avenir d'Edith n'est pas rose. D'après Saidh, l'homme qui lui était promis est mort il y a des années. Et tu sais pertinemment que Brodie l'enverra au couvent dès qu'il reviendra ici.

— Bien sûr, mais n'oublie pas ce qu'elle nous a raconté l'autre jour. Elle compte bien y échapper en devenant l'épouse d'un riche seigneur avec un château et du personnel qu'elle pourra diriger.

— Ça n'arrivera pas, répliqua Rory d'un ton sans réplique. Qui pourrait correspondre à cette description, d'après toi ?

Niels haussa les épaules mais fut bien obligé d'admettre :

— Une ou deux personnes, peut-être.

— Des gens recommandables ?

— Non, répondit-il aussitôt.

Aucun de ceux qu'il avait en tête ne ferait un mari convenable. Le premier était une véritable brute, qui avait déjà battu à mort ses deux précédentes épouses. Raison pour laquelle il ne pouvait même plus compter sur son argent pour s'en trouver une autre. Quant au second, il était incapable de lâcher son verre le temps de signer un contrat de mariage. Edith ne méritait pas ces deux types qu'il ne présenterait même pas à une femme de la trempe de Victoria. Et qu'importe si elle semblait être une sorcière assoiffée de sang !

— C'est bien ce que je disais, conclut Rory. Elle ne se trouvera jamais un mari convenable et elle finira au couvent.

Niels agrippa la rambarde de toutes ses forces. Imaginer Edith cloîtrée lui retournait l'estomac. C'était inconcevable ! Une femme aussi énergique et fière ne méritait pas de devenir religieuse, sans jamais connaître ni l'amour ni le plaisir, sans jamais avoir ni enfants ni foyer.

— Tu devrais l'épouser, finit par dire Rory.

Niels ferma les yeux un instant et secoua la tête.

— Je n'ai rien à lui offrir. Il me faudra encore trois ou quatre ans avant d'avoir un domaine ou...

— On l'accueillerait au château, Niels, et tu le sais.

— Oui, mais elle, s'en contenterait-elle ?

— Ce n'est pas Victoria, martela son frère. Elle serait heureuse de vivre dans un cottage, entourée d'enfants. Tu l'as entendue, non ?

Niels hésita avant de dire :

— Et si elle refusait de m'épouser ? D'accord, j'ai envie d'elle. Mais je ne veux pas d'une femme qui m'épouse uniquement pour échapper au couvent.

Devant cette mise en garde, son frère rit tout bas.

— Mon frère, cette femme te dévore des yeux depuis des jours. Elle te suit comme une ombre, elle sait toujours où tu es, et elle ne perd pas une miette de ce que tu dis. À en juger par la petite étincelle dans son regard, le couvent est bien la dernière chose à laquelle elle pense quand elle te regarde.

Rory lorgna Edith presque avec tristesse, avant d'avouer :

— À vrai dire, je suis terriblement jaloux. Elle te regarde comme Saidh regarde Greer, et comme Murine regarde Dougall. Tout ce que j'espère, c'est qu'un jour une femme me regardera comme ça.

— Vraiment ? s'enquit Niels d'un ton plein d'espoir.

Il avait fourni tellement d'efforts pour ne pas regarder Edith qu'il n'avait pas prêté attention à la façon dont elle le regardait.

— Je ne te mentirais jamais sur quelque chose d'aussi important, Niels, jura son frère d'un ton solennel.

Au même moment, le rire d'Edith résonna à nouveau et Niels se retourna pour la regarder. La seconde d'après, il descendait les dernières marches pour la rejoindre. Alors que, s'il avait eu deux sous de bon sens, il serait remonté dans sa chambre pour s'offrir quelques heures de sommeil bien méritées. Demander Edith en mariage ? Il aurait mieux fait d'être frais et dispos pour prendre une telle décision, il le savait. Hélas, il n'avait pas toute sa tête à l'heure qu'il était. Il ne rêvait que d'une chose : être avec elle.

Niels approcha de la table au moment où la jeune femme s'esclaffait :

— Ce n'est pas vrai !

— Qu'est-ce qui n'est pas vrai ? demanda-t-il en se plaçant près de Tormod.

Serait-il malpoli de demander au vieux lieutenant de s'écarter afin qu'il puisse prendre place à côté d'Edith ? Sûrement, même s'il était censé veiller sur elle, après tout. Enfin, théoriquement, son tour de garde était terminé, mais…

— Niels !

C'étaient les voix de Geordie et d'Alick.

Il regarda ses frères et leur adressa un signe de tête avant d'apercevoir le sourire d'Edith. Celle-ci lui lança d'un ton guilleret :

— Bonjour, milord. J'espère que vous avez bien dormi.

Niels se figea, et c'est Alick qui réagit à sa place :

— Oh ! voilà qui est bien cruel !

— Quoi ? demanda-t-elle en fronçant les sourcils, avant d'écarquiller les yeux, l'air horrifié. Oh ! je ne voulais pas… C'était une simple façon de dire bonjour, je ne souhaitais pas…

D'un geste, Niels balaya cette excuse, prit place sur le banc à côté de Tormod et se pencha pour mieux la voir.

— N'ayez crainte, vous ne m'avez pas offensé, la rassura-t-il sans dissimuler son amertume. De toute façon, quelqu'un qui dort pendant son tour de garde ne mérite pas mieux.

— Peu importe, je suis sûre que votre présence devant ma porte a dissuadé ceux qui auraient voulu m'empoisonner pendant mon sommeil, répondit-elle d'un ton ferme.

Niels dut se mordre la lèvre pour retenir un sourire en entendant ces mots. Oui, il était resté devant sa porte toute la nuit, mais pensait-elle vraiment que sa seule motivation avait été de la sauver d'un empoisonnement ? D'autant plus que, si l'assassin n'était pas Victoria, le coupable risquait fort de changer de méthode… Voilà pourquoi il fallait redoubler de prudence.

— Par ailleurs, ajouta-t-elle d'un air inquiet, vous deviez être épuisé pour dormir aussi profondément. Vous n'avez même pas bougé quand je me suis écroulée sur vous.

Niels se raidit et lança immédiatement :

— Comment ça ? Rory m'a dit que vous aviez simplement trébuché !

— Eh bien… J'ai trébuché, oui, puis je me suis écroulée sur vous, admit-elle avec une grimace. Je n'ai pas encore récupéré toutes mes forces, voilà tout.

— Si je vous suis bien, vous êtes tombée sur moi et je ne me suis même pas réveillé ?

Et ses frères qui se moquaient toujours de lui en

prétendant qu'il ne se réveillerait même pas au beau milieu d'une bataille ! Bon sang, s'il n'avait pas entrouvert les paupières alors qu'Edith lui avait marché dessus…

— Comme j'avais peur de vous avoir blessé, j'ai fait part de mon inquiétude à Geordie et Alick quand ils sont sortis de leur chambre, mais ils m'ont assuré de ne pas m'inquiéter, car vous êtes un gros dormeur. Et pendant que nous descendions ici même, ils m'ont raconté d'autres anecdotes amusantes à ce sujet.

Niels se tendit et sentit l'angoisse le gagner. Le temps de s'éclaircir la gorge, il parvint à articuler :

— Quelles anecdotes ?

— Ce qui vous était arrivé l'année de vos seize ans, par exemple. Vos frères vous avaient rasé le crâne pendant votre sommeil.

Niels sentit sa mâchoire se contracter et il foudroya du regard les coupables. Comment avaient-ils osé raconter des histoires aussi humiliantes ?

L'air gêné, Geordie bafouilla :

— Pour être honnête, il ne dormait pas vraiment. Il était surtout inconscient. C'était à un mariage, et la première fois où on l'a autorisé à boire. Niels avait un peu abusé de la bière. C'est pour ça qu'il ne s'est pas réveillé.

— Pas possible ! s'écria-t-elle. Vous lui avez rasé le crâne alors qu'il avait perdu connaissance ?

— Quelles autres anecdotes vous ont-ils racontées ? demanda Niels d'un ton sec.

Toujours étonnée par cette histoire de crâne rasé un soir d'ivresse, elle finit par dire :

— Ils m'ont parlé d'un autre mariage pendant lequel ils vous ont transporté jusqu'à l'enclos d'un taureau, sur votre paillasse. Ils vous ont d'ailleurs lâché une ou deux fois en cours de route, mais vous n'avez même pas ouvert un œil. Ils vous ont laissé là, dans l'enclos, jusqu'au lendemain matin.

Edith se tourna alors vers Geordie et Alick pour demander :

— Avait-il un peu trop bu, cette fois-là aussi ? Cela expliquerait pourquoi il ne s'est pas réveillé.

— Oui.

Devant cet aveu, Niels fixa Geordie, qui semblait encore plus mal à l'aise.

— Mais oui ! s'écria subitement Tormod. Ça me revient, maintenant. Je savais que cette histoire me disait quelque chose.

Il expliqua alors à Edith :

— Votre père, Laird Drummond, était à ce mariage, il m'en a parlé à son retour. Mais on ne vous a pas encore raconté le meilleur.

— Ah bon ? s'enquit-elle d'un ton curieux.

Le vieux guerrier se tourna vers Geordie et Alick pour leur lancer :

— Vous aviez attendu des heures avant que votre frère se réveille, c'est bien ça ? Et quand il s'est enfin décidé à ouvrir l'œil, vous avez libéré le taureau pendant qu'il essayait de sortir sa paillasse de l'enclos ?

— Vous n'avez pas osé faire ça ? lança Edith d'une voix horrifiée.

Devant leur mine contrite, Tormod poursuivit :

— Si. Laird Drummond m'a raconté que vous aviez ri comme des bossus en regardant l'animal courser votre frère… Jusqu'à ce que ce dernier fonce dans votre direction pour sauter par-dessus la clôture, juste devant vous. Ce qui n'a pas gêné le taureau puisqu'il a fait voler en éclats la barrière. Sauf que Niels était encore en train de courir, alors que vous étiez toujours plantés là comme des imbéciles. Vous faisiez des cibles de choix ! Il m'a expliqué que la bête vous aurait écrasés si Niels n'avait pas rebroussé chemin en vous entendant piailler. Heureusement, il a bondi sur le dos du taureau, il l'a attrapé par les cornes et il l'a ramené jusqu'à son enclos en veillant à ne blesser personne. Là-dessus, des hommes du clan sont arrivés et ils ont lancé des cordes autour du cou de l'animal. Une fois que la bête a été maîtrisée, Niels a pu descendre et s'écarter.

Edith fronça les sourcils en entendant la fin de ce récit.

— Vous aviez oublié cette partie, gronda-t-elle en dévisageant Geordie et Alick.

Les deux frères évitèrent son regard.

— Eh bien…

— Et l'histoire du porcelet que vous aviez habillé en femme pour le glisser dans son lit ? demanda-t-elle d'un ton inquisiteur. Vous pensiez que cela lui ficherait une peur bleue, sauf qu'au lieu de ruer comme un possédé la pauvre bête s'est couchée tout contre lui, et votre frère a dormi pendant des heures, du sommeil du juste, sans se douter qu'il avait un animal à ses côtés. Auriez-vous omis de me donner certains détails ?

Niels regarda ses deux frères se dandiner. Allons, il était temps de mettre un terme à leur supplice et de changer de sujet. Mais, juste au moment d'ouvrir la bouche, il entendit Alick lâcher :

— On avait peint le groin et les joues du cochon en rouge. Conan avait aussi écrit « Annie » sur son front.

— Annie ? s'étonna Edith. Pourquoi ?

— Parce qu'à l'époque Niels avait un faible pour notre voisine, Annie, admit Alick à contrecœur.

— Vous avez donc écrit le nom de cette femme sur un porcelet ? s'insurgea-t-elle. Et si elle ou sa famille l'avait vu ? En plus d'insulter cette malheureuse, vous auriez humilié votre frère devant elle !

La mine sévère, elle secoua la tête et dit sans trembler :

— Tout bien réfléchi, vous traitez bien mal votre frère.

Niels avait écouté chacune de ces histoires les mâchoires serrée. Mais voir Geordie et Alick désemparés le fit sourire. La honte se lisait sur leurs visages, et ils n'en menaient pas large… ce qui faillit le faire éclater de rire. Seul ou avec d'autres, il avait joué des tours tout aussi pendables à ses frères, voire pire. C'était de bonne guerre. Mais jamais personne n'avait pris sa défense comme Edith. Elle sermonnait ces deux grands nigauds comme s'ils évaient été des gamins pris en faute.

— Raser ses beaux cheveux était déjà stupide, poursuivit-elle d'un air révolté.

Niels se redressa légèrement. Ce compliment sur sa chevelure n'était pas désagréable…

— Mais vous auriez pu le tuer en le mettant dans l'enclos du taureau. Mais quelle idée, enfin ! Vous avez eu de la chance qu'il prenne la peine de vous sauver de l'animal. Pour ma part, je l'aurais laissé vous tailler en pièces pour vous punir d'avoir eu l'intention de me faire passer un sale quart d'heure. Vous étiez forcément conscients qu'une telle chose pouvait arriver, avouez.

— Non, on n'aurait jamais laissé ce taureau faire de mal à Niels, intervint aussitôt Geordie.

— Oui, confirma Alick. Niels a toujours couru plus vite que nous. On savait qu'il était capable d'échapper à ce taureau. Et on serait venus à sa rescousse s'il avait chargé pour l'écrabouiller.

Edith les foudroya du regard, avant de soupirer :

— Oui, je m'en doute. Saidh m'a raconté suffisamment d'anecdotes, je sais à quel point vous êtes proches. Mais tout de même, raser sa belle chevelure ?

Niels faillit lui demander ce qu'elle aimait tant dans sa chevelure, lorsqu'elle jeta un œil derrière Tormod avec un sourire :

— Du changement ? lança-t-elle à Rory qui approchait de la table.

— Non, répondit celui-ci d'un signe de tête, la mine fermée. Effie a repris des couleurs, elle n'a plus les pupilles dilatées, mais elle dort encore. J'ai bien peur qu'elle ne sorte jamais du sommeil dans lequel elle a plongé. Elle risque de dépérir et de s'éteindre lentement.

Edith se raidit en entendant la nouvelle puis se retourna brusquement. Un hurlement venait de résonner. Devant le vacarme indescriptible qui s'ensuivit, elle se leva pour aller voir ce qui se passait, mais Niels l'attrapa par le bras et la tira vers Geordie et Alick, qui s'étaient levés eux aussi.

— Veillez sur elle, s'exclama-t-il en se précipitant vers les cuisines à la suite de Tormod et Rory.

Il les rattrapa rapidement et les dépassa. Ce fut lui qui atteignit les portes de la cuisine en premier. En entrant, il s'agaça qu'un attroupement de serviteurs bloque le passage, dos tournés à la porte, sans se douter qu'ils l'empêchaient d'avancer. Tout le monde était subitement devenu muet, nota-t-il en se frayant un chemin à travers la foule. Qu'est-ce qu'ils regardaient tous comme ça ? Il dut jouer des coudes un long moment avant de découvrir l'origine de cette agitation. Là, il s'arrêta net et se contenta de fixer l'homme allongé par terre sur le ventre.

— Cawley ?

Niels se retourna vivement en entendant la voix d'Edith et adressa un regard noir à ses deux frères qui la suivaient de près. Elle se précipita vers son oncle.

— Je vous avais dit de la surveiller, grogna-t-il.

— C'est ce qu'on fait, s'excusa aussitôt Geordie. Mais comme elle l'a fait remarquer à juste titre, tu n'as pas dit *où* on devait la surveiller. Alors on est venus jusqu'ici avec elle, sans la lâcher des yeux. Et c'est ce qu'on fait encore maintenant.

— À ce propos, intervint Alick, elle va se mettre du sang partout. Tu ferais mieux de l'écarter du corps.

En effet, Edith était agenouillée à côté de son oncle et risquait de salir sa robe. Une mare de liquide noirâtre était apparue et se répandait lentement sous le cadavre. Avec un juron, il la tira en arrière.

— Non, Niels ! Cawley est blessé ! protesta-t-elle en tâchant de se libérer de son emprise.

— Il n'est pas blessé, il est mort, dit-il calmement avant de l'emmener hors de la pièce en la serrant dans ses bras.

— Que s'est-il passé ? parvint-elle à articuler.

— Aucune idée. Rory va l'examiner, il nous expliquera tout, la rassura-t-il.

— Mais il y avait du sang partout…, lança-t-elle comme si ce détail lui avait échappé.

— Oui, murmura-t-il en l'entraînant vers la cheminée près de laquelle la grand-mère de Ronson s'occupait de ses travaux d'aiguille.

La vieille femme leva la tête en les voyant arriver et fit

mine de se replonger dans sa tâche. Mais elle se figea, l'air médusé, en voyant Niels prendre place dans le fauteuil avec Edith sur ses genoux pour lui frictionner les mains.

Déconcertée, la vieille posa le vêtement qu'elle reprisait et demanda :

— Qu'y a-t-il ? Que s'est-il passé ? Lady Edith a fait une chute ?

Niels s'interrompit et regarda la grand-mère de Ronson avec un certain étonnement. Comment parvenait-elle à faire abstraction de la confusion qui régnait derrière elle ? *Une minute.* Elle avait parlé un peu trop fort. Peut-être était-elle sourde, après tout.

— Non, finit-il par dire. Elle est bouleversée. Cawley est mort.

L'incompréhension se peignit sur le visage de la vieille, puis elle lâcha :

— Ah. Cawley finit toujours par agacer les gens. Ça ne tourne pas très rond, là-dedans, dit-elle, un doigt posé sur la tempe. Ne soyez pas troublée par ce qu'il a pu vous raconter, ma petite. Il ne le pense pas vraiment.

Et elle se pencha pour lui tapoter le genou. Manifestement, elle n'avait pas compris que Cawley n'était plus de ce monde… Edith la regarda un long moment sans réagir. Puis elle se retourna pour se blottir contre Niels, et des sanglots silencieux lui échappèrent. Il ne put que lui caresser le dos. Que faire ?

— Là, c'est bien, fit la vieillarde en continuant de lui tapoter le genou. Pleurez un bon coup et oubliez toutes les bêtises de Cawley. Tout ira bien.

Niels écarquilla les yeux. Un gémissement étouffé venait de résonner tout contre sa poitrine, et il caressa le dos d'Edith de ses deux mains.

— Vous êtes bien ce Laird Niels que mon petit-fils adore, pas vrai ? demanda brusquement la femme.

Il hocha la tête d'un air distrait. Et pour cause : il sentait les larmes d'Edith ruisseler contre sa poitrine, à présent.

— Ce n'est quand même pas vous qui lui apprenez toutes ces insanités, dites-moi ?

Pétrifié, il leva des yeux penauds vers elle. Elle s'était raidie, et il y avait comme une lueur mauvaise dans son regard. Il déglutit non sans peine et articula :

— Euh…

— Bien, lança-t-elle tout sourires en se décontractant. Je me doutais qu'un seigneur aussi noble que vous ne s'abaisserait jamais à employer un langage aussi ordurier. Il n'empêche que je vous donnerais une bonne correction si vous lui appreniez ce genre de choses, et peu importe que vous soyez un laird. Bref, tant mieux si ce n'était pas à cause de vous.

Une fois calée au fond de son siège, elle fit passer le fil qu'elle tenait dans le chas d'une aiguille et ajouta :

— C'est sûrement la faute de Cawley. Je lui dirai deux mots tout à l'heure. Mais tout ira bien, dit-elle d'un ton rassurant quand Edith poussa un gémissement déchirant. Il n'a pas toute sa tête et il ne veut jamais rien entendre. Mais je lui ferai bien comprendre qu'il a intérêt à tenir sa langue quand mon petit-fils est dans les parages, croyez-moi.

Tout en caressant le dos de la jeune femme, Niels regarda la vieille, les yeux écarquillés. Que répondre à tout ça ? Finalement, il fut soulagé d'apercevoir Geordie et Alick qui se précipitaient vers lui. Les bras toujours serrés autour d'Edith, il se leva et alla à leur rencontre.

— Rory a trouvé quelque chose ?

— Il est mort, souffla Alick en détournant le regard.

Niels eut du mal à cacher son exaspération devant une réponse aussi stupide.

— Pas possible !

— Rory pense qu'on devrait s'asseoir autour d'une table pour discuter, intervint alors Geordie. Mais à l'abri des oreilles indiscrètes.

La mine fermée, Niels acquiesça puis reporta son attention sur Edith qui sanglotait toujours en reniflant bruyamment.

— Allons dans la chambre d'Edith, soupira-t-il. Que Rory apporte quelque chose pour la faire dormir. Elle est sens dessus dessous.

Bizarrement, cette phrase la fit de nouveau fondre en sanglots. Le visage cripsé, il la colla contre son torse et commença à la bercer doucement dans ses bras. Peut-être arriverait-il à la calmer…

— Je vais lui demander d'apporter quelque chose pour vous deux, répondit sèchement son frère. Et puis ne la berce pas comme ça, ce n'est pas une enfant, Niels !

Celui-ci s'arrêta immédiatement et répliqua dans un souffle :

— Contente-toi de lui répéter ce que je viens de te dire. Et fais venir Tormod.

Là-dessus, il prit la direction des escaliers. Il porta Edith à l'étage et à travers le couloir, jusqu'à sa chambre, sans qu'elle ouvre la bouche. Au moment de franchir le seuil, elle s'écarta et leva la tête vers lui. On lisait une profonde détresse dans ses beaux yeux verts.

— Navrée, milord. J'ignore pourquoi je pleure. Je

n'ai même pas versé une seule larme quand mon père et mes frères sont morts. Il y avait tellement à faire et…

Elle semblait vraiment perdue, la pauvre.

— Là réside sûrement l'explication, dit-il en faisant entrer la jeune femme dans la pièce. Vous n'avez jamais eu l'occasion de les pleurer vraiment. À présent, tout vous tombe dessus.

— Peut-être, acquiesça-t-elle. Pauvre Cawley, il n'était pas méchant. Pourquoi y avait-il tout ce sang autour de lui ? Que s'est-il passé ?

— Rory nous expliquera tout à son arrivée, murmura-t-il en refermant la porte d'un coup de pied.

La seconde d'après, il s'installa au bord du lit, Edith toujours sur ses genoux. Il avait repéré le manche d'un poignard dans la poitrine du cadavre, on l'apercevait entre les replis de son tartan. Mais il n'avait aucunement l'intention de l'informer de ce détail tant que ses frères ne seraient pas là pour l'épauler. Que devait-il faire face à une femme en sanglots ? Il l'ignorait. Saidh n'avait jamais pleuré quand elle était plus jeune. Enfin, sauf à la mort de leurs parents. Cette fois-là, elle avait versé des larmes et, tout bien considéré, aucun d'eux n'avait su quoi faire. Du coup, ils l'avaient laissée se débrouiller seule et ils avaient attendu que l'orage passe. Après quoi, ils avaient tâché de lui faire oublier son chagrin. Un chagrin qu'ils partageaient.

La voilà, la solution ! Niels devait la distraire de sa tristesse. Et il savait comment procéder. Enfin, il savait comment il aurait aimé procéder. Il avait envie de l'embrasser depuis l'incident au bord du loch. Malheureusement, était-ce la meilleure chose à faire pour le moment ? Non, répondait la voix de la raison. Donner libre cours à son désir pour elle alors qu'elle était à ce point bouleversée n'était sûrement pas…

— Niels ?

— Oui ? fit-il en baissant distraitement la tête vers elle.

— Pouvez-vous m'embrasser à nouveau ? demanda-t-elle en plongeant les yeux au fond des siens. S'il vous plaît.

Niels battit des paupières. Il n'en croyait pas ses oreilles.

— Ma parole, vous lisez dans mes pensées !

— Vraiment ? bredouilla-t-elle.

— Oh oui, répondit-il en baissant la tête pour poser les lèvres sur les siennes.

Mais il s'arrêta net. Un toussotement venait de résonner dans la pièce. Pétrifiés, ils se tournèrent. Face à eux, ils aperçurent Moibeal. La jeune servante rougissait jusqu'à la racine des cheveux.

— Je devrais peut-être terminer de nettoyer la chambre plus tard ? bafouilla-t-elle en se glissant jusqu'à la porte.

— Oui, grogna-t-il tandis qu'Edith répondait la même chose dans un murmure.

Avec un grand hochement de tête, la servante ouvrit la porte et s'éclipsa, un grand sourire aux lèvres.

Une fois seul avec Edith, Niels sourit à son tour et baissa à nouveau la tête… mais il s'immobilisa aussitôt car on venait de frapper à la porte.

— Moibeal, enfin ! lança Edith.

Au même moment, la porte s'ouvrit. C'était Geordie.

— Moibeal est en bas, annonça-t-il en passant la tête. Dois-je la rappeler ?

— Non.

Ce fut un cri étranglé plus qu'une réponse. Edith bondit des jambes de Niels. Eh bien, pourquoi était-elle aussi gênée à l'idée qu'on les surprenne ainsi enlacés ? Il l'avait tenue dans ses bras de longues minutes. Elle était même restée assise sur ses genoux devant tout le monde, tout à l'heure, et cela n'avait pas semblé la déranger. À présent, avait-elle peur qu'on la prenne pour une dévergondée ?

Cela dit, il aurait suffi d'un instant pour qu'ils adoptent un comportement nettement plus licencieux. Pourquoi mentir ? Il ne se serait pas contenté d'un simple baiser, oh non. Si on l'avait laissé cinq minutes de plus seul avec elle, il aurait été pris sur le fait. Car il l'aurait étendue sur le lit pour que ses mains puissent courir partout sur elle.

Hélas, ils n'avaient même pas eu le temps de laisser leurs lèvres s'unir. De toute évidence, il devrait attendre un bon moment avant de la distraire avec ses baisers.

Chapitre 7

— Poignardé ?

Edith avait du mal à assimiler ce que lui expliquait Rory.

— Quelqu'un a poignardé Cawley ?

— Oui, avec ça, dit le jeune guérisseur en lui montrant une dague.

— C'est celle de mon père, s'écria-t-elle en se penchant sur le manche noir surmonté d'un rubis.

Elle n'en revenait pas.

— Vous en êtes sûre ? demanda Niels en approchant d'elle pour examiner l'objet tranchant.

— Bien sûr, il n'y en a pas deux comme elle. Je la reconnaîtrais entre mille, souffla-t-elle en observant l'arme à nouveau.

Elle l'avait toujours trouvée magnifique, mais désormais, avec le sang de Cawley partout sur la lame, sa beauté était quelque peu ternie.

Quand elle eut rejoint son lit, elle s'assit au bord du matelas.

— Qui a fait ça ?

Les hommes se regardèrent tour à tour en silence.

— Tout le monde l'ignore, finit par lâcher Tormod.

— Vous vous moquez de moi ! répliqua-t-elle, abasourdie. Il y avait plusieurs serviteurs dans les cuisines !

— Oui, et chacun d'eux veillait à ce que la nourriture ne soit pas empoisonnée, répondit le vieux soldat d'un ton bourru. Personne ne prêtait attention à Cawley. On le laissait s'asseoir dans un coin pour manger des gâteaux. Jaimie les préparait pour lui.

Il haussa les épaules, l'air fataliste.

— Personne n'a rien vu jusqu'au moment où Cawley est tombé du tonneau sur lequel il était assis. Il s'est mis à se vider de son sang sur le sol. Personne n'était près de lui quand c'est arrivé.

— Comment est-ce possible ? demanda-t-elle d'un ton incrédule. Puisque quelqu'un l'a poignardé !

— Il avait la dague plantée en plein cœur, Edith, dit doucement Rory. Il est mort sur le coup ou presque. Il est peut-être resté assis quelques secondes, prostré, avant de mourir et de s'écrouler par terre. Mais peut-être est-il mort adossé au mur. Dans ce cas, c'est seulement *après* qu'il est tombé. Quoi qu'il en soit, l'assassin a eu le temps de s'enfuir discrètement.

— Je vois. Mais pourquoi tuer Cawley ? s'interrogea-t-elle en se passant une main sur le front. Il était inoffensif.

Un long silence s'installa.

— C'était bien le frère de votre père ? finit par demander Niels.

— Son demi-frère, oui. Théoriquement, c'était mon oncle, même si nous ne l'avons jamais appelé comme ça, mes frères et moi, murmura-t-elle avant de le fixer intensément. Vous pensez qu'il est lié aux empoisonnements ?

Bien malgré lui, il fut forcé de préciser :

— C'est un autre membre de votre famille qui est mort.

— Oui, mais Cawley n'en faisait pas officiellement partie, répliqua-t-elle.

— Tout le monde ici savait qu'il était le frère de votre père, rappela posément Rory.

— Oui, mais…

— Aurait-il pu hériter du château ? s'enquit Geordie.

Edith fit non de la tête.

— Non. Brodie est le suivant dans l'ordre de succession.

— Mais si vous étiez morts, votre frère et vous, Cawley aurait-il hérité ?

— J'imagine, oui, avoua-t-elle avec une grimace. Si tous les enfants de mon père étaient morts sans descendance, tous ses biens seraient revenus à Cawley, puisque c'était son demi-frère et son plus proche parent.

— Et qui aurait hérité, après ça ? insista Rory.

Edith plissa les lèvres et prit le temps de la réflexion. Après avoir haussé les épaules, l'air résigné, elle dit :

— Tormod, je crois. Votre grand-père et le mien étaient frères, n'est-ce pas ? demanda-t-elle en se tournant vers lui. Vous êtes le cousin de mon père ?

— Oui, admit-il à contrecœur.

Niels la vit hocher la tête et se tourner vers lui :

— Mais ce n'est pas Tormod qui a tué Cawley. Il était assis avec nous une heure avant que vous ne descendiez. Il venait des fortifications quand il nous a rejoints. Je ne l'ai pas vu approcher des cuisines. Et le corps de Cawley n'est quand même pas resté une heure là-bas sans que personne ne s'en aperçoive.

— Non, convint Rory. Il se serait vidé de son sang et ce n'était pas le cas. Il était mort depuis environ une minute quand il s'est écroulé par terre. Voire moins. Tormod est hors de cause.

— Dieu soit loué, murmura l'intéressé.

Et son soulagement n'était pas feint. Edith se pencha pour tapoter le bras du vieux lieutenant d'un air rassurant.

— Et si ce meurtre n'avait aucun rapport avec l'héritage du clan Drummond ? L'un des clans auxquels nous sommes alliés tente peut-être de se débarrasser de nous. À moins que quelqu'un ne cherche à venger je ne sais quel affront dont ma famille serait responsable. Après tout, la mort de Cawley n'a rien à voir avec les empoisonnements.

Constatant qu'un long silence suivait ces hypothèses, elle leva les mains sans cacher son exaspération et se dirigea vers la porte. Niels lui emboîta le pas.

— Où allez-vous ? lança-t-il d'un ton inquiet.

— Nous ne sommes pas plus avancés qu'après les empoisonnements, dit-elle d'une voix tendue. Et j'en ai par-dessus la tête de songer à cette histoire. Alors je vais faire un tour avec Laddie.

— Si vous comptez y aller seule, c'est non, répondit-il d'un ton ferme en atteignant la porte qu'elle allait refermer derrière elle.

Il la suivit dans le couloir puis jusqu'à l'escalier avant de lancer :

— Depuis combien de temps n'avez-vous pas monté votre jument ?

Edith s'immobilisa en haut des marches et admit tristement :

— Trop longtemps.

— Alors que diriez-vous d'une petite promenade à cheval ? suggéra-t-il gentiment. Ça nous fera sûrement du bien de sentir le vent dans nos cheveux et de chevaucher à travers les bois à bride abattue.

Elle hésita avant de hocher la tête.

— D'accord, souffla-t-elle.

Tout joyeux, Niels l'attrapa par la main et s'engouffra dans l'escalier.

Près de l'âtre, Ronson était assis à même le sol avec Laddie. Ils se relevèrent en les apercevant, mais Niels leur fit signe de ne pas bouger.

D'un pas pressé, Edith et lui traversèrent la grande salle du rez-de-chaussée. Une fois dehors, ils prirent le chemin des écuries. Edith était presque obligée de courir pour ne pas se faire distancer. Cela ne la dérangeait pas : elle avait de l'énergie à revendre, et elle comptait bien lui donner libre cours. Voilà bien une chose qui l'avait troublée depuis leur saut jusqu'au loch. Elle se sentait agitée et presque frustrée, malgré les efforts qu'elle avait faits pour mettre de l'ordre dans les petites choses dont personne n'avait daigné s'occuper au château pendant qu'elle était alitée. Mais elle n'avait pas cessé de penser à Niels et à ce qu'elle avait éprouvé grâce à lui. Elle l'avait constamment cherché du regard, tenaillée par un désir qu'elle n'osait nommer.

Hélas, alors qu'elle aurait voulu être tout près de lui, il avait paru faire des pieds et des mains pour l'éviter. Au moins, il s'était gardé de la toucher, même involontairement. Il ne lui avait pas galamment tenu le bras pour l'escorter en bas, le matin. Il ne lui avait pas non plus caressé la main — ou une autre partie du corps — les fois où il s'était penché pour attraper quelque chose sur la table. Il ne s'était même pas assis à côté d'elle. Elle s'était retrouvée encadrée par Tormod, Ronson ou Rory, toujours avec Niels de l'autre côté de la table. Pourquoi ? Mystère. Mais peu importait la raison pour laquelle il gardait ses distances, car elle semblait avoir disparu. À présent, il la tenait par la main sur le chemin des écuries.

— Le maître des écuries n'est pas là, murmura-t-il en entrant.

— Que puis-je faire ? demanda-t-elle en approchant des boxes dans lequel se trouvaient leurs chevaux.

Niels marqua une pause, se tourna, l'attrapa par la taille pour l'installer sur la bordure d'un box et ordonna :

— Asseyez-vous ici, ma belle, je ne serai pas long.

Edith le regarda sans comprendre tandis qu'il s'occupait de seller son cheval. Elle se tourna ensuite pour attraper la selle de la jument posée à califourchon sur une barrière. Personne ne lui avait jamais dit qu'elle était belle. Elle-même ne s'était jamais trouvée jolie. Intelligente ? Oui. Travailleuse ? Oui. Gentille ? Oui. Mais belle ? Non, personne ne le lui avait jamais dit. En tout cas, certainement pas ses frères, et elle n'avait guère d'expérience avec les hommes en dehors de ses frères et de son père.

— Ma parole, vous ne m'écoutez pas ! lança-t-il d'un ton amusé en venant l'aider à seller sa monture.

— J'ai du mal à obéir aux ordres, admit-elle. Mes frères disaient toujours que j'étais difficile et indocile.

— J'aurais dit intelligente et indépendante, rétorqua-t-il d'une voix douce.

La selle posée, il l'aida à monter sur la jument et fit sortir la bête du box en ajoutant :

— Et c'est ce que j'aime chez vous.

Edith se sentit rougir devant ce compliment.

— Je reviens, lança-t-il une fois dehors.

Le temps d'un rapide aller-retour, Niels était déjà revenu avec son étalon. Elle ne put qu'admirer l'allure du cavalier et de sa monture. Quand il surprit son regard, il indiqua les portes d'un signe de tête :

— Vous connaissez les environs mieux que moi. Je vous suis.

Elle hésita un instant, puis sut exactement où elle voulait aller et elle partit au trot. Lorsqu'ils traversèrent le pont, elle pressa sa jument qui descendit la colline avant de filer vers les bois. Elle ne se retourna pas pour voir si Niels la suivait. Oh ! il était parfaitement capable de tenir le rythme. Son cheval était excellent.

L'endroit sur lequel elle avait arrêté son choix était à bonne distance, mais pas suffisamment éloigné pour être dangereux. Quoi qu'il en soit, lorsqu'elle tira enfin sur les rênes de sa jument, la distance et la vitesse à laquelle ils avaient chevauché avaient épuisé l'animal.

Ils étaient à la lisière d'un champ de bruyères. Edith se sentit revivre. Quelle joie d'être ici ! Voilà exactement ce dont elle avait besoin. Cette prairie était son refuge favori quand elle avait l'impression que le monde devenait trop étouffant. C'était là qu'elle était venue quand sa mère était morte, quand elle avait appris la disparition de l'homme censé devenir son mari. Et en ce moment, elle voulait être ici.

— Magnifique, murmura Niels qui avait arrêté son cheval près du sien.

Edith sourit. Elle savait qu'il serait conquis. Après s'être laissée glisser à bas de sa monture, elle attacha les rênes aux branches d'un arbre et s'engagea sur un sentier au milieu des bruyères qui lui arrivaient jusqu'à la taille. Pendant ce temps, il attacha à son tour sa monture. Des abeilles et d'autres insectes commencèrent à s'agiter autour d'elle, mais qu'importe. Ils se calmeraient dès qu'elle serait passée.

Niels la rattrapa et la suivit en silence jusqu'à ce qu'ils atteignent le rocher au milieu de la prairie, en partie caché par la végétation. Il n'était pas très haut, mais suffisamment large par contre pour que trois personnes puissent s'allonger dessus, et presque entièrement plat, même s'il était légèrement incliné.

— Je ne l'avais même pas vu depuis la lisière de la prairie, reconnut-il tandis qu'elle montait sur le rocher.

— Vous l'auriez vu si nous étions allés un peu plus loin.

— Sans doute.

Il prit place à côté d'elle et embrassa la prairie du regard, un sourire ironique aux lèvres.

— J'aurais dû apporter un en-cas.

— Nous venons de prendre le petit déjeuner, rétorqua-t-elle, amusée, avant de froncer les sourcils. Enfin, pour ma part, c'est le cas. Vous n'avez rien avalé, n'est-ce pas ? Nous devrions rentrer pour que vous puissiez vous restaurer.

— Non, répliqua-t-il en l'attrapant par le bras pour l'empêcher de se relever. Tout va bien, je n'ai pas faim.

— Vraiment ? demanda-t-elle d'un ton inquiet.

En le voyant hocher la tête, elle hésita avant de se détendre et de contempler la mer de végétation qui les entourait.

Depuis le chemin, on pouvait apercevoir leurs têtes et leurs épaules. Mais elle savait d'expérience qu'il suffisait de s'allonger sur le rocher pour disparaître complétement. Les yeux clos, elle leva le visage vers le ciel et prit une grande inspiration. L'air était chargé du parfum de la bruyère. Au bout d'un moment, elle s'allongea sur la pierre chauffée par le soleil et regarda les nuages au-dessus d'elle.

— Oh ! regardez, c'est Laddie, murmura-t-elle en souriant.

— Où ça ? demanda Niels en regardant autour de lui, l'air perdu.

Edith pointa un doigt vers le nuage qui ressemblait vaguement à un chien en train de courir.

— Là, à côté du nuage en forme de canard.

— Ah oui, je le vois.

La seconde d'après, il tourna la tête vers elle. Elle fit mine de ne pas le remarquer et se contenta d'admirer les transformations des nuages — jusqu'à ce que la tête de Niels apparaisse dans son champ de vision.

Edith battit des paupières et attendit. Il allait l'embrasser, c'était certain. C'était pour ça qu'elle l'avait emmené ici. Pour avoir ce baiser qu'il aurait voulu lui donner dans sa chambre, avant qu'on les interrompe.

Il ne la déçut pas. Il baissa la tête jusqu'à ce que sa bouche se pose sur la sienne. Au début, il ne fit pas autre chose que lui caresser les lèvres avec légèreté. Mais, quand elle leva les mains pour les faire glisser le long de ses bras, il ouvrit la bouche pour plonger la langue. D'instinct, elle l'accueillit avec un soupir léger et il lui attrapa la lèvre en la tirant légèrement, comme une douce torture. Elle lui adressa un sourire langoureux, puis il lui lâcha la lèvre et pencha la tête pour approfondir leur baiser. Soudain, ce rythme décontracté changea.

Le souffle court, Edith s'accrocha aux épaules de Niels et il s'agrippa à elle de même tandis qu'il la dévorait avidement. C'était comme si la passion qui les avait emportés au bord du loch avait été mise en cage au moment où ils avaient été interrompus. À présent, il lui donnait libre cours. Le désir d'Edith ne fit que s'accentuer, et elle plongea la main dans les cheveux de Niels, les doigts enroulés autour de ses mèches, l'incitant à aller plus loin. Leurs langues s'unirent.

Le bourdonnement à peine audible des insectes qui peuplaient le champ autour d'eux s'estompa, noyé par le bruit de son cœur qui battait la chamade. Le parfum de la bruyère, doux comme le miel, avait cédé la place à l'odeur musquée et boisée de Niels, qui la souleva du rocher pour la coller tout contre lui. Elle se laissa faire, docilement, sans le lâcher. Quand il mit un terme à leur baiser pour en déposer d'autres jusqu'à son oreille, elle le sentit attraper son sein qu'il pressa à travers le tissu. Elle renversa la tête en gémissant, le dos cambré pour mieux profiter de cette caresse. Elle leva brièvement les yeux vers le ciel avant de tourner la tête pour trouver cette bouche si virile. Là, elle s'aperçut qu'il abaissait l'encolure de sa robe.

Niels en profita pour l'embrasser, sans oublier de défaire les lanières de sa robe. Elle la sentit s'ouvrir puis glisser sur elle. La seconde d'après, les paumes chaudes de Niels se refermaient sur ses seins. Elle tressaillit, gagnée par l'excitation, puis poussa un gémissement quand il se mit à lui caresser et à lui malaxer la poitrine. Lorsqu'il se détacha d'elle à nouveau, elle protesta tout bas avant d'émettre un cri, les doigts plantés dans ses cheveux. Il venait de refermer la bouche sur un de ses tétons durcis par le désir.

— Niels…, souffla-t-elle en frissonnant quand il tira sur ce point si sensible avant de refermer les dents dessus.

Pour autant il ne négligeait pas l'autre mamelon,

qu'il pinçait ou faisait tourner entre ses doigts, ce qui arrachait à Edith des soupirs de plaisir, le dos cambré et les jambes tremblantes tandis que tout son bas-ventre brûlait de désir.

Lorsqu'il lui lâcha le téton pour l'embrasser à nouveau, elle était prête à l'accueillir. Ce fut même elle qui se jeta sur lui, presque violemment, en se serrant de toutes ses forces contre lui. Elle le sentit lui saisir la cheville avant de remonter le long de sa jambe, repoussant le tissu de sa robe. Dès qu'il atteignit sa hanche, il s'empressa de refermer la main autour de sa fesse. L'instant d'après, il tombait à genoux en l'attirant vers lui.

Elle s'exécuta presque sans s'en rendre compte, la bouche collée contre la sienne, agenouillée entre ces cuisses musclées. Aussitôt, les mains de Niels glissèrent jusqu'au point le plus intime de son anatomie. Elle mit un terme à leur baiser, la tête penchée en arrière, et poussa un gémissement de plaisir.

— Bon sang, ma belle, vous avez envie de moi, grogna-t-il, agrippé à son épaule.

— Désolée, bafouilla-t-elle.

La confusion qui l'animait le fit éclater de rire.

— Ne soyez pas désolée, dit-il d'un ton haletant. Ne soyez jamais désolée pour ça.

Sur ces mots, il l'embrassa à nouveau puis l'attira pour qu'elle s'allonge avec lui. Dès qu'elle étendit les jambes, Niels la coucha sur le dos et rompit leur baiser pour fondre sur un de ses tétons. Mais elle s'en aperçut à peine, car il avait repoussé sa robe jusqu'au niveau de sa hanche et l'incitait à écarter les cuisses. Edith se mordit la lèvre, mais finit par se laisser faire. L'instant d'après, elle cria son nom et tressaillit quand il glissa ses doigts experts entre eux pour plonger vers son intimité. Elle les coinça entre ses cuisses, dans un geste instinctif, mais il les écarta de nouveau pour poser la bouche là où se trouvaient ses doigts.

Elle se figea, les yeux écarquillés et posés sur les nuages qui flottaient au-dessus de sa tête, tandis qu'il commençait à faire des choses qu'elle n'arrivait même pas à concevoir. Il la léchait, se servait de sa langue, tant et si bien qu'elle ne put retenir un cri. Les mains agrippées à son crâne, elle tenta une fois encore de refermer les jambes, mais il l'en empêcha. La seconde d'après, les deux pieds posés sur la pierre, elle se souleva, presque violemment, pour aller à la rencontre de cette bouche experte. Pourtant, c'était bien lui qui était le maître de la situation. Elle n'avait plus qu'à s'offrir à ces divines caresses.

Impuissante, à moitié désorientée par l'excitation qui s'emparait d'elle, elle lâcha la tête de Niels et agrippa le rocher où ils étaient allongés, mais la surface plane n'offrait aucun point d'appui. Finalement, elle posa les mains sur ses seins, les ongles plantés dans la chair, tout en essayant de ne pas perdre pied. Mais c'était trop tard, impossible de revenir en arrière. Là, le plaisir l'emporta, telle une vague dévastatrice, et elle poussa un grand cri où la terreur et la stupeur se mêlaient. Lorsqu'elle eut la force de recouvrer ses esprits, lorsqu'elle se rappela où elle était, il la berçait lentement dans ses bras en lui chuchotant des mots apaisants.

L'ivresse du plaisir s'estompa. C'est alors la honte et la gêne qui eurent vite fait de s'emparer d'elle. Seigneur, sa robe n'était plus qu'un chiffon enroulé autour de sa taille. Elle était pour ainsi dire nue dans ses bras musclés. Les yeux clos, elle plongea la tête dans le creux du cou de Niels et se lova contre lui, en essayant de cacher sa nudité. Enfin, dans la mesure du possible.

Il cessa immédiatement de la cajoler et de lui souffler des mots doux pour pencher la tête en arrière, en essayant de croiser son regard :

— Edith ?

— Oui ? marmonna-t-elle en levant la tête, les bras pudiquement croisés sur ses seins.

— Tout va bien ? s'enquit-il avec une certaine inquiétude.

Elle hocha la tête avant de se couvrir la poitrine d'un seul bras. De l'autre, elle tenta de remonter le haut de sa robe.

— Arrêtez, protesta-t-il en lui attrapant la main. Vous n'avez pas à vous cacher comme ça devant moi.

— Je…

Edith secoua la tête, l'air perdu. Si elle pouvait libérer sa main…

— Épousez-moi.

Ces deux mots suffirent à la clouer sur place. Abasourdie, les yeux écarquillés, elle balbutia :

— Quoi ?

— Je sais que vous espérez devenir la femme d'un laird pour diriger un château, et je ne possède pas de terres, mais je pourrai en construire un dans trois ou quatre ans. Dans l'intervalle, nous pourrions vivre au château des Buchanan. Dans le donjon ou dans un cottage du village, si vous préférez. Et je serai heureux de vous donner autant d'enfants que vous le souhaiterez.

Là, il répéta gentiment :

— Épousez-moi, Edith. Devenez ma femme et partagez ma vie.

Pour toute réponse, elle l'observa sans un mot. Elle n'osait pas croire qu'il l'avait demandée en mariage.

— Pourquoi cette demande ? Vous sentiriez-vous obligé de le faire maintenant que vous m'avez déshonorée ?

Cette question fit glousser Niels. Comment osait-il ?

— Ce n'est pas drôle, milord, répondit-elle d'un ton sec, avant de se libérer et de remettre d'aplomb sa robe froissée. Ne me demandez pas en mariage parce que vous vous sentez coupable. Vous finiriez par le regretter et par m'en vouloir. Or je ne pourrais pas supporter que vous me haïssiez.

— Edith, dit-il doucement en lui attrapant la main pour la forcer à l'écouter. Je ne ris pas parce que cette situation m'amuse, mais parce que…

Il hésita avant de lâcher :

— Vous n'êtes pas déshonorée, Edith. Votre pureté est encore intacte.

Elle battit des paupières sans mot dire. *Méfiance.* Elle avait quelques connaissances sur la chose. En règle générale, l'homme introduisait sa « flèche » dans la femme pour percer sa virginité. Mais enfin, elle avait du mal à croire que quelque chose avait survécu à l'explosion de plaisir qui l'avait emportée. Par ailleurs, il l'avait bel et bien pénétrée. C'était d'ailleurs ce qui avait déclenché cette fameuse explosion. Sauf qu'à cet instant Niels avait la tête entre ses jambes…

— Mais j'ai senti quelque chose…

— Juste mon doigt, la coupa-t-il calmement. Votre virginité est toujours intacte.

— Oh…

Se sentant rougir, Edith baissa la tête.

— Je ne veux pas vous épouser parce que je vous aurais

déshonorée, mais parce que… Eh bien, franchement, parce que je vous veux ! s'exclama-t-il avant de hausser les épaules d'un air navré. De toutes mes forces.

En la voyant se rembrunir, il s'empressa d'ajouter :

— Et pour toutes vos autres qualités.

Elle ne répondit rien, perdue dans ses doutes. Devait-elle le croire ?

— Je n'ai pas envie de mentir et de prétendre que je vous aime, ajouta-t-il d'un ton solennel. Il est trop tôt pour ça, et je ne tiens pas à ce qu'il y ait des mensonges entre nous. Mais vous me plaisez. Vous êtes une femme de valeur, belle et intelligente. Et surtout, vous êtes pleine de bonté. Vous vous souciez de votre peuple et vous prenez sous votre aile ceux qui n'ont pas un toit au-dessus de la tête. Vous avez bon cœur, Edith, et c'est ce que j'aime chez vous.

Avec un sourire, il ajouta :

— Et le fait que je vous veuille à ce point me ravit encore plus. Je crois que nous pourrions être heureux ensemble.

Edith le fixa un long moment, en se répétant ce qu'il venait de dire. Il ne tenait pas à mentir en prétendant qu'il l'aimait, et c'était rassurant. Par ailleurs, il lui plaisait aussi. Elle aimait la gentillesse et la patience dont il faisait preuve avec elle et avec Ronson. Elle aimait aussi qu'il traite Laddie avec fermeté et affection. Et puis elle avait envie de lui, désespérément. Personne ne lui avait jamais fait éprouver ne serait-ce qu'une once de cette passion qu'il avait fait naître en elle. Ce qui était assez logique. Aucun homme ne l'avait jamais embrassée avant lui, mais elle était sûre d'une chose, malgré son peu d'expérience : la passion qu'il lui inspirait était rare et elle serait contente de partager son lit. Mais, surtout, elle appréciait et respectait Niels. Ils pourraient être heureux ensemble, oui.

Elle cessa de retenir son souffle, laissa sa robe retomber et se pencha pour coller les lèvres contre les siennes, mais sa bouche eut à peine le temps de le caresser car il recula et lança :

— C'est oui, alors ? Vous acceptez d'être ma femme ?

Le rouge aux joues, Edith acquiesça et répondit dans un murmure :

— Oui.

— Dieu soit loué ! grogna-t-il avant de l'embrasser.

Fort étrangement, toute cette passion qu'elle croyait estompée resurgit immédiatement pour s'emparer d'elle. Avec un gémissement, elle enroula les bras autour de lui, les tétons durcis lorsqu'ils frottèrent le tissu de sa chemise et de son tartan. Cette fois, elle voulait lui rendre la pareille et le combler à son tour. Au lieu de le tenir, elle laissa ses mains courir sur son torse, partout, tandis que leurs langues s'unissaient. Mais lorsqu'elle trouva la grande épingle qui maintenait son tartan et qu'elle la retira, il se raidit, l'attrapa par les épaules et la poussa à se rallonger, ce qui mit fin à leur baiser.

— Non, je ne crois pas que…

— S'il vous plaît, réclama-t-elle, le souffle court.

Elle tendit la main vers sa chemise. Le tartan, lui, était tombé sur ses cuisses.

— Je veux voir, c'est tout.

Un véritable combat se lisait dans le regard de Niels. Devant tant d'hésitation, elle attrapa la chemise et la retira des plis du tartan, afin de glisser les mains dessous. Elle les laissa glisser sur ses abdominaux musclés puis sur son torse, à mesure qu'elle remontait le tissu, en révélant son corps peu à peu. Il était vraiment parfait. Quand elle aperçut l'un de ses tétons, elle se pencha et referma les lèvres dessus. Les mains de Niels se crispèrent sur ses épaules, sous le coup de la surprise.

— Ma belle…, grogna-t-il quand elle suça et lécha la pointe tendue du téton.

Avait-elle les bons gestes ? Au moins, elle essayait d'imiter ce qu'il avait fait avec elle. Mais peut-être était-elle sur la bonne voie, car il étouffa un grognement et plongea une main dans ses cheveux pour lui attraper la tête. Ce qui ne l'empêcha pas de dire :

— Nous ne devrions pas…

Cette phrase s'interrompit brusquement quand elle attrapa le membre dur couvert par le tartan. Que devait-elle faire maintenant qu'elle l'avait trouvé ? D'un geste incertain, elle le pressa à travers le tissu et le caressa légèrement. La seconde d'après, presque sans s'en rendre compte, elle était allongée sur la pierre, avec Niels entre ses jambes, tout contre elle. Il l'embrassa, presque avec violence.

Avec un gémissement étouffé, Edith écarta les jambes, leva les genoux et se cala sur la surface chaude pour être au plus près de ce membre dur qu'il frottait contre elle à travers le tissu du tartan. Elle glissa aussi les mains autour de ses hanches et empoigna… ses fesses nues ! Les yeux écarquillés, elle se détacha de lui pour baisser la tête. Le tartan avait glissé et se trouvait entre eux. Ce qui lui offrait une vue imprenable sur le fessier de Niels.

— Qu'y a-t-il ? grogna-t-il en se soulevant pour jeter un œil derrière son épaule.

Comme s'il la soupçonnait d'avoir aperçu quelqu'un.

Il sembla pris de court quand elle cessa de se cambrer et retrouva sa position initiale, la main plongée dans l'espace entre eux pour attraper son sexe en érection.

Le souffle coupé, Niels se retourna pour la fixer, les yeux grands ouverts. De sa main libre, Edith voulut qu'il baisse la tête pour l'embrasser, mais il résista. Il semblait même pétrifié. Seigneur, lui aurait-elle fait mal ? Elle n'avait pas l'impression de le serrer trop fort, mais peut-être était-ce un endroit très sensible…

— Je m'y prends mal ? demanda-t-elle d'un ton hésitant.

— Tout dépend de ce que vous essayez de faire, dit-il sans desserrer les dents.

Elle se mordit la lèvre avant d'admettre :

— Je veux vous rendre le plaisir que vous m'avez donné.

Niels déglutit avec peine et ferma les yeux.

— Ma belle, vous jouez avec le feu, finit-il par répondre. Arrêtez et laissez-moi reprendre mon souffle. Ensuite, nous retournerons au château et…

Il ne finit même pas sa phrase car elle le caressait de plus belle. Elle écarquilla les yeux en le voyant tressaillir.

— Dites-moi ce que je dois faire, le supplia-t-elle en recommençant.

Manifestement, c'en était trop pour lui. Tout en retenant un juron, il l'attrapa par le poignet et serra jusqu'à ce qu'elle lâche prise. La seconde d'après, il s'écartait d'elle, son tartan collé contre lui.

Edith se mordit la lèvre et le regarda étendre son tartan par terre et le plier sur le sentier étroit.

— J'ai fait quelque chose de mal ? s'enquit-elle d'une voix mal assurée en se relevant.

— Non, nous devrions simplement…

Il s'interrompit pour tourner la tête dans sa direction. Elle avait remis sa robe d'aplomb, mais le haut du vêtement était toujours baissé jusqu'à sa taille, ce qui dévoilait ses seins nus. Elle s'aperçut que ses mamelons étaient aussi tendus que si elle avait froid, et rougit. Elle attrapa aussitôt le tissu pour se couvrir, mais il la retint pour l'attirer contre lui.

— Bon sang, j'ai tellement envie de vous, susurra-t-il.

L'haleine chaude de Niels caressa son téton si sensible. Et il admit :

— Je n'ai pas cessé de vous désirer depuis ce jour au bord du loch.

— Alors pourquoi m'évitez-vous ? demanda-t-elle.

Le rouge aux joues, elle entendit la détresse qui perçait dans sa voix. Elle ne souhaitait pas qu'il s'en rende compte, mais la distance et la froideur qu'il lui avait témoignées depuis ce baiser l'avaient blessée. Soudain, elle prit peur. La traiterait-il encore de la sorte malgré cette demande en mariage ?

Niels étudia son expression, les sourcils froncés, puis lâcha :

— Je suis désolé. Je ne voulais pas vous blesser.

— Vous ne comptez pas reprendre vos distances aussi durement quand nous serons de retour au château ? s'enquit-elle.

— Si, sans doute, répondit-il d'un ton contrit. Tant que nous ne serons pas mariés. Car lorsque je suis près de vous, j'ai tellement envie de vous que…

— J'ai envie de vous, moi aussi, avoua-t-elle. Tellement envie que ça me fait mal.

— Oui, fit-il avec un sourire ironique. Je connais bien ce sentiment.

— Peut-être que si vous me mettez dans votre lit, cela réglerait le problème, et nous pourrions…

Elle s'interrompit avec un petit cri car la bouche de Niels venait brusquement de s'emparer de son téton.

— Niels…, bafouilla-t-elle en frissonnant avant de le saisir par l'épaule.

Sans crier gare, il avait glissé une main sous sa robe et remontait le long de sa jambe.

— Je ne vous mettrai pas dans mon lit tant que nous ne serons pas mariés, marmonna-t-il en lâchant son sein.

Les yeux plantés au fond des siens, il posa les doigts sur son intimité.

— Mais je vais vous soulager de cette douleur — pour le moment.

— Et vous ? gémit-elle.

— Je vais m'en occuper par la même occasion, la rassura-t-il en refermant sa main libre sur son sexe dressé. Relevez votre robe, Edith. Je veux vous voir pendant que je vous donne du plaisir.

Toute tremblante, elle s'exécuta et releva sa tenue jusqu'à sa taille.

— Magnifique, souffla-t-il en enfonçant un doigt en elle. Approchez-vous, beauté. Je veux vous goûter.

Joignant le geste à la parole, il l'attira, sans retirer son doigt.

— Écartez vos cuisses, ordonna-t-il.

Elle obéit. Seulement, serait-elle capable de garder les jambes tendues pendant que les doigts de Niels allaient et venaient ? Tout à coup, il leva la tête et s'inclina pour la lécher. Agrippée au rocher, elle ferma les yeux un court instant, avant de les rouvrir pour observer la façon dont il se caressait à un rythme régulier. Elle avait envie de le toucher, de s'impliquer davantage, mais elle n'avait guère le choix. D'autant que ses jambes se mirent à trembler.

Niels parut s'en apercevoir et se raidit.

— Mettez-vous à genoux, grogna-t-il.

Edith se laissa tomber à côté de lui et il l'embrassa. Le pouce de Niels caressait le point sensible qui faisait naître ces sensations délicieuses chez elle. Il glissait son doigt avec la même régularité que les caresses qu'il se prodiguait à lui-même. Elle lui rendit ce baiser, mais très vite, son esprit ne fut même plus en mesure de la guider. Alors elle resta la bouche collée contre celle de Niels, tandis que tout son corps se mettait à trembler.

Agrippée à ses épaules pour qu'il redouble de vigueur, elle atteignit les cimes du plaisir et poussa un grand cri. Il répondit en s'enfonçant en elle une fois de plus. C'est alors lui qui grogna : il avait joui à son tour. Après quoi, ils restèrent là, haletants, lovés l'un contre l'autre. Niels la garda serrée contre lui tandis qu'ils retrouvaient leurs esprits.

Au bout d'un long moment, il l'embrassa sur le front et chuchota :

— Il est temps de nous rhabiller et de rentrer.

Avec un soupir, Edith hocha la tête à regret. Souhaitait-elle vraiment retrouver l'agitation du château ? Non, ce qu'elle voulait, c'était s'enfuir avec Niels et se réfugier avec lui dans un grand lit douillet quelque part, afin qu'il lui apprenne tout ce qu'elle devait savoir sur ce que font un homme et une femme une fois seuls ensemble. Hélas, ce n'était pas possible. Alors elle obéit.

Chapitre 8

Edith ouvrait la marche lorsqu'ils regagnèrent le château. Sans doute allait-elle un peu trop vite car elle faillit écraser Laddie. Le chien venait de surgir juste devant elle. Grâce à ses réflexes et à l'instinct qu'elle avait développés au cours de ses années d'équitation, elle tira les rênes à droite. Sa jument bifurqua aussitôt, ce qui permit au pauvre chien de ne pas finir piétiné, puis elle s'immobilisa. Edith se tourna pour jeter un regard noir à Ronson qui courait vers eux.

— Pardonnez-moi, milady, il m'a échappé, pardonnez-moi ! cria le petit en empoignant le collier de Laddie pour le retenir.

Mais ce n'était pas nécessaire : l'animal était assis au milieu du chemin, tout heureux. Visiblement, il n'était pas conscient qu'il était passé à deux doigts d'une mort certaine.

— Je suis vraiment désolé, milady. Ça ne se reproduira pas, je le jure. S'il vous plaît, ne nous jetez pas dehors, moi et ma grand-mère, je vais m'améliorer.

À ces mots, la colère d'Edith s'évanouit. Elle avait eu peur surtout.

— Viens là, Ronson, soupira-t-elle.

Il sembla hésiter, avant d'obéir, en tirant Laddie derrière lui. On lisait une peur panique sur son visage. Lorsqu'il s'arrêta près de la jument, elle se pencha pour le regarder droit dans les yeux. Quelque chose parut siffler au-dessus ou près d'elle, mais elle n'y prêta pas attention.

— Ronson, jamais je ne…

Edith n'eut même pas le temps de finir sa phrase. Deux bras musclés venaient de la saisir et de la faire descendre de sa monture.

— Niels ? s'écria-t-elle en se retrouvant allongée sur lui, par terre.

Elle tourna la tête vers lui, mais s'arrêta, surprise par ce qu'elle venait d'entrevoir. Quelqu'un semblait se tenir à la fenêtre de sa chambre ! Mais avant qu'elle puisse en avoir le cœur net, elle roula sur le côté et se retrouva le visage dans la boue, littéralement écrasée. Oh ! elle savait bien qui se trouvait couché sur elle.

— Niels ! cria-t-elle.

— Ne bougez pas ! rugit-il, la main toujours posée sur sa tête. Ronson, viens ici, gamin !

En levant la tête de la boue, elle s'aperçut que celui-ci les avait rejoints, entraîné par Laddie qui semblait trouver tout ceci très amusant. L'animal commença à lui lécher le visage dès qu'il put l'atteindre.

— Laddie, non ! ordonna-t-elle, sans grand succès, noyée par l'affection débordante de son chien.

Elle parvint finalement à échapper à ces grands coups de langue. Ronson semblait en état de choc.

— C'était une flèche, milord ! Je l'ai vue voler près d'elle quand elle s'est penchée pour me parler. Quelqu'un a tiré sur Lady Edith !

— Quoi ? s'écria-t-elle en relevant la tête pour regarder autour d'elle.

Mais Niels la repoussa par terre.

— Ne bougez pas, j'ai dit. Je n'ai pas envie de vous perdre maintenant, grogna-t-il. Ronson, viens te mettre à l'abri, ils vont peut-être tirer à nouveau.

La seconde d'après, Edith se retrouva avec l'enfant lové contre d'elle, protégé lui aussi par le corps de Niels.

— Tout va bien, milady ? demanda le petit le plus sincèrement du monde. Il était moins une. Quelqu'un vous visait !

Pendant ce temps, Niels donnait des ordres à tous ceux qui criaient et couraient à travers la cour du château.

— C'est vrai ? souffla-t-elle d'une voix mal assurée.

Laddie continuait de lui lécher l'arrière de la tête. Pourquoi ? Aucune idée. Elle parvint à lever une main et à la poser sur son crâne pour qu'il cesse, mais il continua de bondir comme un fou et de la lécher… Elle sentait désormais des mèches de cheveux collées sur le dos de sa main. Si ça se trouve, il lui en avait même arraché quelques-uns au passage… C'était l'impression qu'elle avait, en tout cas.

— Oui, poursuivit l'enfant. Si vous ne vous étiez pas penchée pour me parler, je parie que la flèche vous aurait touchée en pleine poitrine. Et vous auriez été bonne à engraisser les asticots.

— Pardon ?

Mais d'où sortait-il cette expression affreuse ? Qu'importe. Niels surgit dans son champ de vision et les entraîna tous les deux.

— Tenez les boucliers bien haut ! lança-t-il. La flèche

venait du donjon. Avez-vous envoyé quelqu'un contrôler les chambres à l'étage ?

Edith battit des paupières. Six boucliers tenus par autant de soldats formaient comme un toit au-dessus de leurs têtes. Niels les avait arrachés du sol, Ronson et elle, et les tenait contre lui. Il courait à petites foulées vers le donjon, entouré par ces hommes qui les protégeaient d'une éventuelle attaque.

— Oui, j'ai envoyé quatre personnes. Ils sont déjà là-haut, je pense. Si quelqu'un se cache dans ces pièces, ils mettront la main dessus.

Cette voix ne lui était pas inconnue. Elle tourna la tête. C'était Tormod. Il tenait un bouclier, lui aussi. Leurs regards se croisèrent et il lui adressa un petit signe de tête, sans cesser d'avancer.

— Milady.

Avec un pâle sourire, Edith tenta d'apercevoir le reste de la petite troupe. À côté de Tormod, Alick lui sourit comme s'ils faisaient une simple promenade. Il marchait en crabe vers le donjon, son bouclier au-dessus de la tête, exactement comme les autres. Geordie était du côté de Niels. Mais il tâcha d'avoir l'air rassurant quand leurs regards se croisèrent. Il y avait également Cameron, l'un des soldats de la garnison, qui tenta de la tranquilliser, lui aussi. Quant aux deux autres hommes derrière eux, impossible de les apercevoir, mais elle avait conscience de leur présence rassurante.

Elle n'en revenait pas. C'était comme si elle était plongée dans une sorte de rêve étrange. Qui sait ? Avec un peu de chance, elle était encore sur ce rocher au milieu des bruyères, avec Niels. Assoupie, tout simplement.

Une fois au pied de l'escalier, Niels grimpa les marches

au petit trot, sans ralentir une seconde. Les autres le suivirent facilement, même s'ils montaient en crabe. En principe, les deux hommes qui ouvraient la marche auraient dû abaisser leurs boucliers pour ouvrir les portes mais, dès qu'ils approchèrent, on les fit tous entrer. Ils attendirent d'être derrière, dans la grande salle, pour abaisser enfin leur mur de boucliers.

Niels déposa d'abord Ronson, puis elle.

— Tout va bien, Edith ? demanda-t-il en la palpant. Vous n'êtes pas blessée ? Rien de cassé non plus ? Est-ce que…

— Je vais bien, assura-t-elle en lui attrapant les mains lorsqu'il frôla sa chute de reins et ses cuisses. Je ne suis pas blessée, croyez-moi. J'ai soif, j'ai faim, certes, mais je n'ai rien, affirma-t-elle.

Le temps de laisser échapper un profond soupir, il hocha la tête et l'attrapa par le bras pour la conduire jusqu'à la table de la salle à manger.

— Je vais dire au cuistot de préparer votre déjeuner, milady, lança Tormod en saluant Rory qui sortait des cuisines.

— Je descends une cruche d'hydromel, lança Geordie en se dirigeant vers l'escalier.

Pendant ce temps, Niels la fit asseoir.

— Asseyez-vous, Edith. Vous l'avez échappé belle.

— Que s'est-il passé ? s'enquit Rory en les rejoignant. Des serviteurs ont fait irruption dans les cuisines en disant que des gens hurlaient et couraient partout. Que…

— Quelqu'un a pris Edith pour cible, l'interrompit son frère. Et je compte bien épouser celle-ci, parole de Buchanan !

Un grand silence tomba sur la pièce. Tout le monde

essayait certainement d'assimiler ce qu'il venait d'annoncer si brusquement. Étaient-ils énervés par cette tentative d'assassinat ou aussi par cette demande en mariage ? Une chose était sûre : personne ne semblait savoir s'il fallait se réjouir ou être navré.

— Milady ?

Moibeal apparut à côté d'elle et suggéra d'un ton pressant :

— Nous devrions peut-être monter et vous changer.

— Non, je vais bien. Je me changerai après le repas, murmura-t-elle en jetant un œil mécontent à Laddie.

Le chien commença à lui flairer les jambes et elle le repoussa.

— Vous avez trouvé quelqu'un là-haut ?

La voix de Tormod attira l'attention d'Edith. Il venait de sortir des cuisines et marchait à la rencontre des quatre hommes qui descendaient l'escalier, la mine fermée.

— Non. On a fouillé chaque pièce. À part la vieille Effie, il n'y avait personne, lâcha le premier.

— À notre avis, la flèche a été tirée depuis la chambre de Lady Edith, ajouta un autre soldat. Seuls ses volets étaient ouverts.

— Ils étaient fermés quand j'ai quitté ma chambre, ce matin, dit-elle quand Niels l'interrogea du regard. Moibeal, est-ce que tu les as ouverts pour aérer la pièce ?

— Oui, pendant que je faisais le ménage, admit-elle. Mais je les ai refermés après en avoir terminé. Ils n'auraient pas dû être ouverts.

— Ce salopard vous a tiré dessus depuis votre propre chambre, grogna Niels en se laissant tomber sur le banc à côté d'elle.

Signe de son agacement, il tapa du poing sur la table.

— Le salopard ! fit Ronson en écho en abattant son petit poing sur la table à son tour.

Les yeux écarquillés, Edith tourna vivement la tête vers les sièges près du feu. La vieille Bessie semblait endormie. Elle n'avait pas entendu le gros mot proféré par son petit-fils, une chance !

— Nous devrions poster des hommes aux fenêtres durant la journée pour empêcher que ce genre d'événement se reproduise, car… Va-t'en, Laddie !

Niels s'interrompit pour gronder le chien qui essayait désespérément de lui lécher la main. Quand il parvint enfin à repousser l'animal, celui-ci renonça et retourna vers Edith.

— Milady, je crois vraiment que vous devriez vous changer avant de manger, insista la jeune servante d'un ton légèrement plaintif.

Edith la fit taire, avant de repousser Laddie qui avait le museau posé sur ses jambes.

— Effie n'est pas consciente, vous êtes sûr ? demanda alors Tormod à Rory.

— Tout à fait sûr. Je vérifie régulièrement avec la méthode habituelle, jour et nuit.

Le lieutenant hocha la tête, comme s'il comprenait quoi que ce soit à la médecine. Avant qu'Edith ait pu demander de quoi il retournait, Niels poussa un juron et elle reporta son attention sur lui. Il avait attrapé le museau de Laddie et ordonna au chien d'un ton ferme :

— Ça suffit, arrête tes bêtises.

Le chien l'observa avec de grands yeux, puis laissa pendre sa langue tout en essayant de lécher la main qui le tenait.

Edith s'esclaffa, c'était plus fort qu'elle.

— Je ne sais pas ce qui lui prend. D'abord, il a léché ma tête, puis votre main, et il n'arrête pas de fourrer son nez dans mes jupons, comme si j'avais caché une récompense pour lui dans ma poche.

— Il sent probablement mon odeur sur vous.

Au même moment, Geordie fit son apparition avec une cruche d'hydromel qu'elle observa avec intérêt.

— Oui, dit-elle en haussant distraitement les épaules. Vous étiez allongé sur Ronson et sur moi, tout à l'heure, mais il ne lèche pas…

Elle s'interrompit brusquement. Toute son attention se concentra sur la main de Niels. Elle se souvenait exactement de l'endroit où il l'avait posée. Elle baissa la tête. Laddie flairait près de ses jambes avec curiosité. Seigneur !

— Je ferais mieux de me laver avant le repas, finalement, lâcha-t-elle en se levant à la hâte.

— Dieu soit loué, marmonna Moibeal.

Pourtant, c'est à peine si Edith entendit sa servante. Elle était absorbée par le sourire charmeur qui se dessinait sur les lèvres de Niels, dissipant sa colère. Il avait un si joli sourire… Pour l'heure, elle pensait surtout à tout ce qu'il avait fait avec elle dans la prairie. Le simple souvenir de ces mains et de cette bouche viriles sur son corps fit durcir ses tétons et déclencha une vague de chaleur entre ses cuisses. Tout ce qu'elle souhaitait, c'était l'entraîner à l'étage, le débarrasser de ses vêtements et…

— Venez-vous, milady ?

La voix de Moibeal la tira de sa contemplation.

— Vous avez vraiment besoin de…

Elle soupira. Les images qui hantaient son esprit venaient de se heurter à la réalité. Elle ne pourrait entraîner Niels nulle part pour le moment, et encore moins le séduire pour qu'il lui donne du plaisir. Pas avec Moibeal dans les parages.

— Je viens, marmonna-t-elle en tournant les talons. Mais je ne sais pas pourquoi tu es aussi agitée. Il y a un peu de boue sur ma robe, c'est tout.

— Et sur tout votre visage aussi, répliqua la jeune servante avec un certain agacement. Et vos cheveux sont tout emmêlés. Comment avez-vous fait votre compte ? On dirait que vous avez été prise dans une vraie tempête.

— Laddie m'a léché le visage quand nous étions par terre, dans la cour, expliqua-t-elle en se tâtant l'arrière du crâne.

Moibeal avait raison. Seigneur, elle avait les cheveux mouillés et les grands coups de langue de Laddie les avaient presque raidis. Certaines mèches se dressaient même sur sa tête. Comment faisait Niels pour lui jeter ces regards de braise alors qu'elle ressemblait à une femme des bois ?

— Soit.

Niels détourna le regard d'Edith qui se retirait pour observer son frère Rory.

— Quoi, soit ?

— Tu as posé ta question et elle a dit oui.

Niels sourit et se détendit pour la première fois depuis qu'on leur avait tiré dessus.

— En effet, acquiesça-t-il.

— Oui à quoi ? lança Geordie qui n'y comprenait plus rien.

— Je me le demande moi aussi, renchérit Tormod en prenant place à côté de Ronson. Qu'avons-nous loupé ?

— Mon frère va épouser Lady Edith, expliqua Alick au vieux soldat.

— Oh.

Le lieutenant écarquilla les yeux puis se pencha vers Niels pour lui donner une grande tape dans le dos, tout sourires.

— Eh bien, en voilà, une bonne nouvelle !

— Exact, félicitations ! s'exclama Geordie en souriant jusqu'aux oreilles. Il faut fêter ça. Quelqu'un veut un verre ?

Il tendit la cruche d'hydromel qu'il était allé chercher. Niels hocha la tête mais s'arrêta. Tormod s'était levé avec une grimace.

— Oui, je prendrais bien un verre. Mais pas d'hydromel. Je vais demander à une servante de nous apporter de la bière.

Geordie mit la cruche de côté en haussant les épaules.

— Nous n'avons qu'à garder l'hydromel pour Edith, dans ce cas.

Niels hocha la tête d'un air absent. Ce qui le préoccupait pour le moment, c'était qu'Edith ne coure aucun danger. Des hommes postés aux fenêtres pendant la journée, des gardes pour veiller sur elle en permanence… Rester au château ne la dérangerait sûrement pas.

L'instant d'après, Tormod regagna son siège.

— Notre bière sera bientôt là. En tout cas, bien joué, Niels, ajouta-t-il d'un air approbateur. C'est un sacré bout de femme. Vous avez de la chance. Quand comptez-vous l'épouser ?

— Où est votre prêtre ?

— Vous êtes si pressé ? ricana le soldat.

— Très pressé, répondit-il sans broncher.

À ces mots, Tormod hocha la tête et se leva.

— Dans ce cas, je vais dire deux mots au père Tavish. S'il est de bonne humeur, vous serez peut-être mariés d'ici le souper.

— Et si nous décidions d'abord de ce que nous devons faire ? On vient encore d'attenter à la vie d'Edith ! rappela Rory en fronçant les sourcils.

— Avez-vous une idée de qui lui a tiré dessus ou de comment arrêter l'assassin ?

— Eh bien… Non.

Tormod acquiesça en silence, l'air pensif, et il resta quelques secondes sans broncher.

— Une idée, Tormod ? demanda Niels en le fixant.

— Peut-être, répondit lentement le soldat. Si tant est que ce soit une idée…

— En quoi consiste-t-elle ? demanda aussitôt Geordie en tapotant la place à côté de lui sur le banc. Asseyez-vous et expliquez-nous. Toute idée est la bienvenue. Et j'imagine que les autres seront du même avis que moi.

Un murmure approbateur parcourut l'assistance.

Tormod hésita, mais finit par s'asseoir à la table. Le temps de s'éclaircir la voix, il déclara :

— Bien, je sais que vous comptez monter la garde auprès d'elle, tous les trois, mais d'après moi, si vous l'épousez, Niels, elle sera bien plus en sécurité dans votre lit.

— Effectivement.

— Dès lors, je pourrais envoyer des hommes chercher Brodie. Deux d'entre eux iront à la Cour et les autres chez chacun de ses amis possédant un château, jusqu'à ce que nous mettions la main dessus. On lui signalera alors qu'il n'y a plus rien à craindre.

Rory ne semblait pas convaincu.

— Brodie n'est pas derrière ces empoisonnements et ces tentatives d'assassinat, impossible. Ni lui ni sa femme n'étaient sur les lieux.

— Je sais mais, s'il revient, on pourra toujours prétendre qu'on veille uniquement sur Edith, car lui par contre n'est plus en danger. Il faudra trouver une histoire. Mais si nous gardons l'œil sur lui, très discrètement, il sera peut-être possible de prendre l'assassin en flagrant délit quand il tentera de le tuer.

— Vous voulez que votre chef serve d'appât ?

Rory n'en croyait pas ses oreilles.

— Autant que ce soit lui plutôt qu'Edith, grogna Tormod. Elle était à l'article de la mort il y a trois semaines, et on a failli la tuer aujourd'hui. Pourquoi devrait-il se défiler, ce lâche ? Il est le chef du clan, sa place est ici, de toute façon.

— C'est vrai, confirma Niels d'un ton grave.

Il n'avait guère d'inquiétude pour Brodie. Nul besoin de le connaître pour savoir qu'il n'aimait pas cet homme, fondamentalement, mais il l'aimait d'autant moins que ce dernier avait abandonné Edith alors qu'elle était au plus mal. Par ailleurs, elle aurait fini au couvent si lui, Niels Buchanan, n'avait pas décidé de l'épouser. Et l'expérience lui avait prouvé que les lâches sont toujours les derniers à souffrir, dans n'importe quelle situation. Brodie survivrait s'ils mettaient leur plan à exécution. Ce qui l'intriguait, c'était que Tormod soit prêt à risquer la vie de son propre chef de cette façon. Mieux : de toute évidence, le vieux lieutenant ne serait pas bouleversé si Brodie mourait au moment où ils prendraient l'assassin en « flagrant délit ».

Devait-il s'en étonner ? Non. À plusieurs reprises, le

soldat avait déclaré qu'Edith était plus apte à diriger le clan Drummond et, pour sa part, il était du même avis. Il n'empêche : un chef était censé faire toute confiance à son premier lieutenant, lequel devait veiller sur ses intérêts. Or Tormod paraissait plus soucieux du bien-être d'Edith que de celui de son supérieur.

— Quoi qu'il en soit, je ferais mieux de parler au père Tavish, marmonna le vieux lieutenant en quittant son siège.

— Comptez-vous malgré tout informer Brodie que son père et ses frères ont été empoisonnés ? Et que l'assassin n'est pas encore sous les verrous ? s'enquit Niels avant qu'il ne s'éclipse.

— Oui, soupira Tormod. Je vais le préciser dans mon message. C'est mon devoir. Je vais également le prier de rentrer afin qu'il nous aide à démasquer le coupable.

Avec un haussement d'épaules, il ajouta :

— Il ne rentrera sans doute pas tant que cette histoire ne sera pas réglée. Enfin, ça vaut tout de même la peine d'essayer.

Niels se détendit. Tormod ne renonçait pas à ses responsabilités, et tant mieux. Sans quoi, il aurait cessé de nourrir du respect et de la confiance envers lui.

— Au moins, cela nous permettra de savoir où il se cache.

— Oui, répondit sèchement le lieutenant.

Là-dessus, il partit en direction de la porte qui donnait sur la cour. Geordie en profita pour dire :

— Tu as bien fait de lui poser cette question. J'avais peur qu'il soit prêt à sacrifier son seigneur.

— C'est le cas, répondit Niels d'un ton amusé. Mais, avant, il préviendra Brodie de ce qui l'attend. Et je crois même qu'il donnerait sa vie pour le protéger. Ce qui ne l'empêche pas d'espérer que quelqu'un vienne le débarrasser de lui.

— Je ne lui jette pas la pierre, oh non. De toute évidence, Brodie va laisser cet endroit partir à vau-l'eau et son clan crèvera de faim.

— Oui, murmura-t-il en jetant un œil à Ronson.

Le petit n'avait pas perdu une miette de leur conversation. C'était un garçon intelligent. Lui et sa grand-mère pourraient les suivre jusqu'au château des Buchanan. Il faudrait qu'il en touche deux mots à Edith. Aulay n'y verrait sans doute aucun inconvénient. Et après ? Après, il se construirait une maison, et il les accueillerait là-bas.

— Eh bien ! s'exclama Alick. D'abord Saidh, ensuite Dougall, et maintenant toi. À ce rythme, nous serons bientôt mariés et en train d'élever des enfants, tous autant que nous sommes.

Geordie ne semblait pas vraiment convaincu.

— Tu parles. Je vais attendre un bon moment avant de me caser et de devenir père de famille !

— Et quelle pauvre femme serait assez écervelée pour te prendre comme époux, à ton avis ?

Niels esquissa un sourire puis tourna la tête vers Rory qui venait de lui donner une tape sur le bras.

— Edith est-elle au courant que le mariage aura lieu aujourd'hui même ?

— Non, nous n'avons pas eu le temps d'évoquer la date de la cérémonie.

— Dans ce cas, va peut-être la prévenir pour qu'elle ait le temps de se préparer, suggéra son frère.

— Se préparer à quoi ? Tout ce qu'elle a à faire, c'est répéter ce que dit le prêtre.

— Oui, convint-il sans s'agacer. Mais elle voudra se faire belle pour l'occasion.

— Elle est *toujours* belle, répliqua-t-il. Ça ira très bien.

— Soit, répliqua Rory en se levant. Je vais la prévenir, et il faut que je donne son bouillon à Effie. Il est sans doute froid à l'heure qu'il est, mais elle ne risque pas de le remarquer ou de s'en offusquer vu… Hé, où est-ce que tu vas ?

— Dire à Edith qu'on se marie dès aujourd'hui, grogna Niels en prenant la même direction. Si tu penses t'en charger, tu rêves.

— Je devrais peut-être prendre un bain.

Les sourcils froncés, Edith se regarda dans le miroir. Elle avait retiré sa robe. Après ses acrobaties dans la cour, elle était toute sale. Ses mains, ses bras et ses mollets étaient couverts de boue. Sans parler de son visage… Non, il était vraiment temps qu'elle se lave.

— J'ai ordonné qu'on vous en prépare un quand j'ai vu dans quel état vous étiez, lui assura Moibeal en observant les taches de boue sur la robe.

— Oh ! merci. Que ferais-je sans toi, Moibeal ?

— Vous marcheriez dans la gadoue, avec les cheveux en bataille, répondit la jeune servante d'un ton sincère.

— Je n'en doute pas, s'esclaffa-t-elle en se lavant les mains dans l'eau d'une bassine posée sur sa table de chevet.

Au bout de quelques secondes, Moibeal lâcha :

— Laird Niels semble dire que vous allez l'épouser. C'est vrai ?

Edith s'immobilisa. Le ton de sa servante l'avait troublée. D'où venait le sentiment étrange qui l'étreignit subitement ?

— Oui, finit-elle par dire en plongeant les mains dans l'eau.

— Quand ? Avant ou après le retour de Brodie ?

Edith interrompit ses ablutions et répondit avec une grimace :

— Aucune idée. Nous n'en avons pas vraiment parlé.

Ils auraient dû, pourtant ! Il fallait à tout prix que ce mariage ait lieu avant le retour de son frère. Sans quoi il risquait de s'y opposer et, même si elle avait très envie d'envoyer ce dernier sur les roses, elle n'avait pas le droit de le faire. Il était son seigneur, désormais, et elle devait suivre ses directives à la lettre… Mais encore fallait-il qu'il soit là pour les donner !

Non, Niels et elle devaient se marier au plus vite. Aussitôt, elle tourna les talons et se rua vers la porte.

— Il faut que je lui en parle.

— Milady ! s'écria alors Moibeal. Et vos vêtements ?

Edith baissa la tête. Effectivement, impossible de sortir dans le plus simple appareil. À contrecœur, elle regagna la bassine. Cette discussion avec Niels devrait attendre qu'elle soit lavée et habillée. Au moins, elle n'aurait pas l'air d'une sauvage. Si ça se trouve, il suffirait qu'il la voie dans cet état lamentable pour revenir sur sa décision.

— Si vous vous mariez bientôt, dit Moibeal au bout d'un moment, partirez-vous tout de suite pour les terres des Buchanan ?

Edith cessa de se frictionner la peau, le front plissé.

— Je… Non, je suis sûre que nous… Tu ne penses pas qu'il voudrait partir sans tarder ?

— Peut-être que si, parce qu'il aura envie de vous mettre à l'abri, répondit sa servante sans hésitation. Et vous devez aussi avoir envie de partir. Vous avez failli vous faire tuer aujourd'hui, sans compter cette histoire d'empoisonnement...

Elle se passa la main sur la gorge et grimaça :

— J'en ai avalé une toute petite dose et je suis restée alitée un jour ou deux. C'était horrible. Vous, vous avez frôlé la mort, vous avez eu des hallucinations et des vomissements pendant des semaines. C'est un miracle que vous ayez survécu. Plus vite vous partirez d'ici, mieux ce sera.

Edith se retourna pour observer la jeune femme. Le plus calmement du monde, elle dit :

— Je ne peux pas abandonner le château et tous ses occupants, Moibeal. Et je ne peux pas laisser Brodie rentrer sans savoir qu'un meurtrier se cache ici. Par ailleurs, qui dit que ce monstre ne nous suivra pas ?

— Quoi ? s'exclama la servante.

Manifestement, elle n'avait pas envisagé cette possibilité.

Edith haussa les épaules et fit remarquer :

— Si cet homme est résolu à me tuer moi aussi, il ne renoncera pas parce que j'ai déménagé. Au moins, en restant ici, nous savons à quoi nous attendre et nous sommes en mesure de nous défendre. Chez les Buchanan, il pourrait nous prendre par surprise.

Les mâchoires serrées, Moibeal marmonna :

— Ça ne vous a pas empêchée d'être prise pour cible aujourd'hui...

— Oui, admit-elle en soupirant. Mais comment aurions-nous pu le savoir ? Les autres tentatives de meurtres étaient des empoisonnements, c'est une manière fourbe et lâche de tuer quelqu'un.

— Cawley a été poignardé.

Ce n'était pas faux...

— Oui, mais je crois que l'assassin l'a attaqué en traître. Sans doute pendant que mon oncle mangeait.

— Il était toujours en train de manger, dit tristement Moibeal.

— En effet…

Edith déglutit difficilement. Pauvre Cawley. Elle l'aimait bien. Comme tout le monde ici. Ou du moins, c'était l'impression qu'elle avait. La plupart des gens étaient gentils avec lui, ils trouvaient toujours un prétexte pour l'envoyer aux cuisines, sa pièce favorite du château. Cela n'avait jamais paru déranger Jaimie. Il n'était pas facile de trouver de bons cuisiniers en Écosse, et Jaimie faisait partie des meilleurs. Ils n'auraient jamais pris le risque de le perdre si Cawley l'avait importuné, mais il semblait sincèrement apprécier ce dernier. La preuve : il écoutait ses élucubrations tout en travaillant, toujours avec le sourire.

— Quoi qu'il en soit, reprit-elle, nous avons appris beaucoup de choses sur l'assassin, aujourd'hui.

— Il faut se méfier du poison, des coups de poignard et des tirs de flèche ? lança Moibeal d'un ton moqueur.

— Non : il est habile dans ces trois domaines à la fois, corrigea-t-elle le plus sérieusement du monde.

Moibeal resta muette une minute avant de demander :

— Et en quoi sommes-nous plus avancés ?

— J'aimerais bien savoir ce que vous en pensez, dit une voix grave.

Edith tourna sur elle-même. Niels se tenait dans l'embrasure de la porte. D'instinct, elle poussa un cri et tenta de couvrir sa nudité. Ce faisant, elle s'aperçut du ridicule de son geste. Elle portait encore sa chemise — et il avait déjà vu tout ce qu'il y avait en dessous.

Seigneur, elle s'était trouvée tout contre lui dans le plus simple appareil, sans rien d'autre que sa robe enroulée autour de la taille tandis qu'il…

— Laird Niels ! tonna Moibeal en se hâtant de la couvrir.

Sa servante ne trouvait pas cette pudeur stupide, elle au moins. Et pour cause : elle ne se doutait pas de ce qu'ils avaient fait dans la prairie… La mine fermée, Moibeal attrapa les pans de la robe d'Edith et se plaça devant elle.

— Vous n'avez pas le droit d'entrer dans la chambre d'une dame sans frapper, s'exclama-t-elle.

— Même s'il s'agit de ma future femme ? demanda-t-il en refermant la porte derrière lui.

Les bras croisés sur la poitrine, il s'appuya contre le battant.

— Elle n'est pas encore votre femme, milord, fit remarquer Moibeal d'un ton pour le moins acide.

— Bref, ce sera possible d'ici deux heures, mais pas maintenant ? résuma-t-il d'un air moqueur.

— Exactement.

Moibeal battit des paupières, prenant seulement conscience de ce qu'il venait de dire.

— D'ici deux heures ?

— D'ici deux heures ? fit Edith en écho.

Elle contourna sa servante pour mieux le voir.

— Oui, répondit-il en lui adressant un sourire langoureux. Tormod est allé voir le prêtre. Nous serons mariés avant le souper.

Edith se rappela soudain qu'elle avait de la boue partout sur le visage et une chevelure de sorcière. Vite, il fallait qu'elle se lave ! Elle aurait aimé plonger la tête dans la bassine d'eau, mais celle-ci n'était pas assez profonde…

— Revenons à nos moutons. Le tueur a usé de trois méthodes différentes. En quoi sommes-nous plus avancés ?

Sur ces mots, Niels attrapa le petit bout de tissu avec lequel elle s'essuyait le visage. Ce geste et cette réflexion la prirent de court. Il avait traversé la pièce en un éclair pour la rejoindre.

— Eh bien ? dit-il en plongeant la serviette dans la bassine.

Il l'essora avec soin, frotta un bout de savon dessus et commença à la laver à sa place. Alors qu'elle s'était apprêtée à se frictionner avec vigueur, il faisait preuve de beaucoup de doigté, étrangement. Mais, très vite, le tissu fut couvert de boue, signe que sa méthode était la bonne.

— Edith ? insista-t-il en la regardant d'un air inquisiteur. Le tueur a usé de trois méthodes différentes. En quoi sommes-nous plus avancés ?

— Eh bien, cela élimine beaucoup de gens du château, remarqua-t-elle.

Niels eut un sourire et hocha la tête, mais Moibeal intervint aussitôt.

— Pourquoi ?

— D'après toi, combien de serviteurs ont des connaissances en herboristerie ? Ou sont capables de planter un poignard en plein cœur ? Et qui serait assez adroit pour tirer une flèche depuis cette fenêtre et atteindre quelqu'un qui se trouve près des portes ?

La servante approcha de ladite fenêtre pour jeter un œil dehors et fit la grimace avant de se retourner.

— C'est vrai, admit-elle, il faudrait être sacrément habile pour réussir un tir pareil. Mais plein de gens connaissent assez bien les plantes pour empoisonner quelqu'un. Et tout le monde sait que le cœur est au centre de la poitrine.

— Non, c'est légèrement sur la gauche, corrigea Edith.

— Ah, fit la servante. Bon, peu importe, l'assassin a pu avoir de la chance de toucher au bon endroit.

— Non, répliqua distraitement Niels en continuant de nettoyer le visage d'Edith. Les côtes se trouvent devant. Il faut frapper avec le bon angle pour les empêcher de bloquer la lame. Ou alors, il faut planter l'arme sous les côtes. C'est ce qui s'est passé avec Cawley, ajouta-t-il d'un air sombre. Et le coupable savait comment enfoncer la lame de bas en haut.

— Et qu'est-ce que ça change ? s'enquit Moibeal avec curiosité.

— Le cœur continue de battre quelques instants après avoir été frappé, expliqua Edith. De cette manière, la blessure s'aggrave toute seule. C'est imparable.

Moibeal semblait étonnée par ce qu'elle venait d'apprendre.

— Vous savez beaucoup de choses, ma belle, commenta Niels en plongeant la serviette dans la bassine pour la rincer.

— Ma mère était guérisseuse. Elle soignait les gens, dans la mesure du possible, et elle m'a transmis son savoir avant de mourir.

— À présent, vous avez pris la relève ?

— Oui, murmura-t-elle. Du moins, je soigne les blessures et je participe aux accouchements. Je m'y connais en herbes médicinales, mais je suis fort peu versée dans l'art des plantes vénéneuses. Autrement, je n'aurais pas cru que nous étions tous tombés malades.

Il hocha la tête et posa le bout de tissu sur la table

avant de lui attraper le visage et de plonger les yeux dans les siens.

— Et vous êtes d'accord pour devenir mon épouse aussi vite ?

— Oui, répondit-elle timidement. Et vous ?

Voilà la question qu'elle redoutait…

— Oh oui, milady, j'ai même hâte, lui assura-t-il.

Et, à l'entendre, c'était vraiment le cas. Se sentant rougir, Edith tenta de tourner la tête, mais il l'en empêcha et se pencha pour l'embrasser. Elle était presque certaine qu'il souhaitait juste lui caresser doucement les lèvres, pas davantage. Mais au moment où cette bouche charnue se posa sur la sienne, elle l'accueillit et il ne put résister à la tentation d'approfondir ce baiser. Avec un soupir, elle lâcha la robe enroulée autour de ses épaules comme un châle afin de glisser les bras autour des épaules de Niels. Là, elle se hissa sur la pointe des pieds, lovée langoureusement contre lui.

En réponse, Niels lui empoigna les fesses et la souleva légèrement pour mieux glisser une jambe entre les siennes. Elle se retrouva à califourchon sur sa cuisse. Il la laissa descendre avant de la faire remonter. Ce qui lui arracha un grognement plein de désir. La seconde d'après, Moibeal faisait mine de toussoter.

Niels se détacha d'elle avec un petit soupir et la reposa par terre. Il fallait s'y attendre, hélas…

— Ce soir, promit-il avec un sourire coquin.

— D'accord, souffla-t-elle en le laissant s'éloigner.

Le temps de refermer la porte derrière lui, Moibeal s'éventa et lança :

— Eh bien ! Quel homme, milady.

— Oui, fut-elle obligée d'admettre en se laissant choir sur le bord du lit.

— Je donnerais tout pour être à votre place ce soir, ajouta la servante en ramassant la robe abandonnée par terre. Il va vous faire découvrir des choses extraordinaires.

Edith hocha la tête. Elle avait déjà eu un très bel aperçu. Niels lui avait donné du plaisir par deux fois depuis le début de la journée. Alors qu'elle n'avait rien fait pour lui rendre la pareille ! Elle avait bien essayé, mais elle ignorait comment s'y prendre…

— Moibeal ! dit-elle en regardant sa servante les yeux dans les yeux.

— Oui, milady ? fit-elle tout en brossant la boue séchée sur la robe.

Elle tentait d'enlever les traces les plus importantes avant de la laver.

— Dis-moi tout ce que tu sais sur l'art et la manière de satisfaire un homme.

Chapitre 9

— Quoi ?

Malgré la timidité bien compréhensible de Moibeal, Edith répéta sans sourciller :

— Dis-moi tout ce que tu sais sur l'art et la manière de satisfaire un homme.

— Moi ? s'écria la jeune femme.

— Tu as bien plus d'expérience que moi. Je sais que Kenny et toi, vous êtes, euh… intimes, se contenta-t-elle de dire.

— Certes, mais…

L'air hésitant, Moibeal finit par soupirer et vint prendre place à côté d'elle.

— Très bien, je vais vous expliquer ce que je sais. Mais ce n'est pas beaucoup.

— Ce sera toujours mieux que rien.

La servante semblait partager cet avis. D'un air pensif, elle finit par déclarer :

— Eh bien les hommes aiment faire ça debout, visiblement.

— Ah oui ?

Pour une surprise, c'était une surprise. Personne ne lui avait jamais précisé ce détail. Dans son esprit, ces choses-là avaient lieu à l'horizontale. Niels lui avait dit qu'il souhaitait la « mettre dans son lit », non ? Ils seraient donc allongés.

— Ils aiment faire ça debout, répéta-t-elle.

— Kenny veut toujours me plaquer contre un mur ou un arbre. Une fois, c'était même contre une clôture.

Étonnant. Oh ! c'était peut-être vrai. Après tout, les animaux faisaient ça debout, eux aussi. À quatre pattes, certes, mais debout quand même. Et les serviteurs, les serfs et les soldats qu'elle avait parfois surpris en pleine action étaient bien contre un mur ou quelque chose dans ce goût-là. Et puis il y avait Niels. Dans la prairie, lorsqu'il l'avait touchée « tout en bas », il avait voulu qu'elle soit debout. S'il lui avait demandé de s'agenouiller, c'était parce qu'elle tremblait. Elle avait bien failli s'écrouler !

Ce souvenir la laissait perplexe. Et s'il avait été déçu qu'elle n'ait pas été capable de rester debout ?

— Ils préfèrent être dans le noir, aussi, finit par ajouter Moibeal.

De toute évidence, elle était bien en peine de l'aider.

— Dans le noir ? répéta-t-elle en se raidissant.

— Quand on le fait, c'est toujours dans un coin sombre, alors je me dis qu'ils préfèrent ça.

— Je vois.

Edith n'avait aucun mal à le comprendre. Dans son souvenir, le membre viril de Niels était assez intimidant... et il avait une allure assez étrange, aussi. Du coup, il valait peut-être mieux ne pas le voir. Cela étant, il n'avait pas semblé gêné de la voir en tenue d'Ève. Mais peut-être s'était-il montré poli, pour ne pas la blesser. Elle jeta à sa servante un regard plein d'espoir, mais celle-ci se contenta de la fixer.

— Et est-ce qu'ils aiment qu'on les embrasse en bas ?

— Vous voulez dire sur les fesses ?

— Non. En bas… mais devant, dit Edith en rougissant.

— Oh ! À cet endroit-là ?

D'un ton hésitant, elle avoua :

— Je ne sais pas. Tu parles bien… du même endroit que moi ?

— Je parle de sa tige, lâcha Moibeal avec une pointe d'agacement.

— Ah, oui.

Edith eut comme un déclic. Elle aurait dû le dire directement. Elle avait entendu son frère employer ce terme. Un jour, il avait lancé quelque chose comme : « Ce crétin décérébré était là, sa tige en main, incapable d'articuler un mot. » Ce genre de choses.

Elle reporta son attention sur Moibeal. L'air contrit, celle-ci avoua :

— Je ne ferais jamais ce genre de choses.

Sans cacher sa déception, Edith admit :

— Il l'a fait pour moi, et j'ai voulu lui rendre la pareille, mais je ne savais pas trop comment m'y prendre…

— C'est vrai ? s'empressa de demander la servante. Quand ? Où ?

— Dans la prairie, aujourd'hui, expliqua-t-elle en se sentant rougir. Mais il ne m'a pas volé mon innocence.

— Ça, rien n'est moins sûr, répliqua Moibeal.

— Non. Il me l'a juré. Il a dit que ma vertu était intacte.

Sa servante semblait dubitative. Tout en se mordillant la lèvre, elle hasarda :

— Comment était-ce ?

Un petit sourire flotta sur les lèvres d'Edith quand elle se remémora ce moment incroyable.

— C'était divin. Une révélation. Je n'imaginais pas qu'un tel plaisir existait.

— Diantre, souffla Moibeal.

— Eh oui, soupira-t-elle. Et voilà pourquoi j'aurais voulu lui rendre la pareille, mais je ne sais pas comment faire.

La jeune femme baissa la tête, l'air soucieux, puis dit :

— Je n'ai pas fait une chose pareille moi-même, mais Magda et Agnes en parlaient, il y a quelque temps.

— Ah oui ?

Edith reprit espoir. Les deux femmes que Moibeal venait d'évoquer travaillaient aux cuisines.

— Oui. Agnes expliquait à Magda que la tige de son Donald bien-aimé était vraiment très grosse et qu'elle manquait de s'étouffer les fois où elle la prenait entièrement dans sa bouche.

Edith écarquilla les yeux. Elle s'imagina en faire autant avec le membre viril de Niels. Elle s'étoufferait elle aussi, très certainement. Elle qui pensait simplement l'embrasser ou à la rigueur le lécher. Mais on pouvait faire bien davantage, visiblement…

— Bref, Magda a conseillé à Agnes d'attraper sa verge au niveau de sa bouche pour qu'il n'aille pas trop loin, mais pour qu'il ait quand même cette impression.

— La main devant la bouche.

Elle essaya de se représenter la scène.

— Oui, comme ça.

Moibeal se leva d'un bond et attrapa la brosse posée à côté de la bassine. La main enroulée juste au-dessus des crins, elle plaça le manche au niveau de sa bouche et fit mine de le faire entrer et sortir.

— Très bien.

C'était tout à fait faisable. Le temps de jeter la brosse sur la table de chevet, la servante ajouta :

— Ensuite, Agnes a dit qu'elle avait essayé, mais qu'elle n'aimait pas trop ça. Parce que la semence de Donald a un goût amer, surtout quand il a trop bu.

Edith eut du mal à en croire ses oreilles. Elle allait recevoir sa semence… Dans la bouche ? Eh bien, elle ne s'attendait pas à une chose pareille. Et si celle de Niels avait un goût amer, elle aussi ? Elle ne tenait pas à le blesser en recrachant tout. Cette perspective l'inquiéta. Et lui ? Avait-il eu l'impression qu'elle avait un goût amer ? Voilà qui était contrariant.

— Et est-ce que Magda avait des conseils à lui donner ?

— Oui. Elle a dit qu'il suffisait de manger une cuillerée des confitures que prépare Jaimie pour résoudre le problème.

— D'accord.

Seulement, est-ce que cela marcherait pour elle ? Au cas où…

— Voilà. Je n'en sais pas plus, conclut Moibeal, l'air navré.

— C'est très bien, répondit-elle en lui tapotant la main. Me voilà mieux renseignée que tout à l'heure.

Tout à coup, on frappa à la porte. Elles tournèrent aussitôt la tête.

— C'est sûrement votre bain, dit la jeune femme en se levant.

— Parfait.

Edith se leva aussi mais attrapa Moibeal par le bras avant qu'elle aille ouvrir.

— Apporte-moi peut-être des confitures préparées par Jaimie. Pas maintenant. Avant que j'aille me coucher.

— Bien. Je m'en souviendrai, promit-elle.

— Merci.

Et elle la laissa enfin sortir.

— Souhaitez-vous quelque chose à boire, ma belle ?

Niels regarda Edith, qui avait à peine touché à l'hydromel. Elle était là, assise, perdue dans ses pensées. Des pensées angoissantes, à en juger par la façon dont elle scrutait la grande salle remplie de gens fêtant leur union.

— Non, merci. En fait, milord, je crois que j'aimerais me préparer pour le coucher.

— À votre guise, dit-il en se levant.

Il était plus qu'heureux de se retirer, même s'il était encore tôt.

— Non, s'exclama-t-elle en lui tapotant la main avec un sourire pour le moins forcé. Finissez votre bière, j'aimerais être seule un moment pour me préparer.

Il hésita. Allons, elle n'avait pas besoin de faire tant de manières avec lui ! Mais c'était leur nuit de noces, alors si elle souhaitait être seule un instant, autant le lui accorder.

— Allez-y, alors. Je ne tarderai pas à vous rejoindre… ma chère épouse, lança-t-il avec un sourire.

Edith lui rendit son sourire et lui serra le bras.

— Merci… mon cher mari.

Le temps de lui serrer une dernière fois le bras, elle tourna les talons et fila vers l'escalier. Niels se laissa lentement retomber sur son siège. Il la regarda disparaître à l'étage. Puis il donna un coup de coude à Rory, en pleine discussion avec Tormod, afin d'attirer son attention.

— Quoi ?

— Edith ne semblait pas très bien, qu'en penses-tu ? Elle n'a presque pas ouvert la bouche et je l'ai trouvée un peu pâle.

Son frère haussa un sourcil et la chercha du regard.

— Elle est montée se préparer pour la nuit, précisa Niels.

— Ah. Je n'ai pas fait attention si elle était pâle, admit Rory. Mais c'est le jour de son mariage. La nuit qui s'annonce la rend sûrement nerveuse. À moins que tu n'aies déjà…

— Non, le coupa-t-il sans sourciller. Je n'ai pas couché avec elle. J'ai souhaité attendre d'être son mari, comme il se doit.

— Eh bien, tu as ta réponse, dit Rory d'un ton rassurant. Ce qui va se passer cette nuit l'inquiète un peu, c'est tout. Elle va bien.

— Soit.

Là-dessus, Rory retourna à sa conversation et Niels, à ses interrogations. Edith se rongeait peut-être les sangs, mais elle avait été dans son état normal pendant la cérémonie. En revanche, lorsqu'elle s'était assise pour le banquet, elle était devenue muette et pâle comme un linge. Par ailleurs, il avait espéré que ce qu'ils avaient fait dans la clairière aurait désamorcé l'angoisse que la nuit de noces pourrait faire naître en elle. Malgré tout, comme il l'avait dit à son frère, il n'avait pas pris sa virginité au cours de la matinée. Cette question n'était toujours pas réglée, et il savait que cela pouvait être très douloureux pour certaines femmes. Sans doute le savait-elle aussi.

Niels avala une gorgée de bière puis regarda le liquide dans le gobelet. Combien de temps devrait-il attendre avant de monter à l'étage ? Oh ! il pouvait bien avaler six ou sept gorgées de plus. Ou moins…, songea-t-il en reposant le gobelet.

— Ohé, mon frère ! Quand veux-tu qu'on t'embarque jusqu'à ta chambre pour te déshabiller et te jeter dans ton lit avec Edith ?

C'était Alick. Il venait de prendre place sur le banc à ses côtés, en lui donnant une grande claque dans le dos au passage.

— N'essayez même pas, répliqua-t-il sans broncher.

— Allons ! lança Geordie en les rejoignant. C'est la tradition. Un mariage n'est pas un mariage, sans ça.

— Peut-être, mais par respect pour le père et les frères d'Edith qui sont morts depuis un mois à peine, nous avons décidé de nous dispenser de cette cérémonie.

C'était un mensonge. Il n'avait même pas parlé à Edith de cette fameuse cérémonie du coucher. Il n'y avait même pas pensé avant qu'Alick n'évoque le sujet. Mais, vu la mine soucieuse et pâle de celle qui était désormais son épouse, il n'était pas question de lui infliger ça.

En tout cas, l'argument avait fait mouche.

— D'accord, finit par dire Alick. En réalité, je n'y avais même pas pensé.

— C'est presque normal, ajouta doucement Geordie. Si on omet la façon dont Edith s'est effondrée quand Cawley est mort, elle a affronté cette situation comme un vrai soldat.

— Elle n'a pas eu la possibilité de les pleurer, précisa Rory, qui en profita pour se joindre à la conversation. Lorsqu'ils sont morts, Edith est tombée gravement malade.

Quand elle s'est rétablie, elle a dû veiller sur sa servante. Là-dessus, elle a eu une rechute, on l'a tirée d'affaire et on lui a appris que sa famille avait été assassinée. Bref, cette pauvre enfant n'a pas vraiment pu réfléchir aux épreuves que la vie lui a infligées récemment.

Le plus sérieusement du monde, Rory ajouta :

— Mais il faudra qu'elle le fasse bientôt, Niels. Autrement, tout va lui tomber dessus. Cela risque même de l'écraser.

— C'est vrai, marmonna-t-il en fronçant les sourcils.

Pas question qu'Edith rende les armes. La force avec laquelle elle affrontait toute cette histoire était l'une des choses qu'il admirait le plus chez elle.

— Mais alors, si la cérémonie du coucher n'a pas lieu, qu'est-ce que tu fiches encore ici ? s'enquit Geordie, histoire de changer de sujet.

— Edith voulait rester seule un moment pour se préparer avant que je la rejoigne, expliqua-t-il. Hélas, je ne sais pas quand monter.

— Oh ! puisque sa servante est en train de descendre, j'imagine que ce ne sera pas dans très longtemps, murmura Rory.

Niels se tourna brusquement et aperçut Moibeal au milieu de la volée de marches. Il se leva aussitôt. Au même moment, la jeune femme le regarda et lui sourit, avec un petit signe de tête. Le signe qu'Edith était prête pour lui, sans doute. Très vite, il attrapa sa bière qu'il termina d'un trait et reposa le gobelet sur la table.

— Bonne nuit, marmonna-t-il aux uns et aux autres avant de se diriger vers l'escalier.

Il aurait voulu courir, mais il n'en fit rien. Il se força à marcher lentement, malgré les battements furieux de son cœur, car il s'était enfin autorisé à penser à tout ce qu'il comptait faire avec Edith pendant la nuit. Il s'était refusé ce plaisir coupable au cours de l'après-midi et de la soirée, que ce soit pendant le discours du prêtre, la cérémonie ou le banquet. Pourquoi s'était-il efforcé de ne pas y prêter attention ? En grande partie parce qu'il aurait aussitôt entraîné Edith dans sa chambre ! Or il souhaitait qu'elle profite pleinement de la célébration de leur union.

À présent, ce danger était écarté. Il avait le droit de songer à tout ce qu'il pouvait faire avec elle. Il voulait la goûter à nouveau, elle avait un goût doux comme le miel, et il voulait le sentir de nouveau sur sa langue. Il lui donnerait du plaisir de cette façon. Puis il la caresserait pour la combler une deuxième fois. Comme ça, elle serait prête à l'accueillir. Avec un peu de chance, cela atténuerait sa douleur. Il tenait à se montrer attentionné avec elle, bien sûr. C'était sa première fois ! D'abord, il la conduirait jusqu'à leur lit en suivant la tradition. Ensuite, si elle n'avait pas trop mal, et s'il parvenait à se maîtriser au moment où il entrerait en elle, il essaierait plusieurs positions pour trouver celles qui leur plairaient le plus.

Étonnamment, Niels aimait l'idée d'être face à elle, les mains refermées autour de ses seins. Il s'imagina en train d'aller et venir, ce qui fit grandir son désir. Sans se soucier de la bosse qui se dessinait sous son tartan, il se dit qu'il pourrait aussi laisser Edith se placer à califourchon sur lui, histoire de voir si elle aimait ça. Peut-être sur le lit, ou sur l'un des sièges de la chambre… Voire les deux, qui sait ? Ensuite, s'il leur restait un peu de temps avant l'aube, il la prendrait peut-être sur la fourrure disposée devant la cheminée. Les flammes les réchaufferaient et jetteraient des ombres partout dans la pièce. Pendant ce temps, il explorerait son corps avant de s'offrir à elle une fois de plus. Cette fois avec les pieds d'Edith sur les épaules, afin qu'il plonge profondément en elle, sans cesser de caresser le centre de son intimité. Jusqu'à ce qu'il l'entende le supplier.

Niels venait d'atteindre la porte de la chambre qu'ils partageraient désormais. Il voulut frapper mais se ravisa et se contenta d'attraper la poignée. Elle l'attendait, après tout.

La porte ouverte, il pénétra dans la pièce et s'arrêta net. Elle était presque entièrement plongée dans le noir. Il ne restait guère que des braises en train de mourir dans l'âtre.

— Edith ? dit-il d'un ton prudent.

— Je suis là, mon cher mari.

Il se tourna vers l'endroit d'où venait sa voix. En plissant les yeux, il parvint à distinguer sa silhouette dans l'obscurité. Après un instant d'hésitation, il referma la porte puis avança vers elle à pas comptés.

— Pourquoi fait-il noir comme dans un four, ma belle ?

— Cela ne vous plaît pas ? demanda-t-elle d'une voix angoissée. Moibeal dit que les hommes préfèrent être dans le noir pour s'unir charnellement à une femme.

Niels battit des paupières devant cette explication. Désarçonné, il articula :

— Moibeal ?

— Oui, ma servante. Je voulais vous rendre le plaisir que vous m'aviez offert dans la prairie, alors je lui ai demandé conseil. Elle connaît mieux ces choses-là que moi.

Elle semblait presque s'en excuser. Au même moment, il heurta quelque chose. Sans doute l'un des sièges. Savoir qu'elle souhaitait le combler était fort touchant, mais ces fameux conseils l'inquiétaient quelque peu. Autant en avoir le cœur net.

— Mais encore ?

— D'après elle, les hommes préfèrent faire ça debout. Je me suis dit que c'était un bon endroit. Comme ça, si mes genoux faiblissent, comme dans la prairie, je pourrai me coller contre le mur et m'agripper à la table. Vous ne serez pas déçu.

Niels s'immobilisa. Mais quelle idée ! Elle ne l'avait pas déçu. Et le fait qu'elle ait pu imaginer une chose pareille lui déplaisait profondément. Et puis il détestait de ne pas la voir pendant qu'ils se parlaient !

— Vous ne m'avez pas déçu, répondit-il d'un ton ferme en approchant des braises qui rougeoyaient dans la cheminée. Et je n'ai pas envie de vous faire l'amour dans le noir. Je veux vous donner du plaisir en voyant votre visage.

Sur ces mots, il s'accroupit près de l'âtre et attrapa quelques bouts de bois pour raviver le feu. Heureusement, les braises étaient encore chaudes et, très vite, les flammes reprirent vie. Le temps de se relever, il saisit les chandelles sur les petits rayonnages taillés dans la pierre, de part et d'autre de la cheminée, et les alluma. Après les avoir remises à leur place, il se tourna vers Edith — et faillit tomber à la renverse. Debout à côté de la petite table dont elle avait parlé, elle était complètement nue. Seules les ombres jetées par les flammes tremblantes la cachaient. Quel spectacle !

Le rouge monta aux joues de son épouse maintenant qu'il pouvait la voir, et elle tenta de couvrir sa poitrine et la toison de son entrejambe.

Tout ce que Niels avait imaginé en montant jusqu'ici avait fait grandir son désir. Mais cette vision enchanteresse le décupla littéralement. Comment résister à l'envie de traverser la pièce, d'enlever ce fichu tartan et de la prendre là, contre le mur, comme elle semblait le vouloir ? Au prix d'un effort surhumain, il parvint à rester immobile, puis s'éclaircit la voix pour dire :

— Si la plupart des hommes font l'amour debout dans des coins sombres, c'est parce qu'ils n'ont pas la possibilité de s'enfermer dans une chambre avec la femme qu'ils désirent.

— Oh ! fit-elle en battant des paupières. Vous préférez le lit, dans ce cas ?

— Oui, grogna-t-il.

Avec un hochement de tête, elle tourna les talons, mais juste avant de grimper sur le matelas elle s'arrêta net afin de lui faire signe.

Niels hésita un instant et finit par la rejoindre. Dès qu'il fut à portée de main, elle l'attrapa par le bras et l'obligea à se placer devant le lit, le dos tourné. Là, elle attrapa l'épingle qui retenait son tartan.

— Ma belle, dit-elle en la retenant. Que faites-vous ?

— Je vous donne du plaisir, répondit-elle timidement en se libérant.

Il faillit répliquer que ce n'était pas nécessaire, mais elle parvint à retirer l'épingle. La seconde d'après, il vit son tartan tomber par terre. Quand elle empoigna le bas de sa chemise pour la remonter, il lui vint en aide et la jeta loin de lui. Il aurait souhaité prendre Edith dans ses bras, mais elle le poussa et il se retrouva assis sur le lit. Eh bien !

— Voilà, dit-elle d'un ton satisfait. Maintenant, je peux vous rendre la pareille.

Niels écarquilla les yeux quand elle écarta les jambes et tomba à genoux devant lui. Il n'avait même pas eu le temps d'enlever ses bottes ! Mais elle se releva aussitôt et s'éloigna en marmonnant :

— J'allais oublier…

Il la suivit du regard, sans trop comprendre. Au même moment, il aperçut sa jolie chute de reins et il resta là à la contempler tandis qu'elle marchait en ondulant le bassin. Il ne leva pas les yeux quand elle s'arrêta un instant près de la table posée près du feu. Lorsqu'elle revint vers lui, il se concentra sur cet endroit qu'il avait hâte d'explorer, entre ses jambes fuselées. Tout à coup, elle se planta devant lui et s'agenouilla à nouveau. Les seins d'Edith étaient au centre de son champ de vision. Que devait-il toucher, caresser, lécher et goûter en premier ? Devait-il d'abord sucer ses tétons ou la jeter sur le lit et plonger entre ses jambes, au cœur de son intimité ? Il pouvait aussi se contenter de lécher tout son corps et…

Il cessa brusquement de divaguer pour baisser la tête. Edith venait de saisir son membre viril. Mais pas pour le caresser langoureusement, non. Elle l'avait empoigné d'une main ferme et volontaire, comme pour le coller entre ses seins. Détail plus surprenant encore : elle étalait quelque chose sur sa verge. On aurait dit… De la confiture ?

— Edith ? hasarda-t-il d'une voix hésitante. Que faites-vous ?

— Agnes n'aime pas prendre Donald dans sa bouche car sa semence a un goût amer, paraît-il.

Niels resta cloué sur place. Cela n'expliquait pas ce qu'elle était en train de faire ! Mais elle poursuivit :

— D'après Magda, une cuillerée des confitures de Jaimie suffit à faire passer le goût, alors pourquoi ne pas essayer ? Oh ! je ne pense pas que votre semence ait un goût amer. Mais c'est au cas où. Vous permettez ?

La tête basse, elle ajouta :

— Je n'ai pas pu vous demander si c'était la même chose pour moi puisque vous n'étiez pas là. Alors j'ai pris les devants.

Il se borna à regarder le sommet de son crâne, complètement désarçonné par ce qu'il venait d'entendre. Peu importait qui étaient Agnes et Magda. Une chose était sûre : la première avait certainement conseillé à la seconde de manger une cuillerée de confiture pour faire passer le mauvais goût. Car il avait du mal à croire qu'un homme prénommé Donald se promenait dans le château avec de la confiture étalée sur la verge… Mais, surtout, il était bien en peine d'accepter l'idée qu'Edith était à genoux devant lui, avec elle aussi de la confiture étalée sur son intimité. Il faudrait qu'il la lèche consciencieusement avant de faire ce qu'il avait en tête. Moralité : il avait été bien inspiré de vouloir se servir de sa bouche et de sa langue pour lui donner du plaisir.

Et puis il y avait cette image qui hantait son esprit. Celle du visage d'Edith qu'il avait aperçu dans la lumière des flammes. Elle n'était plus seulement pâle, mais aussi blanche qu'un cadavre ! Il l'avait même surprise en train de grimacer douloureusement lorsqu'elle avait baissé la tête, la main refermée sur son membre viril.

L'inquiétude qui le tenaillait finit par l'emporter sur son désir et il se pencha pour l'attraper par le menton.

Il devait s'assurer que tout allait bien. Mais, avant qu'il puisse l'atteindre, elle ouvrit la bouche pour y glisser le bout de son sexe. Là, elle se mit à le lécher et le sucer.

Niels tressaillit et manqua de bondir du lit devant ces sensations incroyables. Par la barbe de Satan ! Cette femme était… Ah, bon sang, est-ce qu'elle… Par la Sainte Vierge, elle…

Les yeux fermés, il tâcha de se maîtriser, mais ce n'était pas possible. De toute évidence, Edith manquait d'expérience, mais elle avait de l'enthousiasme à revendre et elle fit consciencieusement disparaître la confiture qu'elle venait d'étaler. Et le simple fait de la voir à genoux, son membre dans la bouche, était à deux doigts de le rendre fou de désir.

Au même moment, elle commença à faire courir sa bouche le long de son sexe, tout en accompagnant chaque mouvement de sa main, de façon très régulière. D'abord trois coups, puis une pause, puis encore trois coups, et ainsi de suite. Tiens, c'était ainsi qu'il s'était caressé le matin même, dans la prairie, lorsqu'il l'avait entraînée une deuxième fois vers les cimes du plaisir. Il l'avait surprise en train de l'observer, à plusieurs reprises. Cette petite maline semblait avoir étudié la scène avec beaucoup d'attention…

Moibeal lui avait peut-être appris comment empoigner le membre d'un homme, mais Edith n'était pas maladroite, loin de là. Elle le tenait fermement, mais sans serrer trop fort. Et elle veillait bien à ne pas le mordre par inadvertance. Il sentit alors qu'il était à deux doigts d'exploser. Tout son corps était en train de se raidir.

Niels allait l'avertir qu'il allait libérer sa semence afin qu'elle puisse s'écarter, si elle le souhaitait. Mais elle se figea brusquement. Les yeux écarquillés, il vit l'incompréhension et la panique se peindre sur son visage. La seconde d'après, elle avait un haut-le-cœur et vomit.

Les yeux écarquillés, il se pencha vers elle, le cœur battant. Elle venait de s'effondrer par terre et recrachait tout ce qu'elle avait mangé dans la journée, toute recroquevillée, le corps parcouru de convulsions.

— Edith ! s'écria-t-il en bondissant du lit pour s'agenouiller près d'elle.

Il l'attrapa par les épaules et attendit qu'elle ait fini de vider ses entrailles pour la faire rouler sur le dos. Il observa son visage pâle, partagé entre l'angoisse et l'incompréhension, et écarta les mèches de cheveux qui lui recouvraient les joues. Là, il entrouvrit ses paupières, un geste que Rory avait souvent fait au cours des derniers jours. Il recula, comme si on lui avait envoyé un coup de poing en plein visage. Elle avait les pupilles dilatées. Exactement comme le jour de leur arrivée au château des Drummond. C'était ce qui avait permis à son frère d'affirmer qu'on l'avait empoisonnée. Aussitôt, il sentit sa gorge se nouer…

Le temps de la soulever du sol, Niels allongea Edith sur le lit, remit sa chemise à la hâte et se précipita vers la porte. Le bruit de ses bottes qui résonnaient sur les dalles était aussi lugubre que les pensées qui l'animaient. Paniqué, il remonta le couloir à toutes jambes en appelant son frère.

Chapitre 10

— Du poison. Tu avais vu juste.

La mine fermée, Rory se redressa après avoir examiné Edith. Il ouvrit la bouche pour ajouter quelque chose, mais s'arrêta net, les yeux écarquillés, avant de lâcher d'un air dégoûté :

— Rhabille-toi, enfin ! Ou alors, nettoie-moi tout ce vomi, bon sang.

Niels baissa la tête. Effectivement, il n'était pas très présentable. Avec un grognement, il approcha de la bassine pour se laver et demanda :

— Est-ce qu'elle va s'en sortir ?

— J'espère que oui, répondit son frère en se tournant vers Edith.

— Lorsque nous sommes arrivés ici, tu avais dit que, si on l'empoisonnait encore, elle risquait de ne pas survivre, rappela-t-il d'un air sombre.

— C'était le cas. Si on l'avait empoisonnée à ce moment-là, elle ne serait certainement plus de ce monde. Mais elle s'est alimentée convenablement et elle a repris des forces depuis son réveil. Et visiblement, elle a recraché le poison. Du moins, c'est l'impression que j'ai. Elle a dû vomir tout ce qu'elle a ingéré aujourd'hui. Mais, dans mon souvenir, elle n'avait pas mangé de fruits… Jaimie a préparé une autre fournée de gâteaux ?

— Non, euh… Elle en avait apporté ici, bougonna Niels en finissant de se nettoyer.

Là-dessus, il se débarrassa de sa chemise avant de ramasser le gobelet où se trouvait la confiture et le tendit à Rory.

— Le poison était-il là-dedans ?

Son frère attrapa le gobelet et renifla prudemment à l'intérieur. Puis il plongea un doigt dedans et le porta à sa bouche. L'instant d'après, il fit non de la tête.

— Je ne crois pas ! dit-il en reposant le petit récipient sur la table de chevet.

Soudain, on frappa à la porte. Niels alla ouvrir. Tiens, c'était Tormod, Geordie et Alick. Que faisaient-ils ici ? Et puis pourquoi avaient-ils apporté un tranchoir et un verre ?

— Que faites-vous avec ça ?

— Je me suis souvenu que tu avais trouvé Edith silencieuse et pâle au cours du dîner. Je me demande si le poison ne se trouvait pas dans ce qu'elle a mangé ou bu lors du banquet, expliqua Rory en le rejoignant.

Les sourcils froncés, Niels observa son frère renifler les restes de nourriture sur le tranchoir et déclara :

— Nous avons mangé dans le même tranchoir et je ne suis pas malade. Ce n'est sûrement pas la nourriture.

Rory prit ensuite le godet d'hydromel que lui tendait Alick et le renifla. La façon dont il se raidit aussitôt n'augurait rien de bon…

— Du poison ? demanda Tormod d'une voix sombre.

— Oui. L'odeur est la même que le tonifiant laissé

par Victoria en partant, murmura Rory en reniflant à nouveau le liquide.

— Je croyais qu'il n'y en avait plus, s'étonna Geordie.

— Effectivement, le flacon était vide. Mais quelqu'un a dû en fabriquer depuis.

Dès lors, une conclusion s'imposait.

— C'est donc dans cette boisson donnée par Victoria que se trouvait le poison ? demanda Niels d'une voix pleine de colère.

— Je crois que oui. Mais, une fois de plus, rien ne permet de l'affirmer. L'odeur est très diffuse, et on sent plusieurs herbes différentes.

Rory jeta un œil au fond du récipient et nota :

— On dirait qu'Edith n'a pas bu grand-chose. C'est déjà ça.

— Mais comment l'a-t-on versé dans l'hydromel ? voulut savoir Geordie. Il vient du tonneau qui se trouve dans cette pièce. C'est celui que nous avions ouvert le jour de notre arrivée. En principe, il n'y a rien à craindre. Et j'ai gardé un œil sur le pichet dans lequel je l'ai versé jusqu'au moment où vous êtes descendus au rez-de-chaussée.

— Sauf quand nous assistions à la cérémonie, dans la chapelle, rappela Alick. Tu l'as laissé sur la table.

— Non. Si j'avais pu prendre le pichet avec moi, je l'aurais fait, crois-moi. Alors je l'ai vidé par terre. Et quand nous sommes revenus, je suis remonté tirer de l'hydromel de ce tonneau.

Le tonneau… Niels l'observa. Il était posé sur la table près du mur, à l'endroit où Edith l'avait attendu, nue dans le noir.

— Le tueur était posté dans cette pièce quand il a

tiré sur Edith, juste avant midi, rappela-t-il alors que son frère Rory approchait pour renifler le contenu du tonneau ouvert.

Après quoi, il se tourna vers eux et hocha la tête d'un air grave.

— Je suis navré, mon frère, tonna Geordie. J'ai oublié que l'assassin était venu ici.

Niels secoua la tête avec une certaine lassitude.

— Moi aussi. Et j'aurais dû y penser, pourtant. Je me suis sûrement laissé distraire par le mariage et par tout le reste...

Il jeta un œil à Edith, allongée sur le lit. Elle semblait si menue et fragile sous ces draps et ces fourrures que Rory avait remontés sur elle. Et c'était sa faute. Il n'avait pas su la protéger. Mais ce serait la dernière fois, parole de Niels Buchanan !

— Dès qu'elle sera réveillée, je la ramènerai chez nous, annonça-t-il sans la moindre hésitation.

Assis au bord du lit, il écarta les mèches de cheveux qui couvraient le beau visage de son épouse.

— Oui, ça vaudra sûrement mieux, dit tristement Tormod. Cela me brisera le cœur de la voir s'en aller, mais elle sera davantage en sécurité là-bas. Et même si l'assassin vous suit... J'imagine que votre clan s'apercevra qu'un étranger s'est mêlé à la population. Vous n'aurez qu'à vous méfier des tirs de flèches lorsque vous sortirez.

À ces mots, Niels serra les poings. Le lieutenant avait raison. Elle ne serait pas complètement à l'abri au domaine des Buchanan. Pas si le meurtrier était déterminé à la supprimer. Mais, au moins, elle serait en lieu sûr à l'intérieur du château — à condition qu'elle accepte d'y rester ! Ce qui ne serait pas simple...

— Je ferais mieux de descendre pour voir si les hommes que j'ai envoyés sont de retour, bougonna Tormod en se dirigeant vers la porte. Ils nous diront peut-être où se trouve Brodie... Jusqu'ici, un seul est revenu, mais deux des châteaux où j'ai envoyé mes émissaires ne sont pas loin d'ici. Ils seront sûrement de retour aujourd'hui même.

Le battant ouvert, il jeta un œil derrière lui et lança :

— Prévenez-moi quand elle sera réveillée ou quand...

Le visage crispé, il laissa sa phrase en suspens et répéta simplement :

— Prévenez-moi quand elle sera réveillée.

Sans attendre de réponse, il quitta la pièce.

Niels entendit ses frères parler tout bas, mais c'est à peine s'il essaya de les écouter. Sans doute décidaient-ils qui les raccompagnerait et qui resterait ici. Rory ne souhaiterait vraisemblablement pas partir car Effie n'était toujours pas revenue à elle. Ce serait Geordie et Alick qui se chargeraient de les escorter jusqu'au château de leur clan. Après quoi, ils reviendraient ici chercher Rory. À condition qu'il ait terminé sa mission.

La porte se ferma dans un claquement sourd et il s'aperçut que Geordie et Alick étaient sortis eux aussi.

— Dois-je lui faire avaler du bouillon ? demanda-t-il à son frère qui s'approchait de lui.

— Non. Attendons de voir si elle se réveillera demain matin. Il n'y a rien à faire... À part la laver.

— La laver ?

Pourquoi la laver ? Le visage d'Edith était pâle, mais propre. Et un peu plus tôt, il avait tout nettoyé en attendant que ses deux autres frères montent le rejoindre.

— Elle était allongée nue sur les draps, tout à l'heure, lui rappela-t-il.

— Et donc ?

Niels avait du mal à déterminer où il voulait en venir…

— Elle avait les jambes écartées et j'ai remarqué ce qui semblait être des traces de confiture. Il serait peut-être bon de nettoyer tout ça pour qu'elle n'ait pas les cuisses collées l'une contre l'autre quand elle se réveillera, poursuivit son frère le plus naturellement du monde.

Mais, très vite, il retrouva son sérieux :

— Tu en avais toi aussi quand je suis entré. Tu veux bien m'expliquer ce que vous fabriquiez ?

Niels se contenta de secouer la tête et attrapa la bassine et le tissu mouillé dont il s'était déjà servi pour la nettoyer. Décidément, cette nuit de noces ne s'était vraiment pas passée comme prévu.

Edith se réveilla en entendant quelqu'un ronfler bruyamment. Et puis d'où venait ce poids sur sa poitrine ? En ouvrant les yeux, elle regarda autour d'elle, un peu perdue, avant de tomber sur Niels. Il était allongé sur les draps et les fourrures, vêtu de sa seule chemise, alors qu'elle était nue au fond du lit douillet.

Les souvenirs de la nuit précédente lui revinrent en mémoire. Elle grimaça avant de refermer les yeux. Elle n'aurait sans doute pas la force d'affronter la journée qui s'annonçait. Du moins, son mari. Seigneur, toute l'énergie qu'elle avait déployée pour le combler avait viré au désastre. Le pauvre, il se demandait sûrement s'il n'avait pas commis une erreur monumentale en l'épousant.

Un autre ronflement se fit entendre et elle rouvrit les yeux pour scruter la pièce. Allons, du nerf ! Elle aurait beau rester allongée de la sorte, elle serait bien obligée d'affronter Niels tôt ou tard. Alors que, si elle se levait et trouvait un moyen de s'occuper quelque part, mettons au village, elle éviterait peut-être une conversation interminable, et humiliante. Peut-être même jusqu'à l'heure du souper.

Cette idée suffit à lui donner l'énergie nécessaire pour se glisser hors du lit, en passant sous le bras et la main de Niels. Celui-ci s'agita légèrement. Elle s'arrêta net et attendit qu'il se remette à ronfler avant de se libérer pour de bon et de descendre du lit, enfin.

Dans son coffre, Edith attrapa la première tenue qui lui tomba sous la main et se hâta de l'enfiler. Une seconde plus tard, elle gagnait la porte et s'éclipsait. Elle veilla bien à la refermer sans faire de bruit, puis s'engagea dans le couloir en s'occupant de nouer les lanières de sa robe.

— Milady !

Elle s'immobilisa et jeta un œil autour d'elle. Sa servante se ruait vers elle.

— Que faites-vous ici, milady ? gronda la jeune femme en l'attrapant par le bras. Vous devriez encore être au lit. Vous avez été très malade la nuit dernière. Vous avez failli mourir… Une fois de plus.

Ni une, ni deux, Edith tourna les talons. Pas question qu'on la ramène dans la chambre dont elle venait de s'échapper !

— Ce n'était que des maux de ventre. Mais je me sens bien, ce matin, assura-t-elle en se dégageant.

— Des maux de ventre ? s'étonna Moibeal. Non, on a encore tenté de vous empoisonner, milady. Votre mari ne vous a rien dit ?

Celle-ci semblait choquée que Niels ait omis de lui transmettre une information aussi capitale. Pour toute réponse, Edith bredouilla :

— Non, il dort.

Seigneur… Quelqu'un avait attenté à sa vie, une fois de plus ?

— Oh ! ça ne m'étonne pas. Le pauvre, il a passé une bonne partie de la nuit à veiller sur vous.

D'un coup, la colère de Moibeal avait disparu. Et on la sentait pleine de compassion.

— Il était encore debout à l'aube, quand je suis passée prendre de vos nouvelles. Il avait l'air épuisé. Je lui ai dit de se reposer, je pensais que vous le réveilleriez. Ce que vous n'avez pas fait, visiblement. Alors faites demi-tour et…

— Non, la coupa-t-elle en libérant son bras quand la jeune femme tenta de l'entraîner dans l'autre sens, de force.

— S'il est épuisé, il vaut mieux que je le laisse se reposer, ajouta-t-elle assez sèchement.

Par bonheur, cela sembla dissuader Moibeal d'insister. Histoire de la distraire encore davantage, elle reprit :

— Tu es sûre que c'était du poison ? J'avais l'estomac retourné pendant le repas, mais c'était sans doute la nuit de noces qui me rendait nerveuse.

— Oh non, ce n'était pas la faute de vos nerfs !

Constatant que les lacets de sa robe étaient défaits, la jeune servante commença à les nouer tout en expliquant :

— Ils se sont aperçus qu'il y avait du poison dans votre gobelet d'hydromel. Le tueur a dû le verser dans le tonneau qui se trouve dans votre chambre, au moment où on a tiré ces flèches sur vous.

— Il n'y a eu qu'une seule flèche, précisa-t-elle dans un murmure.

Sans relever cette remarque, Moibeal ajouta :

— Laird Rory a dit que vous aviez bien fait de ne boire que deux gorgées pendant le banquet, car le tueur a certainement augmenté les doses dans l'espoir de vous éliminer. Si vous aviez bu davantage, vous seriez morte avant de pouvoir tout régurgiter. Heureusement que vous avez un estomac délicat !

Edith se garda bien de réagir. Était-ce bien une chance, vu ce qui s'était passé ? Quitte à tout prendre, elle aurait préféré vivre pleinement ce moment de passion avec Niels…

— Cette tentative de meurtre a vraiment mis Laird Niels hors de lui, il compte vous emmener loin d'ici, et ce dès aujourd'hui, poursuivit Moibeal.

— Quoi ? s'étonna-t-elle. Où ça ?

— Au château des Buchanan. C'est compréhensible, il tient à vous et il veut que vous soyez en sécurité… Moi aussi, milady.

C'était une bonne solution. Seulement, il y avait un problème…

— Mais Brodie n'est pas encore rentré.

— Non, pas encore, admit la servante. En revanche, juste après l'incident d'hier midi, Tormod a envoyé des hommes un peu partout dans la région, chacun avec un message indiquant ce qui s'est passé ici. Si votre frère le lit, il saura que ce n'était pas une épidémie, mais des meurtres. Il se décidera peut-être à revenir.

Edith se mordit la lèvre en entendant la nouvelle. Pourquoi personne n'avait-il pris la peine de l'en informer ? Entre ce mariage inattendu et le reste, cela leur était peut-être sorti de la tête… D'un autre côté, cela n'avait pas grande importance. Brodie souhaiterait-il revenir s'il était au courant qu'un assassin éliminait les membres de leur famille les uns après les autres ? Non. Après tout, la crainte d'une épidémie avait déjà suffi à le faire fuir à toutes jambes !

Au même instant, Moibeal lâcha les lacets de sa robe et s'écarta.

— Et voilà.

— Merci, murmura Edith avant de repartir vers l'escalier.

Sa servante poussa un grand soupir et lui emboîta le pas.

— Si votre mari souhaite quitter le château aujourd'hui, nous devons faire vos bagages et…

— Nous nous occuperons de ça une fois qu'il sera debout, la coupa-t-elle. S'il a passé la nuit à me veiller, il a besoin de repos.

— À propos, allez-vous refuser de partir, ou pas ? N'oubliez pas que Laird Niels est votre mari, désormais, ce choix ne vous appartient plus.

À ces mots, Edith s'arrêta net et fit volte-face.

— Quoi ?

— Vous n'y avez pas pensé, j'en ai peur, soupira Moibeal avant de redresser les épaules. Milady, votre père était aussi gentil et indulgent avec vous qu'avec Brodie. Il vous a laissée vous déplacer dans ce château à votre guise, il vous a autorisée à rendre visite à Lady Saidh et à Lady Jo quand il vous en prenait l'envie, mais…

— Es-tu en train de sous-entendre que je suis aussi égoïste que Brodie ? s'insurgea-t-elle.

— Non, répondit aussitôt sa servante. Vous avez toujours été dure au mal et soucieuse du bien-être des habitants de ce château. Pendant ce temps, Brodie ne s'intéressait qu'à lui et à ses plaisirs personnels. Mais votre père vous a donné des libertés que de nombreuses femmes n'ont pas. Si vous refusiez de faire quelque chose ou d'aller quelque part, il ne vous forçait jamais. Mais il aurait pu. Il en avait le droit… Et maintenant, c'est votre époux qui en a le droit. S'il souhaite vous emmener au château des Buchanan, vous devrez le suivre.

Edith plissa les yeux. C'était la vérité, même si cela l'ennuyait. Avec un grognement agacé, elle s'engagea dans l'escalier, l'esprit en ébullition. Comment garder sa liberté et rester ici jusqu'au retour de son frère ? Au milieu de la longue volée de marches, elle prit conscience d'une chose : cette façon de penser était digne de Brodie, pas d'elle.

Elle s'en émut, mais très vite, elle chassa cette idée de son esprit. Son frère ne s'était jamais soucié des gens qui vivaient ici, et c'était pour eux qu'elle voulait rester jusqu'à son retour. Ce n'était pas pour elle-même. Soulagée, elle reprit sa marche.

— Ah, vous voilà debout. Comment vous sentez-vous ?

Edith leva la tête et eut un sourire forcé en voyant Rory sortir des cuisines. Oh ! elle n'était pas mécontente de le croiser… mais inquiète, plutôt. Si Niels comptait quitter le château dans la journée, avec elle en prime, le jeune guérisseur risquait d'aller réveiller son frère sans tarder. Et elle n'était pas prête pour ça. Il lui fallait un plan pour contrecarrer celui de son mari.

— Je vais bien, milord, merci, souffla-t-elle.

— Je vous en prie, appelez-moi Rory, dit-il gaiement. Nous sommes de la même famille, maintenant.

Elle écarquilla les yeux. Aussi stupide que cela puisse paraître, elle n'avait pas songé au fait qu'en devenant l'épouse de Niels elle avait six nouveaux frères. Et Saidh était à présent sa sœur, enfin, sa belle-sœur !

— Merci Rory. Et appelez-moi Edith, dit-elle en se sentant rougir.

Avec un sourire, il hocha la tête et jeta un œil en direction de l'escalier.

— Où est Niels ?

Elle eut un moment d'hésitation avant de prendre une grande inspiration.

— Il dort. J'ai préféré le laisser se reposer puisqu'il a passé presque toute la nuit à veiller sur moi.

— C'est vrai, mais…

Rory regarda à nouveau en direction de l'escalier, puis de Moibeal. La jeune femme eut un air réprobateur. Il n'eut visiblement aucun mal à deviner ce qui se cachait derrière cette mine fermée, car il lança juste après :

— J'imagine que Moibeal vous a informée du fait que Niels compte vous emmener au château de notre clan dès aujourd'hui.

Que dire ? Si seulement elle trouvait un bon argument pour les faire renoncer à leur projet…

— Je sais que cette perspective vous effraie, poursuivit-il avant qu'elle ait pu réagir.

Pour toute réponse, elle battit des paupières.

— Quitter l'endroit où vous avez toujours vécu pour un lieu rempli d'étrangers n'est pas rassurant, et c'est bien normal, expliqua-t-il d'un ton grave. Mais c'est la meilleure chose à faire. Vous serez plus en sécurité. Et les habitants de ce château aussi.

— Vraiment ? Pourquoi ? s'étonna-t-elle.

— Nous avons eu de la chance, jusqu'ici. Enfin, façon de parler. Moibeal a survécu au poison censé vous tuer et elle se porte comme un charme. Je commence à croire qu'Effie n'aura pas ce bonheur, mais au moins, nous avons eu de la chance hier. Il n'y avait personne derrière vous lorsque la flèche vous a manquée parce que vous vous étiez baissée. S'il y avait eu Niels, Tormod ou n'importe qui d'autre, ils auraient peut-être pris la flèche à votre place. Ronson aurait même pu subir le même sort si vous l'aviez fait monter sur la selle avec vous, ou si le tueur avait mal visé.

Edith se sentit faiblir. Seigneur, il avait raison.

— Et, pour finir, il y a l'incident d'hier soir, avec l'hydromel.

Elle lui lança un œil inquiet.

— Que s'est-il passé ? Personne n'en a bu à part moi, j'espère !

— Non, personne. Mais il s'en est fallu de peu. À midi, Geordie est allé en prendre. Il allait nous servir quand vous êtes montée à l'étage pour vous laver. Mais Tormod a proposé que nous buvions de la bière à la place. Et il a bien fait. Sans quoi, nous serions morts à l'heure qu'il est, tous autant que nous sommes.

— Mon Dieu, souffla-t-elle en s'asseyant sur le banc autour de la grande table.

— Oui, répondit Rory entre ses dents. Nous avons eu de la chance. Ce ne sera peut-être pas le cas la prochaine fois. Tout le monde sera plus en sécurité dès que Niels vous emmènera loin d'ici. Et avec un peu de chance, cela nous aidera même à démasquer le tueur !

Démasquer le tueur ? Elle avait du mal à le croire…

— Comment ?

— Eh bien s'il est résolu à terminer le travail et à vous tuer, il devra vous suivre jusque sur nos terres, expliqua-t-il. Si c'est le cas, nous pourrons savoir qui il est.

— Je comprends.

La veille, face à Moibeal, elle avait prétendu que quitter le château n'était pas une bonne idée car l'assassin pouvait les suivre. Et voilà que Rory avait retourné l'argument contre elle. Si le tueur se lançait à leurs trousses, il serait certainement démasqué. Un étranger parmi les Buchanan ne passerait pas inaperçu. Si elle restait, d'autres personnes seraient en danger par sa faute.

Comment avait-elle pu faire abstraction de cette réalité ? C'était incompréhensible ! Encore que. Si elle en prenait conscience grâce à Rory, l'idée de quitter le château l'angoissait. C'est ici qu'elle se sentait chez elle, elle n'avait jamais vécu ailleurs, et elle tenait à tous ces gens. Elle avait grandi avec eux. Impossible de faire sa vie sans eux ! Hélas, elle devrait s'y résoudre. Toutes les filles étaient destinées à grandir, se marier et quitter celles et ceux qu'elles aimaient. Enfin, pas toutes. Murine, par exemple. Ne vivait-elle pas dans la demeure de son enfance, avec son mari Dougall ? Enfin, peu de femmes avaient cette chance.

La voix de Moibeal la tira de ses réflexions.

— Bien ! Dans ce cas, je ferais mieux de remonter et de commencer à préparer les bagages.

— Je devrais peut-être réveiller mon mari d'abord, soupira-t-elle en se levant.

— Non, répliqua Rory.

Devant l'air surpris qu'elle afficha, il expliqua :

— Niels a parfois du mal à se réveiller le matin et il est très grognon quand il est fatigué. Je vais donner de la soupe à Effie. En passant, je le réveillerai. Vous n'aurez qu'à remonter et commencer à préparer vos bagages quand il descendra. Comme ça, vous pourrez prendre votre petit déjeuner en attendant. Mais attention, mangez uniquement ce que votre cuisinier vous propose. Et veillez à ce qu'ils ouvrent un tonneau neuf si vous souhaitez boire quelque chose.

Edith acquiesça doucement et regarda Rory remonter l'escalier. Il valait mieux qu'elle se dispense de manger et de boire avant le départ. Elle en avait assez d'être malade !

Niels se réveilla en sursaut. Un grand bruit venait de retentir. Edith ! Il jeta un œil à côté de lui… mais elle n'était plus là. Il scruta la pièce. Aucune trace de son épouse. En revanche, il aperçut Rory, adossé à la porte, un sourire satisfait aux lèvres.

— Où est Edith ? grogna Niels.

— En bas, répondit son frère en traversant la pièce. Elle attend que tu te réveilles pour préparer ses bagages avec sa suivante.

— Ses bagages ?

— Oui. Elle a appris que tu comptais l'emmener au château de notre clan, et je l'ai convaincue que c'était la meilleure chose à faire.

— Vraiment ?

Voilà qui était surprenant. La veille, alors qu'ils étaient assis au bord du lit, Niels avait avoué son inquiétude à son frère. Edith risquait fort d'être réticente à l'idée de partir, voire carrément opposée à ce projet. Mais il ne pensait pas que Rory interviendrait en sa faveur…

Celui-ci semblait assez fier de lui, d'ailleurs.

— Oui. Et j'ai servi tes intérêts en proposant d'aller te réveiller, alors qu'elle comptait le faire elle-même.

— Et en quoi cela m'aide-t-il ? demanda-t-il en haussant un sourcil.

— Parce que, si elle s'était chargée de te réveiller,

vous auriez passé la journée au fond de ce lit. Et vous ne seriez pas partis avant demain, se contenta de répondre son frère.

Niels resta immobile. C'était loin d'être faux. Edith et lui n'avaient pas encore consommé leur union. A priori, cela voulait dire qu'ils n'étaient pas encore mariés en bonne et due forme, non ? Rien n'était moins sûr, mais pourquoi prendre ce risque ? Après tout, si Brodie revenait au château avant qu'ils soient unis charnellement, il serait peut-être en mesure d'annuler le mariage, ou quelque chose dans ce goût-là.

— Peut-être que…, avoua-t-il.

— Non, répliqua son frère.

— Comment ça, non ? Je n'ai encore rien dit !

— Comme votre mariage n'est pas consommé, tu allais proposer de rester une journée de plus pour remédier à cela.

Rory semblait sûr de son fait.

— Je te soupçonne même de vouloir prétexter que le frère d'Edith aurait le droit d'invalider votre union si elle n'est pas consommée avant son retour.

— Décidément, mon frère, tu me connais bien, s'esclaffa-t-il.

— Oui. Et je sais que, s'il arrivait malheur à Edith aujourd'hui, tu t'en voudrais d'être resté une journée de plus. Tout ça pour honorer ta femme.

— C'est vrai.

Les mâchoires serrées, Niels écarta les draps et les fourrures pour descendre du lit. Soudain, il entendit son frère lancer :

— Quoi qu'il en soit, Brodie ne pourrait pas prouver que cette union n'a pas été consommée.

Avec un soupir bougon, Niels ramassa sa chemise par terre et l'enfila. En passant la tête dans l'encolure, il dit :

— Le fait qu'elle ait été malade toute la nuit laisse penser le contraire.

— Oui, sauf qu'en regardant les draps on pourrait croire qu'elle est tombée malade *après* avoir consommé cette union.

Niels tourna la tête. Les yeux écarquillés, il aperçut une tache rougeâtre sur le drap de dessous. C'était cette fameuse confiture qu'Edith avait étalée sur les conseils de cette Magda ! Mais, une fois séchée, cette trace ressemblait à s'y méprendre à du sang. Il esquissa un sourire.

— Et si je le laissais pendre sur la rampe de l'escalier pendant que tu finis de t'habiller ? lança Rory en approchant du lit.

Niels faillit acquiescer, avant de se raviser.

— Et si quelqu'un regarde de plus près et s'aperçoit que c'est de la confiture ?

Le temps de réfléchir, son frère finit par répondre :

— Je le laisserai jusqu'au repas de midi. Ensuite, je le retirerai pour le brûler. Comme ça, tout le monde le verra, mais Brodie ne pourra pas l'examiner quand il sera de retour.

— Parfait, répondit-il en cherchant son tartan. Merci.

— Je t'en prie, mon frère, lança Rory en retirant le drap taché. Je suis toujours heureux d'aider l'amour à triompher.

Niels lui lança un regard perçant :

— L'amour ? Je n'aime pas Edith. Elle me plaît, c'est tout.

Son frère lui adressa un regard plein de compassion avant de rouler le drap en boule.

— Parfois, je me demande si tu n'es pas un imbécile avec une vieille noix à la place de la cervelle… Et je risque encore de le croire si tu penses sincèrement que tu n'es pas amoureux de cette fille. La façon dont tu as veillé sur elle la nuit dernière est plus qu'éloquente. Tout le monde voit bien que tu l'aimes.

Quoi ? Il avait du mal à y croire.

— Tout le monde ? Comment est-ce possible ? Il n'y avait que toi, Tormod, Geordie et Alick dans cette pièce !

Rory haussa un sourcil.

— Allons, souviens-toi ! Quand tu t'es rué dans l'escalier, tu ne portais que tes bottes et ta chemise, tu étais couvert de vomi et tu hurlais comme un ours blessé.

Niels hocha la tête. Ah, oui. Il se rappelait vaguement ce moment…

— Alors crois-moi, poursuivit fermement son frère, tous les habitants de ce château sont convaincus que tu es amoureux d'Edith. Apparemment, tu es le seul à ne pas t'en être encore aperçu.

Sur ces mots, Rory tourna les talons en emportant le drap.

Une fois seul, Niels passa son tartan, l'air songeur. Et s'il était vraiment amoureux de sa femme, après tout ? Seigneur, aussi vite ! Comment était-ce possible ?

— Hum.

Edith guetta la réaction de Moibeal, assise tout près d'elle. Il fallait déterminer ce qu'elles devraient mettre dans leurs bagages en prévision du voyage. De toute évidence, la tâche s'annonçait plus compliquée que prévu. Outre les coffres contenant ses vêtements, elle avait le trousseau que sa mère avait constitué depuis sa plus tendre enfance, en prévision de son mariage. Il y avait aussi son arc, son carquois et d'innombrables objets personnels à ranger.

— Eh bien, quoi ? insista-t-elle en voyant que sa servante restait muette.

— On dirait que votre mari est réveillé, ou du moins qu'il est sorti du lit.

Un sourire aux lèvres, la jeune femme fit un signe de tête en direction de l'escalier. Edith se tourna. Mais au lieu de voir Niels, elle tomba sur le grand drap blanc que Rory était en train d'accrocher à la rambarde. Avec une tache rougeâtre en plein milieu…

— Et moi qui croyais que vous n'aviez pas consommé votre union avec tout ce qui s'est passé cette nuit ! commenta Moibeal. Au moins, votre frère ne risque pas de faire annuler votre mariage s'il débarque avant notre départ.

Edith se contenta de fixer le drap. Dans son souvenir, ils ne s'étaient pas unis charnellement. Mais cette tache ressemblait fort à du sang. Niels avait peut-être eu peur que son frère brise leur union. Résultat : il avait profité du fait qu'elle était inconsciente pour s'assurer que cela n'arriverait pas. Les yeux baissés vers ses cuisses, elle resta immobile. Est-ce qu'elle sentait une différence, à cet endroit précis ?

Tout bien réfléchi, non. Elle n'avait pas l'impression que quelque chose avait changé… Ce qui était une petite déception. Elle aurait voulu sentir une différence, même si elle était incapable d'expliquer pourquoi. Mais ce qui l'étonnait le plus, c'était qu'elle avait dû beaucoup saigner, vu la taille de cette trace ! Peut-être aurait-elle intérêt à se changer et à mettre la robe rouge foncé qu'elle avait l'habitude de porter pendant ses menstrues afin de cacher les taches de sang. Si jamais elle continuait de saigner...

Sans perdre une seconde, Edith se leva. Autant en avoir le cœur net. Hélas, Niels choisit ce moment pour apparaître en haut des marches. Gênée et intimidée, elle baissa la tête et s'engagea dans l'escalier. Mais elle fut bien obligée de s'arrêter quand ils se croisèrent.

— Bonjour, ma chère épouse, murmura-t-il en la tirant vers lui pour l'embrasser sur le front.

— Bonjour, mon cher mari, répondit-elle tout bas.

Incapable de cacher son trouble, elle leva les yeux et les détourna aussitôt. Il la scrutait d'un drôle d'air...

— Où allez-vous ?

Edith ouvrit la bouche, avant de se raviser. Difficile d'évoquer des choses aussi intimes alors qu'ils étaient mariés depuis la veille !

— Je vais faire mes bagages, se borna-t-elle à dire.

— Ah, répondit-il en lui serrant le bras. Ne prenez que quelques robes. Geordie et Alick reviendront ici pour chercher Rory après nous avoir escortés jusqu'au château de notre clan. Ils sont d'accord pour partir avec une charrette, afin de ramener Ronson, sa grand-mère, Laddie et toutes les personnes que vous voudrez avoir près de vous.

À ces mots, Edith oublia ce qu'elle voulait faire et lui lança un regard surpris :

— Ronson et sa grand-mère ?

— Oui, si Bessie le souhaite. J'ai pensé que vous aimeriez les avoir près de nous. J'ai eu tort ?

— Non, ce serait merveilleux, mon cher mari, s'empressa-t-elle de dire avec un sourire. Je me demandais ce qui allait leur arriver après notre départ. Victoria se moque d'eux comme d'une guigne.

— Dans ce cas, si Bessie est d'accord, Geordie et Alick reviendront avec eux. Et ils rapporteront tout ce dont vous avez besoin.

Niels fronça les sourcils avant d'ajouter :

— Pour autant il vaut mieux que Moibeal reste ici. Elle saura expliquer à mes frères ce qu'il vous faut. Comme ça, ils n'oublieront rien. Il faudra que vous vous passiez d'une servante pendant une ou deux semaines, mais…

— Ce n'est pas un problème, le coupa-t-elle.

Elle pourrait se débrouiller seule durant ce laps de temps. Surtout si cela lui donnait la certitude d'avoir toutes ses affaires au bout du compte.

— Bien. Alors prenez quelques tenues et le strict nécessaire, nous prendrons la route dès que vous serez prête, conclut-il.

— Soit, mon cher mari.

Edith fit mine de partir. Mais au dernier moment, elle se retourna pour passer les bras autour du cou de Niels et lui déposa un baiser plein d'enthousiasme sur les lèvres.

— Merci beaucoup, lança-t-elle joyeusement en s'écartant.

Mais il la bloqua en glissant les bras autour de sa taille, pour la tenir tout contre lui.

— Ce n'est rien qu'un petit baiser de rien du tout, ma chère, murmura-t-il d'une voix rauque. Nous pouvons faire mieux que ça, non ?

— Oui, souffla-t-elle en fermant les yeux.

La seconde d'après, Niels fondait sur sa bouche et posait la main à l'arrière de son crâne. Il la pencha légèrement pour mieux lui caresser les lèvres du bout de la langue.

Elle ouvrit la bouche et poussa un gémissement quand il approfondit leur baiser. Il n'en fallut pas plus pour que tous ses sens soient en éveil. Elle avait tellement envie de lui ! Elle sentait le désir de Niels grandir contre son ventre. Elle ne fut donc pas surprise quand il la souleva pour remonter les marches, sans cesser de l'embrasser. Il allait la libérer du tourment qui venait de s'emparer d'elle, enfin ! Hélas, sa joie fut de courte durée car il se détacha d'elle presque aussitôt. Eh bien, pourquoi restait-il planté là ? Voilà qui était très vexant !

En levant les yeux vers lui, elle constata qu'il regardait un point derrière elle. Elle se retourna. Rory se tenait en haut des marches, les bras croisés sur son torse, l'air réprobateur.

Avec un soupir, Niels la reposa. Il s'assura qu'elle ne perdait pas l'équilibre et l'obligea à grimper à l'étage.

— Allez faire vos bagages. Je vous envoie Moibeal. Donnez-lui vos instructions. De mon côté, je vais informer Geordie et Alick que nous partirons sous peu.

Pour toute réponse, Edith hocha la tête et remonta l'escalier seule. Sans rien montrer de sa déception.

Chapitre 11

— Geordie !

Edith effaça d'un geste les gouttes de pluie qui lui tombaient sur les cils et observa son mari dont le cheval marchait juste devant le sien. Un peu plus loin, Geordie jouait les éclaireurs, pour s'assurer que la voie était libre. En entendant son frère aîné l'appeler, il fit ralentir sa monture avant de revenir vers eux.

Elle tira sur les rênes de son cheval en voyant celui de Niels s'arrêter et attendit patiemment. Impossible d'entendre ce qu'ils se disaient à cause du gros orage qui s'abattait sur eux. Pourvu qu'ils décident de se réfugier quelque part, le temps que cette tourmente cesse ! Le tonnerre s'était mis à gronder vers midi, deux heures après leur départ. Au début, il n'y avait eu qu'une bruine légère, mais Niels avait immédiatement sorti une couverture de son sac et la lui avait tendue pour qu'elle se protège. De prime abord, cela ne lui avait pas semblé indispensable, mais elle avait tout de même accepté de la prendre. C'était très gentil à lui.

Cette pluie fine avait continué de tomber par intermittence. Mais, depuis une demi-heure, c'était une véritable averse qui les assaillait. Les trombes d'eau étaient de plus en plus fortes et le vent gagnait en intensité à chaque instant. Pour sa part, elle était désormais emmitouflée dans le plaid, avec juste un interstice pour ses yeux. Il faisait presque aussi sombre qu'en pleine nuit, même si le soleil ne s'était pas encore couché. Entre ce ciel noir et ce vent qui rabattait la pluie vers elle, on n'y voyait pas grand-chose.

Edith essuya l'eau qui lui ruisselait sur le visage et se redressa sur sa selle. Tout à coup, Niels fit faire demi-tour à son cheval pour venir se placer à côté d'elle, leurs montures chacune dans une direction opposée.

— Il vaudrait mieux qu'on s'arrête en attendant une accalmie, annonça-t-il en se penchant pour qu'elle entende.

Elle hocha la tête. Quel soulagement !

— Pour cela, nous devons trouver un endroit surélevé ou qui nous permet de nous abriter. Vous connaissez la région mieux que nous. Où pourrions-nous aller, d'après vous ?

Edith se mordit la lèvre et jeta un œil alentour en tâchant de se repérer. À vrai dire, ces terres avaient beau appartenir au clan Drummond, elle n'avait jamais vraiment quitté le château. Hormis le loch et la prairie, elle n'était jamais allée bien loin, à part pour rendre visite à Saidh ou à Jo. Et encore, tous ces voyages se comptaient sur les doigts d'une main.

Mais si elle remontait encore plus loin dans ses souvenirs… Au même moment, elle aperçut un arbre, un peu plus loin, sur la droite.

— La maison de chasse ! s'exclama-t-elle avec une joie irrépressible.

— La maison de chasse ? répéta Niels.

Elle hocha la tête avec un grand sourire. C'était bien la première fois depuis le début de l'orage !

— Vous voyez cet arbre, là-bas ? Le gros, avec le tronc gravé.

Il se tourna pour apercevoir ce qu'elle lui montrait.

— Oui.

— Mon père l'a construite il y a des années, quand on était tout jeunes, mes frères et moi, expliqua-t-elle en criant pour se faire entendre malgré la tempête. Chaque année, on y allait au moins deux fois avec nos parents. On était censés chasser, mais on passait notre temps à jouer ou à nous baigner. Il a gravé une inscription sur un des arbres. Cela veut dire que la maison de chasse n'est plus très loin.

— Vous pourriez la retrouver ? demanda-t-il aussitôt.

Edith scruta l'arbre avant d'acquiescer :

— Je pense que oui.

— Alors passez devant et sauvez-nous de ce déluge !

— Entendu.

Ni une ni deux, Edith lança sa monture au petit trot. Dans son souvenir, il y avait un chemin quelque part… Cela faisait des années que son père ne les avait plus emmenés là-bas. Depuis la mort de sa mère, en fait. Pourvu que le chemin n'ait pas complétement disparu ! Pourtant, au bout de quelques minutes de recherche, elle laissa échapper un cri triomphal et fit bifurquer sa jument. Si le chemin était toujours là, c'était forcément parce que quelqu'un se servait de la petite maison. Sans doute l'un de ses frères. Roderick et Hamish étaient férus de chasse.

Il leur fallut une vingtaine de minutes pour parvenir à destination. Étrange. Dans son souvenir, la route n'était pas si longue… Alors qu'elle se demandait s'ils ne faisaient pas fausse route, les arbres laissèrent subitement entrevoir la clairière où se trouvaient la petite construction en pierre et la modeste écurie. Dieu soit loué ! Elle dirigea sa jument dans cette direction et la fit ralentir en approchant de la porte close. Le temps de descendre, elle se hâta d'ouvrir avant qu'un des hommes s'en charge à sa place. Elle mourait d'envie d'échapper à cette pluie froide, même si c'était pour se réfugier dans une écurie !

Elle poussa la porte — avant de reculer précipitamment. Elle venait de heurter quelque chose ! Au même instant, une odeur de chair en décomposition lui envahit les narines.

— Edith, qu'est-ce que…

Les mains de Niels se refermèrent sur ses épaules. Il avait dû sentir l'odeur qui l'avait contrainte à se couvrir la bouche. C'était insoutenable ! Il poussa une bordée d'injures et la conduisit près d'un arbre. Au moins, elle serait à l'abri de l'orage.

— Tout va bien. Vous pouvez enlever votre main, c'est plus respirable ici.

Edith s'exécuta et huma l'air avec prudence. L'odeur était tolérable, une chance. Elle prit alors plusieurs inspirations pour se vider les narines et les poumons. Sa nausée s'atténua presque aussitôt. Une fois certaine de respirer normalement, elle jeta un œil en direction des écuries. Geordie et Alick venaient de ressortir. L'un et l'autre se couvraient le visage à l'aide de leurs tartans, mais on les devinait crispés. Ils attrapèrent les brides de leurs montures et les menèrent vers l'étable.

— Qu'avez-vous trouvé ? demanda Niels en les aidant à attacher leurs bêtes à une branche basse.

— Des charognes de chevaux, répondit Geordie entre ses dents. Ils sont morts de faim, me semble-t-il. On dirait qu'ils ont essayé de ronger leur enclos. Ou peut-être qu'ils essayaient de trouver de la nourriture, tout simplement.

— Il y en avait beaucoup ?

— Sept en tout.

Edith se raidit et leur jeta un œil inquisiteur.

— Sept ?

— Oui.

Seigneur, cela voulait peut-être dire que…

— Mon Dieu, dit-elle en s'agrippant au bras de Niels, Brodie a pris six hommes quand il a quitté le château en compagnie de Victoria. Lonnie a été tué dans les bois et son cheval semble avoir été volé. Vous ne pensez pas que…

À ces mots, Niels se rembrunit et la confia à Alick.

— Reste avec elle, mon frère. Je reviens.

Il retourna à la maison de chasse, accompagné de Geordie. Elle les suivit du regard en se mordant la lèvre. N'aurait-elle pas dû l'accompagner ? Si, bien sûr. Seulement, elle n'en avait pas la force. Elle imaginait ce qu'ils risquaient de trouver à l'intérieur. Et ce ne serait certainement pas beau à voir. Personne ne laisserait volontairement des chevaux mourir de faim. Ces bêtes étaient trop précieuses. Leurs propriétaires étaient sans doute morts, eux aussi, et peut-être depuis plus longtemps que leurs montures. S'il s'agissait de Brodie, Victoria et leur escorte…

Une boule dans la gorge, Edith regarda Niels et Geordie ouvrir la porte de la maison de chasse. La façon dont ils reculèrent brusquement ne lui dit rien qui vaille. Aussitôt après, ils attrapèrent un pan de leurs tartans pour se couvrir le nez et la bouche avant d'entrer. Pas de doute : il y avait sûrement des cadavres à l'intérieur.

Apparemment, Alick se fit la même réflexion car il enroula un bras rassurant autour de ses épaules et lâcha :

— Ce n'est peut-être pas votre frère et votre belle-sœur.

Oh ! c'était très gentil à lui de vouloir la rassurer, mais il ne semblait pas y croire lui-même. De grosses larmes lui brouillèrent aussitôt la vue. Elle les écrasa d'un geste de la main et attendit. Une éternité parut s'écouler avant que les deux frères ne ressortent. Geordie se rua vers les arbres. Malgré la pluie, elle entendit son haut-le-cœur.

Niels était aussi livide que son cadet, mais il partit dans le sens opposé, en direction du puits. Il n'eut même pas besoin de tirer de l'eau. L'orage avait rempli le seau posé sur la margelle. Il y plongea les mains. Pour les laver, visiblement. Là-dessus, il renversa le contenu du seau par terre et les rejoignit sous l'arbre.

— Ce sont eux ? demanda-t-elle doucement.

Elle connaissait déjà la réponse, hélas…

Niels ouvrit la bouche, la referma, puis avoua dans un soupir :

— Difficile à dire. Ils sont morts depuis un moment, mais il y a six hommes et une femme. Elle porte une robe dorée.

— Victoria en portait une quand elle est partie…

Il se contenta de hocher la tête.

— Et l'homme à côté d'elle portait ceci, ajouta-t-il en tendant le bras.

Edith baissa la tête. L'espace d'un instant, elle fixa l'anneau en or posé dans le creux de la main de Niels. Un anneau destiné à un homme, avec le blason de la famille Drummond gravé dessus. C'était le sceau de son père, celui qu'il avait porté jusqu'à son dernier jour. Il l'apposait sur tous les messages qu'il envoyait, afin de prouver qu'ils étaient signés de sa main. Quand il était mort, Tormod l'avait retiré de son doigt pour le remettre à Roderick. Puis à Hamish, quand Roderick était mort à son tour. La dernière fois qu'elle l'avait vu, il était au doigt de Brodie, le jour où il avait quitté le château. Et à ses côtés, Victoria portait une robe dorée qui brillait de mille feux dans la lumière du soleil.

C'était bien eux. Le cadavre de femme était celui de Victoria, et les six autres corps étaient ceux de Brodie et des soldats de son escorte. Elle avait perdu les derniers membres de sa famille. Elle était seule. Soudain, un cri perçant retentit. D'où venait-il ? Elle eut à peine le temps de prendre conscience que c'était elle qui criait, juste avant que les ténèbres ne l'entourent. Et qu'elle ne s'écroule.

Avec un juron, Niels rattrapa Edith avant qu'elle n'atterrisse dans la boue. Elle était pâle comme la mort. Que faire ? Ils ne pouvaient pas rester ici. Même s'ils sortaient les morts de la maison de chasse pour les installer dans les écuries, le temps qu'ils organisent leur retour au château des Drummond, l'odeur serait insoutenable. Par ailleurs, il n'était pas question qu'Edith se réveille là où son frère avait rendu son dernier souffle.

— Est-ce qu'on reprend notre route ? demanda Alick d'un ton plein d'espoir.

— Non, répondit-il entre ses dents, avant de pousser un soupir plein de lassitude.

Là-dessus, il porta Edith jusqu'à sa monture.

— Je vais la tenir le temps que tu montes en selle, dit Geordie qui venait de les rejoindre.

Avec un hochement de tête, Niels la lui passa et mit le pied à l'étrier.

— Mais où allons-nous ? lança Alick d'un ton soucieux. On ne peut quand même pas la ramener au château de sa famille. Elle sera en danger là-bas.

— Effectivement, acquiesça Geordie. Mais c'est la dernière de sa lignée. C'est elle qui dirige le clan, désormais. Pourquoi l'emmener sur nos terres ? Elle nous en voudrait de l'avoir arrachée à ceux qui comptent sur elle, tout ça pour la mettre en lieu sûr. Elle passerait pour une lâche, et elle nous en voudrait de toutes ses forces.

Niels serra les dents. Son frère venait de mettre des mots sur ses sentiments. Ils devaient faire demi-tour, et tant pis si cela lui déplaisait. Il leur faudrait veiller sur Edith sans relâche, le temps que le coupable soit démasqué. Pourvu qu'ils y parviennent avant que ce monstre finisse ce qu'il avait commencé en tuant la dernière des Drummond ! Sa femme.

— Ils ouvrent les portes.

Niels détourna le regard du visage d'Edith. Cachée sous le tartan dans lequel ils étaient enveloppés, elle était toujours inconsciente. Le clair de lune illuminait son visage pâle. Les portes s'ouvraient, effectivement. Maintenant que l'orage était enfin terminé, le ciel nocturne était parfaitement dégagé. La pleine lune et d'innombrables étoiles leur permettaient d'avancer sans trop de difficulté, à présent qu'ils n'étaient plus sous le couvert des arbres.

Avec un soupir, il fit avancer son cheval au pas, pour qu'Edith ne risque pas de basculer.

Il avait envoyé Geordie en éclaireur, afin qu'il prévienne

les sentinelles de leur arrivée. Pendant ce temps, il avait attendu au pied de la colline, juste à l'orée du bois, en compagnie d'Alick. S'il n'avait pas eu envie de venir trop près du château, c'était qu'ils auraient été obligés de crier pour parler aux gardes. Ce qui aurait sûrement réveillé Edith. Elle avait entrouvert les yeux à plusieurs reprises en cours de route. Chaque fois, elle avait pleuré jusqu'à épuisement. Il le savait parce que les larmes de sa pauvre épouse avaient trempé sa chemise.

Pour autant, Edith ne pleurait pas seulement sur le sort tragique de Brodie et de Victoria. C'était à toute sa famille qu'elle faisait ses adieux. La carapace dont elle s'entourait s'était fendue au moment du décès de Cawley, mais elle n'avait exprimé qu'une infime partie du chagrin qui l'animait. Et lui ? Qu'aurait-il éprouvé s'il avait perdu tous ses frères et sa sœur en l'espace de quelques semaines, comme elle ? Il n'en savait rien, mais il aurait sûrement été dévasté. Pour l'heure, il souhaitait la préserver autant que possible. Oh ! il ne faisait que repousser l'inévitable, inutile de se leurrer. Elle avait besoin de laisser libre cours à sa douleur et de pleurer. Si elle ne le faisait pas maintenant, elle le ferait tôt ou tard. Pour sa part, il se sentait incapable de lui offrir le réconfort qu'elle appelait certainement de ses vœux. La nuit avait été très courte, après cette nouvelle tentative d'empoisonnement, et le long, très long, trajet qu'ils venaient de faire n'avait servi à rien. Bref, il était épuisé. Tout ce qu'il souhaitait, c'était la ramener dans sa chambre sans la réveiller. Une fois qu'il aurait fait un somme, même rapide, il saurait la réconforter et sécher ses larmes.

Geordie avait mis pied à terre et attendait près des

portes avec Tormod, Rory et plusieurs soldats. En voyant son frère approcher, Niels arrêta son cheval et interrogea Geordie du regard.

— Les hommes sont prêts à l'escorter jusqu'à l'intérieur, dit ce dernier d'un ton grave.

Aussitôt, le petit groupe se précipita vers eux avec un ensemble d'objets hétéroclites qu'ils posèrent à côté de son cheval, les uns devant les autres. Que comptaient-ils faire de ce tonneau, ce coffre et ce seau renversé ? Il comprit soudain. Ils fabriquaient un escalier improvisé, afin qu'il puisse descendre de sa monture sans trop secouer Edith.

— Merci, souffla-t-il.

Son pied gauche posé sur le tonneau, il leva sa jambe droite par-dessus la tête de l'animal et se retrouva debout, toujours avec son épouse dans les bras. Il n'eut plus qu'à passer sur le coffre, puis sur le seau pour retrouver le plancher des vaches. Là-dessus, Alick mis pied à terre à son tour et on emporta leurs chevaux.

— Par ici, dit Tormod en s'écartant.

Niels fit mine d'avancer mais eut un mouvement de surprise. Entre l'orage qui les avait ralentis et le temps qu'ils avaient mis pour revenir à leur point de départ, la nuit était déjà très avancée. Encore quelques heures et l'aube se lèverait. À l'exception des sentinelles postées sur les murailles, tout le monde aurait dû être au lit, et l'avait sûrement été avant l'arrivée de Geordie. Mais, pour l'heure, à peu près tous les occupants du château étaient alignés deux par deux, entre la grande porte et l'entrée du donjon. Des soldats aux filles de cuisine, chacun tenait un bouclier en l'air pour former un tunnel qui lui permettrait de conduire Edith à l'intérieur sans craindre d'être visé par une flèche.

La gorge nouée, il parvint à articuler :

— Merci, mon frère.

— Ce n'était pas mon idée, répondit celui-ci avec un rictus. La nouvelle de la mort de Laird Brodie et du retour de Lady Edith s'est vite répandue. Le temps que tu traverses le bois pour atteindre les portes, les hommes ont commencé à former cette haie de boucliers. Juste après, ce sont les domestiques qui sont venus leur prêter main-forte. Ils tiennent beaucoup à ton épouse.

Niels le fixa sans réagir, avant de répondre d'un simplement hochement de tête. Là, il s'engagea dans le tunnel que les occupants du château avaient formé pour protéger Edith. Comment ne pas être bouleversé par ce témoignage de l'amour qu'ils lui portaient ? Ces gens tenaient à elle autant qu'elle tenait à eux. Ils n'en auraient sûrement pas fait autant pour leur ancien chef, cela ne faisait aucun doute.

Même s'il n'y avait pas de temps à perdre, il tâcha de croiser le regard de chacun pour bien montrer combien il était impressionné et touché par ce geste. Si beaucoup répondirent d'un signe de tête, d'autres bombèrent le torse avec une certaine fierté. Enfin, certains ne firent même pas attention à lui car leurs regards émus étaient posés sur leur maîtresse, toujours endormie.

Malgré cette haie de boucliers, il fut soulagé de pénétrer à l'intérieur du donjon. Après ces heures passées dans le froid et dans l'humidité, la chaleur de la grande salle était la bienvenue.

— J'ai chargé Moibeal d'allumer un feu dans la chambre de Lady Edith, annonça Tormod en le rejoignant.

— Merci. Prenez un tonneau de bière, des gobelets

et montez, tous, répondit-il en prenant le chemin de l'escalier.

Il voulait que ses frères et Tormod soient là. Il avait à leur parler. Pour autant, pas question de laisser Edith seule. Ils n'auraient qu'à converser autour de la table, près de la cheminée, sans faire trop de bruit.

— N'oubliez pas de prendre des chaises dans les autres pièces, il n'y en a que deux.

— Tu es sûr que nous allons tous tenir ? demanda Rory.

Sentant comme une pointe d'amusement dans la voix de son frère, Niels se tourna pour regarder derrière lui. Et une fois de plus, il eut du mal à en croire ses yeux. Celles et ceux qui avaient formé cette grande chaîne humaine les avaient suivis à l'intérieur et avaient littéralement envahi la salle. Si certains étaient déjà dans l'escalier, les autres attendaient patiemment de monter à leur tour. Manifestement, tout le monde avait pris ses directives au pied de la lettre ! Mais au moment de les détromper, il se ravisa et se contenta de déclarer :

— Dans ce cas, nous parlerons en bas.

Tandis que les uns et les autres faisaient demi-tour, il jeta un œil à Alick :

— Peux-tu prendre quelques fourrures sur le lit ? Je vais allonger Edith près du feu.

— Bien sûr.

Tandis que son frère grimpait les marches quatre à quatre, Niels redescendit. Au bout de longues minutes, il put enfin se frayer un chemin au milieu de la foule et atteindre la cheminée. Là, il vit qu'Alick était déjà de retour et s'empressait de préparer un véritable lit douillet pour Edith. Visiblement, son frère avait ramassé toutes les fourrures qu'il avait trouvées à l'étage ! Niels put allonger délicatement sa femme sur ce lit improvisé et la couvrir pour qu'elle ne prenne pas froid.

Lorsqu'ils s'écartèrent, Laddie fit son apparition et se pelotonna contre sa maîtresse. Niels retint son souffle. Pourvu que ce satané chien ne la réveille pas ! Par bonheur, elle se contenta d'enrouler un bras autour de l'animal, la tête plongée dans les fourrures.

— Avec Laddie, nous allons protéger Lady Edith, milord !

Cette voix empreinte de gravité était celle de Ronson. Il semblait si sérieux !

— Merci, mon garçon.

Ronson acquiesça et s'assit au bord des fourrures, les yeux posés sur sa protectrice. Des yeux d'adulte.

Avec un soupir, Niels rejoignit les hommes occupés à installer les tables à tréteaux qu'on démontait chaque nuit afin de dégager de l'espace pour dormir, avant de les remonter chaque matin. Sauf que le matin semblait être venu plus tôt, ce jour-là. Ou peut-être était-ce la nuit qui s'était raccourcie. Pour sa part, il comptait se retirer dès la fin de cette discussion.

— Vous avez trouvé Brodie, alors ? lâcha Tormod quand il prit place avec eux, sa bière à la main.

— Oui, confirma-t-il, la mine fermée. Dans la maison de chasse de sa famille. Brodie, sa femme et les cinq derniers hommes de son escorte étaient tous là, morts. Leurs chevaux étaient dans les écuries. Enfin, les cadavres de leurs chevaux.

— Ils étaient morts de faim, précisa Geordie.

— As-tu pu déterminer comment Brodie et les autres sont morts ? s'enquit Rory. Y avait-il des blessures ou…

— À mon avis, on les a empoisonnés, le coupa-t-il. Ils étaient attablés face à des bols de ragoût et des gobelets de bière à moitié vides. L'odeur qui s'échappait du tonneau m'a rappelé celle de l'hydromel empoisonné. C'est sûrement de cette façon qu'on les a tués mais, cette fois, la dose était suffisamment importante pour être foudroyante. Contrairement à Laird Drummond et ses fils, ils n'ont même pas eu le temps de finir leurs repas ou de se lever avant de mourir. Et cela faisait un bon moment qu'ils étaient là. On avait presque du mal à les reconnaître.

— La servante, marmonna Tormod.

Niels jeta un œil incertain au vieux guerrier.

— Moibeal ?

— Non, celle de Lady Victoria, Nessa. Les corps étaient ceux d'une femme et de six hommes, vous m'avez dit. Sauf que Lady Victoria était partie avec sa jeune suivante, alors qu'Effie était restée ici. Vous auriez dû trouver deux femmes et six hommes.

— Je comprends. Je me souviens qu'Edith avait mentionné ce détail. À moins que ce ne soit vous. Mais je n'ai vu qu'une seule femme.

Niels se tourna vers son frère pour l'interroger du regard, mais celui-ci fit non de la tête.

— Je n'ai pas vu d'autre cadavre de femme. Il n'y en avait qu'un seul, dit-il calmement.

— Dans ce cas, ce n'était peut-être pas eux, conclut le lieutenant. Vous avez bien dit qu'on avait du mal à les reconnaître, n'est-ce pas ?

— Oui, c'est pour cette raison que j'ai pris cet anneau. Il était passé au doigt du corps près de celui de la femme. Tenez.

Joignant le geste à la parole, il sortit la bague de sa poche et la tendit à Tormod.

La mâchoire du vieil homme se contracta, et il hocha la tête.

— Oui, Brodie portait cet anneau quand ils sont partis. C'est celui du chef de clan.

Il passa une main tremblante dans ses cheveux grisonnants et ajouta :

— Je vais prendre quelques hommes avec moi, et nous irons récupérer les cadavres dès le lever du jour. Nous vérifierons si la servante n'est pas dans les parages. Si ça se trouve, elle n'a pas avalé autant de poison que les autres et elle est parvenue à se traîner dehors pour mourir.

Niels écouta cette hypothèse. Le temps de s'éclaircir la gorge, il déclara :

— Je préfère vous prévenir, c'est un vrai charnier, à l'intérieur. Les chairs ont gonflé et se sont décomposées. J'ai dû couper le doigt de Brodie pour prendre l'anneau et le montrer à Edith.

— Dans ce cas, ils sont morts depuis longtemps, confirma Rory.

— Dès la première nuit où ils ont fait halte à la maison de chasse, à mon avis, renchérit Niels d'un air grave. Leurs chevaux ont dû crever de faim et de soif au bout de trois, quatre jours, voire d'une semaine entière. Et ils ne semblaient pas morts depuis la veille, crois-moi.

— Et maintenant ? demanda Tormod.

La mine fermée, Niels se frotta la nuque et répondit :

— Maintenant, je vais protéger Edith et découvrir qui a tué toute sa famille.

Malgré l'épuisement, il ajouta :

— Il faudra trouver un moyen d'éviter de nouvelles tentatives d'empoisonnement.

— Je peux interdire l'accès aux cuisines. Il n'y aura que moi et les trois aides en qui j'ai le plus confiance.

Niels tourna la tête. À qui était cette voix ? Il reconnut le cuisinier du château, Jaimie, mêlé à la foule qui les écoutait, debout tout près d'eux. Le petit homme s'avança et poursuivit :

— On peut installer des tables à l'extérieur de la cuisine. Les trois filles que j'aurai choisies poseront les plats dessus quand le repas sera prêt, pour que les autres servantes les apportent dans la grande salle. Mais je me chargerai moi-même d'apporter son repas à Lady Edith, pour m'assurer que personne ne s'en approche.

— Nous remonterons plusieurs tonneaux de bière et de cidre des réserves et nous les installerons dans la grande salle, le temps que cette affaire soit résolue, proposa Tormod. Comme ça, nous pourrons laisser sur place tout ce que Lady Edith souhaitera boire. La porte sera fermée à double tour et c'est moi qui aurai la clé.

— Voilà qui évitera les tentatives d'empoisonnement, dit Rory posément. Mais nous devrons nous méfier des autres attaques.

— Oui, acquiesça Niels. Elle aura besoin qu'on monte la garde près de sa chambre en permanence. Il faudra au moins deux hommes. Pas question de la laisser sortir, sauf si elle est entourée de boucliers. Au moins, on ne pourra pas lui tirer dessus.

— Je vais organiser les tours de garde avant de quitter le château, annonça Tormod.

À ces mots, un murmure approbateur parcourut la foule.

— Merci, dit alors Niels en se levant. Je vais me coucher.

— Je vous retrouve là-haut, Edith et toi. Je ne compte pas tarder à aller me coucher, moi non plus, lança Geordie en se levant à son tour.

— Oui, fit Alick. La journée a été longue.

Niels fit mine de tourner les talons, avant de se raviser. Ils avaient omis un détail…

— Tormod, si vous vous rendez à la maison de chasse, vous ne serez pas là pour surveiller les réserves d'alcool. Laissez-moi peut-être la clé, le temps de votre absence.

— Bien sûr.

Le vieux soldat chercha la bonne clé dans un gros trousseau, la retira et la lui tendit en disant :

— J'aurai des choses à vous dire, à Edith et vous. Des choses que vous devez savoir maintenant que Brodie est mort.

Avec un hochement de tête, Niels attrapa la clé.

— Nous aurons cette discussion à votre retour. Soyez prudent.

— Oui. Vous aussi, soyez prudents. Tous. À présent que vous êtes l'époux de notre maîtresse, vous êtes peut-être une cible.

Niels tressaillit, mais répondit d'un simple hochement de tête. Il était temps d'aller s'occuper d'Edith. Ronson leva sa petite tête ensommeillée vers eux. En les voyant s'approcher, il secoua Laddie pour le réveiller et l'attrapa par le collier pour que l'animal se lève et s'écarte du passage.

Edith murmura quelque chose quand il la souleva délicatement, sans se réveiller pour autant. Il prit le chemin de l'escalier.

— Je remonte les fourrures.

C'était la voix d'Alick. Niels ne fut pas surpris de voir ses trois frères le suivre à l'étage, jusque dans la chambre d'Edith. Il l'allongea dans son lit et tira les draps sur elle. Avec l'aide d'Alick, ils disposèrent les fourrures avant de regagner la porte.

— Tormod a raison, lâcha brusquement Rory. Tu risques d'être pris pour cible maintenant qu'Edith est ta femme.

Devant l'inquiétude de son frère, Niels haussa les épaules.

— Regarde ce qui est arrivé à Moibeal et à Effie : on les a bien empoisonnées, elles aussi. Le simple fait de rester ici peut être dangereux.

— Nous devons à tout prix trouver un meilleur plan pour protéger Edith, grogna Geordie. Il faut mettre la main sur ce salopard.

— Je suis ouvert à toute proposition, répondit-il tout bas. Mais, pour l'heure, je vais dormir. Je suis trop fatigué pour avoir les yeux en face des trous.

— Oui, repose-toi un peu, dit Rory en ouvrant la porte. On discutera quand tu auras dormi.

Niels acquiesça et tint la porte à ses frères, le temps qu'ils sortent. Puis il la referma sans bruit et retourna près du lit. Il aurait souhaité débarrasser Edith de sa robe afin qu'elle soit plus à l'aise pour dormir mais, au bout du compte, il ne prit même pas la peine de se déshabiller. Il se contenta de s'allonger sur les fourrures et s'endormit dès que sa tête toucha le matelas.

Chapitre 12

Edith ouvrit la porte de la chambre et s'immobilisa. Deux hommes étaient allongés sur des nattes, dans le couloir, pile devant le seuil. C'était Geordie et Alick. Devant elle, quelque chose attira son attention. En levant la tête, elle aperçut deux autres hommes, adossés au mur d'en face. Des soldats du château qu'elle connaissait depuis des années. Deux des plus fidèles guerriers de Tormod, Fearghas et Cameron. Ce dernier fit un pas vers elle et lui tendit la main.

Après un instant d'hésitation, elle l'attrapa et releva sa robe suffisamment haut pour éviter la tête des deux frères allongés par terre et les enjamber.

— Merci, dit-elle tout bas pour ne pas réveiller Geordie et Alick.

Le soldat sembla l'avoir entendue malgré tout. Avec un signe de la tête, il se pencha pour refermer délicatement la porte avant de se redresser.

Avec un sourire gêné, Edith s'engagea dans le couloir et entendit aussitôt un bruissement léger. Les deux hommes la suivaient, visiblement. Elle attendit d'être au milieu de l'escalier pour se retourner. Les soldats l'imitèrent immédiatement, et attendirent.

S'étaient-ils suffisamment éloignés pour ne pas déranger les deux frères Buchanan ? Sans doute, oui.

— J'imagine qu'on vous a chargés de me protéger ? demanda-t-elle en haussant un sourcil.

— Oui, milady, répondit Cameron.

— Tormod a demandé que deux hommes vous accompagnent jour et nuit, ajouta son compagnon. Nous resterons près de vous jusqu'au souper. Là, deux hommes prendront la relève.

— Je vois, soupira-t-elle.

Il fallait s'y attendre… Tout à coup, Edith entendit un bruit en provenance du couloir, à l'étage. En levant la tête, elle aperçut Geordie qui se tournait sur sa natte. Autant s'en aller. Sinon, elle risquait de réveiller les deux frères. Avec un sourire un peu forcé, elle fit un signe de tête aux soldats et descendit rapidement les dernières marches, aussitôt suivie par ses deux anges gardiens.

— Comment se fait-il que vous soyez levée ? Où est Niels ?

Elle sursauta en entendant cette voix tonitruante et dû attraper la rambarde pour ne pas perdre l'équilibre. En se retournant, elle aperçut… Geordie et Alick. Les yeux encore bouffis de sommeil, ils les rejoignirent précipitamment. Elle était peut-être parvenue à se glisser hors du lit et à atteindre la porte sans réveiller son mari, mais ce serait un miracle s'il n'entendait pas les beuglements de ses frères…

— Mon mari se repose. Il n'a pas tellement eu l'occasion de le faire, ces derniers temps, alors ne hurlez pas comme ça, dit-elle tout bas.

— C'est vrai, admit Geordie en baissant d'un ton.

En l'espace d'une semaine, il n'a eu que quelques heures de sommeil.

Edith fronça les sourcils. Elle savait que Niels n'avait guère dormi depuis la seconde tentative d'empoisonnement, mais elle venait de prendre conscience que cette situation durait depuis plus longtemps encore. Autant changer de sujet…

— Je descendais prendre mon petit déjeuner, c'est tout. Accompagnez-moi si ça vous chante mais, comme vous pouvez le constater, deux personnes sont déjà chargées de me protéger. Allez donc vous reposer un peu.

— Non, nous venons avec vous, répondit Geordie d'un ton sans réplique.

— Oui, dit Alick, tout aussi déterminé.

Avec un haussement d'épaules, Edith tourna les talons et descendit jusqu'au rez-de-chaussée. Elle n'aurait vu aucun inconvénient à ce qu'ils aillent dormir. Sauf qu'ils n'y tenaient pas, visiblement. Qu'importe, elle aurait quatre anges gardiens au lieu de deux !

Tout en ignorant les bruits de pas derrière elle, Edith observa la grande salle. Les tables à tréteaux étaient montées, mais les habitants du château avaient apparemment déjà pris leur petit déjeuner et vaquaient à leurs occupations. Il n'y avait que deux personnes à la table, et elles semblaient sur le point de partir. Bessie était assise près du feu, comme à son habitude, le nez dans ses travaux d'aiguille, mais elle gardait un œil sur Ronson, pelotonné contre Laddie, entre elle et l'âtre.

Voilà qui était surprenant. En temps normal, le petit était levé, à cette heure. On le voyait courir dans le donjon ou dans la cour. Leur retour tardif avait certainement troublé la nuit des uns et des autres. Elle avait pu dormir, pourtant. Ce qui était compréhensible, en un sens. Lorsqu'ils avaient quitté la maison de chasse, elle avait passé une bonne partie du retour emmitouflée dans le plaid que Niels avait enroulé autour de leurs corps. Tout en retenant ses pleurs et ses sanglots, elle avait déroulé dans sa tête le fil des semaines écoulées, encore et encore. D'abord la mort de son père et de ses frères, puis celle de Cawley. Et maintenant, c'était Brodie qui avait subi le même sort. Dans son malheur, elle avait eu la chance de s'endormir et d'échapper à ce chagrin déchirant. Voilà pourquoi son esprit meurtri ne l'avait pas réveillée plus tôt !

Mais à quoi bon se leurrer ? Dormir ne l'aiderait pas à échapper à ce qui s'était passé. Et ruminer ces sombres pensées qui menaçaient de s'emparer d'elle pouvait être dangereux. Difficile de sortir du trou quand l'esprit s'acharnait à le creuser toujours davantage.

Ce dont elle avait besoin, c'était de retrouver un semblant de normalité. À ses yeux, cela voulait dire reprendre ses petites habitudes et s'occuper du château. Forte de cette décision, elle se rendit jusqu'aux cuisines. Tiens, deux autres hommes étaient postés à l'entrée. Ils la saluèrent d'un mouvement de tête respectueux et l'un d'eux lui ouvrit la porte tandis que l'autre faisait un pas en avant pour bloquer le passage aux hommes qui l'accompagnaient.

— Lady Edith a le droit d'entrer, mais personne d'autre, dit le soldat en s'excusant presque.

Edith tourna la tête et vit l'agacement se peindre sur le visage des membres de son escorte.

— Mais nous devons la protéger ! On nous a donné l'ordre de ne pas la perdre de vue, précisa Cameron.

— Et nous, nous avons reçu l'ordre de ne laisser entrer personne, en dehors du mari de Lady Edith, répondit le garde d'un ton ferme.

— Mais, elle, vous la laissez passer seule, nota Geordie.

— Euh… Oui, dit l'homme, comme si cela coulait de source. C'est elle qui dirige le clan. On ne peut quand même pas l'empêcher d'aller et venir à sa guise dans son propre château !

Fearghas le foudroya du regard.

— C'est aussi notre maîtresse, et nous devons la protéger, alors écarte-toi, espèce de bon à rien, avant que je…

— Vous devriez peut-être laisser un de mes gardes m'accompagner dans la cuisine, intervint-elle.

Autant éviter que cette discussion tourne au pugilat.

— Comme ça, il aura un œil sur moi et il pourra m'aider à apporter à boire pour tout le monde.

Il y eut un silence, le temps que les hommes s'observent à tour de rôle. Finalement, le garde posté devant la porte s'écarta.

— D'accord, mais juste un. Et je viens avec vous, pour m'assurer que tout va bien. Vous trois, vous attendez ici avec Arnie.

— Très bien, s'empressa-t-elle de dire avant que quelqu'un ne proteste.

Devant la mine réprobatrice de Geordie et d'Alick, elle leur adressa un sourire rassurant.

— Je reviens tout de suite. Et je vous apporte quelque chose à manger.

Sur ces mots, elle se hâta d'entrer dans la cuisine et marcha tout droit vers Jaimie dès qu'elle l'aperçut. Il découpait une grande côte de bœuf.

— Oh ! milady ! la salua-t-il en lâchant son hachoir pour s'essuyer les mains. Bonjour. Comment vous sentez-vous ? Êtes-vous prête à prendre votre petit déjeuner ?

— Oui, Jaimie, répondit-elle avec un sourire plein de gratitude. Geordie et Alick sont levés, eux aussi, et je crois qu'ils ont faim. Et puis…

Elle se retourna. C'était Cameron qui l'avait suivie à l'intérieur avec le soldat qui gardait la porte. Quand elle haussa un sourcil interrogateur, il secoua la tête.

— Avec Fearghas, nous nous sommes déjà restaurés, merci, milady, murmura-t-il.

— Dans ce cas, donnez-moi simplement une cruche de bière pour ces hommes, dit-elle en se retournant vers le cuisinier. Comme ça, Cameron et Fearghas pourront en prendre, s'ils le souhaitent. Pour ma part, je boirai du cidre, ce matin.

Après ce qui s'était passé lors de sa nuit de noces, elle n'avait pas envie de boire de l'hydromel. Et encore moins du vin ! Pourvu qu'elle arrive à surmonter cette appréhension rapidement. Sinon, elle ne voudrait plus rien boire. Tout à coup, elle s'aperçut que Jaimie se tenait coi. Pourquoi regardait-il les deux hommes d'un œil aussi inquiet ?

— Eh bien, qu'y a-t-il, Jaimie ? Sommes-nous à court de cidre ?

— Euh, non, bafouilla le cuisinier en secouant la tête. Je ne peux pas vous donner à boire, milady. Tormod a fermé les réserves à clé pour que personne ne puisse vous empoisonner à nouveau.

— Oh. Dans ce cas, il ne me reste plus qu'à le trouver.

— Milady, c'est que…

Cette fois, c'est Cameron qui prit la parole derrière

elle. Quand elle se tourna vers lui, il poursuivit d'un ton gêné :

— Tormod est parti tôt ce matin pour la maison de chasse, avec une charrette et des hommes. Mais il a remis la clé à votre mari avant son départ.

— Mon mari ? Il dort encore !

— Je n'ai qu'à envoyer Fearghas le réveiller. Il lui confiera la clé.

Quoi ? Ah non, pas question !

— Non, il n'a presque pas dormi, ces derniers jours. Il a besoin de repos.

Avec un sourire forcé, elle se tourna vers Jaimie et dit :

— Puisque c'est comme ça, donnez-moi une pomme. Je mangerai quelque chose de plus consistant quand mon époux sera réveillé. Et je me désaltérerai à ce moment-là.

Avec un hochement de tête, le petit homme se précipita vers le garde-manger et ordonna aux femmes qui découpaient des légumes de chercher à manger pour les hommes.

En attendant, Edith se promena nonchalamment dans la cuisine. Eh bien, c'était bien la première fois que cette pièce était aussi vide ! D'habitude, elle était en pleine effervescence. Jaimie avait sûrement beaucoup à faire, avec le peu de personnel dont il disposait…

— Et voilà, milady, je vous en ai rajouté une. Ce sont les plus belles du panier ! lança-t-il en revenant.

— Merci, murmura-t-elle en prenant les fruits.

Il tâcha de sourire, mais on sentait de l'inquiétude percer dans son regard.

— Quelque chose ne va pas, Jaimie ? s'enquit-elle en haussant un sourcil.

— Oh ! non, non, s'empressa-t-il de répondre. En fait, si. Je me demandais…

— Quoi ? insista-t-elle.

Le cuisinier poussa un soupir et lâcha d'un ton contrit :

— C'est jour de marché, milady.

— Ah oui ?

Le marché avait lieu tous les samedis au village. Le prêtre souhaitait qu'on le décale au lendemain, afin d'inciter les paroissiens à assister à la messe avant de faire leurs emplettes. Mais leurs voisins, les Lindsay, organisaient déjà leur marché chaque dimanche. Et certains commerçants vendaient leurs marchandises aux deux endroits.

On était donc déjà samedi. Avec tout ce stress, elle en avait perdu le fil des jours ! D'autant qu'elle adorait se rendre au marché. Acheter du fromage, des œufs, des poulets, des épices ou tout ce dont Jaimie avait besoin lui plaisait beaucoup. Cela le soulageait et, pour elle, c'était l'occasion de sortir du château. Par ailleurs, elle aimait jeter un œil aux différents étals. Il n'était pas rare qu'elle trouve de belles étoffes, ou des savons parfumés importés d'Espagne ou d'autres pays lointains. Tout dépendait de ce que les marchands arrivaient à se procurer.

Pendant ce temps, Jaimie tordait son tablier entre ses mains, l'air anxieux.

— Oui, le marché tombe aujourd'hui. Je comptais y aller moi-même pour que nous ne manquions de rien, sauf qu'avec le peu de personnel dont je dispose j'ai bien peur de ne pas avoir le temps de…

— Je comprends, l'interrompit-elle en lui tapotant le bras. Je vais y aller. Dites-moi ce dont vous avez besoin, je me chargerai de l'acheter.

— Oh ! merci, milady ! s'écria-t-il avec soulagement.

— Ne me remerciez pas, Jaimie. C'est moi qui suis navrée car je vous oblige à me rappeler mes devoirs. J'avais complétement oublié que le marché tombait aujourd'hui avant que vous m'en parliez.

— Oh ! c'est bien compréhensible, répondit le cuisinier d'un air contrit et compatissant.

La seconde d'après, il se mordit la lèvre et ajouta :

— Si cela vous donne trop de peine, je vais me débrouiller avec ce que j'ai sous la main et…

— Surtout pas. À vrai dire, je serais heureuse de me rendre au marché et d'oublier un peu tout ce qui s'est passé ici.

Cette proposition sembla ravir Jaimie.

— Oh ! dans ce cas, c'est parfait !

Tandis qu'il griffonnait une liste, Edith s'aperçut d'une chose : la situation devenait critique. Entre la longue maladie qui l'avait clouée au lit et le peu d'argent dont Jaimie disposait pour faire les commissions, les stocks du château étaient presque épuisés. Mais alors… Comment avait-il fait pour préparer les bons petits plats qu'il lui avait servis ? Tout bien réfléchi, elle avait surtout mangé du ragoût et de la soupe depuis qu'elle était rétablie… Et il y avait fort à parier que les occupants du château n'avaient pas eu autre chose à manger. Ils devaient en avoir par-dessus la tête !

Une chance que deux soldats la suivent comme une ombre ! Elle pourrait compter sur eux pour rapporter tout ce dont ils avaient besoin. Pourvu que Geordie et Alick insistent pour les accompagner au marché ! Ronson et Laddie seraient du voyage, eux aussi. Mais, surtout, il leur faudrait une charrette.

*
* *

— Milady, ne pensez-vous pas qu'il serait temps de rentrer ?

Edith se retourna pour répondre à la supplique de Cameron et tressaillit en heurtant le bouclier que Ronson tenait en l'air pour protéger ses arrières, tant bien que mal.

— Désolé, milady, s'excusa-t-il en reculant légèrement.

— Ce n'est pas grave, mon garçon, dit-elle avec un sourire.

Elle voulut alors répondre à Cameron, avant de se raviser. Si le soldat avait la main sur le pommeau de son épée, Fearghas, Geordie et Alick avaient les bras chargés de paquets en tout genre. Elle ne s'était même pas aperçue qu'ils avaient fait autant d'achats. Et encore, ils n'en étaient qu'à la moitié de la liste…

— Rapportons tout cela à la charrette, finit-elle par dire. L'un d'entre vous n'aura qu'à monter la garde devant notre chargement le temps que nous terminions nos achats.

— Milady, répliqua Cameron d'un ton inquiet, vous ne devriez vraiment pas être ici.

— Il a raison, intervint Geordie. Niels ne voulait même pas que vous sortiez du donjon !

— Peut-être, mais en tant que maîtresse du château, je dois m'acquitter de certaines missions, et si vous comptez manger autre chose que du ragoût pour vous remplir la panse, nous devons acheter les derniers articles indiqués sur cette liste, répondit-elle sans broncher.

C'était déjà avec cet argument qu'elle les avait convaincus, bien malgré eux, de s'aventurer hors du château. Ce qui n'avait aucun sens ! Certes, elle aurait pu ordonner à ses gardes d'écarter Geordie et Alick, et de l'accompagner jusqu'au marché. Ils auraient été bien obligés de le faire. Seulement, cela ne l'aurait pas fait monter dans l'estime de ses beaux-frères. Elle avait donc déployé des trésors d'éloquence et de persuasion, jusqu'à ce qu'ils rendent les armes.

Mais, pour être honnête, Edith se demandait si ce n'était pas plutôt la perspective de manger du ragoût pendant une semaine supplémentaire qui avait achevé de les convaincre. Cameron et Fearghas n'avaient pas tardé à changer d'avis, ce qui l'avait aidée à vaincre la résistance de Geordie et d'Alick. De toute évidence, voilà des semaines que tout le monde au château mangeait de la viande bouillie. Il était temps que cela cesse.

— Que devons-nous encore acheter ? finit par demander Geordie après avoir regardé les autres tour à tour.

— Différentes épices, des poulets et du fromage, répondit-elle aussitôt. Et nous sommes à court de savon, aussi.

Geordie sembla contrarié, mais il finit par dire :

— Dans ce cas, continuons. Mais quelqu'un doit commencer à rapporter nos achats jusqu'à la charrette. On n'a plus assez de bras pour tout porter.

— Deux personnes vont rapporter les achats jusqu'à la charrette. L'un gardera un œil sur le chargement et l'autre reviendra nous prêter main-forte.

Edith sursauta en entendant cette voix familière. L'instant d'après, Niels se frayait un chemin entre ses deux frères.

— Mon cher mari, vous voilà levé !

Avec une grimace, il se pencha au-dessus du bouclier tenu par Ronson afin de l'embrasser sur le front. Puis il maugréa :

— Vous auriez dû me réveiller quand vous avez quitté la chambre.

— Vous étiez fatigué et…

— Vous n'auriez pas dû venir ici, c'est dangereux, la coupa-t-il sèchement.

— Je suis accompagnée par deux gardes, par vos frères et même par Ronson, dit-elle en souriant au petit.

Geordie en profita pour intervenir :

— Navré, mon frère. Mais ta femme peut se montrer très persuasive, et on dirait que le cuisinier n'a pas rempli le garde-manger depuis qu'elle est tombée malade.

— Et j'avais soif, ajouta-t-elle en tâchant de prendre une mine navrée. Et, visiblement, les réserves d'alcool étaient sous clé. Même le cidre. Du coup, nous sommes descendus au village et nous nous sommes désaltérés à l'auberge avant de commencer nos emplettes. Autrement, nous aurions eu le temps de rentrer.

— Ça m'étonnerait. Au train où nous allons, nous serons encore là à la fin du marché, marmonna Alick dans sa barbe.

Elle lui lança un regard noir. Pourquoi avait-il eu besoin de dire ça ?

— Vous l'avez laissée boire à l'auberge ? s'écria Niels d'un ton incrédule.

— Bien sûr, répliqua-t-elle en se tournant à présent vers lui. Pourquoi pas ? Ce n'est quand même pas l'aubergiste qui m'a empoisonnée au château !

— Non, mais imaginez que l'assassin vous ait suivis jusqu'ici et qu'il soit parvenu à verser du poison dans vos chopes, à l'auberge !

— J'ai tout contrôlé, milord.

Cette fois, c'était Cameron qui venait de se mêler à

la discussion. À vrai dire, elle n'avait pas envisagé cette éventualité. Mais ceux qui veillaient sur elle, oui. C'était sans doute pour cela que Tormod leur faisait toute confiance. Ils pensaient à ce genre de choses.

Niels la regarda droit dans les yeux et répondit :

— Pour votre propre bien, les tonneaux ont été mis sous clé, en effet. Par ailleurs, ces hommes ont beau assurer votre protection, vous compliquez les choses en vous aventurant hors du château, vous êtes une cible facile. Vous n'auriez pas dû sortir.

Edith soutint son regard avant de lancer :

— Et vous ? Qui vous protège ?

— Pardon ?

— Qui dit que vous n'êtes pas devenu une cible maintenant que vous êtes mon époux ? fit-elle remarquer. Après tout, la femme de mon frère Brodie a bien été assassinée. À défaut de rester au donjon, vous n'auriez pas dû sortir sans escorte.

— Elle a raison, mon frère, intervint Geordie. C'est ce que nous avions pointé hier soir. Il se pourrait bien que le tueur veuille s'en prendre à toi.

Niels foudroya son cadet du regard pour la peine, puis tendit le bras vers elle pour la faire avancer.

— Soit. Alors rentrons au château, maintenant.

— Pas question, rétorqua-t-elle en s'opposant de tout son poids. Jaimie a encore besoin d'un certain nombre de choses.

Quand Niels se tourna vers elle, la mine fermée, elle ajouta :

— Nous devons veiller à ce que les occupants du château ne manquent de rien, mon cher mari. Vous êtes au courant, n'est-ce pas ? Si je ne remplis pas ma mission, ce sera ma faute, non la vôtre.

Le temps d'étouffer un juron, il la lâcha et leva les mains.

— Soit. Achetons ce dont le cuisinier a besoin, mais évitons de traîner pour rentrer au donjon rapidement.

— Oui, mon ami, répondit-elle d'un air radieux. Et regardez. Puisque vous êtes là, personne n'est obligé de retourner à la charrette. Vous pouvez nous aider à porter les épices et le savon !

Sur ces mots, Edith se précipita vers le marchand qui l'intéressait, entourée tant bien que mal par Ronson et par le reste de son escorte.

— Et voilà comment nous avons fini par accompagner ta femme au marché.

Niels se contenta de grogner au terme du récit de son frère Geordie. Ils suivaient Ronson, Alick et les deux soldats en serrant Edith de près.

— Mais je dois dire que son visage s'est illuminé quand nous sommes sortis du château, ajouta-t-il. Auparavant, on la sentait très triste et elle marchait en traînant les pieds.

Niels grimaça en entendant qu'Edith avait paru si morose et abattue. Mais était-ce anormal, vu tout ce qui s'était passé ? À aucun moment elle n'avait parlé de son père et de ses frères mais, d'après ce que lui avaient raconté Saidh et Tormod, elle les aimait tous beaucoup… Y compris Brodie, même si c'était un bon à rien. Elle était aussi très attachée à Cawley. Et voilà qu'ils avaient tous disparu, en très peu de temps. Malgré tout, elle donnait le sentiment de tenir le choc.

— Bref, je me suis dit que la laisser sortir serait une bonne chose, même si c'était risqué, conclut son frère.

Effectivement, Edith semblait pleine d'énergie et moins pâle que les jours précédents.

— Je vois.

— Niels ?

C'était Alick. Il portait des rouleaux de tissu. L'un d'entre eux était dans un ton vert de la même couleur que les yeux d'Edith. Sans doute comptait-elle fabriquer une robe avec. Cela lui irait certainement à ravir.

— Nous sommes tout près de la charrette. Et si nous rapportions nos achats, avec Geordie ? Je resterai pour surveiller le chargement pendant qu'Edith termine son tour du marché. Et Geordie n'aura qu'à vous retrouver pour aider à porter les dernières commissions.

— Oui, faisons comme ça, si tu n'y vois pas d'inconvénient, acquiesça-t-il.

À ces mots, ils entendirent Geordie grogner entre ses dents :

— Oh ! rassure-toi, ça ne va pas le déranger ! Pourquoi s'embêterait-il à porter des paquets alors qu'il pourrait s'asseoir et conter fleurette aux jolies filles ?

Niels regarda ses frères s'éloigner et entendit Geordie lancer :

— Je reviens tout de suite.

Parfait. Il ne lui restait plus qu'à retrouver sa femme.

Sitôt qu'il l'eût rejointe, il se retrouva sans tarder avec des objets plein les bras.

— Merci, mon ami, lança Edith en empilant des épices les unes sur les autres. Fearghas ne peut plus rien porter, Ronson s'occupe du bouclier et Cameron tient à ce que quelqu'un soit libre de ses mouvements pour peu qu'un danger se présente…

Et, aussitôt, elle se retourna et se précipita vers l'étal du marchand suivant. Il referma les bras pour ne pas laisser échapper les articles collés contre son torse et emboîta le pas aux soldats qui peinaient à suivre le rythme. Edith était face à un marchand de fromages. Et quand elle choisit plusieurs morceaux, sans faire mine de ralentir, il lança à Fearghas :

— Nous ferions mieux de rapporter tout ça à la charrette et de dire à Geordie de se dépêcher.

— Autant conduire la charrette jusqu'ici ! suggéra Cameron tandis qu'Edith continuait à choisir ses fromages. Juste après, il y a le marchand de savons mais, ensuite, ce sera le marchand de poulets. Avec toutes les bouches à nourrir au château, elle en voudra des dizaines.

— Entendu.

— Dans ce cas, je cours me débarrasser de tout ça et je demande à Alick d'apporter la charrette ici, lança Fearghas en s'éloignant à toutes jambes.

Niels se retourna vers sa femme. Bon sang, elle avait profité de leur instant de distraction pour partir seule avec Ronson ! Elle se trouvait désormais face au marchand de savons, penchée sur les articles disposés sur un plaid posé à même le sol.

— Oh ! il sent bon, celui-là ! s'exclama-t-elle en humant un des savons.

— Oui, milady, il est à l'huile de rose, répondit le commerçant.

Une fois à côté de sa femme, Niels attendit qu'elle ait fait son choix et payé ses achats.

— Vous n'avez pas pris de fromage ?

— Si, beaucoup. Duer m'a dit qu'il les livrera au château, répondit-elle en lui confiant des blocs de savon qu'elle empila dans ses bras.

Elle s'arrêta en apercevant les épices qu'il tenait déjà. Ces savons risquaient sans doute d'altérer le goût des épices. Elle s'apprêta donc à se tourner vers Cameron, mais se ravisa quand elle jeta un regard derrière eux.

— Oh ! parfait, ils apportent la charrette ! s'écria-t-elle avec un sourire.

— Oui. Vous risquiez d'en avoir besoin pour le fromage et les poulets, répondit-il.

Edith déposa les savons qu'elle tenait à l'arrière du véhicule qui venait de freiner à côté d'eux.

— J'en achète toujours des dizaines. Mais d'habitude je me contente de passer commande et de payer la note, Iain se charge de les livrer au château.

Niels acquiesça en grognant et attendit que son épouse s'écarte pour déposer les épices qu'il avait entre les bras. Quand il en eut terminé, Edith semblait marchander le prix avec le vendeur. Comme Ronson, Geordie, Fearghas et Cameron étaient avec elle, il passa à l'avant de la charrette et dit à Alick :

— Les poulets seront livrés plus tard, tu peux rentrer si tu veux.

Avec un hochement de tête, ce dernier prit les rênes et fit partir les bêtes. De son côté, Niels rejoignit les autres. Un peu plus tôt, il avait repéré leurs chevaux à l'entrée de l'auberge. C'était donc là qu'il avait attaché le sien. Ils attendirent qu'Edith prenne congé pour regagner leurs montures. Le temps de la faire monter devant lui sur son cheval, il proposa à Geordie de prendre Ronson avec lui. Mais le petit protesta aussitôt :

— Oh non, milord. Il faut que je sois avec vous. Je dois tenir le bouclier devant Lady Edith jusqu'à ce qu'on revienne au donjon.

Niels aurait voulu prendre le bouclier pour soulager l'enfant — cela faisait un petit moment qu'il semblait fatiguer — mais qu'importe.

— Très bien, gamin.

Geordie attrapa Ronson et le plaça donc devant Edith. Mais il garda le bouclier.

— Je te le rendrai quand nous serons devant les portes, promit-il. Il commençait à nous gêner.

— Oui, il commençait à me les briser menu, celui-là.

Geordie se retint d'éclater de rire et monta sur son cheval. L'instant d'après, ils quittaient le marché. Niels laissa Cameron ouvrir la marche. Fearghas suivait juste derrière et son frère était à sa hauteur. Après avoir avancé à un assez bon train, Cameron commença à ralentir et s'arrêta quand les portes se dressèrent devant eux. Niels fit freiner son cheval et jeta un œil à Geordie, qui détacha le bouclier accroché à sa selle pour l'installer devant Ronson. Il attendit que le petit le tienne bien avant de le lâcher et d'écarter sa monture.

— Prêts ? demanda Cameron.

Niels répondit d'un hochement de tête. Il leva la tête pour voir par-dessus le bouclier qui lui bouchait en partie la vue mais qui protégeait Edith, et c'était l'essentiel. Quand le soldat fit avancer son cheval, Niels lui emboîta le pas. Un instant plus tard, ils étaient dans la cour. Fort heureusement, Cameron se hâta d'atteindre l'escalier menant au donjon.

Ils étaient à mi-chemin quand Edith se pencha sur le côté pour jeter un œil alentour. Il la tira en arrière. Elle s'exécuta docilement et resta protégée par le bouclier jusqu'à ce qu'ils soient arrivés à destination.

Comme on risquait de les attaquer par-derrière, il attrapa le bouclier et le souleva au-dessus de la tête de sa femme et de Ronson, jusqu'à ce que Cameron descende de selle pour saisir le garçon. Après quoi, Niels attrapa fermement Edith et mit pied à terre, avant de la porter jusqu'en haut de l'escalier du donjon. Il attendit d'être à l'intérieur pour abaisser le bouclier.

Après l'avoir confié à Cameron, il attrapa Edith par le bras et fit mine de monter à l'étage.

— Attendez, où allons-nous ? s'étonna-t-elle. J'espérais que vous ouvririez la réserve, j'aimerais me désaltérer.

Niels s'immobilisa, sans un mot. À vrai dire, il comptait la conduire jusqu'à sa chambre — et consommer leur union. Il avait même eu l'intention de le faire dès son réveil, mais elle était déjà partie. Et voilà qu'un nouvel obstacle se dressait sur sa route ! Allons, quel monstre serait-il s'il refusait à sa femme de boire alors qu'elle avait soif ? Cela étant… Non, il ne pouvait pas refuser.

— Que souhaitez-vous boire, ma chère ?

— Du cidre, répondit-elle. Mais je peux me servir moi-même.

— Non, ne vous inquiétez pas, je m'en charge.

Là-dessus, il héla Cameron et Fearghas :

— Escortez votre maîtresse jusqu'à sa chambre. Je vais chercher du cidre, ce ne sera pas long.

Cela sembla surprendre Edith, mais elle ne protesta pas quand les deux soldats la conduisirent en haut de l'escalier. Niels resta seul au rez-de-chaussée. Parfait. Il pourrait bientôt se retrouver au lit avec Edith. Il traversa la grande salle pour rejoindre les cuisines, mais une voix familière l'interpella. C'était Rory. Ce dernier descendit l'escalier après avoir croisé Edith et les deux gardes. Devait-il faire mine de pas l'avoir vu ? Non, impossible. Que lui voulait-il ? Rory avait intérêt à faire vite. Après quoi, il comptait bien chercher ce cidre et consommer son mariage… Enfin !

Chapitre 13

— Tout va bien, milady ? Vous avez l'air d'avoir du mal à marcher.

Edith et les deux gardes étaient au milieu de l'escalier.

— Tout va bien, Cameron, grimaça-t-elle. Je suis un peu fatiguée, c'est tout.

— Pas étonnant, après vos allées et venues de ce matin… Sans parler de votre expédition d'hier. Sous la pluie, en plus, répondit le soldat d'un ton compatissant.

— Un bon bain vous délasserait ! suggéra son compagnon. C'est ce que faisait toujours votre père.

— C'est vrai, dit-elle avec un léger sourire.

Son père avait toujours souffert de crampes ou de rhumatismes. Au cours des dernières années, il répétait toujours qu'un bon bain chaud était la seule chose capable de le soulager.

— Voulez-vous que j'ordonne aux domestiques d'en préparer un ? s'enquit Fearghas.

— Oui, merci beaucoup.

Avec un signe de tête, le soldat s'arrêta — pour revenir sur ses pas et demander qu'on lui prépare ce bain, pensait-elle. Mais, il se contenta de beugler depuis l'escalier :

— Qu'on prépare un bain pour Lady Edith !

Celles et ceux qui se trouvaient dans la grande salle restèrent muets, à l'exception de son mari, qu'on entendit grogner. Enfin, c'est l'impression qu'elle eut. Puis ce fut au tour de Rory de s'exclamer :

— Tu vois ? Tu as tout ton temps !

Edith monta les dernières marches. Pourquoi Niels avait-il grogné de la sorte ? Elle tenta de jeter un œil derrière elle en arrivant à l'étage. Mais elle vit simplement Rory en train de conduire Niels à l'extérieur du donjon. De toute évidence, elle devrait patienter avant de se désaltérer.

Moibeal était dans la chambre quand Edith entra. Sa servante vidait les coffres qu'elle avait remplis en prévision du départ pour les terres des Buchanan, lorsque Niels et elle avaient cru qu'ils passeraient le reste de leur vie là-bas. Du moins jusqu'à ce qu'il bâtisse la maison dont il lui avait parlé. Dans quelques années. Sur le moment, elle n'avait pas songé à lui signaler qu'elle possédait une dot rondelette. S'il avait économisé suffisamment d'argent en plus de ce que son père lui avait laissé, cette demeure pourrait être construite bien plus tôt. Seulement, l'opportunité d'en parler avec lui ne s'était pas présentée et, de toute manière, ils avaient tout le temps devant eux pour évoquer ce sujet. Par ailleurs, il avait désormais un toit. Il était le maître de ce château.

Edith n'y avait pas vraiment songé jusqu'ici, mais le ce château était en partie à Niels à présent puisqu'elle était la dernière de sa lignée. En avait-il pris conscience ? Pourvu que cette idée suffise à le rendre heureux ! Au moment de leur mariage, il ne s'attendait sûrement pas à obtenir un château et un titre. Mais c'était ce que le hasard avait voulu.

— J'ai commencé à défaire vos bagages. Mais, avant que vous entriez, je me suis demandé si je devais faire ça ici.

Edith jeta un œil hésitant à la jeune femme.

— Nous n'allons pas partir pour le château des Buchanan pour le moment.

— Non, reprit Moibeal. Mais je me demandais si je devais faire ça ici… ou dans la grande chambre.

Dans la grande chambre. C'était une façon pudique de parler de la chambre du laird. La chambre de son père. Moibeal ne voulait pas l'obliger à penser à lui.

Avec un soupir, Edith haussa les épaules :

— Tôt ou tard, nous allons nous installer dans cette pièce. Mais Niels voudra sûrement y jeter un œil avant. Elle ne lui plaira peut-être pas. Il y aura peut-être des choses à changer. Il n'a pas voulu dormir dans la chambre de Hamish quand je la lui ai donnée. Celle de mon père ne lui conviendra pas, j'en suis sûre.

— On dirait surtout qu'il ne veut pas vous lâcher, rétorqua Moibeal. Il a dormi dans le fauteuil près de votre lit, par terre et même dans le couloir devant la porte, toutes les nuits, y compris avant votre mariage. Ce n'est pas parce qu'il n'aime pas la chambre de feu votre frère. Je ne suis même pas sûre qu'il y soit entré.

— Oh. Dans ce cas, allons voir dans quel état se trouve la grande chambre. Ce sera une bonne façon de passer le temps en attendant que mon bain soit prêt.

— Oui, j'ai entendu le beuglement de Cameron ! s'esclaffa Moibeal en lui emboîtant le pas.

— Je suis éreintée, cela me fera sûrement le plus grand bien.

Cameron et Fearghas se mirent au garde-à-vous dès qu'elle ouvrit la porte.

— Nous allons jeter un œil à la chambre de mon père, expliqua-t-elle en s'engageant dans le couloir.

Les deux soldats acquiescèrent et les suivirent.

La grande chambre faisait deux fois la taille des autres et occupait tout le fond du couloir. Edith ouvrit la porte, entra et s'arrêta net. Elle s'attendait à trouver une pièce vide. Enfin, pas au sens propre du terme. Mais les rares fois où elle était partie en voyage, même pour peu de temps, elle avait toujours trouvé à son retour que sa propre chambre était froide et vide. Et qu'elle sentait le renfermé. Sans doute était-ce parce que le feu n'avait pas été allumé et que personne n'avait dormi là. Seulement voilà : cela faisait désormais un bon mois que la chambre de son père était inoccupée et on sentait flotter une odeur de fumée et de… lavande ?

— Pourquoi fait-il chaud ici ? demanda Moibeal. Et puis cette odeur !

— C'est de la lavande, je crois, murmura-t-elle.

En baissant la tête, elle aperçut des bouts de fleurs séchées disséminés un peu partout.

— C'est bien la première fois que je sens cette odeur dans la chambre de votre père, fit remarquer sa suivante.

Edith n'aurait pas mieux dit ! Au même moment, les deux soldats entrèrent dans la pièce. Cameron se dirigea vers la cheminée et attrapa le tisonnier. Une fois accroupi, il fouilla l'âtre.

— Quelqu'un a dormi dans ce lit, lâcha Moibeal d'un air sombre.

Elle jeta un œil à travers les rideaux fermés du baldaquin avant de les écarter. Le lit semblait défait !

— Tu es sûre qu'on ne l'a pas laissé dans cet état quand le corps de mon père a été déplacé ? demanda Edith.

— Non, j'ai retiré les draps moi-même quand vous vous occupiez de Hamish. Le lit était vide et les rideaux étaient ouverts la dernière fois où je suis entrée dans la pièce.

— Quelqu'un a dormi ici, ça crève les yeux, lâcha Cameron. Et il n'y a pas si longtemps. Il n'y a pas de braises dans l'âtre, on distingue encore des morceaux de bois, milady. Quelqu'un a fait un feu et il vient tout juste de s'éteindre.

— C'est le fantôme de Laird Ronald ! souffla Fearghas d'une voix tremblante.

Devant l'air incrédule de Cameron, Edith répondit sans tarder :

— Non, mon père n'a jamais supporté l'odeur de la lavande. Ça le rendait triste. Par ailleurs, les fantômes n'existent pas. S'ils existaient, pourquoi s'allumeraient-ils un feu ? La personne qui a dormi ici est bien vivante. J'imagine que Geordie ou Alick se sont installés dans cette chambre.

— Si c'était le cas, le feu ne serait pas aussi chaud. Ils dormaient devant votre porte ce matin, rappela le soldat.

— Alors il s'agit de Rory, dit-elle avec un certain agacement.

Sur ces mots, elle fit mine de ressortir.

— Venez, mon bain sera bientôt prêt. Il m'attend peut-être déjà.

La porte de sa chambre était ouverte et les serviteurs se hâtaient de verser des seaux d'eau fumante quand elle entra, flanquée des trois personnes qui l'accompagnaient. En principe, Cameron et Fearghas auraient dû se poster à l'entrée, mais ils pénétrèrent dans la pièce et se placèrent à côté d'elle jusqu'à ce que les serviteurs en terminent et quittent la chambre. Lorsqu'il ne resta plus qu'elle et Moibeal, ils regagnèrent le couloir après avoir fermé la porte derrière eux.

— Vous ne pensez quand même pas que le frère de votre mari a dormi dans la chambre de votre père ? s'enquit sa servante en l'aidant à se déshabiller.

Edith répondit par un soupir, mais se retint de dire quoi que ce soit. À vrai dire, rien n'était moins sûr. Pourquoi Rory aurait-il parsemé le sol de fleurs séchées pour parfumer les nattes ? Malgré tout, elle ne tenait pas à ce que des histoires à dormir debout envahissent le château en un rien de temps. Autant éviter que les servantes aient peur de nettoyer la pièce. Le fantôme de son père ne hantait pas son ancienne chambre, allons ! C'était parfaitement impossible. Les fantômes, ça n'existait pas. En plus, son père détestait vraiment l'odeur de la lavande. Alors pourquoi son spectre aurait-il soudain supporté ce parfum ?

— Milady.

— Oui ?

La voix de Moibeal tira Edith de ses réflexions. La jeune femme attendait encore une réponse. Avec un soupir, elle entra dans l'eau très chaude, un peu trop, même, car elle en eut presque le souffle coupé. Mais elle finit par s'installer confortablement.

— Ce n'est pas le fantôme de mon père, Moibeal, insista-t-elle.

— Oh ! je sais bien, répondit-elle aussitôt.

Et même un peu trop vite.

— Mais est-ce vraiment Laird Rory qui a dormi dans la pièce ?

— Aucune idée.

Inutile de préciser qu'elle en doutait. Moibeal avait beau nier, elle était terriblement superstitieuse.

— Je lui poserai la question plus tard.

— Bien. Souhaitez-vous que je commence par vous laver les cheveux ?

— Oui, merci.

Moibeal s'exécuta puis la laissa prendre son bain, le temps de ramasser ses vêtements épars.

Edith se frotta, puis se détendit un instant dans l'eau. Les douleurs et les crampes avaient disparu. Elle s'apprêtait à sortir quand la porte de la chambre s'ouvrit. Elle jeta un œil derrière elle et sourit. C'était Niels. Son sourire s'élargit quand elle aperçut la cruche et les deux gobelets qu'il portait.

Il sourit en retour puis observa Moibeal et ouvrit la porte en grand. La jeune femme comprit ce qu'il lui demandait et sortit sans tarder. Il referma doucement le battant derrière elle puis marcha vers la table de chevet pour leur servir deux verres.

— Navré d'avoir été si long, dit-il en posant la cruche, avant de traverser la pièce pour attraper le tissu que Moibeal avait laissé dans un fauteuil près de la cheminée, le temps qu'il chauffe.

Il le déplia et marcha vers elle.

— Rory voulait me parler.

— À votre aise, répondit-elle en rassemblant son courage pour se lever.

Allons, elle n'aurait pas dû être aussi troublée ! Cet homme était son mari. Il l'avait vue nue dans la clairière, et lorsqu'ils avaient consommé leur mariage d'ailleurs. Pourtant, elle se sentait tout intimidée, comme s'il n'avait jamais vu ne serait-ce que le bout de sa cheville. Comme s'il ne l'avait jamais embrassée.

Une fois au bord de la baignoire, il lui tendit la serviette.

— Rappelez-moi de vous en parler après.

— Après quoi ?

Edith se leva vivement et sortit de la baignoire pour s'enrouler dans le tissu. Par chance, il le referma immédiatement autour d'elle. Mais il la souleva aussitôt du sol, la porta jusqu'à la table et l'installa au bord du plateau, devant l'une des chaises.

Que comptait-il faire ? Elle aurait voulu lui poser la question, mais il lui attrapa le visage et, une seconde après, leurs bouches s'unirent. Elle leva langoureusement les mains pour attraper ses bras musclés tandis qu'il l'embrassait. Très vite, même, elle s'y agrippa de toutes ses forces et lui rendit ces baisers en y mettant tout son cœur.

Quand les mains de Niels lâchèrent son visage et se refermèrent sur le bord du tissu qui lui servait de serviette, elle retint un petit cri. Puis elle gémit quand il lui attrapa les seins pour jouer avec ses mamelons en les pinçant doucement.

Edith réagit en attrapant son plaid, qu'elle souleva. De sa main libre, elle n'eut qu'à trouver ce membre viril qui l'attendait en dessous. À cet instant, il tressaillit… et se détacha d'elle.

Edith ouvrit les yeux. Tiens, il était en train de rapprocher le fauteuil de la table. Il s'assit et se retrouva devant elle, entre ses jambes écartées. D'instinct, elle voulut les refermer. En vain. Car Niels enroula les mains sous ses genoux et l'attira si près de lui qu'elle dut s'accrocher au rebord de la table pour ne pas glisser du plateau. Là, il lui écarta les cuisses et plongea la tête vers son intimité.

Edith cria en sentant le premier coup de langue sur sa chair brûlante, puis chaque fois qu'il fondit sur elle pour la lécher. Oh ! elle tenta bien d'étouffer ces bruits, d'abord en se couvrant la bouche, puis en se mordant le doigt. Rien à faire. Elle se mit à pousser des cris déchirants, suppliants, et même bestiaux. Une chose était sûre, en tout cas : personne au château ne devait en perdre une miette. Et il était tout aussi certain que tous les occupants de ces murs entendirent son dernier hurlement délirant, quand son corps explosa de plaisir. Elle n'était plus qu'une masse étourdie, tremblante, étendue mollement sur la table, la tête tournée vers la cheminée.

Edith revint un peu à elle quand Niels se leva pour se débarrasser de son tartan et de sa chemise. Mais à part tourner les yeux vers lui, elle n'avait pas la force de bouger un muscle. Il la souleva du plateau pour l'amener jusqu'à la grande fourrure disposée devant l'âtre et il s'agenouilla pour l'étendre dessus. Elle lui attrapa les bras puis les mains quand il se redressa pour se placer à côté d'elle. Elle voulait le retenir près d'elle. Mais c'était impossible.

— Vous êtes un régal pour les yeux, mon amour, murmura-t-il en s'accroupissant pour la contempler. Votre chevelure ressemble à un grand brasier, avec ces ombres qui se peignent sur votre peau.

Edith commença à se sentir gênée d'être allongée sans bouger sous ce regard brûlant. Mais, petit à petit, elle retrouvait son énergie. Alors elle remonta une main le long de la cuisse de Niels, vers son bas-ventre. Elle ne l'avait jamais touché ainsi. Aussitôt, il changea de position et s'allongea à côté d'elle.

— Vous reprenez du poil de la bête, hein ? lança-t-il en s'accoudant par terre.

Elle acquiesça et caressa doucement son beau visage.

— Vous en voulez encore ? demanda-t-il en laissant courir une main sur sa cuisse.

Le souffle court, elle hésita mais, quand la main de Niels s'arrêta juste avant d'atteindre son intimité, elle hocha vivement la tête.

— Soit, souffla-t-il en laissant ses doigts plonger en elle pour la caresser doucement.

Edith laissa échapper un gémissement.

— J'aime quand je peux vous entendre jouir, dit-il doucement en continuant de la caresser. Et j'aime que vous soyez humide pour moi. Comme si votre corps pleurait pour que je vous fasse l'amour.

— Oui, gémit-elle en accompagnant ses caresses.

Soudain, elle se figea. Il venait d'enfoncer un doigt en elle. Les yeux écarquillés, elle le regarda.

— Niels, s'il vous plaît.

— Quoi, mon amour ? demanda-t-il en retirant son doigt pour mieux l'enfoncer. Est-ce que vous aimez ça ?

— Oui, s'écria-t-elle en se tordant sous ces doigts experts.

— Moi aussi. J'aime la façon dont votre corps veut accueillir le mien.

— Oui.

— Vous souhaitez que j'entre en vous, mon amour ?

— Oh ! Seigneur, oui ! cria-t-elle en tremblant de tout son être.

— Laissez-vous emporter par le plaisir et je me donnerai à vous.

Cette fois, il ne lui laissa pas la possibilité de répliquer. Il s'empara de sa bouche et plongea la langue en elle, sans retirer son doigt. La main dont il s'était servi pour lui tenir la tête glissa jusqu'à sa poitrine et il lui pinça le téton. Au même moment, tout le corps d'Edith fut agité de violentes secousses.

Soudain, Niels se plaça sur elle, mais elle ne s'en aperçut qu'au moment où il s'enfonça en elle. Elle sentit la différence. Ce n'était pas son doigt. C'était beaucoup plus gros. Elle sentit une légère résistance et puis il fut en elle, prêt à être accueilli par son corps. Edith cria à nouveau et s'agrippa à ses épaules qu'elle serra de toutes ses forces, les lèvres encore tremblantes, car le plaisir continuait de la faire palpiter.

Il étouffa un grognement et poursuivit ce qu'il faisait. Mais, subitement, il se redressa et l'attrapa par les chevilles qu'il posa sur ses épaules. Elle le regarda bouche bée. Mais que faisait-il ? Puis elle cria quand il tendit la main vers l'endroit où leurs deux corps s'étaient unis pour continuer de la caresser. Et elle sentit le plaisir déferler sur elle à nouveau. Elle avait l'impression que cela n'en finissait pas. Allait-elle pouvoir supporter quelque chose d'aussi fort ? Son cœur n'allait-il pas cesser de battre ? N'allait-elle pas mourir sous ce corps viril, écrasée par une sensation si délicieuse ?

Alors qu'elle se faisait cette réflexion, Niels sembla se tendre et il s'enfonça si profondément qu'elle poussa un grand cri, les ongles plantés dans son dos. Son plaisir s'intensifia, avant d'éclater. Et elle hurla.

***

Edith se réveilla et s'aperçut qu'il faisait jour. Elle était allongée, la tête posée sur le torse de Niels. Ce dernier lui caressait nonchalamment le dos. Elle resta immobile. Autant en profiter un moment. Puis elle décida de lui signaler qu'elle n'était plus endormie.

— J'ai senti un pincement quand vous…

Elle s'arrêta brusquement. Pourquoi mettre des mots sur ce qu'ils avaient fait ? Par chance, Niels comprit exactement ce qu'elle voulait dire, car il la serra un instant dans ses bras.

— Désolé, mon amie. On dit que la première fois est douloureuse pour la femme.

— La première fois ? s'étonna-t-elle en levant la tête. Mais je croyais que… Il y avait du sang sur le drap et…

Elle se tut en le voyant pouffer.

— Qu'y a-t-il de si drôle, mon cher mari ?

— Ce n'était pas du sang, mais de la confiture, expliqua-t-il sans cacher son amusement.

— De la confiture ? répéta-t-elle.

Tout à coup, elle écarquilla les yeux. Le conseil de Magda lui revint en mémoire. Tout comme ce qu'elle avait fait avec les confitures de Jaimie…

— Oui, dit-il avec un petit sourire. Elle s'est répandue sur le lit quand je vous ai allongée, au moment où vous avez perdu connaissance. Le lendemain, tout avait séché et cela ressemblait à du sang quand nous avons étendu le drap. Comme ça, vous auriez été protégée si Brodie était rentré avant que notre mariage soit vraiment consommé. Il n'aurait pas pu le faire annuler.

— Oh ! souffla-t-elle en reposant la tête contre son torse.

Mille pensées agitaient son esprit. Elle avait cru que leur union avait été consommée pendant qu'elle était inconsciente, mais ce n'était pas le cas. Niels avait trouvé une autre façon de la protéger.

— Le jour s'est levé, murmura-t-il soudain.

Avec un sourire, Edith secoua la tête et laissa une main courir jusque sur la hanche de Niels.

— Non. Il fait encore nuit, mon amour, dit-elle en attrapant son membre viril.

— Encore ?

Malgré son amusement, il avait une voix rauque. C'était le signe qu'il avait envie d'elle. Mais elle l'aurait deviné quand même car il se durcit aussitôt.

— Oui, encore, dit-elle en le caressant.

— Gourmande, fit-il d'un ton faussement accusateur.

Car il semblait apprécier. La preuve : il fit descendre la main qui lui caressait le dos jusqu'à sa chute de reins. Puis il la glissa entre ses jambes pour la titiller.

Edith gémit et embrassa ce torse viril avec gourmandise. Ils étaient restés allongés sur ce lit depuis qu'il l'avait rejointe après son bain, la veille. Enfin, pas exactement. Elle s'était aussi retrouvée allongée sur la table, puis sur les fourrures, puis il l'avait ramenée sur le matelas pour lui faire l'amour une fois de plus, avant de sombrer. Ils s'étaient réveillés à plusieurs reprises au cours de la nuit. Et, chaque fois, ils s'étaient donnés l'un à l'autre.

À vrai dire, elle avait l'impression qu'elle ne se lasserait jamais de lui. Le plaisir qu'il lui donnait était immense, et elle en voulait plus, encore et toujours. Elle voulait apprendre davantage, aussi. Elle ignorait qu'il y avait tant de positions et tant de choses à faire. Chaque fois qu'ils expérimentaient une chose nouvelle, elle prenait confiance en elle et elle s'enhardissait encore plus.

— Il faut qu'on parle d'abord, grogna Niels.

Pourtant, il continuait de la caresser. Elle en faisait autant, et il n'essaya pas de l'arrêter.

— D'accord, parlons, murmura-t-elle en tournant la tête de manière à lui lécher et lui mordre doucement le téton.

Niels poussa un grognement mais lui attrapa la main, qu'il écarta de ce membre toujours fièrement dressé. Puis il la saisit par les épaules et la poussa légèrement en arrière pour qu'elle le regarde.

— Il faut vraiment qu'on parle, Edith, c'est important.

Pourquoi ce ton si grave ? De guerre lasse, elle acquiesça avec un soupir.

— Merci, murmura-t-il en s'adossant contre le mur en haut du lit.

— Merci de quoi ?

— Si vous aviez continué, je n'aurais pas pu résister à l'envie de vous faire l'amour à nouveau. Mais ce que j'ai à vous dire est important.

Malgré cette promesse, Edith songea un instant à poursuivre ses caresses. Seulement, il semblait si sérieux, tout d'un coup. Elle tenta donc de se tenir tranquille, les draps remontés sur elle, le temps qu'il commence.

— Rory est venu me voir, hier après-midi.

— Oui, à son retour du marché, dit-elle.

— Il avait un plan pour attraper l'assassin.

Ah, voilà qui était intéressant !

— Vraiment ? Dites-moi.

Niels hésita un instant, avant d'avouer :

— Son plan, c'était de vous faire mourir.

— Quoi ? demanda-t-elle, stupéfaite.

D'un bond, elle fut à genoux sur le lit.

Pas possible, elle avait mal entendu…

— J'ai eu la même réaction que vous, dit-il sèchement. Mais son idée, c'était de vous faire passer pour morte, vous allonger sur ce lit, comme si on vous avait préparée pour l'enterrement, et voir qui viendrait revendiquer le château.

— Ça ne marchera jamais, répondit-elle en faisant non de la tête. Tormod serait le prochain sur la liste et je suis sûre qu'il n'est pour rien dans ces meurtres. Par conséquent, si l'assassin souhaite vraiment s'emparer de cet endroit, il va tenter de mettre ses crimes sur le dos de Tormod, pour le faire accuser et condamner. Ce qui lui permettra de parvenir à ses fins.

L'air dubitatif, elle ajouta :

— Et si nous faisons croire que je suis morte sans accuser Tormod, le tueur risque de le tuer pour se débarrasser de lui.

— C'est vrai, grimaça Niels. Et puis je refuse que vous couriez le moindre risque, dit-il solennellement. Mettons que l'assassin s'introduise en cachette dans votre chambre et qu'il découvre que vous respirez toujours, il pourrait vous poignarder !

— Exact, avoua-t-elle d'une voix faible. Et tout serait perdu.

— En effet, acquiesça-t-il sèchement. Mais, pendant ma conversation avec mon frère, j'ai eu ma petite idée.

— Et en quoi consiste-t-elle ?

— À laisser la possibilité au meurtrier de vous empoisonner pour le prendre sur le fait, répondit-il.

Edith haussa un sourcil. À vue de nez, ce plan ne semblait pas moins risqué que celui de Rory.

— Vous n'avaleriez pas de poison, s'empressa-t-il d'ajouter devant sa méfiance.

— Me voilà rassurée ! s'esclaffa-t-elle d'un ton moqueur.

Niels grimaça.

— Nous allons descendre prendre le petit déjeuner. Vous remarquerez qu'Alick n'est pas là et vous demanderez où il est, ordonna-t-il.

— Entendu.

— À ce moment-là, je répondrai que je l'ai envoyé sur nos terres, puis chez les MacDonnell pour les informer que nous n'allons pas rentrer, vu tout ce qui se passe ici.

— Sauf que vous ne l'avez envoyé nulle part, je parie.

— Effectivement, non. Il est dans sa chambre, à l'heure qu'il est, il attend de venir ici pour se cacher.

— Pour se cacher ?

Edith haussa un sourcil incrédule et jeta un œil autour de lui.

— Voyons… Il pourrait se glisser sous mon lit, ou dans le grand coffre qui est là. Moibeal l'a presque vidé, il n'y aura qu'à mettre le reste du contenu dans les autres coffres.

— La solution du lit me semble préférable, dit-il en observant la pièce. Il faudrait faire des trous dans le coffre pour qu'il puisse respirer et voir ce qui se passe. Je n'aimerais pas qu'il rate quelque chose.

Edith hocha la tête et le laissa continuer :

— Bref, quand j'aurai expliqué qu'Alick est parti, vous vous frotterez le front et vous vous plaindrez e maux de tête. Je vous conseillerai d'aller vous allonger un moment pour les faire passer. Vous direz que vous allez prendre du cidre pour le monter dans votre chambre, mais je m'en chargerai à votre place.

— Je monterai ici et Alick sera déjà caché, hasarda-t-elle.

— Non, vous attendrez à l'étage, en veillant à ne pas vous faire voir, dit-il d'un ton ferme. J'irai chercher le cidre, l'hydromel ou autre chose mais, au lieu de vous le monter moi-même, je chargerai Moibeal de vous l'apporter. De mon côté, je retournerai à la table parler avec mon frère.

— Et ensuite ?

— Ensuite vous descendrez avant que Moibeal n'arrive à l'étage et vous lui direz de tout mettre dans votre chambre puis de vous retrouver dans les cuisines car vous souhaitez leur parler, à elle et à Jaimie, avant de vous coucher. Dites-le suffisamment fort pour que tout le monde entende. Ensuite, vous vous rendrez aux cuisines.

Edith tâcha de se remémorer toutes les étapes de ce plan.

— En résumé, Moibeal montera la boisson et l'installera dans la chambre, où Alick sera caché, avant de me rejoindre. Votre frère sera donc seul.

— Oui, j'espère que notre coupable tentera de se glisser dans la pièce pour verser son poison avant votre retour. Et comme ça, Alick verra de qui il s'agit.

Edith hocha la tête et commenta d'un ton prudent :

— Cela pourrait marcher. Si l'assassin est assez désespéré pour prendre le risque de monter jusqu'ici, alors même que tout le monde est dans la grande salle et pourrait le voir.

— C'est vrai, répondit-il d'un air fataliste. Espérons simplement qu'il est prêt à tout pour s'emparer de ce château.

— Si c'est bien son but…, lâcha-t-elle d'un ton dubitatif.

Cette remarque fit aussitôt réagir Niels.

— Quel serait son but, sinon ?

— Je ne sais pas, mais ces meurtres…

Elle déglutit difficilement et poursuivit :

— Roderick et Hamish ont souffert le martyre avant de mourir. Et mon père aurait tout autant souffert s'il n'avait pas déjà été affaibli par son cœur défaillant. J'ai souffert moi aussi. D'après Rory, j'ai survécu car mon corps rejetait sans cesse le poison mais, la dernière fois que j'ai bu un breuvage empoisonné, il a estimé que l'assassin avait augmenté les doses. Je ne serais plus de ce monde si j'en avais avalé davantage.

— Oui, je m'en souviens, dit-il quand elle marqua une pause.

— Pourquoi ne nous a-t-on pas donné une dose plus importante la première fois ? Pourquoi verser juste ce qu'il faut de poison pour qu'on meure après cette agonie atroce ? Votre frère semble dire que Brodie et les autres sont morts rapidement. Conclusion : leur assassin savait ce qu'il devait mettre mais, sciemment, il ne l'a pas fait quand il a empoisonné le vin qui a tué mon père, mes frères, et qui m'a rendue malade.

— On voulait vous faire souffrir, à votre avis ? demanda-t-il d'un air pensif.

— Le meurtrier aurait pu doubler la dose dans ce que j'ai avalé au cours des trois semaines où je suis restée alitée, nota-t-elle. Mais non.

— C'est vrai.

Niels resta muet des longues secondes avant de lancer :

— Qui aurait envie de vous tuer de façon aussi horrible ?

Edith baissa la tête. Ça, bonne question… Au bout

du compte, elle secoua la tête. Le mystère restait entier. Alors autant essayer de détendre l'atmosphère.

— À part Annie, je l'ignore.

Niels sembla tomber des nues.

— Qui ça ?

— La truie qui partageait votre couche dans l'histoire que m'ont racontée vos frères, dit-elle en esquissant un sourire. Si elle a deux sous de jugeote, elle ne peut qu'être folle amoureuse de vous. Et comme je suis maintenant votre épouse, elle me souhaite sûrement de mourir dans d'atroces souffrances, à l'heure qu'il est.

Cela eut le mérite de le faire rire. Puis il l'attira contre son torse pour la serrer tendrement.

— Vous me rendez heureux, Edith, murmura-t-il.

— Rien que de très normal ! s'exclama-t-elle gaiement. Je suis l'épouse parfaite. Celle qui donne un château et un titre à son mari avant de mourir brusquement et de le laisser libre de se trouver une autre femme.

— Ça jamais, répondit-il sèchement. Et je ne laisserai personne vous faire de mal, Edith. Je vous aime.

Chapitre 14

« Je vous aime. »

Ces mots résonnèrent de longues secondes dans l'esprit d'Edith. Elle s'assit, pétrifiée, les yeux plongés dans ceux de son mari. Quand, soudain, on frappa à la porte.

Niels tourna la tête.

— C'est sûrement Alick qui vient se cacher.

— Mon amour..., dit-elle en descendant du lit tant bien que mal.

Trop tard, il ouvrait déjà la porte. Elle n'était même pas vêtue ! Elle laissa échapper un petit cri et plongea au fond du lit, les draps remontés jusqu'au menton. Mais Niels se contenta de murmurer quelques mots à son frère avant de refermer la porte et de se retourner.

— Mais que faites-vous ? Vous devriez vous rhabiller !

Elle hésita un instant, les yeux plongés dans les siens, et se glissa hors du lit. Elle se précipita vers son coffre, tâcha de mettre la main sur une robe et une chemise, puis se donna un rapide coup de brosse avant d'enfiler ses vêtements. Il en profita pour se rhabiller lui aussi. Elle avait beau le connaître, elle fut presque surprise de constater la rapidité avec laquelle il fut vêtu de pied en cap. Eh bien, il pouvait replier son tartan en un rien de temps, quand il le voulait !

— Nous parlerons plus tard, dit-il calmement quand elle le rejoignit près de la porte.

Avec un hochement de tête, elle le laissa lui prendre le bras, et ils sortirent de la pièce.

Il n'y avait aucune trace d'Alick dans le couloir, mais Cameron et Fearghas étaient là, disposés à les escorter en bas. Le frère de Niels se trouvait sans doute dans l'une des pièces attenantes, prêt à se cacher dans la chambre après leur départ. Edith salua les deux soldats d'un air absent et les oublia presque aussitôt tandis que son mari l'entraînait jusqu'à l'escalier. Elle était trop obnubilée par les pensées qui tourbillonnaient dans son esprit pour penser à autre chose. Elle revoyait encore le visage de Niels quand il lui avait avoué son amour.

Cette déclaration l'avait prise au dépourvu. Elle n'avait jamais osé rêver qu'il lui dirait une chose pareille… Du moins, pas si tôt.

Quand il l'avait demandée en mariage, il avait déclaré qu'il la désirait de toutes ses forces, et qu'il avait aussi de l'estime pour elle. Il la trouvait belle et intelligente, et il aimait qu'elle ait un grand cœur. Pour lui, ils pouvaient être heureux ensemble. Et elle était du même avis. Elle avait très envie de lui, elle aussi, c'était un homme beau et intelligent, elle aimait la patience dont il faisait preuve avec Ronson et Laddie, elle aimait le voir prendre soin d'elle.

Pour être honnête avec elle-même, Edith avait espéré que ces belles pensées permettraient à leur amour d'éclore un jour. Se l'était-elle avouée à elle-même ? Pas vraiment. Mais l'espoir était bien là, comme une graine prenant racine dans la terre avant de croître vers la lumière. Cette possibilité n'était plus simplement une idée en l'air depuis qu'elle avait senti qu'ils se plaisaient et qu'ils s'admiraient. C'était une base solide pour aller plus loin.

« Et je ne laisserai personne vous faire du mal, Edith. Je vous aime. »

Des sentiments si profonds, si vite, était-ce possible ? Et si oui, est-ce que les émotions qui la tourmentaient, au fond de son âme, étaient de l'amour aussi ?

— Mon amour ?

Edith fut arrachée de ses pensées par la voix de Niels. Elle aperçut un banc face à elle et secoua la tête. Ils avaient eu le temps de descendre l'escalier et de rejoindre les tables à tréteaux de la grande salle, sans même qu'elle s'en aperçoive !

— Oh ! fit-elle avant de s'asseoir.

Elle vit vaguement Cameron et Fearghas prendre place un peu plus loin, afin de les surveiller sans trop les déranger. Niels s'installa à sa droite.

— Bonjour, milady.

Quelqu'un venait de s'asseoir à sa gauche. C'était Tormod.

— Vous revoilà.

— Oui, dit-il en penchant la tête d'un air interrogateur. Tout va bien, milady ?

— Oui, murmura-t-elle en regardant derrière lui.

Geordie était là, lui aussi.

— Tormod nous racontait que Nessa, la suivante de Victoria, est introuvable, expliqua son beau-frère.

Edith se redressa, les yeux écarquillés.

— J'avais complétement oublié Nessa. Elle était partie avec eux, elle aussi.

— Oui, reprit Niels. Mais elle n'était pas avec les autres quand nous avons fouillé la maison de chasse. Tormod et ses hommes l'ont pourtant cherchée quand ils sont allés récupérer votre frère et les autres corps.

— Sauf qu'elle n'était pas là, termina le soldat. Nous avons fouillé partout, et même dans les bois environnants, mais elle s'est volatilisée, répondit-il d'un ton grave. Pourtant, aucun cheval ne manquait à l'appel. Elle a fait le trajet sur le cheval d'un soldat de Brodie. Votre frère ne voulait pas qu'une charrette les ralentisse. Au total, il y avait sept bêtes mortes dans les écuries. Il ne manquait que celui de Lonnie. Elle n'est donc pas partie à dos de cheval.

— Ou, du moins, pas seule. Mais elle est peut-être revenue ici en compagnie de Lonnie.

Un profond silence s'installa, le temps que chacun envisage cette hypothèse. Ce fut Tormod qui reprit la parole en premier.

— Si c'est le cas…

Il ne prit pas la peine d'aller au bout de sa phrase. Ce n'était pas nécessaire. Tout le monde savait ce qu'il avait en tête. Si Nessa était avec Lonnie lorsqu'on l'avait tué, et si le malheureux avait vraiment été victime de bandits, comme ils le pensaient, la servante avait dû être enlevée. Cette fille était jolie à croquer. Si des brigands s'étaient emparés d'elle, elle avait dû subir un sort funeste. Son cadavre devait traîner dans les bois, quelque part. Sur le territoire de leur clan ou plus loin.

Tormod se rembrunit et ajouta :

— Entre Effie qui a été empoisonnée et qui n'en réchappera sans doute pas, Victoria qui est morte empoisonnée et Nessa qui a été enlevée et certainement éliminée par des bandits, on ne peut pas dire que ce château leur a porté chance.

— Non…, murmura Edith.

Les yeux rivés sur le plateau de la table, l'esprit en ébullition, elle tenta de mettre de l'ordre dans le tourbillon de pensées que ces quelques mots avaient fait naître en elle. À première vue, ce n'était que des idées en l'air, sans queue ni tête. Mais si elle parvenait à les assembler de façon logique…

— À quoi pensez-vous, mon enfant ? s'enquit le vieux soldat.

Edith secoua la tête. Soudain, elle saisit au vol une information qui s'agitait dans son esprit.

— Les meurtres ont commencé après l'arrivée de Victoria et de ses suivantes.

Un silence de mort tomba sur la pièce. Son mari, ses frères et Tormod l'observèrent avec les yeux écarquillés. De toute évidence, cela leur était sorti de la tête. Et, surtout, ils n'avaient pas l'air de savoir ce que cela pouvait signifier.

— J'ai l'impression que nous avons passé notre temps à nous interroger sur l'identité du meurtrier et sur la raison de ces meurtres en pure perte. Seulement, nous n'avons pas songé que le moment où ces crimes ont démarré pouvait avoir son importance. Tout est arrivé si brusquement alors que, jusque-là, tout allait bien… Pourquoi ? Du jour au lendemain, mon père est mort, mes frères sont morts et je suis tombée malade à mon tour. Et quand ? Peu de temps après l'arrivée de Victoria. Le jour de l'arrivée de ses suivantes, en fait.

— Je n'y avais jamais songé…, lâcha lentement Tormod.

— Seulement, Nessa a disparu et Effie a été empoisonnée, elle aussi, remarqua Rory.

— C'est vrai que Nessa est introuvable, admit Edith d'un ton pensif.

— Mais ça ne veut pas forcément dire qu'elle est morte, conclut Niels comme s'il lisait dans ses pensées.

— Non, effectivement, convint Rory. En revanche, Effie a bel et bien été empoisonnée. Et elle n'en a plus pour très longtemps.

Edith rebondit aussitôt sur ce qu'il venait d'annoncer :

— Vous en êtes sûr ? Montre-t-elle des signes d'affaiblissement ? L'autre jour, vous avez dit qu'elle avait repris des couleurs, non ? Vous la trouviez en meilleure forme. Vous vous étonniez même de cette amélioration alors qu'elle ne pouvait ingérer que la soupe que vous lui faites avaler.

— Oui, mais je l'examine tous les jours. Elle n'est pas consciente. Et elle ne s'alimente pas toute seule, croyez-moi, répondit-il d'un ton sans réplique.

— Comment l'examinez-vous ? s'empressa-t-elle de demander.

Elle voulait poser la question à Rory depuis que Niels l'avait informée de ces fameux examens quotidiens. Car elle pensait savoir comment il procédait. Du moins, elle savait comment elle aurait procédé à sa place. Et si son intuition était juste…

— Je plante une aiguille dans son pied, dit le jeune guérisseur en haussant un sourcil devant cette question qui devait lui paraître étrange. Assez profondément, d'ailleurs. Elle ne pourrait pas faire semblant de dormir.

Edith se mordit la lèvre en entendant cette dernière phrase et renversa la tête en arrière. Puis elle se concentra à nouveau sur le plateau de la table. Une autre partie de cette fresque macabre s'assemblait dans son esprit.

— Eh bien, milady ? s'enquit Tormod. À quoi pensez-vous ?

Elle resta muette de longues secondes, avant de déclarer :

— Voilà deux fois que je vois une silhouette de femme derrière l'une des fenêtres des chambres à l'étage et…

— Quand avez-vous aperçu cette silhouette ? demanda aussitôt Niels.

— La première fois, c'était le jour où on m'a prise pour cible avec une flèche. Vous m'avez tirée en arrière et j'ai atterri sur votre torse. Juste avant que vous me plaquiez contre le sol, j'ai vu quelqu'un dans ma chambre. Cela n'a duré qu'une fraction de seconde, et ce n'était qu'une vague silhouette mais, en y réfléchissant bien, c'était peut-être une femme.

— Et la seconde fois ?

Cette fois, c'était Geordie qui avait pris la parole.

— Hier, à notre retour du marché. Nous venions de pénétrer dans la cour et je me suis souvenue de ma drôle d'impression. Alors je me suis penchée pour jeter un œil en direction de la fenêtre.

— Je m'en souviens, dit posément son mari. Je vous ai d'ailleurs demandé de ne pas vous écarter.

Elle ne put qu'acquiescer.

— Mais, pendant ce bref instant, j'ai cru voir cette femme, une fois encore. Cela étant, je n'ai pas regardé longtemps.

— Nessa se cache ici, quelque part, à votre avis ? conclut Tormod en se rembrunissant.

— Peut-être. À moins qu'il ne s'agisse d'Effie, soupira-t-elle sans grande conviction.

Sans surprise, Rory refusa d'envisager cette hypothèse.

— Au risque de me répéter, je lui plante une aiguille

dans la plante du pied tous les jours, à deux reprises. Et je la plante en profondeur, Edith. N'importe qui réagirait.

— Sauf si cette personne ne sent plus ses pieds. Et c'est le cas d'Effie, répondit-elle d'un ton bravache.

Tout à coup, on aurait dit que le ciel venait de tomber sur la tête de Rory.

— Quoi ? s'étrangla-t-il.

— Vous en êtes sûre ? renchérit Niels.

Elle hocha la tête sans l'ombre d'une hésitation.

— Victoria me l'a raconté. C'est pour ça qu'elle est partie avec Nessa. Effie ne sent plus ses pieds, et ses jambes ne la portent presque plus. Elle ne peut pas marcher ou rester debout très longtemps. Ce qui ne lui facilite pas la tâche, loin de là.

Niels étouffa une bordée d'injures et fit mine de se lever, mais son frère l'attrapa par le bras.

— Attends. Réfléchis un peu, mon frère. Pourquoi Effie assassinerait-elle tout le monde ? Si elle s'était contentée d'éliminer le père et les frères d'Edith, cela aurait été pour aider Victoria à avoir tout ce que Brodie lui avait promis avant leur mariage. Mais elle n'aurait eu aucun intérêt personnel à les tuer. Et maintenant que sa maîtresse est morte, la disparition d'Edith ne lui rapporterait donc rien.

— Victoria a peut-être été empoisonnée par accident, suggéra alors Tormod.

Devant leur air dubitatif, il s'expliqua :

— Victoria n'aimait guère la bière. Si ça se trouve, Effie a versé le poison dans le tonneau en pensant que Victoria n'en boirait pas.

Les mâchoires serrées, il ajouta :

— Et je suis sûr que votre belle-sœur n'en aurait pas

bu si on lui avait servi autre chose. Seulement, Brodie n'a pas pensé aux autres, une fois de plus. Et ils sont partis pour la maison de chasse avec juste un tonneau de bière.

— De la bière dont elle a bu, elle aussi, souffla-t-elle.

Cette hypothèse était fort logique, mais certaines pièces de cette mosaïque s'emboîtaient mal. Elle tourna la tête au moment où Niels fonçait vers l'escalier, talonné par Tormod et Geordie.

Quand Cameron et Fearghas quittèrent leur banc pour se placer de part et d'autre d'elle, Edith se leva pour les suivre, mais elle était bien en peine d'aller aussi vite que son mari ! Même chose pour Rory, un bon pas derrière elle. Elle laissa Cameron fendre la foule pour passer, tandis qu'elle restait muette. Quelque chose la chiffonnait…

— Vous ne pensez toujours pas qu'il s'agit d'Effie, n'est-ce pas ? dit-elle à Rory dans l'escalier.

— Non, avoua-t-il en grimaçant. Peut-être parce que je la veille depuis si longtemps pour la ramener à la vie. Du coup, je refuse d'y croire.

Avec un regard perçant, il lança :

— Et vous ?

— Je ne sais pas, avoua-t-elle franchement. Il y a encore des choses qui ne collent pas avec le reste.

— Quoi, par exemple ? s'enquit-il avec curiosité.

— Je veux bien croire qu'Effie soit réveillée et qu'elle connaisse suffisamment l'art des plantes pour être derrière ces meurtres. Seulement…

— Seulement, vous vous demandez comment elle a fait pour descendre aux cuisines et poignarder Cawley sans que personne ne la remarque, avança-t-il.

— C'est ça, soupira-t-elle. Et puis comment aurait-elle pu tenir l'arc et viser avec une précision pareille ? En plus de ne plus sentir ses pieds, elle a les mains et les bras presque atrophiés.

— Ce qui confirme mon intuition : ça ne peut pas être elle.

Il semblait soulagé par cette conclusion sans appel.

— Vous avez eu peur que tous vos efforts n'aient servi qu'à garder une meurtrière en vie, je me trompe ?

— Je ne me le serais jamais pardonné, admit Rory en arrivant à l'étage.

Edith tourna la tête. Un peu plus loin dans le couloir, Niels venait de sortir de la chambre où Effie avait été installée. Il avait les traits tendus.

— Elle a disparu, lâcha-t-il.

— Disparu ? Mais où ça ? s'écria son frère. Elle était couchée quand je suis descendu me restaurer. Quelqu'un l'aurait vue si elle avait pris l'escalier !

— C'est qu'elle se cache ailleurs, dans ce cas, grogna Geordie.

— Je vais fouiller toutes les pièces, annonça Tormod.

Il fit mine de s'en aller mais Cameron lui bloqua la route.

— Et si c'était elle qui avait allumé le feu dans l'ancienne chambre de Laird Drummond ?

— Quoi ?

Devant l'étonnement de son mari, Edith expliqua à la place du soldat :

— Hier, quand nous attendions que mon bain soit prêt, nous sommes allés jeter un œil à l'ancienne chambre de mon père, Moibeal, Cameron, Fearghas et moi. Je voulais voir ce qu'il faudrait changer si nous souhaitions nous y installer. À notre arrivée dans la pièce, nous avons constaté que quelqu'un l'avait occupée.

— Oui, il faisait bon, alors j'ai contrôlé la cheminée, ajouta le soldat. J'ai d'abord cru qu'il n'y aurait que de la cendre, mais les braises étaient encore chaudes et tout le bois ne s'était pas consumé.

— Et puis il y avait des draps et des fourrures sur le lit, quelqu'un avait dormi à l'intérieur, ça crevait les yeux ! renchérit son acolyte.

Quand Niels tourna les talons et remonta le couloir, Edith le suivit.

— Fearghas, poste-toi à l'entrée de l'accès et reste là. Ne laisse descendre personne.

C'est en entendant l'ordre de Tormod qu'Edith s'aperçut que les autres lui avaient emboîté le pas.

Pour toute réponse, Fearghas poussa un soupir. Il allait manquer le meilleur ! Mais il s'exécuta. Pendant ce temps, ils avaient atteint la porte de la chambre seigneuriale.

Elle entra dans la pièce après son mari, immédiatement suivie par Rory.

— Tiens ! dit ce dernier en humant l'air. De la lavande ?

— Oui, dit Niels en poussant du bout de sa botte les pétales séchés sur les nattes en roseaux.

— Il fait chaud, ici, nota Tormod.

— Et il y a encore des morceaux de bois dans l'âtre, lança Cameron en s'agenouillant pour les fouiller avec le tisonnier, comme la veille.

Une fois redressé, il regarda son chef et lui assura :

— Je n'ai vu personne entrer ou sortir de la chambre quand on montait la garde, avec Fearghas.

— Qui était de garde dans le couloir, cette nuit ? Ah oui, Tearlach et Wallace. Ils doivent dormir. Va les réveiller et ramène-les ici, Cameron, ordonna le vieux lieutenant.

Là-dessus, il se plaça à côté de Niels qui venait d'ouvrir les rideaux du lit. Les draps et les fourrures étaient bien là, en désordre.

— Moibeal les avait laissés ouverts hier. Quelqu'un est entré ici depuis, c'est sûr, conclut Edith.

— Vous auriez dû m'en parler.

Niels n'avait pas l'air très content d'apprendre cette histoire, on le devinait...

— Je comptais le faire, répondit-elle en se sentant rougir. Mais... Je n'en ai pas eu l'occasion. Après quoi, ça m'est sorti de la tête jusqu'à ce que Cameron nous en parle, il y a deux minutes.

— Tu entends ? C'est ta faute si elle a été distraite à ce point ! lança Geordie tandis que son aîné continuait de bouillir.

— Bien. Et si nous faisions entrer un peu d'air ici ? marmonna Tormod en allant ouvrir les volets.

Edith profita de ce prétexte pour se cacher le visage un moment et aida le vieux guerrier. Tout à coup, elle tressaillit. Niels venait de se planter à côté d'elle.

— Navré, je n'aurais pas dû répliquer de cette façon, murmura-t-il d'un ton contrit en se frottant la nuque.

— Vous n'avez pas répliqué, milord, répondit-elle avec un sourire ironique.

— Tu as grogné comme un ours ! lança Rory en passant non loin de là.

Sans se soucier du regard furieux de son frère, il examina l'eau dans la bassine posée sur la table entre les deux fenêtres.

— Et je m'excuse du comportement déplorable de mes frères, ajouta Niels.

— Quoi ? s'insurgea Geordie. Ce n'est pas nous qui avons empêché tout le château de dormir en beuglant comme des possédés !

Edith ferma les yeux pour éviter de se liquéfier de honte. Et elle pencha la tête pour souffler à Niels :

— Navrée. J'essaierai d'être plus discrète, à l'avenir.

C'était évidemment à son mari, et à lui seul, qu'elle s'adressait. Elle avait parlé tout bas, pour que personne d'autre n'entende… Mais Geordie s'exclama :

— Oh ! ne soyez pas navrée, ma chère belle-sœur. Votre voix était comme le chant d'un oiseau. C'était merveilleux à entendre. Niels, en revanche…

— On aurait dit un ours blessé, termina sèchement Rory. Les petits qui dormaient dans la grande salle ont eu une peur bleue.

— Je vais attendre dans le couloir, le temps que Tearlach et Wallace arrivent, lança tout haut Tormod.

De toute évidence, cette conversation le mettait mal à l'aise.

À son grand désespoir, Edith sentit une boule lui nouer la gorge et des larmes grossir sous ses yeux.

— Oh ! ne pleurez pas, allons, s'exclama Geordie d'un ton inquiet. On tentera de s'améliorer.

— Ça ne marchera sans doute pas, mais on essaiera, crut bon d'ajouter Rory.

Soudain, Niels attrapa Edith par le menton et lui leva le visage. Devant ces larmes qui menaçaient de lui ruisseler sur le visage, il se rembrunit. La seconde d'après, elle se retrouvait plaquée contre le torse de son mari qui se mit à la bercer tendrement.

— J'espère que vous êtes fiers de vous, maugréa-t-il. Des hommes d'honneur qui font pleurer une femme !

Edith trouva la force de rire et s'écarta de lui.

— Tout va bien, je ne pleure même pas, dit-elle.

— Si, ma chère belle-sœur, si, insista gentiment Rory alors qu'elle écrasait les larmes qui lui perlaient au coin des yeux.

— En tout cas, confirma Geordie, on dirait vraiment que vous pleurez.

— Non, non. Enfin, si. Je suis touchée que vous me considériez comme un membre de votre famille.

— Je vois. Hélas, j'ai bien peur que vous ne deviez nous supporter un bon moment. Maintenant que vous avez épousé notre frère, nous ferons bloc avec vous.

Edith eut chaud au cœur en entendant ces paroles. Juste après, elle leva la tête vers la porte. Tormod venait de regagner la pièce.

— Les hommes arrivent.

Ils attendirent l'entrée de Cameron et des deux soldats qui avaient monté la garde dans le couloir pendant la nuit.

Edith se mordit la lèvre et regarda les deux hommes d'un air compatissant quand ils pénétrèrent dans la pièce au pas de course, talonnés par Cameron. Les pauvres. On les avait tirés d'un sommeil bien mérité et ils semblaient quelque peu inquiets, comme s'ils craignaient de passer un mauvais quart d'heure. De toute évidence, Cameron ne leur avait rien expliqué et les avait arrachés à leurs lits pour les faire grimper jusqu'ici, et en vitesse.

— Avez-vous vu quelqu'un entrer ou sortir de cette pièce, la nuit dernière ? demanda Tormod.

— Non, répondirent-ils en chœur, même si la question sembla les surprendre.

Et leur réaction spontanée prouvait bien qu'ils disaient vrai.

— Bien, fit le vieux lieutenant. Retournez vous coucher, dans ce cas.

Les deux gardes parurent encore plus désarçonnés qu'à leur entrée. Mais ils partirent sans demander leur reste.

— Ce feu ne s'est pas allumé tout seul, bougonna alors Niels. Il y a forcément une entrée secrète. Fouillons la pièce !

Tormod eut un instant d'hésitation et finit par dire :

— Inutile de fouiller. Je sais où elle est.

Edith eut du mal à en croire ses oreilles.

— Il y a un passage secret ? Où ça ? demanda-t-elle en regardant tout autour d'elle.

Le lieutenant paraissait très gêné.

— Seuls le seigneur du château et sa femme ont le droit de le savoir, grogna-t-il entre ses dents.

— Et vous, ajouta Niels.

— Oui. Laird Drummond me l'a révélé à la mort de Lady Drummond. D'après lui, quelqu'un devait savoir au cas où il décéderait avant de transmettre le secret à son fils.

Niels hocha la tête d'un air grave.

— Si vous devez parler à Edith, nous pouvons sortir, mes frères et moi.

Quoi ? Elle ouvrit la bouche pour protester, mais avant qu'elle puisse le faire, Tormod répondit :

— Non, c'est vous le maître de ce château, maintenant. Vous méritez de savoir.

À ces mots, elle se détendit et rougit devant le fidèle lieutenant de son père. Il venait d'approuver la présence de Niels pour de bon. Leur clan l'avait accepté. Cette idée ne l'avait pas inquiétée avant ce moment, mais elle pouvait s'estimer heureuse de ne pas avoir eu à s'angoisser.

Voyant que Tormod tardait toujours à s'expliquer, Niels dit simplement :

— Je réponds de mes frères comme de moi.

Avec un soupir, le guerrier hocha la tête et interpella Cameron :

— Ferme la porte en sortant.

Le soldat s'exécuta aussitôt et referma le battant derrière lui. Tormod marcha jusqu'à la niche creusée à la gauche de la cheminée et enfonça la plus petite pierre, au milieu. Une partie du mur à la gauche de l'âtre bougea de quelques centimètres. Il attrapa le bord et tira vers lui ce qui était en réalité une porte cachée.

— Où mène le passage ? demanda Niels.

Lui et ses frères s'étaient groupés près de l'entrée pour jeter un œil dans l'obscurité qui s'était ouverte devant eux.

— Celui-là mène à un escalier caché.

— Et où conduit-il ? s'enquit Edith.

Tout ce mystère la fascinait !

— Ce tunnel-là conduit en haut des murailles et vers un passage au rez-de-chaussée, avec plusieurs portes de sortie. Il y en a une dans l'une des garde-robes de la grande salle, une dans le garde-manger des cuisines, une dans les jardins et une autre qui mène à une autre galerie, sous la cour et la muraille. Elle débouche au milieu des arbres, à mi-chemin entre le début de la forêt et le loch.

Niels réfléchit un instant et lança :

— C'est-à-dire vers l'endroit où nous avons trouvé Lonnie ?

— Oui, admit Tormod qui semblait en prendre conscience. Tout près, même.

— Vous dites que ce tunnel mène à la grande salle et aux cuisines, poursuivit-il. Il y en aurait donc un autre ?

Cette fois, Tormod se dirigea vers la niche à la droite de la cheminée. Il enfonça la plus grande pierre et une seconde porte secrète s'entrouvrit.

— Celui-ci mène aux chambres qui se trouvent le long du mur extérieur, expliqua le lieutenant en tirant la porte vers lui pour que les trois frères Buchanan observent ce nouveau passage, tout aussi obscur.

— Celles que Lady Edith et ses frères occupaient et dans lesquelles vous dormez en ce moment.

— Et les fenêtres qui sont percées dans le mur ? demanda-t-elle. Va-t-on devoir ramper en dessous ?

— À chaque entrée, le passage descend légèrement pour éviter les fenêtres. Puis il remonte jusqu'à l'entrée suivante. Pour être exact, il est coincé entre le haut du mur de la grande salle, le mur des chambres à l'étage et le mur extérieur. Et il y a des trous percés sur toute la longueur pour observer ce qui se passe au rez-de-chaussée.

Ce détail alarma Edith.

— Rassurez-moi, il n'y a quand même pas ce genre de trous pour espionner à l'intérieur des chambres ?

Tormod ouvrit de grands yeux devant cette hypothèse, avant d'admettre d'un ton ennuyé :

— Je ne sais pas, milady. Votre père m'a emmené dans chaque chambre pour me montrer comment s'ouvrait chaque porte secrète. Il m'a expliqué que la galerie circulait sous les fenêtres et qu'on pouvait voir dans la grande salle. Il n'a pas précisé si on pouvait observer les chambres. D'ailleurs, je n'ai jamais eu l'occasion d'entrer dans ces fameux tunnels.

Niels grogna et jeta un œil alentour.

— Attendez ici, ordonna-t-il en ouvrant la porte de la pièce, juste assez pour pouvoir se glisser au-dehors.

Il voulait éviter que quelqu'un qui passerait dans le couloir aperçoive l'entrée des galeries, tout simplement. Ils restèrent plantés là sans un mot, perdus dans leurs pensées. Pour sa part, Edith réfléchissait, en tout cas. Ces trous percés dans le mur l'angoissaient. Était-il possible d'observer les chambres, et surtout la sienne ? Et si c'était le cas, la personne qui avait dormi dans cette pièce avait-elle espionné leur intimité ? Voilà une question qui la hantait. Par bonheur, elle fut presque aussitôt distraite de son angoisse : Niels était de retour, une torche allumée à la main. En passant près d'elle, il l'embrassa sur le front.

— Je ne serai pas long.

Et sur ces mots, il se glissa dans le passage. Elle s'avança vers l'entrée et le regarda lever sa torche, mais tourna la tête quand Geordie demanda :

— Y a-t-il des passages dans les chambres de l'autre côté du couloir ?

— Non, uniquement dans celles qui se trouvent le long du mur extérieur. Voilà pourquoi les pièces de ce côté sont réservées à la famille Drummond. Celles d'en face sont pour les invités.

Les hommes acquiescèrent. C'était assez logique. Les tunnels étaient d'abord une sortie de secours en cas d'invasion du château. C'était surtout la famille qui en avait besoin.

— Il y a des torches dans des appliques le long du passage.

Edith sursauta. C'était la voix de Niels. Il était de

retour ! Elle s'écarta pour qu'il puisse accéder au second passage.

— Même chose ici, annonça-t-il en ressortant au bout d'un petit moment.

Edith pencha la tête. La galerie était vaguement éclairée. Il avait dû allumer la première torche. C'était d'ailleurs ce qu'il avait fait dans l'autre galerie.

— Voilà donc comment quelqu'un a pu entrer et sortir de la pièce sans se faire remarquer, commenta Rory en allant jeter un œil au passage dont son frère venait de sortir.

— Vraisemblablement.

Pour sa part, Tormod ne semblait pas convaincu.

— Et c'est sûrement grâce à eux qu'Effie a disparu !

— Non, dit le lieutenant en secouant la tête. Effie ne connaissait pas l'existence de ces passages.

— Victoria aurait pu la lui apprendre, suggéra-t-elle.

— Victoria aussi ignorait qu'il y avait des passages secrets.

Pourquoi était-il aussi catégorique ?

— Brodie en a sûrement parlé à sa femme dès qu'il a découvert leur existence, répliqua-t-elle d'un ton sec.

— Il ne lui en a pas parlé parce qu'il n'en savait rien, lui non plus, lâcha le vieux guerrier.

— Quoi ? s'exclama-t-elle. Mais c'est lui qui a pris les rênes du château après la mort de mon frère Hamish.

— Oui. Pendant deux semaines, avant qu'ils ne déguerpissent d'ici. Ce qui m'aurait malgré tout laissé le temps de lui en parler. Sans doute.

La mine fermée, il semblait bouillir de colère. Puis il ajouta :

— Pardonnez-moi, milady, mais votre frère était un

imbécile égoïste qui n'avait rien dans la cervelle. J'avais du mal à accepter que notre clan doive l'avoir pour chef. Et j'espérais que ce ne serait jamais le cas. Certes, s'il avait pris la peine de demander ce qu'il devait savoir pour diriger ce château, je lui aurais tout dit. Mais il ne l'a pas fait. Du coup… J'ai décidé d'attendre que les choses se calment avant de lui révéler tous les secrets de cet endroit.

— Et vous auriez fait la même chose avec nous si tout cela n'était pas arrivé ?

Tormod sembla outré par ce que Niels venait de dire d'un ton faussement posé.

— Oh non ! Vous valez cent fois mieux que Brodie. Vous êtes le meilleur mari possible pour notre lady. Je suis heureux que vous soyez parmi nous. Et sachez que tout le monde ici est soulagé de vous avoir pour maîtres plutôt que Brodie et Victoria. Souvenez-vous, quand je vous ai donné la clé des réserves, je vous avais dit que nous devrions parler au plus vite. Et puis je suis parti chercher les corps à la maison de chasse.

Il désigna les passages secrets.

— Ces galeries étaient sur ma liste.

Avec un hochement de tête, Niels sembla se détendre.

— Si Brodie ignorait l'existence de ces passages, qui est au courant à part vous ?

— Tout le problème est là ! répondit Tormod d'un air soucieux. À ma connaissance, j'étais le seul à savoir que ces tunnels existaient depuis la mort de feu Laird Drummond. Maintenant, il y a vous. Mais je vous jure que ce n'est pas moi qui ai dormi dans cette pièce.

— Dans ce cas, quelqu'un d'autre est au courant, conclut simplement Edith.

Tormod était-il sincère ? Sûrement. Il avait l'air si

troublé par cette histoire… Ce n'était pas lui le coupable, impossible. Par ailleurs, si c'était lui, il ne leur aurait pas appris qu'il était le seul à connaître l'existence de ces entrées secrètes. Il aurait prétendu qu'il en avait parlé à Brodie, qui en aurait ensuite parlé à Victoria. De son côté, cette dernière en aurait informé ses suivantes. Il aurait même pu prétendre que d'autres personnes encore étaient au courant. Mais il ne l'avait pas fait, et elle le croyait. Mais qui, alors ? Elle fut soulagée de voir que son mari paraissait du même avis.

— Vous avez raison, mon amour. Conclusion : quelqu'un les a découverts tout seul de son côté, réfléchit Niels à voix haute. Peut-être Effie, pendant qu'elle faisait le ménage.

Edith fit une grimace. Cette hypothèse ne la convainquait guère.

— Effie ne s'occupait pas du ménage, dans mon souvenir.

— Alors peut-être que votre frère Brodie a trouvé l'accès par inadvertance quand il était petit. En jouant, par exemple. Il en aura parlé à sa femme et elle l'aura dit à sa suivante, avança Rory.

Ça, c'était possible. Edith avait toujours veillé à ne pas trop s'approcher d'une cheminée. Un jour, sa robe avait pris feu et elle aurait pu être gravement brûlée. Par bonheur, sa mère avait aussitôt eu le réflexe de l'envelopper dans une fourrure pour étouffer les flammes. Cet accident l'avait dissuadée de s'approcher trop près d'une cheminée. Ses frères n'avaient jamais eu le même problème et, dans son souvenir, Brodie aimait jouer aux petits soldats autour de l'âtre. Il disposait les petits bonshommes en bois sculpté sur les niches et les faisait tomber d'une pichenette, les uns après les autres. Parfois, il les jetait même dans le feu pour les regarder brûler. Il s'était peut-être appuyé sur la bonne pierre, une fois, et il avait découvert ce passage…

— Peu importe qui a découvert ces entrées secrètes et comment, nous devons fouiller les pièces et les galeries, suggéra calmement Rory. Effie est forcément quelque part.

— Oui, acquiesça Niels en regardant les deux passages d'un air méfiant. Et nous devons inspecter les deux en même temps. Autrement, quelqu'un risque d'utiliser un tunnel ou l'autre et de filer sous notre nez pendant que nous fouillons les pièces.

— Il y a cinq chambres et nous sommes cinq, remarqua Edith. Quelqu'un peut rester ici et faire le guet. Les quatre autres n'ont qu'à fouiller chacun une chambre puis revenir en empruntant la galerie pour s'assurer que personne ne s'y cache.

— Sauf que Tormod est le seul à savoir comment s'ouvrent les autres portes secrètes.

Mince. Geordie n'avait pas tort, hélas.

— C'est vrai. Dans ce cas, et si je me chargeais de la chambre de Lady Edith ? C'est la plus proche de l'escalier. Je n'ai qu'à y jeter un œil, me faufiler dans la galerie, m'assurer qu'il n'y a personne entre cette pièce et la chambre de Brodie, et ouvrir l'entrée secrète de cette autre pièce depuis le passage.

— Ensuite, avec la personne qui aura fouillé la chambre de Brodie, vous n'aurez qu'à passer à la porte suivante, puis à la suivante, en veillant à ce que personne n'essaie de s'échapper, dit-elle.

Ce plan fit sourire Niels jusqu'aux oreilles.

— Bonne idée, ma chère épouse. Mais il faut qu'Alick

soit la cinquième personne qui mènera ces recherches avec nous. En ce qui vous concerne, vous serez en bas, dans la grande salle, avec vos gardes.

Edith écarquilla les yeux. Seigneur, c'était vrai, elle avait oublié le pauvre Alick qui était sans doute encore caché sous son lit ! Le malheureux, il devait se demander ce qui se passait. Cela dit, six personnes valaient mieux qu'une. Mais quand elle ouvrit la bouche pour le faire remarquer, Niels l'en empêcha en lui déposant un baiser léger sur les lèvres. Puis il lui caressa doucement la joue avec le dos de la main.

— Je dois être sûr que vous êtes en sécurité, ma chère femme. Autrement, l'inquiétude me déconcentrera et je risque de faire une erreur qui pourrait coûter la vie à quelqu'un. Tormod, mes frères ou même moi. C'est un assassin que nous tentons de retrouver.

Elle fronça les sourcils, mais finit par soupirer et accepter ces conditions, bien malgré elle. À quoi bon essayer de le faire changer d'avis ? Les hommes pouvaient être incroyablement têtus dès que les femmes marchaient sur leurs plates-bandes. Et Niels se faisait un devoir de mettre la main sur l'assassin, aucun doute là-dessus.

Par ailleurs, trouveraient-ils quelque chose dans les chambres ou dans ce passage ? Sûrement que non. Pourquoi Effie se cacherait-elle là alors qu'elle avait autant de portes de sortie à sa disposition ? D'autant que tous les tunnels n'étaient pour le moment pas encore remplis d'hommes lancés à sa poursuite…

Mais, surtout, Edith avait besoin d'un moment de tranquillité pour réfléchir. Beaucoup de choses la troublaient et, si on la laissait y penser posément, elle trouverait la clé de ce mystère !

Chapitre 15

— Milady ?

Edith cessa d'appuyer sur les pierres du mur dans le fond de la garde-robe. Elle était penchée juste au-dessus du banc percé d'un trou… D'un ton légèrement agacé, elle lança :

— C'est toi, Moibeal ?

— Oui, milady, répondit celle-ci de l'autre côté de la porte. Cameron m'a demandé de m'assurer que vous alliez bien. Voilà un petit moment que vous êtes enfermée là-dedans, tout le monde commence à s'inquiéter.

— Tout va bien, j'arrive !

Malgré son exaspération, elle scruta à nouveau le mur de la garde-robe. Elle avait appuyé sur toutes les pierres et, visiblement, il ne s'était rien passé. Pas un déclic, pas le moindre bruit. Et surtout, aucune porte secrète ne s'était entrouverte en révélant l'entrée du passage qui partait d'ici. Pas plus que dans les deux autres lieux d'aisance. C'était le troisième qu'elle fouillait depuis qu'elle avait laissé son mari et les autres inspecter les chambres et les galeries à l'étage. Cameron et Fearghas l'avaient accompagnée bien entendu.

Elle scruta le mur. Voyons… Il ne suffisait sans doute

pas d'enfoncer une pierre pour ouvrir. Autrement, avec le nombre de gens qui passaient dans cette pièce, quelqu'un se serait appuyé au bon endroit par inadvertance et aurait découvert la porte secrète.

Il y avait une astuce. Mais en quoi consistait-elle ? Peut-être en tournant une pierre au lieu de l'enfoncer ?

— Milady ?

— J'arrive ! s'exclama-t-elle.

Impossible d'être tranquille ! Le temps de descendre du banc, elle alla ouvrir la porte. Même si elle était heureuse d'échapper à la puanteur de la garde-robe, elle gratifia Cameron, Fearghas et Moibeal d'un œil noir.

— Quoi ? demanda-t-elle à sa servante.

— J'allais vous demander si vous souhaitiez que j'aille vous chercher un de vos fortifiants. Les hommes m'ont dit que vous étiez entrée dans chaque garde-robe et que vous y étiez restée un long moment chaque fois. J'ai donc pensé que vous aviez peut-être un problème de…

— Non, tout va bien.

Edith se sentit rougir. Les deux gardes avaient dû se faire des idées ! Sans perdre une seconde, elle contourna aussitôt le petit groupe et partit en direction des cuisines.

— Je dois dire un mot à Jaimie.

Sans surprise, les trois autres lui emboîtèrent le pas. Les soldats en avaient reçu l'ordre et ce n'était pas comme si Moibeal avait mieux à faire pour le moment. Les hommes de Tormod avaient dû lui barrer la route à l'étage et l'empêcher de nettoyer la chambre, comme elle l'aurait fait en temps normal.

— Halte !

Toute surprise, Edith leva la tête et tomba nez à nez avec l'homme qui s'était posté entre elle et la porte des cuisines. Deux nouveaux soldats montaient la garde. Elle les observa tour à tour. Celui qui lui avait bloqué le passage affichait une mine fermée, l'autre semblait plutôt inquiet.

— Écarte-toi, Sholto, grogna Cameron avant qu'elle puisse répondre. Lady Edith souhaite parler à Jaimie.

— Personne ne rentre dans cette pièce, ordre de Tormod, répliqua le soldat sans broncher.

— C'est Lady Edith qui donne des ordres à Tormod, alors écartez-vous, lança Fearghas qui semblait perdre patience.

L'air apeuré, l'autre garde bredouilla :

— Sholto, peut-être qu'on devrait…

— Tais-toi, Roy, c'est moi qui parle, le coupa son acolyte.

Les mains sur les hanches, il leur jeta un regard mauvais :

— J'ai des ordres et…

— Sholto.

La douceur avec laquelle Edith avait parlé fit taire le garde.

— Oui ?

— C'est moi qui dirige ce château. Tormod est à mon service. Ce qui signifie que vous l'êtes aussi. Alors écartez-vous du chemin.

Voyant qu'il était tout près de lui opposer un nouveau refus, elle ajouta :

— Et je vous conseille de le faire maintenant. Autrement, j'irai raconter à votre femme que vous fricotez avec la fille chargée de servir la bière.

La menace parut avoir l'effet escompté car Sholto bondit sur le côté pour libérer l'accès aux cuisines. Au moins, cela le dissuaderait d'approcher des filles de cuisine, à l'avenir. Et de contester ses ordres.

— Tiens, Jaimie n'est pas là ! constata Moibeal en entrant dans la cuisine qui paraissait bien vide.

D'autant qu'ils n'étaient que quatre, et la pièce était immense.

— Je vais demander à l'une des servantes où il est, murmura Fearghas en repartant immédiatement dans l'autre sens.

Edith le regarda partir à toutes jambes, avant de se concentrer sur le fond de la pièce. C'est là-bas qu'elle avait découvert Cawley, dans cette mare de sang. Cette image atroce lui traversa l'esprit. Une grande natte en roseaux était posée à l'endroit où on avait trouvé son corps. Inutile d'être un génie pour comprendre qu'elle servait à couvrir la tache que son sang avait laissée. Impossible de nettoyer complètement la dalle en pierre, avec toutes ces fissures et ces craquelures.

— Milady ?

Edith tressaillit. Moibeal était juste à côté d'elle. Elle ne s'était même pas aperçue que sa servante avait traversé la pièce. Elle aussi avait les yeux posés sur la natte.

— Oui ?

— Jaimie est dans les jardins, en train de ramasser des herbes, répondit doucement la jeune femme.

Avec un hochement de tête, Edith jeta un dernier coup d'œil au tapis, puis au tonneau juste derrière. C'était là que Cawley était assis quand il avait été poignardé. Juste à côté, il y avait une porte. Celle des réserves. D'après Tormod, il y avait une autre entrée secrète dans cette pièce. Si ça se trouve, c'était par là que l'assassin était reparti après avoir commis son forfait, en toute discrétion…

— Milady ?

— J'ai entendu, merci, soupira-t-elle en tournant la tête.

Elle inspecterait la pièce plus tard. Peut-être trouverait-elle la galerie secrète ! Sinon, elle laisserait Tormod lui montrer comment y accéder.

— Il est dans les jardins, dis-tu ? demanda-t-elle en se dirigeant vers la porte qui donnait sur l'extérieur.

— Tormod a bien précisé que vous n'avez pas le droit de quitter le château, rappela alors Cameron qui les avait rejointes en compagnie de Fearghas.

— Ce n'est que le jardin, Cameron, soupira-t-elle. Il n'y a pas de fenêtres de ce côté du bâtiment, personne ne pourra me tirer dessus. Tout ira bien.

— Mais…

— Je resterai près de la porte, proposa-t-elle pour le calmer. Tu n'auras qu'à m'amener Jaimie. Il fait bien trop chaud pour attendre dans cette étuve. Un peu d'air nous rafraîchira.

Peut-être aurait-il voulu répliquer, mais qu'importe, elle poussait déjà la porte de service qui menait vers l'extérieur.

— Je vais chercher Jaimie, bougonna Fearghas en passant devant elle.

— Et voilà ! lança-t-elle gaiement en ignorant la mine fermée de Cameron. Regardez comme c'est agréable.

— Plus agréable que la volée de coups qu'on va nous donner parce que nous vous avons laissée sortir du donjon, maugréa ce dernier.

— C'est l'affaire d'une minute. Tormod n'en saura rien, lui assura-t-elle.

Comme il n'avait pas l'air d'y croire, elle posa une main sur sa poitrine et leva l'autre en l'air.

— Que la colère de Dieu s'abatte sur moi si je mens, dit-elle d'un ton faussement solennel.

Cameron leva la tête, comme s'il s'attendait à ce qu'un éclair leur tombe dessus. Soudain, la terreur déforma ses traits et il se jeta sur sa maîtresse et sur Moibeal.

Edith poussa un cri quand il l'attrapa par la taille avant de la plaquer violemment par terre. Au même moment, un bruit sourd résonna derrière eux. Elle resta à plat ventre de longues secondes, sans bouger. Non, impossible, la foudre ne s'était quand même pas abattue sur eux ! Puis elle retrouva ses esprits. Ce n'était pas un éclair. Le bruit qu'elle avait entendu était celui d'une masse sombre qui venait de s'écraser par terre !

— Tout va bien, milady ? demanda Cameron d'un air anxieux.

— Oui.

Elle regarda derrière le soldat qui s'était déjà relevé.

— Et toi, Moibeal ? Tout va bien ?

La servante roula sur le côté et tourna la tête.

— Mieux qu'elle, souffla-t-elle.

Elle ? Qui ça ? Edith s'appuya sur ses mains et ses genoux avant que le soldat ne l'attrape sous les bras pour la soulever du sol.

— Merci, murmura-t-elle en époussetant sa robe.

Elle se tourna vers ce qui était tombé. Non. Vers *celle* qui était tombée. Le corps désarticulé d'Effie gisait sur le sol, à leurs pieds. Elle avait atterri là où elles se tenaient juste avant que Cameron ne se jette sur elles pour les écarter. Il s'en était fallu de peu.

— Oh ! Seigneur, milady !

Edith eut à peine le temps de garder l'équilibre : Jaimie venait de se jeter contre elle et de la serrer de toutes ses forces, ce qui la fit reculer de quelques pas. Un peu plus et elle tombait à nouveau. Le petit homme s'empressa de la lâcher et recula, rouge comme une pivoine.

— Navré, milady. C'est l'émotion, vous comprenez ! On a failli vous tuer, une fois de plus ! Vous auriez dû attendre à l'intérieur.

Il l'attrapa par le bras pour la reconduire vers la porte, en contournant le corps sans vie.

— Ce n'était pas prudent de quitter le donjon. Encore un peu et vous n'étiez plus de ce monde !

— C'est vrai, on dirait que Dieu lui-même a essayé de s'en prendre à vous, souffla Moibeal.

À en juger par la grimace qui se peignit sur le visage de Cameron, le soldat avait entendu la remarque de la jeune servante. Mais il se contenta de tourner la tête vers son camarade pour dire d'un ton résigné :

— Va chercher Tormod et Laird Niels. Il faut les prévenir.

Avec un signe de tête, Fearghas ouvrit la porte pour les laisser entrer. Après quoi, il passa devant eux pour sortir des cuisines en vitesse.

— On m'a dit que vous souhaitiez me parler, poursuivit Jaimie. Vous vouliez prendre votre petit déjeuner ? Vous n'avez encore rien avalé, je peux vous préparer un bon…

— Non merci, le coupa-t-elle. Ne perdez pas un temps précieux à cause de moi. Je voulais m'assurer que Duer et Iain avaient livré le fromage et les poulets que j'ai achetés.

— Oh oui, oui, répondit-il tout sourires. Tout est là. Le fromage est dans le garde-manger et les poulets m'ont l'air bien dodus. Je les ferai rôtir pour le souper de ce soir, dès que j'aurai ramassé les herbes dont j'ai besoin.

— Oh ! merveilleux, ce sera excellent, murmura-t-elle en lui tapotant le bras. Je vous laisse travailler, dans ce cas. C'est tout ce que je voulais savoir.

— Très bien, milady. Maintenant, asseyez-vous et reprenez vos esprits. Vous avez eu une belle frayeur, là dehors. Je vais vous apporter quelque chose pour apaiser votre estomac. Allez vous asseoir. Et quant à vous…

Jaimie planta les yeux au fond de ceux de Cameron…

— Surveillez-la de près. Pas question que nous perdions notre chère Lady Edith, surtout maintenant qu'elle est la maîtresse de ce château.

— J'essaie, répliqua le garde en la faisant avancer. Mais je n'ai jamais vu quelqu'un d'aussi têtu.

— Sottises ! Lady Edith est un ange, répondit vertement le cuisinier alors qu'ils atteignaient la porte. S'il lui arrive quelque chose par votre faute, vous mangerez des navets et du gruau jusqu'à la fin de vos jours. Alors protégez-la de près.

Cameron referma la porte avec une grimace et la traîna jusqu'aux tables à tréteaux, presque au pas de course.

— Asseyez-vous, ordonna-t-il avant d'adoucir son ton. S'il vous plaît.

Edith dut se mordre la lèvre pour ne pas s'esclaffer. Mais elle s'exécuta de bonne grâce. D'un signe, elle demanda à Moibeal de prendre place à côté d'elle.

— Le cœur de Cameron va lâcher par votre faute, dit celle-ci en jetant un œil derrière son épaule.

Le soldat commença à faire des allées et venues derrière elles.

— Sans doute.

— Il est toujours très impressionnant quand il prend une situation en main. Il me fait penser à votre mari.

— Vraiment ?

Voilà bien une remarque à laquelle elle ne s'attendait pas.

— Oui. Il est tellement… énergique. Et je ne m'étais jamais rendu compte qu'il était aussi beau, soupira la jeune femme.

— Kenny aurait-il de la concurrence ? s'étonna-t-elle en haussant un sourcil.

Moibeal eut un geste agacé.

— Oh ! Kenny !

— Quoi, Kenny ?

— Eh bien… Après avoir vu à quel point Laird Niels se montre bon, gentil et attentionné… Et après avoir entendu à quel point il vous comble… J'ai l'impression que Kenny ne fait guère d'efforts. Peut-être qu'il n'est pas fait pour moi, après tout.

Edith se garda bien de répondre. Au fond d'elle-même, elle n'en pensait pas moins. Ce Kenny ne lui plaisait guère, et la façon dont il avait toujours traité Moibeal non plus. Elle tourna la tête vers Cameron, l'air pensif. Puis elle acquiesça.

— Pour tout te dire, Cameron m'est sympathique. S'il t'intéresse, tu as ma bénédiction.

— Il m'intéresse, oui, avoua-t-elle dans un soupir. Mais il ne fait pas attention à moi…

— Reste à mes côtés, il finira bien par te remarquer.

— Morte.

Niels grimaça en entendant le jugement sans appel de son frère Rory. Celui-ci se releva après avoir examiné Effie à l'endroit où elle était tombée. Mais il aurait pu le deviner tout seul, sans même examiner le corps.

— Toutes ses blessures ont été causées par la chute, d'après toi ?

— Oui. Je ne vois pas de traces ou d'égratignures qui montreraient qu'elle s'était blessée avant de tomber.

— Peut-être qu'en nous entendant dans l'escalier elle a cru que nous étions en train de monter. Et elle a sauté, avança Geordie.

— C'est aussi mon avis, renchérit Tormod d'un air maussade. Elle a dû se douter que nous avions trouvé ses réserves de poison tout à l'heure, pendant que nous fouillions la chambre du laird. Nous étions sur sa piste.

— Elle a sauté pour tenter une dernière fois de tuer Lady Edith et se tuer par la même occasion.

Niels se retourna en entendant cette hypothèse macabre et vit le cuisinier approcher avec un grand panier rempli d'herbes fraîchement cueillies.

— Elle a failli atterrir sur la tête de Lady Edith, poursuivit le petit homme. Et elle l'aurait tuée si Cameron ne les avait pas poussées, elle et Moibeal.

Le temps de soupirer, il secoua la tête et observa le corps désarticulé d'Effie.

— Elle était sans doute folle. Tous ces meurtres… Pourquoi ? À mon avis, elle voulait que sa maîtresse bien-aimée dirige le château. Au lieu de quoi, elle a fini par la tuer bêtement. Si ça se trouve, c'est par dépit qu'elle a essayé de tuer Lady Edith. Pour se racheter d'avoir involontairement supprimé Lady Victoria.

Geordie et Tormod acquiescèrent de concert. Cette explication semblait les convaincre. Pourtant, Niels remarqua que son frère Rory se gardait de commenter. Il avait les yeux posés sur Effie, l'air troublé.

— À quoi penses-tu, mon frère ?

Celui-ci sembla hésiter, mais finit par secouer la tête.

— Si seulement je savais quoi penser ! Ce que nous dit Jaimie est loin d'être absurde. Tout semble montrer qu'Effie est notre coupable et qu'elle s'est supprimée plutôt que d'être arrêtée. C'est bien triste.

Niels observa à nouveau la vieille femme, puis leva la tête vers le haut de la muraille. Il fronça les sourcils mais se contenta de regagner l'intérieur du donjon. Il avait à parler à Edith.

Une fois dans la grande salle, il constata que son épouse était toujours là, en pleine conversation avec sa suivante. Un mouvement lui fit tourner la tête vers la cheminée où la grand-mère de Ronson se chauffait les mains près du feu, tout en sermonnant son petit-fils. Parce qu'il était encore allé traîner n'importe où, songea-t-il avec un petit sourire. On aurait dit que le petit s'était roulé dans la boue. À côté de lui, Laddie n'était guère plus propre. Ces deux-là avaient grand besoin de retourner au loch. Et tiens, pourquoi ne pas profiter d'être là-bas pour avoir cette conversation avec Edith ?

Sans perdre une seconde, Niels se dirigea vers son épouse.

— Milord.

Edith se retourna en entendant Cameron murmurer. Elle esquissa tant bien que mal un sourire en voyant son mari approcher. Était-il furieux ou pas qu'elle soit sortie dans le jardin ? Impossible à dire, il avait un air tellement impénétrable ! On sentait de l'inquiétude dans son regard et il avait les mâchoires serrées, mais il souriait quand même. Voilà qui était très troublant.

— Je vais nettoyer la chambre maintenant que les

hommes semblent en avoir terminé, bafouilla Moibeal en se levant précipitamment du banc.

Edith hocha la tête, mais le mot « pleutre » flotta dans sa tête quand sa servante s'éclipsa. Elle se força à sourire à son mari. Peut-être parviendrait-elle à l'amadouer un peu…

— Ronson et Laddie ont encore besoin d'un bain, lâcha-t-il brusquement en arrivant près d'elle.

Elle lui jeta un regard surpris. C'était bien la dernière chose qu'elle s'attendait à entendre, vu la façon dont il s'était dirigé droit sur elle !

— Ronson !

Elle suivit le regard de Niels et aperçut le petit qui suivait sa grand-mère jusqu'au fauteuil près de la cheminée. Le petit leur lança un regard plein d'espoir.

— Oui, milord ? demanda-t-il en se précipitant vers eux, avec Laddie sur ses talons.

— Vous avez encore besoin d'un bain, Laddie et toi. Comment faites-vous pour vous salir à ce point ? bougonna-t-il. Vous avez de la boue partout.

— On jouait, répondit le petit, comme si cela expliquait tout.

— Eh bien va dire à ta grand-mère qu'on vous emmène vous laver au loch, tous les deux.

Sur ces mots, Niels se tourna vers Edith :

— Je vais préparer mon cheval. Prenez des serviettes et des vêtements propres, pendant ce temps.

Et avant même qu'elle ait pu répondre, il partit vers les portes du château. Là-dessus, elle se leva et monta à l'étage, suivie par Cameron et Fearghas, comme d'habitude.

Elle prit des vêtements propres pour elle et pour

Niels, des serviettes pour qu'ils puissent se sécher, mais aussi du savon et des fourrures qu'elle enroula avant de les attacher avec une ficelle. Moibeal se chargea de fourrer le reste au fond d'un sac. Très vite, elle regagna le rez-de-chaussée.

Cameron et Fearghas proposèrent de porter tout cet attirail à sa place, mais elle fit non de la tête sans s'arrêter une seconde. Elle fut soulagée d'entendre Tormod appeler les deux hommes au moment où ils dévalaient l'escalier à toutes jambes. Ils ralentirent pour la regarder, mais elle leur fit signe d'obéir.

— Allez-y, je vais entrouvrir la porte pour jeter un œil et voir si mon époux est prêt.

Avec un signe de tête, les soldats rejoignirent leur chef, et elle courut vers les portes du donjon. Le sac jeté sur son épaule, elle poussa un battant pour passer la tête. Elle haussa un sourcil. Niels venait à sa rencontre, un bouclier à la main. Son cheval était au pied de l'escalier, avec Laddie allongé derrière lui, par terre. À côté, Ronson tenait les rênes.

— Où sont vos gardes ? lança-t-il quand elle ouvrit les portes pour de bon, les bras chargés.

— Tormod les a appelés à la table. Je leur ai promis que j'allais voir si vous étiez prêt, rien de plus.

Niels sembla se satisfaire de cette réponse, puis attrapa les fourrures qu'il coinça sous son bras ainsi que le sac. Le bouclier levé au-dessus d'elle, il dit :

— Venez. Nous partons sans eux, cette fois. J'ai à vous parler.

Il l'entraîna en bas de l'escalier et lui tendit le bouclier pour qu'elle le tienne le temps qu'il la porte jusqu'à sa selle. Puis il se hâta d'attacher le sac et les fourrures avant de faire grimper Ronson devant elle. Un instant plus tard, il était assis lui aussi, derrière elle, et faisait sortir son cheval de la cour.

— Vous pouvez baisser le bouclier, maintenant, dit-il quand ils passèrent sous la muraille.

Edith s'exécuta avec un certain soulagement et retint le bouclier contre sa jambe. Le tenir à bout de bras n'avait vraiment pas été évident. À cause des mouvements du cheval, elle n'avait pas arrêté de le cogner contre le visage de Niels, malgré tous ses efforts pour éviter de lui faire mal.

Ils firent le trajet jusqu'au loch sans ouvrir la bouche. Niels faisait avancer le cheval à une allure qui rendait toute conversation difficile, mais qu'importe. Elle appréciait de sentir la fraîcheur du vent dans ses cheveux et la chaleur de ce corps viril derrière elle. Elle fut presque navrée d'avoir à mettre pied à terre. Ils étaient arrivés au loch.

— Je vais installer les fourrures si vous souhaitez vous baigner, proposa Niels quand il la fit descendre.

Edith esquissa un sourire mais fit non de la tête. Elle comptait bien nager avec lui et Ronson, cette fois, et pas seule, tout angoissée à l'idée qu'on la voie vêtue de sa seule chemise. Oh ! elle la garderait tant que le petit serait avec eux, mais elle n'avait plus peur que son mari puisse la voir dedans. Elle l'aida à dérouler et à disposer les fourrures, puis rassembla les serviettes et les vêtements propres qu'elle accrocha à la même branche que la fois précédente.

Là-dessus, elle défit les liens de sa robe et la laissa glisser à terre. Le gémissement poussé par Niels la fit sursauter.

— Ah, mon amour, soupira-t-il en la rejoignant,

vous m'empêchez de réfléchir quand vous faites ce genre de choses.

— Quelles choses ? demanda-t-elle en riant lorsqu'il glissa les bras autour d'elle, par-derrière, et l'attira contre lui.

Elle se lova un instant contre ce torse musclé et savoura ce contact mais, quand les mains de Niels remontèrent vers ses seins, elle les attrapa en murmurant :

— Un peu de tenue, Ronson est là.

— Oui, soupira-t-il avant de la relâcher. Et moi qui ai été assez bête pour l'inviter !

Edith gloussa et fila aussitôt dans l'eau.

Ils s'aspergèrent et jouèrent comme des fous. C'était bien plus amusant de nager avec Ronson et Niels que toute seule. Cette fois, elle pouvait profiter de ce moment avec eux plutôt que de se contenter de les écouter s'amuser. Elle prit aussi plaisir à laver Laddie, même si le chien sauta sur elle et la fit basculer deux fois…

Ils finirent par revenir sur la berge.

— Et voilà ! s'exclama-t-elle joyeusement en sortant de l'eau avec Ronson. Tu es propre comme un sou neuf. Ta grand-mère sera contente.

— Une chance, fit le petit avec cet air grognon que peuvent avoir les enfants. J'ai cru que son cœur avait cessé de battre lorsqu'elle est sortie de la garde-robe et qu'elle m'a vu.

— Elle était encore là-bas ? plaisanta-t-elle.

— Oui. Comme je vous l'ai dit, elle y passe toutes ses journées, ronchonna l'enfant en acceptant la serviette qu'elle lui tendait pour qu'il se sèche. Elle allait y entrer quand elle m'a envoyé jouer dehors et je suis revenu juste avant qu'elle n'en sorte.

Edith resta immobile, la serviette à moitié enroulée

autour de son corps, et regarda l'enfant attraper les vêtements usés, mais propres, que sa grand-mère lui avait donnés. Ce qu'il venait de dire résonnait encore dans sa tête. Mais, quand Niels les rejoignit, elle revint à la réalité. Elle laissa son mari se sécher pour suivre le petit jusqu'aux fourrures.

— Parle-moi de ta grand-mère, Ronson, dit-elle gaiement.

Il se retourna pour la fixer puis s'assit :

— Vous voulez savoir quoi ?

Elle hésita. Qu'espérait-elle apprendre, au juste ? Finalement, elle avança :

— Parle-moi de ce que vous faisiez avant de venir au château.

Elle aurait voulu qu'il évoque l'endroit où ils vivaient auparavant, mais il comprit mal la question. À la place, il raconta ce qui leur était arrivé juste avant d'arriver sur les terres du clan.

— Eh bien on a marché un long moment, répondit-il avec une grimace. J'ai cru que mes pieds allaient se détacher de mes jambes, tellement on a marché.

— Et les autres châteaux où vous avez fait halte en cours de route ?

Bessie lui avait dit qu'ils s'étaient arrêtés dans chaque château entre ici et leur ancienne demeure, dans le nord de l'Angleterre, mais personne n'avait voulu les accueillir.

Le petit lui jeta un œil étonné.

— Quels autres châteaux, milady ? Tout ce qu'on a vu en cours de route, c'était des forêts et encore des forêts. On n'a pas croisé âme qui vive.

— Je vois.

Pas de doute : Bessie avait menti. De deux choses

l'une : soit le château dont ils venaient ne se trouvait pas dans le nord de l'Angleterre, contrairement à ce qu'avait dit la vieille femme, soit ils s'étaient tenus à l'écart des routes et des chemins pour ne rencontrer personne. Ce qui était fort possible. Mais si cela leur avait évité d'être volés par des brigands, ils avaient aussi avancé moins vite. Et le trajet n'était pas moins dangereux pour autant. Une chance qu'ils n'aient pas été attaqués par des loups ou des ours avant d'arriver à Drummond !

— Te rappelles-tu combien de nuits vous avez dormi avant d'arriver ici, Ronson ? demanda-t-elle subitement.

Il réfléchit longuement à la question.

— Beaucoup. Des centaines, peut-être.

Des centaines ? Non, sûrement pas. D'ailleurs, le petit ne savait même pas compter. Pas aussi loin, en tout cas. Mais cette réponse laissait entendre qu'ils avaient bel et bien fait un long trajet.

— L'hiver venait de se terminer quand nous nous sommes mis en route, ajouta-t-il tout à coup. Mais il faisait encore très froid.

Edith hocha la tête et se détendit quelque peu. Ronson et sa grand-mère avaient dû faire un sacré trajet pour parvenir jusqu'à Drummond. Un trajet de deux mois, peut-être. C'était beaucoup, seulement… On était en juillet, et ils étaient arrivés au château à la fin du mois de mai. S'ils avaient commencé leur périple dans les derniers jours de mars… Elle fronça les sourcils. Ils avaient pu marcher aussi longtemps, bien sûr. Ronson avait de petites jambes et il était jeune, sa foulée était plus modeste et ils avaient certainement voyagé plus lentement que deux adultes l'auraient fait… Mais, apparemment, ils ne s'étaient pas arrêtés une seule fois dans les châteaux ou les villages en cours de route.

Intriguée, elle lança :

— Qu'est-ce que vous avez mangé en cours de route ?

— Grand-mère allait chasser un lapin ou un oiseau quand on s'arrêtait en fin de journée. C'est une archère hors pair. Maman, c'était pareil. Elle m'emmenait chasser avec elle. Elle avait promis de m'apprendre à tirer à l'arc comme grand-mère le lui avait appris mais, juste après, elle est morte.

Le petit marqua une pause tandis que Niels finissait de se rhabiller pour les rejoindre sur les fourrures.

— Ma maman me manque, avoua-t-il d'un air triste.

— Je veux bien te croire, dit-elle. Et le dernier château où vous avez vécu avant votre arrivée ? Tu t'en souviens ?

— Oui.

Il tendit la main pour caresser Laddie quand le chien se posa dans l'herbe à côté d'eux. Il resta muet de longues secondes avant de répondre :

— Ce n'était pas mal. On avait la plus belle maison du village, ma grand-mère, maman et moi. Mais maman devait toujours aller au château parce que le seigneur voulait qu'elle travaille. Ma grand-mère disait plein de vilains mots quand il envoyait ses hommes la chercher. Elle disait que c'était un salaud de voleur, ou quelque chose dans ce goût-là.

Edith haussa les sourcils.

— De violeur, plutôt, non ?

Le visage du petit s'éclaira :

— Oui, c'est ça. C'était un salaud de violeur.

— Et comment s'appelait ta mère ?

Niels lui jeta un regard furieux, mais elle n'en eut cure.

— Glynis, annonça l'enfant en souriant. Elle était toujours très jolie, milady. Et elle ne passait pas son temps à la garde-robe comme ma grand-mère. Elle aimait jouer avec moi. Enfin, quand elle était en état de le faire…

— Comment ça ?

— Maman n'arrêtait pas de tomber et de se cogner quand elle travaillait pour le seigneur, elle revenait avec plein de bleus et d'égratignures. Elle ne pouvait pas jouer avec moi dans ces moments-là.

— Comment est-elle morte ? En tombant ou en se cognant contre quelque chose ?

— Oui, elle est tombée de la falaise, répondit tristement Ronson. C'était terrible. Elle n'a pas dû s'apercevoir qu'elle était si près. Elle a marché droit devant elle. J'ai essayé de la prévenir. J'ai crié, j'ai hurlé, j'ai couru aussi vite que j'ai pu pour la rattraper, mais elle ne m'a pas entendu. Et je ne pouvais pas courir assez vite.

— Je suis navré d'apprendre tout ça, Ronson, déclara gentiment Niels. Mais elle a entendu que tu as essayé de la prévenir, j'en suis sûr.

Le petit grogna et commença à gratter Laddie derrière les oreilles. Le chien se mit à donner des coups de patte dans le vide.

Edith les regarda un moment sans ouvrir la bouche. Puis elle demanda :

— C'est à ce moment-là que vous êtes partis ?

— Edith…, la coupa Niels.

De toute évidence, il souhaitait qu'elle cesse de poser toutes ces questions au petit. Heureusement, celui-ci répondit quand même :

— Oui. Le seigneur est descendu du château et il a

annoncé à ma grand-mère qu'on devait partir. Mais, à mon avis, il s'est trompé de personnes.

— Il voulait chasser quelqu'un d'autre, c'est ça ? avança-t-elle prudemment.

— Oui, il nous confondait avec d'autres gens. La preuve, il ne connaissait même pas le nom de ma grand-mère. Il n'arrêtait pas de l'appeler Ealasaid.

Edith fixa Ronson. Ce fut comme si un torrent furieux venait de résonner dans sa tête. Quand ce bruit assourdissant finit par s'atténuer, elle se décida à demander prudemment :

— Mon garçon, tu as bien dit qu'il l'appelait Ealasaid ?

— Oui, répondit-il en se rembrunissant. Elle était tellement en colère après lui qu'elle ne s'en est même pas aperçue. Mais moi, oui. Lorsqu'il est parti, j'ai essayé de faire comprendre à ma grand-mère qu'il s'était trompé. Qu'elle aurait dû monter au château et lui expliquer, mais elle m'a répondu de me taire et d'aller dormir parce qu'on partirait à la première heure.

Avec une grimace, Ronson admit :

— Peut-être qu'elle était un peu chamboulée par tout ça, parce qu'au moment de faire les bagages elle parlait de rentrer à la maison. Sauf qu'on était déjà à la maison ! s'exclama-t-il le plus sincèrement du monde.

Puis il poussa un nouveau soupir :

— Bref, nous sommes partis et nous avons marché jusqu'ici. C'était dur, milady. Je n'ai jamais fait quelque chose d'aussi dur. Parfois, je m'endormais debout. Et quand je me réveillais, ma grand-mère était en train de me porter. J'ai été tellement content qu'on arrive et que vous nous laissiez rester.

Edith eut un sourire forcé. Que répondre à ça ? Elle

aimait beaucoup Ronson mais, pour l'heure, elle n'était plus vraiment heureuse qu'ils soient venus jusqu'au château et qu'ils aient pu rester. C'était peut-être même l'erreur la plus monumentale qu'elle ait jamais faite.

— Est-ce que vous…

— Ronson, intervint brusquement Niels. J'ai besoin de parler à ma femme. On va s'installer là-bas, près du cheval. Reste ici jusqu'à notre retour.

— D'accord, milord, répondit l'enfant.

L'instant d'après, il s'allongea sur les fourrures, les yeux levés vers le ciel au-dessus de sa tête.

Chapitre 16

Edith observa Niels d'un air curieux tandis qu'il la conduisait à sa monture. On le sentait bouillir, et elle avait l'impression que c'était à cause d'elle. Pourquoi ? Mystère. Une fois à la hauteur du cheval, il se tourna pour lui lancer :

— Pour quelle raison avez-vous obligé le petit à aborder des sujets aussi douloureux ?

— Vous n'avez pas entendu ce qu'il a dit ? rétorqua-t-elle.

Certes, il avait peut-être manqué la partie où Ronson expliquait que contre toute attente Bessie savait manier un arc comme personne, mais il était là quand l'enfant avait donné ces prénoms qui l'avaient troublée : Ealasaid et Glynis.

— Bien sûr, dit Niels. La mère du petit a vraisemblablement été violée par leur dernier seigneur et elle a mis fin à ses jours. Là-dessus, ce vieux salopard les a jetés dehors, lui et sa pauvre grand-mère. Ils ont marché pendant des semaines avant d'arriver ici.

— Et les prénoms ?

Cette question le prit de court.

— Quels prénoms ?

— Celui de sa mère, pour commencer, soupira-t-elle sans cacher son agacement.

La tête baissée, Niels sembla fouiller intensément dans ses souvenirs.

— Glenna ? finit-il par dire avec une pointe d'hésitation.

— Glynis, corrigea-t-elle. Les sœurs de mon père s'appelaient Glynis et Ealasaid.

— Ah… D'accord. Sauf que la grand-mère de Ronson s'appelle Bessie.

— Bessie est le surnom qu'on donne aux enfants ou aux vieilles qui se prénomment Elisabeth, précisa-t-elle en tâchant de ne pas perdre patience. Et Elizabeth est l'équivalent anglais…

— D'Ealasaid ! conclut-il.

Enfin, il voyait où elle voulait en venir !

— Exact. Et c'est ainsi que l'appelait son ancien seigneur, rappela-t-elle en se tournant vers Ronson.

Il avait les yeux fermés, mais son petit pied bougeait. Il était donc éveillé.

— Et d'après Ronson, sa grand-mère parlait de « revenir à la maison », ajouta-t-elle d'un ton grave.

— Certes. Mais les sœurs de votre père sont mortes, m'avez-vous dit.

— C'est ce qu'on m'a raconté.

— Dans ce cas… Il ne s'agit peut-être que d'une étrange coïncidence, avança-t-il d'un air dubitatif.

Une coïncidence ? Voilà qui aurait été surprenant !

— À plusieurs reprises, Ronson s'est plaint que sa grand-mère restait des heures dans la garde-robe, rappela-t-elle. D'après lui, elle passe une bonne partie de la nuit là-bas. J'ai trouvé ça normal, vu son grand âge. Mais quand nous sommes revenus du loch, aujourd'hui, je lui ai fait remarquer que sa grand-mère serait contente de le voir propre comme un sou neuf. Il m'a raconté alors qu'elle lui avait demandé d'aller jouer. Quand il est revenu, elle a failli avoir une attaque quand elle l'a trouvée juste devant elle en sortant de la garde-robe.

Niels secoua la tête. De toute évidence, il ne voyait toujours pas le rapport avec ce qui les occupait.

— Quand je suis descendue après vous avoir quitté, au moment où les hommes fouillaient les chambres et les tunnels, la grande salle était presque vide, reprit-elle. Il y avait deux gardes postés devant la porte des cuisines, et peut-être cinq ou six serviteurs autour des tables, dont Moibeal. En revanche, aucune trace de Ronson et de Laddie. Ou de Bessie.

— Le petit était certainement dehors, en train de jouer avec le chien. Quant à Bessie, elle était dans la garde-robe, suggéra-t-il simplement.

— Oui, c'est ce qu'on pourrait croire mais, dès que je suis descendue, j'ai fouillé toutes les garde-robes pour trouver l'entrée secrète dont Tormod avait parlé. Et elles étaient toutes vides.

Niels tressaillit. Sans doute commençait-il à comprendre...

— Et elle n'était sûrement pas dans les cuisines.

— Non. Les gardes ne l'auraient pas laissée entrer. Elle n'a pas pu non plus monter à l'étage. Des soldats bloquaient l'accès au couloir.

— Et donc, d'après vous, Bessie connaît l'existence des passages secrets car elle n'est autre que la sœur de votre père, Ealasaid, conclut-il.

— Oui, et à mon avis, elle a appelé sa fille Glynis en souvenir de sa sœur. Elles étaient très proches apparemment.

Niels hocha la tête et avança :

— Cette fameuse Glynis est donc la mère de Ronson. Et le petit porte ce nom en l'honneur de votre père, Ronald ! Ronson est une variante de ce prénom.

Exactement ! C'était la conclusion à laquelle elle était elle-même parvenue.

— Vous pensez que Bessie s'est servie de ces tunnels pour monter jusqu'à la chambre de votre père et qu'elle a dormi là-bas ?

— Pas seulement ! La mère de mon père avait de vrais talents d'herboriste. Elle connaissait les plantes qui guérissent et celles qui tuent. Elle a appris à ses deux filles tout ce qu'elle savait avant qu'elles ne meurent toutes les trois. Enfin, peut-être pas toutes les trois, finalement…

— Dans ce cas, Bessie avait les connaissances nécessaires pour empoisonner tout le monde.

La mâchoire serrée, Niels ajouta :

— Et ce sont ses connaissances médicales qui lui ont permis de savoir où se trouve le cœur. Et comment planter un poignard à cet endroit précis, sans se tromper.

— Tout le monde tient Effie pour responsable de ce qui s'est passé, mais comme je l'ai expliqué à Rory…

— Effie avait les mains et les bras atrophiés, elle n'aurait jamais vu porter un coup aussi précis. C'est ce qu'il nous a dit quand nous avons trouvé les fioles de poison sous le lit. Nous avons su qu'elle n'était pas la coupable avant même d'apprendre qu'elle était morte. L'ennui, c'est que nous n'étions pas plus avancés. Résultat, nous avons fait mine de la croire toujours coupable, pour endormir la méfiance de l'assassin, le vrai, et le pousser à commettre une erreur. Voire à tomber dans le piège que nous lui avons tendu.

Cette dernière phrase éveilla aussitôt la curiosité d'Edith.

— Un piège ? Quel piège ?

— Celui dont nous avions parlé : nous avons laissé votre boisson dans la chambre, sans surveillance. Enfin, en apparence, car Alick est caché comme prévu. Si l'assassin vient empoisonner le breuvage, il le prendra sur le fait.

Devant l'étonnement d'Edith, il demanda :

— Vous n'avez pas remarqué que mon frère n'est pas descendu avec nous ? Personne ne sait qu'il est là, en dehors des deux gardes postés dans le couloir et qui ont juré de rester muets comme des carpes.

— Je vois.

Ça y est, elle se souvenait du plan qu'il avait évoqué dans la matinée. Tout cela lui semblait si loin !

Brusquement, un détail interpella Niels.

— Si tant est qu'elle soit encore en vie, quel âge aurait votre tante ?

— Ealasaid et Glynis avaient respectivement sept et dix ans de moins que mon père. Ma grand-mère a perdu plusieurs enfants entre la naissance de mon père et celle d'Ealasaid.

Niels secoua la tête. Cette information semblait le décevoir…

— Bessie est très vieille, Edith. Elle n'est pas la sœur de votre père, impossible. Sans compter qu'elle est sourde comme un pot, courbée par les ans et… je doute qu'elle soit capable de se servir d'un arc.

— Ce n'est pas l'avis de Ronson. Elle a dû chasser pour ne pas mourir de faim avant de parvenir jusqu'ici, dit-elle d'un air grave. Et elle…

— Quoi ? insista-t-il en la voyant hésiter.

— Eh bien… Elle a l'air très vieille mais, d'après le

petit, elle l'a porté pendant leur longue marche. Autre détail : elle ne semble pas y voir très clair, et pourtant ses travaux d'aiguille ne lui posent aucune difficulté. De la même façon, elle a déjà entendu des choses que je marmonnais tout bas. Est-elle aussi sourde qu'elle le prétend ? À mon avis, non.

À ces mots, il parut avoir comme une illumination.

— Vous pensez qu'elle fait semblant d'être très vieille ?

— Je pense surtout que nous devons lui dire deux mots, mon ami.

— Elle ne va pas avouer sa culpabilité. Cela l'enverrait directement à l'échafaud.

La mine fermée, elle tourna la tête. Comment prouver que ses soupçons étaient fondés ?

— Et si nous la mettions à l'épreuve ? proposa-t-il subitement.

— Comment ?

Niels réfléchit un instant puis suggéra :

— En jetant quelque chose sur elle. Ce qui nous permettrait de voir si elle est assez énergique pour éviter l'objet à temps. On pourrait aussi revenir au château, prétendre que Ronson est grièvement blessé et observer la vitesse à laquelle elle se précipite dehors.

— Cela pourrait marcher, admit Edith en esquissant un sourire. Surtout cette dernière idée. Une chose est sûre : elle aime Ronson.

— Oui. Et si ça ne fonctionne pas, nous n'aurons qu'à l'enchaîner au fond des oubliettes et l'obliger à avouer la vérité, lança-t-il en l'attrapant par la taille.

Une seconde plus tard, Edith se retrouvait sur la selle de sa jument. Puis Niels se tourna pour lancer :

— Ronson, viens ! On s'en va.

— Non ! s'écria-t-elle aussitôt.

Ronson s'arrêta net, tâcha de ne pas perdre l'équilibre et les regarda à tour de rôle, l'air hésitant.

— Reste là, dit-elle en mettant pied à terre.

Niels se tourna vers elle sans comprendre. Mais il se hâta d'enrouler un bras autour d'elle pour l'aider à descendre. Ils étaient face à face, tout près l'un de l'autre.

— Vous ne vouliez pas parler à Bessie ? lui souffla-t-il tout bas.

— Si, mais nous ne pouvons pas ramener Ronson, répondit-elle avec une certaine inquiétude. C'est sa grand-mère. Ce serait un choc terrible pour lui, surtout si nous finissons par l'envoyer aux oubliettes pour la faire parler.

— Oui, vous avez sans doute raison, murmura-t-il. Mais je n'aime pas l'idée de le laisser seul ici. Même avec Laddie.

— Non, convint-elle. Vous allez donc rester ici avec lui pendant que j'irai la questionner.

— À d'autres ! répliqua-t-il aussitôt avec un regard de bête sauvage. Si quelqu'un doit rester ici avec le petit, c'est vous.

Edith prit un air courroucé et leva fièrement le menton :

— Elle a tué mon père, mes trois frères et mon oncle. J'exige d'être là quand on l'interrogera.

Niels se frotta la nuque et retint un mouvement d'humeur. Mais il finit par rendre les armes.

— Soit. Je ne lui dirai rien tant que vous ne serez pas rentrée. Je vais regagner le donjon, trouver Bessie et l'escorter aux oubliettes en toute discrétion. Je l'enfermerai dans une des cellules avant de repartir vous chercher. Comme ça, Ronson ne s'inquiétera pas pour elle et vous viendrez l'interroger avec moi.

Edith étudia cette proposition. C'était un bon compromis.

— D'accord, mais promettez-moi que vous serez accompagné par Tormod et par vos frères quand vous chercherez Bessie.

— Ce n'est pas une petite vieille qui va me faire peur ! s'insurgea-t-il en bombant le torse.

— Une petite vieille qui a tué plusieurs personnes, mon ami. Je serais navré que vous fassiez partie de ses victimes. Alors faites-moi cette promesse, insista-t-elle.

— Soit, bougonna-t-il. Je ne la chercherai pas seul.

— Merci, souffla-t-elle.

Avec un signe de tête, il se tourna vers son cheval avant de se raviser. Et de se défaire de son épée.

— Prenez ça.

Edith fut bien obligée d'accepter. Seulement…

— Et si vous en avez besoin ?

— Je ne serai pas long, Edith. Mon épée ne me servira à rien. Et puis je refuse de vous laisser seule ici sans arme… Même si je n'en ai pas pour longtemps.

— Je suis toujours armée, mon cher mari, mon *sgian-dubh* ne me quitte jamais ! lui rappela-t-elle. En plus, je ne suis pas seule, j'ai Laddie et Ronson avec moi. Nous sommes souvent venus ici, nous ne courons aucun risque.

— Prenez cette épée, c'est tout, ordonna-t-il avant de se pencher pour lui déposer un baiser sur les lèvres.

Après quoi, il grimpa sur sa monture et la regarda à nouveau, l'air soucieux.

— Je n'aime pas vous laisser là.

— Tout ira bien, lui assura-t-elle. Mais dépêchez-vous.

— Bien.

Le temps d'un dernier signe de tête, il éperonna son cheval et partit à vive allure.

Edith le regarda disparaître au milieu des arbres et regagna les fourrures étalées par terre. Ronson était encore allongé, les yeux clos, et Laddie s'était pelotonné tout près de lui. Elle faillit secouer le chien et l'obliger à s'écarter des peaux de bête, mais il semblait bien que Ronson se soit assoupi pour de bon. Pas question de le réveiller. Elle renonça donc à son idée, s'assit à côté d'eux, déposa l'épée de Niels et observa le petit.

Quelle tristesse. C'était vraiment un brave garçon. Elle espérait pour lui que sa grand-mère n'avait rien à voir avec ces meurtres atroces. Mais il y avait peu d'espoir. Malgré tout, ce qu'elle avait de toute évidence deviné avait suscité davantage de questions que de réponses. Si Bessie et Ealasaid étaient une seule et même personne, pourquoi avait-on dit à son père qu'elle était morte ? D'ailleurs, le lui avait-on vraiment dit ? Elle voulait croire qu'il n'aurait jamais menti sur un sujet aussi grave mais, après tout ce qui s'était passé, elle ne savait plus quoi penser.

Sans oublier le reste… Si Bessie n'était autre qu'Ealasaid, et si son père avait été vraiment proche d'elle, pourquoi ne l'avait-il pas reconnue quand elle était arrivée ici ? Et surtout : pourquoi aurait-elle voulu le tuer ?

Edith était perdue dans ces sombres pensées quand Laddie se leva brusquement et se mit à japper. La seconde d'après, il fonçait vers le petit bois à l'orée de la clairière, face à elle.

— Laddie ! cria le petit d'une voix ensommeillée. Reviens !

Même à moitié endormi, il se leva à son tour et suivit l'animal.

— Ronson, non !

Edith tenta d'attraper son bras mais il était déjà parti à toutes jambes, presque aussi vite que le chien. Trop tard. Elle laissa échapper une bordée d'injures. Vite, qu'il ne s'éloigne pas ! Pourtant, au bout de deux pas, elle s'arrêta net. Le petit venait de crier :

— Grand-mère, qu'est-ce que tu fais là ?

— Je voulais m'assurer que tu t'étais bien lavé derrière les oreilles !

Clouée sur place, Edith fournit un effort surhumain pour reculer jusqu'aux fourrures et se pencher pour attraper l'épée de Niels qu'elle empoigna fermement par le manche. Elle se tendit encore plus en voyant Ronson sortir du bois, suivi par sa grand-mère et Laddie qui bondissait tout autour d'eux.

Dire que Bessie avait l'air furieuse était un doux euphémisme. Elle scrutait le chien comme si elle allait tuer et dépecer la pauvre bête. Mais outre cette colère froide, elle se tenait toute droite et marchait à une allure normale. La petite vieille voûtée et aux pas comptés avait disparu. Au même moment, elle commença à se courber vers l'avant et à ralentir. Elle prit aussi un air plus obséquieux quand elle posa les yeux sur elle.

— Oh ! milady. C'est un sacré bout de chemin qu'il faut faire pour venir jusqu'ici, dit-elle en agitant la main devant son visage, comme si cet effort avait manqué de la faire tomber dans les pommes.

Tomber dans les pommes. Voilà bien une chose qu'Edith était à deux doigts de faire. La clairière était loin du donjon. Trop loin pour que Bessie ait marché jusqu'ici en aussi peu de temps. Elle devait avoir un cheval quelque part.

— Laddie ! rugit le petit en lâchant la main de sa grand-mère.

La seconde d'après, il partait à la poursuite du chien qui venait de foncer vers le bois.

Pendant que Bessie le regardait détaler, l'air agacé, Edith ne lâchait pas la vieille femme des yeux. Tant que Ronson restait près de Laddie, il ne courrait aucun danger. Mais elle ? La situation était délicate, c'était le moins qu'on puisse dire. Cette femme était venue jusqu'ici pour la tuer, elle en était sûre. Mais comptait-elle commettre son forfait devant son petit-fils en espérant qu'il ne dirait rien à personne ou avait-elle un autre projet en tête ? Tout le problème était là. Savait-elle que Niels avait fait le trajet avec eux ? Sans doute. Dans ce cas, elle avait sûrement eu l'intention de les abattre à coups de flèches, tapie derrière un arbre. Ronson aurait assisté aux meurtres, mais il n'aurait jamais su qui les avait perpétrés.

— Où sont votre arc et vos flèches, Ealasaid ?

— Où est mon…

La vieille femme feignit l'innocence mais s'interrompit brusquement. Les yeux plissés, elle demanda :

— Comment m'avez-vous appelée, milady ?

— Ealasaid, répéta-t-elle calmement, en haussant un sourcil. C'est bien votre prénom, n'est-ce pas ? Ealasaid Drummond. Votre sœur s'appelait Glynis, comme votre fille. Quant à votre frère, c'était mon père, et vous l'avez tué.

La vieille femme soutint son regard, puis se redressa et se raidit, les mâchoires serrées.

— Vous êtes sûrement venue pour nous tuer, Niels et moi. À coups de flèches, poursuivit-elle en constatant que Bessie ne réagissait toujours pas. Le tout sous les yeux de votre propre petit-fils. Quelle cruauté.

— Oui. Ça m'ennuyait de faire une chose pareille devant lui, mais c'était un mal nécessaire. Et je refuse qu'il me voie. C'est d'ailleurs pour cette raison que je n'ai pas mon arc avec moi. Dès que le chien s'est précipité vers les arbres et que Ronson s'est lancé à sa poursuite, j'ai tout caché sous un buisson.

Edith eut l'impression de recevoir un coup de poing dans l'estomac. Elle avait trouvé la clé de cette sanglante énigme mais, de toute évidence, voir la vérité en face était plus écrasant que d'avoir de simples soupçons. Car apparemment, cette femme comptait toujours la tuer.

— Pourquoi ?

Cette question lui avait presque échappé. Elle flotta dans l'air entre elles un moment, avant que Bessie ne lâche :

— À votre avis ?

— Je n'en sais rien, admit-elle. Jusqu'à aujourd'hui, je pensais que tous les membres de ma famille étaient morts et que vous n'étiez qu'une vieillarde qui s'efforçait de veiller sur son petit-fils. Et voilà qu'une tante que je croyais morte avant ma naissance est en vie. Et elle a assassiné les miens.

— C'est ce que votre père vous a raconté ? Que j'étais morte ? demanda-t-elle avec un rire sinistre.

— Non, c'est ma mère qui me l'a dit. Ce sujet était trop douloureux pour mon père, il refusait de l'aborder.

— Et comment ! lança Bessie d'un ton sarcastique

avant d'écarter les bras. Eh bien, comme vous pouvez le constater, c'était faux. Je suis bien vivante.

— Oui. Et votre sœur Glynis aussi ?

La vieille femme sembla étonnée par cette question.

— Quoi ? Non, évidemment que non. Elle est morte de la fièvre il y a près de trente ans. Juste avant que mon père me jette dehors comme une malpropre en m'ordonnant de ne jamais revenir.

— Mon père — votre frère — pensait que vous étiez morte en même temps que Glynis et votre mère, assura-t-elle.

— Oh ! ça ne m'étonne guère. Votre grand-père était suffisamment retors pour avoir ce genre d'idées. Mais quelqu'un du château a forcément révélé la vérité à Ronald, après coup. J'en mettrais ma main au feu. Il était au courant.

— Si c'était le cas, il serait venu vous chercher, comme il l'a fait pour Cawley après la mort de votre père.

Edith en était certaine. Malgré tout, Bessie répondit par un signe de la tête :

— Où est votre mari ?

— À l'heure qu'il est, il a dû arriver au château depuis un moment. Il aura largement eu le temps de révéler aux uns et aux autres votre véritable identité. Ils savent que vous êtes derrière tous ces meurtres. Ils doivent être en train de vous chercher partout. Et de se demander s'ils ont intérêt à vous pendre ou à vous jeter aux oubliettes.

Bessie ferma les yeux puis les rouvrit pour observer Ronson qui traversait la clairière pour les rejoindre, avec Laddie sur ses talons. Il semblait surexcité.

— Regardez ce que Laddie a trouvé, milady. Un arc

et un carquois. Les flèches ne sont même pas cassées. Elles sont belles, hein ?

— Oui, Ronson, très belles, acquiesça-t-elle sans détourner son regard de la vieille femme.

— Vous pensez que je peux le garder ? demanda-t-il d'un ton plein d'espoir. C'est peut-être celui de Lonnie ! Je me demande si...

— Non, je ne pense pas que ce soit celui de Lonnie, assura-t-elle avant de hausser un sourcil. Si ta grand-mère n'y voit pas d'inconvénient, tu peux tout garder.

Evidemment, Ronson s'empressa de demander :

— Je peux, grand-mère ? J'ai toujours voulu avoir un arc à moi, j'en rêve depuis toujours. Je peux ?

Bessie lui jeta un regard triste avant de hocher la tête.

— Oui, il est à toi, mon grand, bougonna-t-elle. Maintenant, va t'entraîner sur cet arbre, près du ruisseau, et laisse-nous causer.

— Merci, grand-mère ! Allez viens, Laddie, s'exclama le petit en laissant éclater sa joie.

— Fais attention à ne pas te tirer une flèche dans le pied. Et ne tire pas sur le chien non plus.

— D'accord, grand-mère ! répondit-il joyeusement.

Avec un soupir, Bessie scruta Edith et haussa un sourcil inquisiteur.

— Et maintenant ?

— Maintenant, répondez à mes questions, dit-elle d'un ton grave.

— Quelles questions ?

Edith hésita. Mais elle finit par dire :

— Vous aviez treize ans quand on vous a crue morte. Et c'était il y a trente ans. Vous avez donc quarante-deux, quarante-trois ans. Je me trompe ?

— J'ai quarante-deux ans, c'est bien ça.

Edith hocha la tête. Elle avait donc vu juste. Mais cela n'expliquait pas tout.

— Comment avez-vous fait pour paraître aussi vieille ?

— Mes cheveux ont toujours été si blonds qu'ils avaient l'air blancs, expliqua Bessie. Quant aux rides de mon visage, ce sont des traces de saleté savamment dessinées, mais certaines sont de vraies rides. Une paysanne a rarement la possibilité de se protéger du soleil, contrairement à une lady.

— Que vous est-il arrivé ?

Edith nageait en plein brouillard. Qu'est-ce qui avait bien pu conduire Ealasaid, la fille d'un des seigneurs les plus puissants et les plus riches d'Écosse, à devenir Bessie, une simple servante ?

— Ce qui m'est arrivé ? répéta celle-ci d'une voix sourde. Si une simple paysanne ne peut pas devenir une lady, une lady peut par contre devenir une simple paysanne si elle ose s'opposer à la volonté de son père. J'ai eu cette audace. Et j'ai payé le prix fort.

— Comment ça ?

— Il avait prévu de me marier à un vieux barbon malpropre qui me dégoûtait tellement que je n'arrivais pas à le regarder. J'ai décidé de ne jamais l'épouser, mais je ne me suis pas contentée — bêtement — de refuser. Car mon père m'aurait fait surveiller par des gardes et il m'aurait forcée à dire oui à ce vieux dégoûtant. Seulement, je me doutais qu'il ne pourrait pas me forcer à me marier si je perdais ma virginité. Alors il m'est venu une idée. J'ai séduit un seigneur anglais en visite chez nous, Lord Adeney.

À ces mots, elle serra les dents. Et poursuivit :

— Enfin, c'est ce que j'aime raconter. La vérité, c'est que j'ignorais totalement ce que je faisais. Je me suis glissée dans la chambre de Lord Adeney grâce au passage secret, avec ma chemise pour tout vêtement. En deux temps, trois mouvements, je me suis retrouvée allongée sur le lit, débarrassée de ma chemise pendant qu'il s'enfonçait en moi, brutalement. Ça a duré toute la nuit.

Elle marqua une pause avant de reprendre :

— L'aube venue, j'étais à peine capable de marcher tellement j'avais mal. Mais je suis descendue de ce lit et je me suis traînée jusqu'à ma chambre, où j'ai passé ma journée à pleurer. Le tout sans m'apercevoir que ma sœur et ma mère avaient été frappées par la suette pendant la nuit. Le lendemain, je me suis sentie mieux. Je suis allée voir mon père pour lui révéler qu'on m'avait pris mon innocence et qu'il ne pouvait plus me forcer à ce mariage. Après mon discours, il m'a annoncé la mort de Glynis et de ma mère. Et pour lui, j'étais morte aussi. J'avais choisi Adeney, je n'avais qu'à partir avec lui. Ce dernier pouvait faire de moi ce que bon lui semblait.

— Il n'a pas voulu vous épouser ?

Edith n'en croyait pas ses oreilles. Malgré tout ce que cette femme avait fait, elle éprouvait tout de même de la compassion pour Ealasaid, cette enfant qui avait fait des choses insensées. Un seigneur plus respectable aurait renvoyé cette jeune fille dans sa chambre. De toute évidence, ce Lord Adeney ne semblait guère être un homme d'honneur. Il n'avait pas épousé celle qu'il avait déflorée. Seulement, pourquoi son grand-père n'avait-il pas forcé son hôte à réparer ses torts ?

— Lord Adeney était déjà marié. Je le savais quand je l'ai choisi, admit Bessie avant d'approcher d'elle.

***

— Eh bien ?

Niels venait de sortir du passage secret qui débouchait dans la grande chambre à coucher, suivi de ses frères. Tormod était là. Le vieux soldat secoua la tête d'un air grave.

— Les hommes ont fouillé partout. Elle n'est pas dans le jardin, ni dans la cour, ni au village, et personne ne l'a vue depuis que Moibeal l'a surprise en train de se faufiler dans la garde-robe.

— Elle n'était ni dans les tunnels ni dans la chambre, répondit Rory, la mine fermée. Où peut-elle être ?

— Nous n'avons pas fouillé le tunnel, fit doucement remarquer Geordie. Nous avons jeté un œil à l'intérieur mais nous ne sommes pas allés jusqu'au bout. Elle l'a peut-être emprunté pour tenter de s'enfuir.

— S'enfuir où ? demanda sèchement Rory. Personne ne l'a vue depuis que Niels et Edith sont partis pour le loch avec Ronson. Avant le retour de Niels, on ne savait pas qu'elle était la tante d'Edith et qu'elle était la responsable de ces meurtres. Elle n'avait aucune raison de fuir.

— Une de ces galeries débouche à mi-chemin entre le château et le loch, c'est ça ? murmura Niels.

L'inquiétude commençait à s'emparer de lui.

— Oui, milord, répondit Tormod d'un air soucieux. Vous ne pensez quand même pas que Bessie s'est servie des tunnels pour vous suivre jusqu'au loch ? Si c'est le cas, Lady Edith est seule là-bas et…

La phrase du vieux soldat resta en suspens. Niels venait de tourner les talons et de quitter la pièce en courant. Que projetait la vieillarde ? Il avait un mauvais pressentiment… Et si elle avait eu l'intention de faire d'une pierre deux coups, et de les supprimer, Edith et lui ? Edith qu'il avait abandonnée seule et sans défense dans les bois, sans rien d'autre qu'un enfant et un chien pour la protéger.

Chapitre 17

Edith fut tellement désarçonnée par le bond en avant de Bessie qu'elle mit du temps à lever l'épée qu'elle tenait — mais pas trop, fort heureusement. La vieille femme s'arrêta net quand la pointe acérée se retrouva collée contre son ventre.

Elles se regardèrent un court instant avant que Bessie ne se décide à reculer d'un pas, juste assez pour se mettre hors de portée de la lame. Puis elle haussa les épaules, comme pour dire qu'il fallait bien essayer.

Edith se contenta de l'observer. Depuis tout à l'heure, une certitude l'avait animée : dès que sa tante saurait que les autres étaient au courant de sa duplicité et que tout était perdu, elle renoncerait à vouloir la tuer. Mais, de toute évidence, ce n'était pas le cas… Cette femme était-elle folle ou stupide ?

Peut-être que Bessie s'était décidée à empoisonner tous les occupants du château jusqu'au dernier, pour ensuite accuser quelqu'un d'autre et s'emparer de cet endroit. Impossible à dire. Pour sa part, il ne fallait surtout pas qu'elle baisse sa garde. La grand-mère de Ronson était bien plus près d'elle qu'avant ce grand bond. Un autre stratagème de ce genre et elle risquait de retourner la situation.

— D'autres questions ? demanda Bessie d'un ton posé.

Edith plissa les yeux et recula prudemment d'un pas. Puis d'un autre. Une fois à bonne distance, elle demanda :

— Qu'ont pensé Lord Adeney et sa femme quand vous êtes devenue un problème pour lui ?

— Je ne sais pas ce que pensait Lady Adeney mais, pour sa part, il était très content, répondit-elle sèchement. En ce qui le concernait, tout était pour le mieux. Il avait une femme et, désormais, il m'avait moi. Il pouvait faire de moi ce qui lui chantait. Et, manifestement, ce qui lui chantait, c'était de m'envoyer dans un cottage, au fin fond d'un village où sa femme n'aurait jamais à me croiser. Et il me faisait venir pour la bagatelle.

Le plus naturellement du monde, Bessie ajouta :

— Bien entendu, je suis tombée enceinte. Mais, au bout du compte, c'était un mal pour un bien. Quand j'ai commencé à m'arrondir, j'ai cessé de l'intéresser, ce qui m'a évité d'avoir ses salles pattes sur moi pendant un moment.

— L'enfant, c'était Glynis ? avança Edith.

— Non, ce premier bébé n'a pas tenu, il est mort-né. C'est arrivé plusieurs fois avant la naissance de Glynis. La semence d'Adeney était faible. Pendant douze ans, il a profité de moi, sans me donner autre chose que des nourrissons qui étaient déjà morts ou qui expiraient dans mes bras dès leur premier souffle.

— Jusqu'à Glynis…

Bessie eut un sourire lugubre.

— Oui, sauf qu'elle n'était pas l'enfant d'Adeney. Son père, William, avait une semence plus robuste.

Edith haussa un sourcil.

— William ? Qui est-ce ?

— Un soldat d'Adeney. Un homme bon et gentil. Il était souvent chargé de m'escorter, à l'aller et au retour. Il savait dans quelles conditions je vivais, et tout ce que son salaud de chef me faisait subir.

Elle marqua une pause avant d'expliquer froidement :

— L'autre était aussi faible que sa semence. Au fil du temps, il a eu de plus en plus de mal à durcir sa tige. Au bout d'un moment, il devait me frapper pour y parvenir. Il prenait du plaisir à me faire mal.

Edith resta muette. Que répondre à ça ? Pouvait-elle se montrer compatissante vis-à-vis de quelqu'un qui avait tué tant de gens ? Non, évidemment. Elle préféra donc ne rien dire. Et Bessie continua :

— Pendant des années, William m'a ramenée au cottage quand Adeney en avait fini avec moi. Il essayait de panser mes blessures. Il était si bon et si gentil… Je suis tombée amoureuse de lui, pourtant quand il m'a avoué ses sentiments, je l'ai repoussé. Adeney n'aimait pas partager, et cet amour nous aurait attiré des ennuis. Mais, un jour, il a été appelé à la Cour plus longtemps que les fois précédentes. Le roi avait besoin de ses conseils et de sa compagnie, il l'a gardé près de lui plus de six mois.

Bessie esquissa un sourire :

— C'était comme si les portes du paradis s'étaient ouvertes. Les journées étaient chaudes et ensoleillées, tout refleurissait et William…

Avec un soupir, elle baissa la tête.

— Les deux premières semaines, nous avons tâché de résister, mais nous avons vite fini par passer chaque minute de chacune de ces journées ensemble. Il m'a appris que l'amour n'avait pas besoin d'être aussi douloureux et horrible. Que les hommes n'étaient pas forcément des démons égoïstes et répugnants, comme mon père et Adeney. Il souhaitait que je m'enfuie avec lui, mais j'avais trop peur. Je l'aimais de tout mon cœur, mais…

Une ombre passa sur son visage.

— Mais au moins, j'avais cette petite maison et de quoi manger. Si on avait pris la fuite…

Elle regarda ses mains et secoua la tête.

— Notre amour lui a coûté la vie.

— Adeney a découvert la vérité ? s'enquit Edith.

— Oui. Je ne sais pas qui l'a mis au courant. Comme il ne m'a pas demandé d'explications sur le moment, nous n'avons pas su qu'il avait découvert le pot aux roses. Mais, peu de temps après son retour, Adeney a chargé William de remettre un message, avec deux de ses plus fidèles soldats. William n'est jamais revenu. Ils ont prétendu qu'il était tombé de son cheval et qu'il s'était brisé la nuque. Ils l'avaient enterré dans les bois, en cours de route.

Bessie eut un rire dur.

— J'ai cru à la fable d'Adeney, comme une idiote. Je croyais que c'était peut-être une punition divine. Glynis est née six mois et demi après le retour d'Adeney. Elle était toute menue. Adeney m'a crue quand j'ai prétendu qu'elle était née avant-terme… enfin il a fait semblant. Jusqu'à ce qu'elle ait douze ans.

Ses traits se durcirent, et elle ajouta d'un ton lugubre :

— J'étais partie ramasser des herbes médicinales pour une femme du village qui était malade. Je mettais à profit les connaissances que m'avait transmises ma mère et que j'avais développées. Ce jour-là, en rentrant, j'ai retrouvé ma pauvre Glynis couverte de sang, elle pleurait sur le lit pendant qu'Adeney sirotait une bière à ma table. Ma fille venait d'avoir ses premières menstrues, mais cela ne l'avait pas empêché de la violer et de la frapper. Exactement comme il l'avait fait avec moi, des années durant.

Sa mâchoire se crispa.

— Cela m'a mise hors de moi. Comment avait-il osé faire ça à sa propre fille ? Comment ? Là, je l'ai vu s'esclaffer, et il m'a dit : « Ma fille ? La fille de William, tu veux dire ? Elle n'est pas de mon sang. » Il a eu un sourire cruel et il a ajouté : « C'est terrible qu'il soit mort avant de voir sa bâtarde. Mais il n'aurait pas dû toucher à ce qui m'appartient. »

Bessie poussa un long soupir et poursuivit son récit :

— Quand il a regagné la porte, il a lancé : « Au bout du compte, William m'a fait un beau cadeau. Elle est bien jolie, encore plus que toi à l'époque. C'est elle que les soldats viendront chercher, dorénavant, Ealasaid. J'en ai assez de ton vieux corps rabougri. » Et puis il est parti, en me faisant comprendre que mon amour avait tué William et qu'il ferait subir à ma fille le même enfer qu'à moi.

Les yeux clos, elle ajouta :

— Il a tenu parole. Quelqu'un emmenait Glynis au donjon tous les soirs. Ça m'a brisé le cœur. La pauvre enfant. Elle pleurait, elle me suppliait de ne pas laisser les soldats la prendre, mais je ne pouvais rien faire.

Vous auriez pu plier bagage et partir avec elle. Voilà ce qu'Edith aurait voulu dire, mais elle se garda de le faire.

— Au bout de quelques mois, la semence d'Adeney

a pris racine et Ronson est né un an et demi après le premier viol.

Bessie jeta un œil au petit qui essayait de bander la corde de l'arc, mais sans parvenir à envoyer la flèche à plus de quelques centimètres de distance.

— Même s'il était d'Adeney, Glynis aimait cet enfant. Et moi aussi. C'était le seul rayon de soleil de nos vies. Mais ce n'était pas suffisant. Elle s'est tuée au printemps dernier. Elle s'est jetée des falaises derrière le château. Sans se soucier du choc que ce serait pour moi.

Edith dut plonger les ongles dans sa main pour se retenir de répliquer.

— Les hommes ont récupéré son corps sur les rochers et ils l'ont étendue sur la table de la cuisine. Au même moment, Adeney est arrivé pour voir si elle était bien morte. Il a jeté un œil au corps martyrisé de Glynis et il a haussé les épaules. Là, il a annoncé qu'on devait partir, Ronson et moi. Le lendemain, à midi, il comptait mettre le feu à la maison, qu'on soit dedans ou pas.

— Vous avez donc fait vos bagages et vous êtes venus ici, dit Edith.

— Oui, je n'avais pas le choix, dit-elle en contenant sa colère. Je n'avais personne pour m'aider, alors je suis venue ici et mon propre frère ne m'a même pas reconnue. Il nous a regardés comme si nous étions deux mendiants, il est passé devant nous et il a poursuivi son chemin, le cœur léger. Il avait ses fils, il vous avait vous, il avait ce beau château. Et moi, je n'avais rien. Rien à part mon petit-fils à nourrir et mes vêtements sur le dos. Rien de rien !

— Vous n'aviez rien parce que vous êtes lâche et égoïste, la coupa Edith.

Elle en avait assez de l'entendre s'apitoyer sur son sort.

— Quoi ?

L'air furieux, Bessie avança d'un pas mais s'arrêta net quand Edith leva l'épée vers elle.

— Ma vie entière a été un enfer et vous osez me juger ? Ce n'est pas ma faute. Ce n'est pas…

— Pardonnez-moi, j'ai dû mal comprendre, intervint-elle d'un ton posé. Je pensais que vous aviez pénétré dans la chambre de Lord Adeney dans l'espoir qu'il prenne votre virginité. Ce qui vous aurait permis de contrarier les projets de votre père et l'obliger à rompre sa promesse de mariage.

— Oui, mais…

— Et après ça, vous vous attendiez à ce que votre père vous accueille à bras ouverts ?

— Il m'a jetée dehors comme un tas d'ordures !

— Il vous a donnée à l'homme que vous aviez choisi, manifestement, rétorqua-t-elle.

Devant le regard furieux que lui lançait Bessie, sans bouger un muscle, Edith ajouta :

— Dans toute cette histoire, j'entends quelqu'un qui s'apitoie sur son sort et qui rejette la faute sur les autres. Vous n'avez même pas conscience que vos propres choix ont pu vous mener à votre perte. Parce que, tout ça, c'est la faute de votre père, la faute d'Adeney, et même la faute de votre fille, Glynis !

Elle-même avait du mal à croire à une chose pareille de la part d'une mère.

— Vous avez choisi d'aller trouver Adeney et il a exaucé votre souhait, répondit-elle sans broncher. Peut-être plus brutalement que prévu, mais il l'a fait. Vous avez subi les conséquences de vos actes, mais vous avez accusé votre père et Adeney du malheur qui vous accablait. Et au bout de toutes ces années difficiles où vous avez été la maîtresse de cet homme, vous avez rencontré un homme bon et gentil. Un homme qui voulait vous arracher à cet enfer. Mais vous étiez trop lâche pour le suivre. Laissez-moi deviner, vous n'aviez pas envie de quitter cette jolie maison qui était plus grande que celles de tout le village. Pourquoi auriez-vous troqué tout ceci contre un avenir incertain, même si c'était avec l'homme que vous prétendiez aimer ?

Elle n'en revenait pas de parler aussi durement. Mais qu'importe.

— Et il est mort par votre faute. Vous auriez dû vous douter qu'Adeney découvrirait le pot aux roses. Et n'essayez pas de me faire croire le contraire.

Bessie venait d'ouvrir la bouche pour protester, mais Edith la coupa net.

— Un seigneur finit toujours par apprendre tout ce qui se passe dans son château et dans son propre village, vous le savez aussi bien que moi. Vous avez passé vos journées avec William, six mois durant. Des dizaines de gens ont dû le voir faire la navette entre le château et votre maison. Et la moitié d'entre eux étaient sûrement heureux de colporter ces rumeurs.

Le visage crispé, elle ajouta :

— Si vous ne pensiez pas qu'Adeney découvrirait la vérité, c'est uniquement parce que vous n'aviez pas envie de voir les choses en face. Quelque part, votre vie misérable vous convenait, vous n'avez pas souhaité prendre le risque de tout perdre… et William est mort à cause de ça. Vous étiez trop lâche et égoïste pour l'aimer vraiment.

Edith secoua la tête, la mine fermée.

— Ce pauvre homme devait énormément tenir à vous. Parce qu'il ne vous a pas abandonnée quand vous avez refusé de partir avec lui. Il aurait donné sa vie pour être avec vous, c'est évident. Et c'est la même chose pour Glynis. Vous reprochez à cette malheureuse enfant de s'être tuée parce que cela vous a affectée ? Vous l'avez tuée, exactement comme vous avez tué mon père et mes frères.

— Quoi ? s'exclama Bessie d'un ton incrédule. Ce n'est pas ma faute si elle a mis fin à ses jours !

— Si. Parce que vous n'êtes pas partie le jour où Adeney l'a violée. Au lieu de quoi, vous l'avez laissé faire et vous vous êtes contentée de le traiter de salaud, comme si cette histoire ne vous concernait pas. Alors que vous acceptiez cette situation en restant là-bas, jour après jour.

— Nous n'avions nulle part où aller, la coupa Bessie.

— Vous auriez pu venir ici. C'est bien ce que vous avez fait lorsque Glynis est morte et qu'Adeney vous a jetés dehors ? fit-elle froidement remarquer. Au moins, votre fille aurait encore été de ce monde. Vous l'avez laissée se faire violer par ce monstre, année après année. Je parie qu'elle voulait fuir, comme William, mais vous avez refusé.

L'ombre d'un remords sembla passer sur le visage de Bessie. Sans doute avait-elle visé juste.

— Vous êtes une lâche, comme mon frère Brodie. Votre petite personne et vos caprices comptaient plus que ceux qui vous aimaient, et ils ont payé le prix fort. Sans oublier tous ceux que vous avez tués ici.

Bessie plissa les yeux, l'air glacial.

— Ce n'est pas une surprise si mon père ne vous a

pas reconnue à votre arrivée. Vous étiez voûtée et bossue, vos cheveux avaient blanchi et votre visage était sale et couvert de rides. Et ce serait sa faute s'il n'a pas fait le rapprochement, tant d'années après ? Eh bien pour moi, c'est votre faute. Au lieu de dévoiler votre véritable identité, vous avez donné un faux nom. Il ne vous restait plus qu'à détruire ma famille, sans le moindre remords.

La vieillarde voulut répliquer mais Edith enchaîna aussitôt :

— Je vous ai accueillie, alors que j'ignorais les liens qui nous unissaient, et comment m'avez-vous remerciée ? En tuant toute ma famille. Et en essayant de me tuer au passage. Pourquoi ? Quelle excuse comptez-vous donner, cette fois ? Ce n'était pas votre faute, je parie. Que serait-il arrivé si mon père vous avait reconnue ? Tout aurait été pardonné ? Oh non, je me demande si vous ne le détestiez pas d'être le maître de ce château et d'avoir une famille aimante. Vous vouliez peut-être le punir et faire main basse sur cet endroit au passage.

Au même moment, le bras de Bessie bougea et Edith aperçut quelque chose. Une dague, elle tenait une dague ! D'où sortait-elle ? Elle vit la main de la vieillarde ouvrir les doigts et les refermer sur le manche de l'arme, comme si elle hésitait à la tuer. Edith en profita pour dégainer son *sgian-dubh* qu'elle se contenta de garder bien en évidence, pour montrer qu'elle n'avait pas seulement une épée.

— Allez-vous m'obliger à vous tuer sous les yeux de Ronson ?

— Vous en seriez capable ?

— Je ne crois pas, avoua Edith. Mais je suis plus jeune, plus forte, et la vie a encore beaucoup de choses à m'offrir.

— Oui, comme ce mari que vous aimez tant…

Quelque chose dans l'expression d'Edith poussa la vieillarde à hausser un sourcil étonné.

— Vous ne vous rendez même pas compte que vous l'aimez ? Alors que ça crève les yeux ?

Edith resta muette. Mais son cerveau était en ébullition. Aimait-elle Niels ? Elle s'était déjà posé cette question un peu plus tôt. Sans jamais trouver la réponse, hélas.

— Ma chère nièce, vous aviez tellement envie de le combler que vous avez étalé de la confiture sur sa tige avant de la prendre dans votre bouche, répondit sèchement Bessie. Si ce n'est pas de l'amour, je me demande ce que c'est.

Edith se raidit. Voilà qui répondait à une autre question qu'elle s'était posée un peu plus tôt. Il y avait bien des trous dans les murs des chambres…

— Quand on souhaite combler quelqu'un, c'est le signe qu'on l'aime, continua la vieille. Tout comme le fait de prendre soin de l'autre plus que de soi-même.

Edith soupira lentement. Si Bessie avait raison, elle était bien amoureuse de Niels. Car elle voulait à tout prix le combler et lui rendre toute la joie qu'il faisait naître en elle. Et elle avait la quasi-certitude qu'elle se sacrifierait pour lui si d'aventure il était visé par une flèche ou attaqué par un ours. Oui, c'était sûrement le signe qu'elle l'aimait. Si seulement elle s'en était aperçue plus tôt ! Elle aurait pu le lui dire quand l'occasion s'était présentée. Et rien ne prouvait qu'elle aurait une seconde chance…

— Enfin, c'est ce qu'avait coutume de répéter ma mère, ajouta alors Bessie.

Edith la regarda sans un mot. Pas question de la

laisser souiller ces doux sentiments en évoquant ce sujet avec elle. Il était temps qu'elle ait des réponses à ses interrogations.

— Vous êtes arrivée ici au mois de mai, mais vous avez attendu le mois suivant pour empoisonner ma famille. Pourquoi attendre aussi longtemps ?

La vieille haussa les épaules et baissa le bras. Sa dague était à présent cachée dans les plis de ses jupons. Sans doute pour endormir sa méfiance. Cette femme était un serpent prêt à bondir. Dieu soit loué, Niels échappait à tout ça. Il aimait Ronson de tout son cœur, et si quelqu'un devait tuer la grand-mère du petit, il valait mieux que ce soit elle. Il la haïrait, et il aurait raison.

— Au début, je ne comptais tuer personne, admit Bessie. J'étais effarée de constater que mon propre frère ne me reconnaissait pas. Je… J'ai essayé de vivre au jour le jour.

— En faisant semblant d'être à moitié sourde, presque aveugle et plus vieille que vous ne l'êtes, nota Edith.

— Les sourds n'ont pas à répondre aux questions qui leur déplaisent, répondit-elle avec un petit sourire.

Décidément, cette femme était d'une intelligence redoutable.

— Par ailleurs, comme tout le monde me croyait sourde, personne ne voyait d'inconvénient à parler devant moi. Personne ne se doutait que j'entendais tout.

— Et en faisant mine d'être à moitié aveugle et fragile, vous avez eu le droit de coudre près du feu au lieu de travailler vraiment.

— Oui, je le reconnais.

Et cela ne semblait pas la gêner, loin de là.

— Le soir où mon père est mort et où mes frères

sont tombés malades, est-ce dans le tonneau de vin ou dans la cruche que vous aviez versé le poison ?

— Dans le tonneau, répondit-elle sans l'ombre d'un remords.

— Et vous avez empoisonné la nourriture qu'on m'a apportée quand je suis tombée malade.

— Tous les soirs. Mais ça n'a servi à rien. Vous refusiez de mourir.

Elle semblait furieuse, tout à coup.

— Pour finir, vous avez empoisonné la bière avec laquelle les hommes de Brodie étaient partis.

Bessie acquiesça. Ils avaient donc vu juste. Mais il restait encore des choses à éclaircir.

— Et Lonnie ?

— J'ai entendu Brodie dire à sa femme qu'ils se rendraient à la maison de chasse des Drummond. Je comptais les suivre pour les avoir à l'œil. Si un homme buvait la bière avant les autres, l'alerte aurait été donnée. Alors cette fois, j'ai augmenté les doses, histoire de ne prendre aucun risque. Mais, comme je l'ai dit, je voulais les suivre et garder un œil sur ce qui se passait. Le problème, c'est que les serviteurs n'ont pas le droit de prendre un cheval, ce qui n'arrangeait pas mes affaires. Du coup, ce soir-là, j'ai emprunté le tunnel pour voir si quelqu'un revenait. Ils avaient tous dû boire la bière dès leur arrivée là-bas. Tous sauf Lonnie, bien sûr. Je venais de sortir du tunnel quand il est arrivé sur son cheval. Je me suis cachée derrière un buisson, je l'ai laissé passer et je lui ai tiré une flèche dans le dos. Il m'a suffi de prendre sa monture, de ramasser ses armes et de me rendre à la maison de chasse. Le poison avait fait effet. Ils étaient tous morts.

— Et Nessa, la suivante de Victoria ?

Où était-elle passée ? Ils n'avaient pas retrouvé son corps à côté des autres…

— Elle est dans le puits, répondit Bessie avec un sourire. J'ai voulu qu'on l'accuse des meurtres. J'ai donc tiré la fille jusqu'au puits et je l'ai balancée à l'intérieur. Je n'avais pas prévu que son corps flotterait à la surface…, précisa-t-elle avec une grimace. J'étais certaine qu'on la retrouverait, ce qui aurait ruiné mes plans. Mais non. Alors je me suis dit que le ciel avait fini par me sourire.

Edith serra les dents. Le jour où ils avaient découvert ce charnier, on aurait plutôt dit que le ciel se mettait en colère. C'était d'ailleurs pour cela qu'on n'avait pas retrouvé la malheureuse. Elle se remémora la scène. Niels s'était rendu près du puits, mais la pluie battante qu'ils tentaient de fuir avait rempli le seau posé sur la margelle. Il n'avait pas eu à tirer d'eau. S'il l'avait fait, il serait tombé sur le cadavre de Nessa.

— Qu'avez-vous fait du cheval de Lonnie ? demanda-t-elle.

— Il a retrouvé la vie sauvage. Je l'ai laissé dans la carrière sur laquelle débouche le tunnel. Je pensais avoir besoin de lui encore une fois ou deux. Mais je ne pouvais pas le prendre pour revenir jusqu'au château. Votre mari l'aurait entendu approcher.

— Oui, certainement, admit-elle.

— Je sais, répliqua sèchement Bessie.

— Et Cawley ? Pourquoi l'avez-vous tué ? Ce n'était que le demi-frère de mon père, il n'aurait eu aucune chance d'hériter du château, contrairement à vous.

Edith sentit brusquement l'inquiétude l'envahir.

Seigneur, toutes ces vies détruites par la faute d'une seule personne. Qui ne semblait guère s'en émouvoir…

— Lui ? Il avait la belle vie alors qu'il n'était qu'un bâtard !

— Vous l'avez donc supprimé sans broncher. Et Effie ? C'est vous qui l'avez jetée du haut des fortifications ?

— Oui.

— Elle avait repris conscience ?

Bessie hocha la tête.

— Elle s'est réveillée peu de temps après que vous l'avez déplacée. Les gardes ne s'en sont pas aperçus, et elle les a entendus dire qu'on soupçonnait la pauvre Victoria d'être derrière ces empoisonnements. Cette vieille imbécile a fait semblant d'être inconsciente pour éviter d'avoir à incriminer sa chère maîtresse.

Bessie jeta un œil à Ronson avant de poursuivre :

— Plus tard dans la journée, depuis le passage secret, je l'ai vue se lever quand le guérisseur est descendu lui chercher à manger. J'en ai profité pour me glisser dans la pièce et…

— Comment connaissiez-vous l'existence de ces passages secrets ? la coupa-t-elle. D'après Tormod, les seules personnes au courant de leur existence sont le seigneur du château et sa femme.

— Je suis tombée dessus quand j'étais petite, en jouant, expliqua-t-elle en haussant les épaules. C'était là que je me réfugiais quand je voulais disparaître. Comme personne ne s'en servait jamais, je pouvais me promener à ma guise, jeter un œil dans les chambres ou observer les allées et venues dans le couloir.

Edith hocha la tête. Voilà pour la question des tunnels. Elle voulait entendre la suite de l'histoire, à présent.

— Vous êtes donc entrée dans la chambre où se trouvait Effie et…

— J'ai fait mine d'être de son côté et j'ai promis de la tenir au courant de ce qui se passait, le temps de trouver un moyen de protéger Victoria. Il va sans dire que je lui rapportais uniquement les informations qui pouvaient m'être utiles. Par exemple, je lui ai caché la mort de sa maîtresse. Sans quoi, elle n'aurait plus eu aucune raison de faire semblant d'être inconsciente ! Elle aurait parlé du passage dont je me servais pour entrer et sortir de sa chambre. Et on aurait su que je lui avais parlé. C'était trop risqué. Seulement, je ne pouvais pas la tuer avant de vous avoir tuée, vous. Impossible de mettre un crime sur le dos d'une morte !

— Alors pourquoi l'avez-vous poussée ?

— C'est votre faute, dit la vieille femme d'un ton accusateur. Si vous n'aviez pas raconté qu'elle n'avait aucune sensibilité dans les pieds et dans les jambes, tout se serait bien passé. Mais, après ça, je savais que les hommes l'auraient piqué à un autre endroit. Ils auraient constaté qu'elle était réveillée et ils l'auraient interrogée. Heureusement, votre mari a été retardé juste assez longtemps pour que je me faufile dans le passage qui part de la garde-robe. Je suis montée à l'étage et j'ai conduit Effie jusqu'à la grande chambre. Là, nous avons pris le second tunnel, qui mène aux fortifications. Je lui ai demandé de m'attendre en haut de l'escalier pour vous écouter parler, quand vous étiez tous dans la chambre du laird. J'ai dû me cacher car vous n'arrêtiez pas de passer la tête par l'entrée du passage, mais ce que j'ai pu entendre m'a fait comprendre qu'Effie n'avait plus aucune utilité.

— Résultat : vous l'avez conduite jusqu'aux murailles et vous l'avez poussée.

— C'est ça ! s'esclaffa-t-elle. J'ai failli me pincer quand j'ai constaté que vous étiez tous réunis en bas. J'ai cru que la destinée me souriait, une fois de plus, et j'ai fait tomber Effie. Dommage qu'elle ne vous ait pas écrasée.

— Maintenant, vous voilà au bord du gouffre.

Alors qu'elle achevait sa phrase, Edith pencha la tête. N'était-ce pas des bruits de sabots qu'on entendait dans le lointain ?

— Je crois que mon mari et les autres approchent.

Les yeux rivés sur le couteau de Bessie, elle ajouta :

— Comme ils ne vous ont pas trouvée au donjon, ils ont dû comprendre que vous étiez ici.

La vieille femme tourna la dague entre ses mains. Une étrange lueur traversa son regard. Elle tâchait de prendre une décision.

— Tout le monde sait qui vous êtes et ce que vous avez fait.

Elle ne put résister à l'envie d'ajouter :

— Et tout ça pour quoi ? Rien. Vous ne serez jamais Lady Drummond. Quant à Ronson, il subira les conséquences de vos choix, comme celles et ceux qui vous ont aimée. Il pleurera sa chère grand-mère, mais ce que vous avez fait le remplira de colère et de honte.

— Vous n'avez pas le droit de le faire souffrir, protesta Bessie sans bouger d'un cheveu.

— Je n'ai pas le choix.

Et elle ne le regrettait pas. Mais sa tante répliqua :

— Si. Les autres croient qu'Effie a tout manigancé. Laissez-les croire ça.

Edith eut bien du mal à en croire ses oreilles. Comment pouvait-on être aussi cynique ?

— Vous souhaitez que quelqu'un paie à votre place, une fois de plus ? Et vous voulez que j'accepte ?

— Pourquoi pas ? Effie n'a pas de famille, la tenir pour responsable ne fera souffrir personne. Ronson n'aura pas cette chance. Et puis je suis votre tante.

— Qui a essayé de me tuer, rétorqua-t-elle d'un ton sec. D'ailleurs, vous n'êtes pas ma tante. Ma tante Ealasaid est morte avant ma naissance. Vous, vous êtes Bessie, la servante qui a tué mon père, Laird Ronald Drummond, mon oncle Cawley, mes frères Roderick, Hamish et Brodie, ma belle-sœur Victoria, deux servantes et six soldats. Quatorze personnes en tout, résuma-t-elle d'une voix blanche. Vous finirez au bout d'une corde ou enfermée aux oubliettes pour le restant de vos jours.

— Vous feriez subir une chose pareille à Ronson ? s'insurgea-t-elle. Il vous haïrait et je sais que vous tenez à lui.

— Vous ne me laissez guère le choix.

Au même moment, Edith vit le bras de Bessie bouger. Et le petit apparaître sous ses yeux.

— J'ai entendu des chevaux, milady. Vous pensez que c'est Laird Niels ? J'aimerais lui montrer mon arc tout neuf.

— Je crois que c'est lui, oui, dit-elle en fixant la vieille femme d'un air méfiant.

Rien ne prouvait qu'elle n'essaierait pas de lancer son poignard, même si Ronson était là.

— Viens là, mon grand.

Edith n'eut pas le temps de retenir Ronson. Il s'était

déjà glissé auprès de sa grand-mère. Elle se raidit. Plus rien n'empêchait Bessie de la supprimer maintenant que le petit ne courait plus aucun risque. Pourtant, elle la vit tendre la dague à son petit-fils.

— Prends ça aussi. Elle est à toi, maintenant.

— C'est vrai ? s'écria-t-il en attrapant l'arme. Oh là là, quand Laird Niels va voir ça !

— Et si tu allais l'attendre à l'orée de la clairière ?

— D'accord.

Ronson fila vers l'endroit où Niels avait arrêté son cheval les deux fois où ils étaient venus ici, le couteau serré contre son torse. Edith le suivit du regard, une boule au ventre. Il n'aurait pas dû courir avec un couteau dans les mains ! Soudain, elle tressaillit. Elle s'était laissé distraire ! Elle reporta aussitôt son attention sur Bessie, juste à temps pour la voir baisser la main qu'elle avait levée vers son visage. On apercevait un petit objet entre ses doigts fripés.

— Qu'avez-vous dans la main ?

Bessie eut une seconde d'hésitation avant de s'asseoir. Elle ouvrit la main. On y voyait une petite fiole bleue. Edith la fixa, interdite.

— Expliquez au petit que mon cœur a lâché.

Edith fut comme frappée par la foudre. Du poison…

— Ne lui révélez jamais ce que j'ai fait, ajouta-t-elle simplement.

Au même moment, Niels apparut dans la clairière, suivi par ses frères et Tormod.

— Vous ne pourrez pas me punir pour ce que j'ai fait. J'ai gagné.

Edith l'observa sans réagir. De son point de vue,

personne n'avait gagné. L'expression avait même quelque chose de puéril. Alors…

Après avoir tourné le dos à la vieillarde, elle marcha vers son mari. Et vers l'avenir qui l'attendait.

Chapitre 18

Mais où sont-ils, bon sang ? Niels ouvrit la porte et jeta un œil dans le couloir. Aucune trace d'Edith et de Ronson.

Avec un soupir, il referma le battant et regagna le lit. Il grimaça en voyant Alick se servir d'une aiguille pour piquer le corps de Bessie — enfin, d'Ealasaid. Comment l'appeler ? Ealasaid était son vrai nom mais Edith avait refusé de l'appeler de cette façon. Elle resterait donc Bessie. Pourquoi ? Sans doute parce qu'Edith ne souhaitait pas commettre d'impair et troubler le petit. Mais, surtout, c'était peut-être une façon de nier le fait qu'elles étaient liées.

— Alick, pour l'amour du ciel, cesse de piquer cette femme avec cette aiguille. Tu as entendu Rory : elle est morte, grogna-t-il quand son frère cadet la planta une fois encore dans le corps inerte de la vieille.

— Rien ne le prouve, rétorqua Alick malgré tout. Souviens-toi de ce qu'a dit Edith. Quand cette sorcière a su que tu étais revenu ici pour nous annoncer que c'était elle la coupable, elle l'a menacée avec son couteau.

— Certes, mais…

— Et elle s'y connaît en herboristerie, continua son

frère d'un air sombre. Et si elle avait pris quelque chose pour faire semblant d'être morte ? Imagine qu'elle soit vivante et simplement endormie ! Elle attend peut-être qu'on baisse notre garde et qu'on quitte la chambre pour se relever, se servir des passages secrets et empoisonner le puits. Comme ça, elle pourrait éliminer tous les habitants du château et l'avoir pour elle seule.

Niels hésita puis interrogea Geordie du regard. L'incertitude qu'il lut dans les yeux de son frère ne le rassura pas, loin de là. Car il partageait son sentiment.

Après avoir poussé un juron dans sa barbe, Geordie sortit sa dague, marcha jusqu'au lit et planta la lame dans le corps de Bessie, à l'endroit du cœur. Si tant est qu'elle en ait un. Difficile à dire, vu les crimes qu'elle avait commis.

— Et voilà, souffla son frère. Si elle n'était pas morte avant ça, maintenant, c'est le cas.

— Oui, maugréa-t-il en remontant les draps sur le cadavre pour dissimuler le manche de l'arme.

La porte venait de s'ouvrir derrière eux.

— Et voilà, Ronson. Dis au revoir à ta grand-mère. Ensuite, Geordie et Alick resteront près d'elle jusqu'à l'enterrement.

Une minute… Niels se retourna en entendant la voix de son frère Rory.

— Où est Edith ? Je croyais qu'elle amenait Ronson ?

— Oui, mais elle m'a demandé de le faire à sa place. Elle veut que tu la rejoignes, expliqua-t-il en conduisant l'enfant jusqu'au lit. Je crois qu'elle t'attend dans sa… Mais qu'est-ce que c'est que ça ?

Niels se retourna vivement. Les draps cachaient mal le poignard. Un aveugle aurait vu que Bessie avait quelque chose planté dans la poitrine. Fort heureusement, Rory posa les mains sur les yeux de Ronson tout en jetant un œil noir à Geordie et Alick.

— Sortez d'ici, gronda-t-il.

— Il fallait en avoir le cœur net, souffla Alick tandis que Geordie écartait le drap pour récupérer sa dague.

— Je vous ai dit qu'elle était…

La mâchoire serrée, Rory regarda Ronson.

— Je vous ai dit qu'elle était morte.

— Oui, mais tu avais aussi dit qu'Effie était inconsciente, et ce n'était pas le cas.

Rory plissa les yeux et ouvrit la bouche pour répliquer. Mais Niels n'en pouvait plus d'attendre.

— Où est-elle ? lança-t-il.

Geordie répondit aussitôt :

— D'après moi, elle est…

Il laissa sa phrase en suspens pour regarder Ronson d'un œil inquiet avant d'indiquer le sol. Sans doute pour dire que Bessie avait fini tout droit chez Lucifer. Bon sang, quel crétin, celui-là !

— Je parle de ma femme, répondit-il froidement.

— Oh ! pour ça, il faut demander à Rory, répondit son frère cadet en essuyant la lame de sa dague.

— C'est ce que j'étais en train de faire.

En tournant la tête, Niels surprit Rory en train de sourire.

— Quoi ?

— C'est amusant de te voir aussi heureux et amoureux.

Pour toute réponse, Niels lui lança un œil noir et prit la direction de la porte.

— Je la trouverai tout seul.

— Commence par la chambre. La grande.

La grande chambre ? Niels haussa un sourcil étonné. Il remonta le couloir jusqu'à la dernière porte, entra… et s'arrêta net. La pièce avait été nettoyée et transformée de fond en comble. Tous les objets personnels du père d'Edith avaient été enlevés. À la place, il y avait ses affaires et celles de sa femme. Par ailleurs, les rideaux du lit avaient été retirés et remplacés. Des tapisseries aux couleurs chatoyantes étaient accrochées aux murs. Mais la pièce était vide. Enfin, c'est ce qu'il crut jusqu'à ce que son regard tombe sur la cheminée. Edith était assise sur une immense fourrure, face à l'âtre, et nue comme au premier jour.

Niels ferma la porte d'un coup de pied et traversa la pièce tout en se débarrassant de son tartan et de sa chemise.

Edith l'observa avec de grands yeux. Mais, dès qu'il s'agenouilla près d'elle, elle recula vivement.

— Où allez-vous donc ? s'étonna-t-il.

— Je voulais d'abord vous parler, mon ami, expliqua-t-elle en reculant une fois de plus quand il tenta d'approcher.

— Vous n'avez pas besoin d'être nue pour parler, fit-il remarquer avec des yeux brûlants. Cela rend même la conversation très difficile.

— Je sais, mais je… Je voulais vous dire…

Elle marqua une pause et regarda tout autour d'elle. Soudain, elle perdit l'équilibre.

— Me dire quoi ? demanda-t-il en profitant de ce moment pour bondir et la prendre dans ses bras.

Avec un soupir, Edith posa les mains sur sa poitrine pour le repousser.

— C'est important.

— Parlez, dit-il en penchant la tête.

— Je… Je veux vous combler, souffla-t-elle tandis qu'il couvrait son cou délicat de baisers.

— Mais c'est déjà le cas, murmura-t-il tout près d'elle.

— Je sais mais, s'il le fallait, je me jetterais entre vous et une flèche, ou un ours en furie, pour vous sauver la vie.

La fin de sa phrase mourut dans un gémissement. Il venait d'attraper ses seins voluptueux.

— Je ne vous laisserais pas faire, gronda-t-il.

— Je sais, mais je le ferais quand même. Je… Oh ! quelle idiote, j'aurais dû attendre avant d'ôter mes vêtements ! bougonna-t-elle, l'air vexé. C'est dur.

— C'est l'effet que vous produisez sur moi.

Et sur ces mots, il colla son membre dressé contre elle.

— Ce que j'essaie de vous dire, c'est que je vous aime.

Niels resta pétrifié et lui jeta un regard incrédule :

— Quoi ?

Edith sembla rassembler son courage et acquiesça d'un air solennel :

— Je vous aime, Niels. J'en ai pris conscience quand j'étais dans les bois avec Bessie. Elle a dit que l'amour, c'était se combler l'un l'autre, et prendre soin de l'autre plus que de soi-même.

— Vous suivez les conseils d'une femme qui a tué quatorze personnes ? Eh bien, voilà qui est assez troublant.

— Je sais, admit-elle. Mais, si cela peut vous rassurer, c'est sa mère — ma grand-mère — qui le lui avait dit.

Bon, voilà qui rendait la chose peut-être plus facile à accepter, surtout si cela l'avait conduite à avouer l'amour qu'elle éprouvait pour lui. Niels attrapa son beau visage et plongea les yeux au fond des siens.

— Je vous aime moi aussi, Edith. Je n'aurais jamais

cru qu'il était possible de tomber amoureux de quelqu'un aussi rapidement, mais vous…

Il laissa sa phrase en suspens. Les mots lui manquaient pour exprimer ce qu'il ressentait. Finalement, il admit dans un soupir :

— Je ne sais pas comment ou quand c'est arrivé, mais vous êtes entrée dans mon cœur et vous vous êtes fait une place. Je ne me rappelle même pas à quoi ressemblait ma vie avant que vous y entriez. Et je n'imagine pas l'existence sans vous.

— Mon Dieu ! souffla-t-elle.

Avec un sourire, Niels ajouta :

— Mais je ne vous laisserais jamais mourir à ma place, car je ressens la même chose pour vous.

— Rappelez-moi d'écrire à Saidh pour la remercier, dit-elle en lui caressant doucement la joue.

— Entendu…

Tiens, pourquoi Edith avait-elle changé de sujet aussi brusquement ? La tête penchée sur le côté, il demanda avec curiosité :

— Pour quelle raison souhaitez-vous la remercier ?

— Parce que c'est elle qui vous a envoyé jusqu'ici. C'est le plus beau cadeau qu'on m'ait jamais fait.

La gorge nouée, Niels prit Edith dans ses bras et la porta jusqu'au lit. Mais, pendant ce court trajet, il songea que, oui, il devrait remercier sa sœur de même. Car la vie lui avait fait un cadeau merveilleux, à lui aussi. Un cadeau qu'il chérirait jusqu'à la fin de ses jours.

Retrouvez en mars,
dans votre collection

Victoria

Laura Lee Guhrke
Pudeur et impudence
Série : Les presses du coeur

Londres, XIXe siècle

« Retirez cet article du journal ou je révèle votre identité. » Sans détour, Rex Pierpont, le séduisant vicomte de Galbraith, ose menacer Clara dans les bureaux du *Weekly Gazette* où elle remplace tant bien que mal sa sœur. Plutôt mal à en juger par la fureur qui irradie le regard du vicomte. Et si tenir tête à cet homme n'est pas une idée déplaisante, Clara sait qu'elle lui a pourtant causé du tort en divulguant les scandaleux secrets de leur conversation intime, lors du bal de la veille. C'est alors qu'une idée séduisante germe dans son esprit : proposer au vicomte un marché qu'il ne sera pas en mesure de refuser…

Penny Watson Webb
Le chant des bruyères
Série : Héritiers des larmes

Pour préserver sa fille, Katel était prête à se sacrifier en acceptant un mariage de convenance avec le baron Darren Seton, le séduisant frère du laird. Mais, pour consentir à cette union, Katel avait imposé une seule règle : ne jamais partager la couche de cet homme. Pourtant, ce soir, en voyant Darren pousser la porte de sa chambre, sans doute inspiré par le fol espoir de lui dérober un baiser, elle se surprend à plonger dans l'océan de ses yeux clairs. Et à désirer ce geste tendre plus que tout, alors qu'il briserait la seule résolution qui guide désormais sa vie.

Composé et édité par HarperCollins France.

Achevé d'imprimer en décembre 2018.

CPI
BLACK PRINT

Barcelone

Dépôt légal : janvier 2019.

Pour limiter l'empreinte environnementale de ses livres, HarperCollins France s'engage à n'utiliser que du papier fabriqué à partir de bois provenant de forêts gérées durablement et de manière responsable.

Imprimé en Espagne.